此书为景德镇学院博士科研启动经费资助

唐宋词在清代顺康雍乾时期的传播与接受

陶友珍 著

江西高校出版社
JIANGXI UNIVERSITIES AND COLLEGES PRESS

图书在版编目(CIP)数据

唐宋词在清代顺康雍乾时期的传播与接受/陶友珍著.--南昌:江西高校出版社,2022.5（2024.9 重印）
ISBN 978-7-5762-2631-7

Ⅰ.①唐… Ⅱ.①陶… Ⅲ.①唐宋词—诗词研究 Ⅳ.①I207.23

中国版本图书馆 CIP 数据核字(2022)第 058295 号

出版发行	江西高校出版社
社　　址	江西省南昌市洪都北大道96号
总编室电话	(0791)88504319
销售电话	(0791)88522516
网　　址	www.juacp.com
印　　刷	固安兰星球彩色印刷有限公司
经　　销	全国新华书店
开　　本	700mm×1000mm　1/16
印　　张	19.75
字　　数	301 千字
版　　次	2022 年 5 月第 1 版 2024 年 9 月第 2 次印刷
书　　号	ISBN 978-7-5762-2631-7
定　　价	68.00 元

赣版权登字 -07-2022-347

版权所有　侵权必究

图书若有印装问题,请随时向本社印制部(0791-88513257)退换

序

  陶友珍是我的第一个博士生,江西南昌人氏,现为景德镇学院教师。友珍的人生经历颇具励志色彩,他的第一学历是中专,后来却取得了苏州大学的博士学位;原先是小学教师,现在却成了大学教师。但这中间经过了整整二十三载春秋(从中专毕业到博士毕业),其间的艰辛与不易,友珍极少跟我说起,但恐怕远非纸上的三言两语所能表达。

  陶友珍于 2005 年 9 月考上苏州大学中国古代文学专业硕士研究生,主攻唐宋词,导师是我的师妹王晓骊。王老师学问扎实,为人和蔼可亲,她是友珍学术研究的领路人。当时,我的导师杨海明先生还未退休,他给友珍等新研究生上课。换言之,友珍同时受到了两代唐宋词专家的教诲和指点,由此打下了较为扎实的学术基础。2016 年 9 月,友珍又考上我的博士研究生。当时我的国家社科基金项目"唐宋词传播研究史"正在紧张地进行中,我让他加入课题研究组,并将唐宋词在清代前中期这个时间段的传播与接受作为其博士研究课题。之所以限定为这一时段,是因为《全清词》的出版目前还没有全部完成,到此时段为止。

友珍读的是定向博士研究生,在苏大脱产读书的时间并不长,但他非常勤奋。考上博士的时候,他已经四十岁了,正所谓"老牛亦解韶光贵,不待扬鞭自奋蹄"。他非常清楚自己在做什么,自己的目标是什么,并能够为了实现自己的目标而不懈努力。四年读博的时间里,他勤勤恳恳、踏踏实实地读书、做学问,几乎放弃了所有的交际与娱乐。学术研究首先应建立在扎实的文献基础上,这是我一贯的想法,友珍也是这样做的。他爬梳剔抉,阅读了大量相关文献,并先后到上海图书馆、山东省图书馆和南京图书馆查阅相关资料,还托人到清华大学图书馆查询一些罕见的清代唐宋词选本。从博士论文的开题,到初稿、二稿、三稿、预答辩稿、答辩稿、盲审稿、终稿,从来不需要我催,他总是非常及时地把论文交给我。对于我指出的问题,他也总能非常认真而细心地予以纠正。对盲审专家和答辩老师指出的问题,他更是花大力气进行修改和完善。

经反复论证,友珍最终将博士课题定为"唐宋词在清代顺康雍乾时期的传播与接受"。众所周知,任何一个时代的文学都会或多或少地打下前代文学的印记。清代是词学复兴的时代,但不可否认的是,清词的中兴离不开清人对唐宋词的学习与接受。本书作者利用定量分析与定性分析相结合的方法,主要从词集、词论与创作三个方面分析研究唐宋词在清代顺治、康熙、雍正、乾隆时期的传播与接受。

就词集而言,作者主要从唐宋词集在顺康雍乾时期的著录、刊刻、抄写、校勘、评点、笺注等方面展开相关研究。作者首先通过梳理该时期著名藏书家的藏书目录,统计每部唐宋词集在该时期的著录次数,通过著录次数的多寡来剖析其传播接受意蕴。另外,作者还查询各种文献,计量唐宋词集在清代顺康雍乾时期的刊刻及抄写的频次,并以此来探究其在该时期的受欢迎程度。这些数据是客观而实在的,这样就将唐宋词的传播接受这种稍显抽象、笼统的文学现象具体化和可视化。虽然这些数据的大小与该时期唐宋词的传播与接受程度不能直接等同,但毋庸置疑也是极具参考价值的。顺康雍乾时期学人对唐宋词集的校勘、笺注、评点都能在一定程度上促进唐宋词在清代的传播与接受。唐宋词集的流布也在一定程度上影响了顺康雍乾时期词坛风会,因此,作者以几部重要的唐宋词选集为例,分析了其与该时期清词发展的关系。他注意到,《花间集》与明末清初词坛的复古之风,《乐府补题》与该时期咏物词的繁荣,《绝妙好词》与中期浙派的兴盛都有着不可分割的关系。

此外,作者通过参阅前人研究成果,并结合各大图书馆馆藏,统计出该时期新编唐宋词选传世可见的有23部。这其中有很多词选颇为罕见。作者把其中最典型的14部词选一一找出来,下功夫统计每部词选中单个唐宋词人的词作入选数量。有些大部头的词选譬如《御选历代诗余》词作数量达9000多首,要统计出每个词人的词作入选数量极为不易。因为此类词选并非以词人为中心进行编排,而是按词调进行编选,每个词人的词分散在词选的各个部分,这样就给统计增加了很多困难。除此之外,作者还统计了单篇唐宋词作在这些词选中的入选频次。更重要的是,数据采集只是基础和表象,数据所折射的文学现象才是关键,对数据的深度解读和分析方能显出作者的学术功底。不难看出,作者在这方面下了较大功夫。从入选词人的时代分布到重要词人的排名升降变化,从入选的唐五代十大词人到宋代十大词人,从顺康与雍乾时期的对比到元明与顺康雍乾时期的对比,从入选词作题材的分布特色到词调的择取,作者都做了细致入微的解读,所得出的结论也具有较强的科学性。

在词论方面,作者的研究主要从以下几个方面展开。一是论述词话对唐宋词的传播与接受。就传播方面而言,作者统计了《词话丛编》内顺康雍乾时期的词话所保存的唐宋词作数量及其出现形式,并据此分析该时期词话传播唐宋词的特点及效应。这是前人极少关注的方面,因为我们以前多把词话视为词学理论的载体,而较少关注其传播内涵。就接受方面而言,作者通过对清人的一些原创性词话进行深度解读,发现其在词的命题立意、谋篇布局、遣词造句等各个方面都对唐宋词的创作方法进行了理论阐述与归纳,对唐宋人都有所承袭与开拓。这是清人对唐宋词学习接受较为直观的材料。作者的相关论述对于深化这一领域的研究也颇具现实意义。

二是研究清人对唐宋词作及唐宋词人的体认,即探究唐宋词在清人心中究竟是一个什么样的存在,进而考察该时期清人喜欢什么样的唐宋词。作者从诗词之异同、词曲之异同等方面剖析清人的词体观,并据此审视清人的唐宋词接受观。比如清人强调诗词之异,往往说明其对传统的五代、北宋婉丽风格的词更青睐;强调诗词之同,则在一定程度上透露出其更偏好具有诗歌特质的词,这样,南宋清雅词就更有可能成为其学习接受的对象。作者还试图从清人的词史观探究其对唐宋词的接受取向。通过梳理相关史料不难看出,清人在构建词史时,几乎都忽略了豪放词人,而其列举的各个时期的代表词人往往以传统婉约词人尤其是南宋清雅词人居多。这对于我们了解清人的唐宋词接受思想具有重要的认识意义。作者的这些研究成果都具有一定的创新意识。作者还阐述了该时期清人关于词的一些论争,比如南北宋之争、本色论、雅俗之辨等。虽然这方面的内容前人亦多有涉猎,但作者能紧扣清代顺康雍乾这个时间段,突出该时期的相关论争独有的特色。

在词的创作方面,作者主要从两个方面展开相关研究,一是宏观上纵向梳理唐宋词在清代顺康雍乾时期的传播与接受对该时期清词创作之影响。作者一方面考察清人的相关词学接受理论,另一方面又紧密结合清人的具体创作,令人信服地论证了唐宋词接受的确在一定程度上影响了清词的创作。二是以清人对唐宋词的追和为例,剖析清人对唐宋词的接受。因为清人在创作上对唐宋词的接受很多地方是隐性而难以坐实的,但追和则相对显性。作者在课题研究团队的帮助下,将《全清词》(顺康卷及补编、雍乾卷)中所有清人对唐宋人的追和词都搜集整理出来,据此统计该时期清人追和的热点唐宋词人排行榜、热点唐宋词作排行榜,以及热点词调排行榜,并进而对数据进行分析解读。作者还在此基础上进一步阐述了该时期清人追和唐宋词的时代及社会背景,以及清人的追和活动在词史上的意义。这样,整个研究既有时代上的纵向梳理,亦有横向上的深度解剖,具有一定的理论深度。

不难看出,在研究方法上,本书较多地方采用了计量统计。友珍并无相关的数理统计学术背景,但他硬是从零开始,刻苦钻研,转益多师,努力学习前人的技术和方法,最终取得了较好的成果。其间,他搜集、处理了大量数据,这都需要极大的耐心和细心,要能耐得住寂寞与枯燥。这些数据为课题的研究开展打下了坚实的基础。

不过,值得注意的是,清词作者队伍庞大,作品数量众多,有哪些清人接受唐宋词,怎么接受唐宋词?这一工作非定量分析一种方法所能完成，必须有细致入微的文献阅读和理解能力，通过对大量作品的比较和辨析、思考和感悟，才能更精准地得出科学的结论。这一工作非常艰巨，非一篇博士论文所能完成。本书只是开了个头，还有待作者和学界同人的继续努力，将这一工作进一步做深、做细。在词论方面，本书主要利用《词话丛编》进行统计和分析，但现在除了《词话丛编》，已新出了很多续编和补编，这些材料也应加大关注的力度。此外，文学的传播和接受研究，发轫于西方，其理论已较为成熟。作者在课题研究中虽也援引了一些相关理论，但与本书的结合还不够紧密，今后可加强相关理论的学习，使之更好地为自己的研究服务。

友珍读的是在职博士，这就意味着，他一方面要做博士课题的研究，另一方面还要正常上班。人到中年，工作、家庭、生活等各方面的琐事不少，因此，要在短短的四年时间内完成博士学业，实为不易，但他做到了，可以想见他付出了很多。"宝剑锋从磨砺出，梅花香自苦寒来"，这句话用在友珍身上也许有点俗，但也庶几允洽。友珍今年45岁，正是人生的收获季节。如今，经过多年的努力与打拼后，友珍厚积薄发，以博士论文为基础，经修改完善，终于出版了这部学术著作。对此，我深感欣慰，希望他能以本书的出版为契机，在学术和科研的道路上再接再厉，取得更大的成绩。

钱锡生

2021年7月于苏州

目录 CONTENTS

绪论 /001

第一章 唐宋词集在顺康雍乾时期的流布 /015
 第一节 唐宋词集在顺康雍乾时期书目中的著录 /015
 第二节 宋版唐宋词集在顺康雍乾时期的流传 /023
 第三节 唐宋词集在顺康雍乾时期的重刻与重抄 /027
 第四节 唐宋词集在顺康雍乾时期的校勘 /042
 第五节 唐宋词集在顺康雍乾时期的评点与笺注 /052
 第六节 唐宋词集的传播与顺康雍乾时期词风的演变 /064
 本章小结 /074

第二章 唐宋词在顺康雍乾时期的编选 /076
 第一节 顺康雍乾时期新编唐宋词选概述 /076
 第二节 唐宋词在顺康雍乾时期词选中的计量及其接受意蕴 /083
 第三节 唐宋词的选编与顺康雍乾时期词坛风会 /104
 本章小结 /131

第三章　唐宋词在顺康雍乾时期词话中的传播与接受　/132

第一节　唐宋词在顺康雍乾时期词话中的传播　/132
——以《词话丛编》为中心

第二节　唐宋词在顺康雍乾时期词话中的接受　/148
——以创作方法的研习为中心

余论　/168

本章小结　/169

第四章　唐宋词在顺康雍乾时期的体认与论争　/170

第一节　顺康雍乾时期对唐宋词人及其作品的体认　/170
第二节　词体观背景下的唐宋词接受　/174
第三节　词史观背景下的唐宋词接受　/185
第四节　顺康雍乾时期关于唐宋词接受的论争　/189

本章小结　/205

第五章　从唐宋词接受看顺康雍乾时期词风之演变　/206

第一节　明末至顺治初期　/206
——宗花间、南唐、北宋与清词的小令化、艳情化

第二节　顺治中期至康熙中期　/212
——多元化接受与清词题材及风格的多样化

第三节　康熙后期至乾隆后期　/221
——姜张独尊与清词内容的贫弱及风格的单一

本章小结　/231

第六章　从追和看唐宋词在顺康雍乾时期的传播与接受　/232

第一节　顺康雍乾时期追和唐宋词的形式　/232

  第二节 追和词的计量及其接受意蕴 /245

  第三节 追和词兴盛的原因及其对顺康雍乾词坛的影响 /261

  本章小结 /269

结语 /270

附录 /274

  附录一 唐宋词在顺康雍乾时期的传播与接受大事记 /274

  附录二 顺康雍乾时期清人追和张炎统计表 /281

  附录三 顺康雍乾时期清人追和姜夔统计表 /288

参考文献 /296

后记 /300

绪　　论

长期以来,关于文学研究,学界关注更多的是作者生平、时代背景以及作品思想内容和情感表达、艺术表现形式、意义和影响等方面。一般而言,人们对文学文本本身的挖掘较多,而对于其外向传播与接受研究的关注不多。有鉴于此,越来越多的学者开始注重"作家—作品—传播—接受"①的研究。就词而言,唐宋词尤其是宋词被称为"一代之文学",但其影响绝非仅仅限于宋代。每一首唐宋词自其被创作出来之日起,传播与接受就必将是其面临的重要方面。本书拟将唐宋词在顺康雍乾时期的传播与接受作为研究课题,以期抛砖引玉。

一、清代顺康雍乾时期词传播与接受的环境及课题的提出

任何文学的传播都是在一定的社会环境之下产生的,本书所称"顺康雍乾时期"主要是指清代顺治、康熙、雍正、乾隆这段时期,对于顺治之前的明末词坛以及乾隆之后的嘉庆词坛,在行文中也予以适当兼顾。就历史发展而言,乾隆末年是清王朝由盛转衰的转折点;就清代词学的发展来看,乾嘉之际也是浙西词派影响渐弱、常州词派开始登上历史舞台的转捩期。顺康雍乾时期见证了清王朝从动荡走向全盛的历程,这样的社会环境有什么样的特点,又给唐宋词的传播带来怎样的影响呢?下面我们分别从政治、经济、文化等三个方面予以阐述。

(一)政治环境

崇祯末年,山雨欲来风满楼,面临重重内忧外患的明王朝岌岌可危。1644年,李自成率领农民军攻入北京,存续近300年的明朝宣告灭亡。但在关外的吴三桂尚有一定的军事实力,他后来投降清军。山海关一战中,在吴三桂和多尔衮的夹击之下,李自成寡不敌众,兵败撤回关内。同年10月,清廷定都北京,满族人开始了对中国近300年的统治。但彼时,清廷在全国的统治并不稳固,前明福王、鲁王、唐王、桂王都先后建立政权,李自成、张献忠余部仍有相当势

---

① 王兆鹏:《中国古代文学传播方式研究的思考》,《文学遗产》2006年第2期。

力。在把这些异己势力铲除之后,康熙早期又发生了持续八年之久的"三藩之乱",加之收复台湾和平定准噶尔叛乱,可谓战乱频仍,所有这些耗费了清廷大量的人力和物力。直到康熙中期,清王朝在全国的统治才算真正稳固下来。

  清王朝统一全国的过程是一段惨痛而血腥的历史。由于受传统的尊汉族为中心、以其他少数民族为蛮夷的思想影响,由满族人建立的政权很难得到汉人的承认和拥护,这样就导致了全国反清的思想较为严重。此外,清王朝在入关时所采取的一些不恰当的政策,比如为满族权贵圈地、强行让汉族人剃发等,都在全国各地引起了激烈反抗,而清廷对于反清复明的抵抗行为采取了血腥的镇压。由于江南地区反抗斗争激烈,因此,清廷对南方的打击也尤为猛烈。"嘉定三屠"导致"城内外死者二万余人"[①],"扬州十日"也是惨痛的历史记忆。顺治十四年(1657)的"科场案"牵连汉族士绅和江南文人多人,大多被流放东北宁古塔;顺治十六年(1659)的"通海案"也导致"屠戮灭门,流徙遣戍,不止千余人"[②];顺治十八年(1661)的"哭庙案"致使"一百二十一人皆毙死";"奏销案"黜降13000余人,株连极为广泛。所有这些都让江南士子胆寒。

  叶恭绰在谈及明末清初这段历史时说:"丧乱之余,家国文物之感,蕴发无端,笑啼非假。"[③]正是由于国破家亡的历史遭际才让清人逐渐从明代"花""草"的靡靡之音中走出来,慷慨激昂的稼轩风之回归也正是在这样一种背景之下。国家不幸诗家幸,如果不是这段国破家亡的惨痛历史,我们可以想见,或许陈子龙、陈维崧、朱彝尊等词坛的标志性人物,还将在花前月下继续享受"花""草"之风的熏陶而乐此不疲,所谓的清词中兴是否还会出现或何时才能出现,恐怕就是个未知数了。

  在大规模的军事活动结束以后,清朝加大了对思想的钳制力度,这其中最显著的莫过于施行了远超前代的文字狱。顺康雍乾时期文字狱频发,顺治十八年(1661)至康熙二年(1662)的《明史》案先后牵连上千人,被杀者70余人;康熙五年(1666),黄培诗案处死14人;康熙五十年(1711),又出现了著名的《南山集》案,戴名世因"语多狂悖"被处斩,"法至寸磔,族皆弃市,未及冠笄者发

---

① [清]朱子素:《嘉定屠城纪略》,清钞本。
② [清]计六奇:《明季南略》,中华书局1984年版,第500页。
③ [清]叶恭绰:《清名家词序》,陈乃乾辑《清名家词》,上海书店1982年版。

边"。① 康熙五十三年（1714），民间说唱艺人徐转被控用说唱的方法亵渎历史而被杀。如此等等，不一而足。

到了雍乾时期，文字狱越发频繁。雍正三年（1725）二月，权臣年羹尧因误将成语"朝乾夕惕"写成"夕惕朝乾"，被雍正皇帝赐自裁。年家子弟十五岁以上者，俱流放。其亲信党羽多被罢黜。雍正七年（1729），雍正以谢济世所著《古本大学注》毁谤程朱理学并对朝政"恣意谤讪"而诛杀之；雍正七年（1729）至雍正十二年（1734），曾静及吕留良案发，吕留良及其子被戮尸枭首，后人及门生故旧多被诛杀或流放。乾隆朝的文字狱更是层出不穷，比之顺、康、雍时期有过之而无不及。据统计，从顺治五年（1648）至乾隆五十三年（1788），共发生各类明确可考的文字狱事件约82起。② 文字狱在历朝历代都或多或少地存在，但像清代这样大规模地集中爆发，实属罕见，"次数之频繁、株连之广泛、处罚之残酷，超过以往的朝代"③。

如果清王朝的统治只有打击和威慑的话，也不可能维持近300年。实际上，顺康雍乾时期的几位帝王，大多比较英明，在历史上都有所作为。他们深知汉族人口众多、文化博大精深，要想统治长治久安，必须获得汉人的认可与支持。因此，他们特别善于利用科举制度来选拔和笼络汉族知识分子，清廷早在顺治元年（1644）就宣布承袭明代惯例，在全国范围内开科取士。据统计，仅顺治一朝短短18年的时间内，就开8科，录取进士达2591人之多，几乎每年都有科举考试。除了正常的科举考试之外，清代还另开博学鸿辞考试，招录那些乡野遗贤。其中尤其以康熙十八年（1679）的博学鸿辞试最为有名，也让朱彝尊等大批词人步入仕途，在内心深处基本认可了清王朝的统治。

政治上的高压与言论上的管制，再加上科举上的拉拢，让更多的人或为了避祸或醉心于举业而埋首故纸堆。康熙中后期以降，浙西词派鼓吹姜夔、张炎词风与这样的政治形势也是息息相关的。姜、张词的主要特色就是非常讲求艺术的表现力，注重音律，与社会生活的距离较远。毋庸置疑，在彼时的社会背景之下，拥抱以姜夔和张炎为首的南宋骚雅词几乎是一种必然的选择。

---

① ［清］徐珂：《清稗类钞》第八册，商务印书馆1912年版，第82页。
② 邓之诚：《中华二千年史》卷五，参阅郑天挺主编《明清史资料》（下），天津人民出版社1981年版，第187—192页。
③ 戴逸：《简明清史》第二册，人民出版社1984年版，第233页。

(二)经济环境

明末清初的战火对经济的破坏是毁灭性的。由于受到兵燹影响,大量农民迫于生计离开故土,外出谋生。他们流离失所,漂泊他乡。据文献记载,直隶南部地区"逃亡人丁十居六七"①。人口流失致使经济凋敝,老百姓生活在水深火热之中;山西一带同样惨不忍睹,展现在世人面前的景象是"田地榛荒,生齿凋耗";在山东地区,由于顺治初年战火不断,农村大量土地撂荒,"十亩之田,止种一二亩者"②。整个农村缺乏应有的生机和活力,战争和天灾等各种因素导致人口大量减少,"一户之中,止存一二人"。覆巢之下,焉有完卵?地处江南山区的江西赣南一带,同样是惨绝人寰的"庐舍俱付灰烬,人踪杳绝"③之景象。

随着战火的逐渐熄灭,清廷将工作的重心放在了发展经济上。在农业领域,统治者一方面大力鼓励垦荒,对于无主的荒田荒地,地方政府给予垦荒者相关印信,允许百姓"开垦耕种,永准为业"④。经过几十年的休养生息,至康熙中期,两淮地区已俨然"无尺寸之荒芜"⑤。另一方面是减免税赋,规定在若干年内耕种荒地予以免租。屯田制度的实行让农村经济活力得以进一步显现。在手工业方面,清廷取消匠籍制度,允许手工业者自由经营,无论是满族还是汉族百姓,"或商或贾,各听其便"⑥。总体而言,全国的经济状况正逐渐好转。但由于战火、圈地、海禁及自然灾害等种种原因,清朝用了将近70年的时间才实现了初步繁荣。

由于康熙皇帝多年南征北战、开疆拓土,国家领土和主权得以捍卫,出现了前所未有的大一统局面。但此举也耗费了大量国家财政收入,再加之康熙末年贪腐之风日炽,康熙一朝的经济状况并不容乐观。雍正皇帝继位之后,大力惩治腐败,严查亏空,国家经济实力有了显著增强。乾隆皇帝25岁即位,正当年富力强,其在位60年,实际掌权63年。乾隆执政期间总体而言也颇有作为,他精明强干,勤于朝政,整顿吏治,稳固政权,平定边疆叛乱,国力达到清王朝时期

---

① [清]卫周元:《痛陈民苦疏》,见琴川居士辑《皇清奏议》卷一,光绪二十八年(1902)石印本。
② 《清世祖实录》卷十三,见《清实录》,中华书局2008年版。
③ 《明清史料》丙编第七本,北京图书馆出版社2008年版,第653页。
④ 《清世祖实录》卷四十三,见《清实录》,中华书局2008年版。
⑤ [清]贺长龄、魏源等编:《皇朝经世文编》卷30,清道光刻本。
⑥ [清]贺长龄、魏源等编:《皇朝经世文编》卷84,清道光刻本。

的顶峰。

统计数据显示,到雍正二年(1724),全国土地达到七亿两千三百多万亩。而到了乾隆十八年(1753),全国土地已经增加到了七亿三千五百万亩。[①] 但这种繁荣仍然"是以农业为基础"[②]的,商业尤其是对外贸易发展缓慢。另外,由于人头税的取消,人口激增,但新土地开垦增加十分有限,人口和土地的矛盾必然凸显。乾隆末年,吏治腐败,贪污行贿受贿之风十分严重,农村土地兼并现象严重,社会矛盾日益激化,终于引发了白莲教起义。清王朝的鼎盛时期逐渐过去,不可避免地开始走下坡路了。

经济的恢复与发展必然给唐宋词的传播与接受带来福音,唯有社会稳定、百姓安居乐业,人们才有可能娱乐与消费。词作为一种"绮筵公子""绣幌佳人"花前月下的女性文体,更需要经济基础的支持。经济发展首先带来的是出版业的繁荣,而唐宋词的传播离不开出版业的支撑。顺康雍乾时期,出版印刷技术已经很成熟,泥活字、木活字、铜活字印刷都较为普遍。清代出版业包括内府版和地方版,康熙十二年(1673)设立武英殿修书处,雕刻精良,印刷清晰。地方刻书以扬州和杭州有名,王澄《扬州刻书考》共收录扬州古今刻书者近900家、2000余种,其中清代刻书占了80%以上。[③] 苏州的出版业同样出色,戚福康在《中国书坊研究》中说苏州书坊在清代至少有151家。[④] 以上是南方的情形,北方同样不逊色,据孙文杰研究,北京的书坊达112家,其中比较著名的有"五柳居、文粹堂、老二酉堂等30多家"[⑤]。就词而言,顺康雍乾时期著名的民间出版商有毛扆、鲍廷博等人。正是在他们的努力下,唐宋词才能实现更广泛的传播与接受。

(三)文化环境

该时期的盛世气象不仅仅表现在政治的统一、经济的发展上,还有文化的发达。清初儒学思想复兴,推崇实学,乾隆皇帝曾云:"夫穷经不如敦行,然知务

[①] 梁方仲:《中国历代户口、田地、田赋统计》,上海人民出版社1980年版,第380页。
[②] 高德步:《中国经济简史》,首都经济贸易大学出版社2013年版,第184页。
[③] 王澄:《扬州刻书考》,广陵书社2003年版,第53页。
[④] 戚福康:《中国书坊研究》,商务印书馆2007年版,第266页。
[⑤] 孙文杰:《试论清代书业中心分布的地理特征》,《中国出版》2011年第14期。

本则于躬行为近。"①他鼓励人们从故纸堆中走出来,从书斋中走出来,要用实际行动去报效国家。清人梁启超亦云:"清初之儒,皆讲'致用'。"②这种社会思潮在一定程度上也影响到了清初的词学思想。③但这种实学思想到了乾隆年间,很快就被朴学代替,做学问讲究考证,当时有"家家许郑,人人贾马"④之说。这种思想的出现,毫无疑问与当时清统治者加强了思想控制有关。

该时期的几位帝王都特别注重文化典籍的整理。据学者研究,从康熙初年到乾隆末年,"由皇帝钦定的各类书籍即达144种,约2.5万卷"⑤,这其中还不包括《四库全书》在内。康熙帝在位期间,诛鳌拜、平三藩、收台湾、击败噶尔丹,建立了赫赫的军事武功,在文治方面同样不容小觑。他在位期间,编成《全唐诗》《佩文韵府》等多种大型图书。《古今图书集成》于康熙四十年(1701)着手编纂,至雍正三年(1725)定稿,雍正六年(1728)成书。乾隆年间先后编撰的图书有《续通典》《续通志》《清通典》《清通志》《清文献通考》等。尤其是乾隆四十七年(1782)编成《四库全书》,堪称文化盛举。

在这样一种背景之下,词也享受到了恩泽。康熙四十六年(1707),康熙帝亲自主持编选《御选历代诗余》,选历代词9000余首,这在中国古代历史上是绝无仅有的。大量的唐宋词作以及唐宋词话等词学资料赖以保存,为唐宋词的传播做出了巨大贡献。另外,康熙五十四年(1715)编成的《钦定词谱》,收唐、五代、宋、元词共826调、2306体,规模之宏大,远超前代。

这些编书刻书活动无疑是文化盛举,但另一方面,也是对文化思想的一次大整饬。清廷在修书的过程中,对他们认为有反动思想的书籍进行篡改乃至焚毁。由于清代是少数民族建立的政权,因此,他们特别忌讳历史上那些言及辽、金、元等少数民族政权的书籍,"维宋人言辽金元,明人言元,其议论偏谬尤甚者,一切拟毁"⑥。据黄爱平研究,仅以《四库全书》的编纂为例,在近二十年的

---

① [清]余金撰,顾静标校:《熙朝新语》卷十一,上海书店出版社2009年版,第166—167页。
② [清]梁启超:《清代学术概论》,东方出版社1996年版,第17页。
③ 参阅谭新红、王兆鹏《论清人词话的学术背景》,《南阳师范学院学报》2002年第1期。
④ [清]梁启超:《清代学术概论》,上海古籍出版社2011年版,第66页。
⑤ 江凌:《试论清代前中期的出版文化环境》,《出版科学》2010年第1期。
⑥ 徐复:《訄书全注》,上海古籍出版社2000年版,第825页。

时间里,共有禁毁书籍3100多种、15100多部。① 这个数字是非常惊人的,可以想见,当时有很多珍贵的古籍因为《四库全书》的编纂而遭到了灭顶之灾。

综上,唐宋词的传播与接受正是在这样的社会环境之下进行的,也正是在这样一种风云变幻的历史背景之下,清词迎来了一个生机勃勃的春天,词这一文学样式也再次焕发出夺目的光彩。这个时期词之兴盛,首先表现在词人及词作的数量上。目前已经出版的《全清词·顺康卷》及其补编共收顺治、康熙年间2560位词作者的6万余首词,《全清词·雍乾卷》收雍正、乾隆年间985位词作者的3.5万余首词。由此可知,顺康雍乾时期共收词作者3545人,词作近10万首。这是一个惊人的数量!众所周知,《全宋词》不过收词2万多首,《全明词》及其补编及各种辑佚加起来亦不过3万余首。其次表现为清词在题材和艺术风格上的开拓,该时期的女性词、边塞词、艳情词、咏物词等较之唐宋词都有不一样的东西。再次表现为流派纷呈。云间词派、西陵词人群、广陵词人群、柳洲词派、阳羡词派、浙西词派等纷纷登上历史舞台,还有不隶属于任何派别的遗民词人以及独抒性灵的纳兰性德、顾贞观等人,他们都提出了自己的词学主张,写出了极具特色的词,但他们彼此之间却有着千丝万缕的联系。毫无疑问,清词的中兴在该时期表现得最为明显。关于这一点,清人李渔曾云:"即闺人稚子,估客村农,凡能读数卷书,识里巷歌谣之体者,尽解作长短句。"②无独有偶,清人蒋景祁在编选《瑶华集》时也说:"国家文教蔚然,词为特盛……词学盛行,直省十五国,多有作者。"③

本书把研究的范围圈定在顺康雍乾时期,除了该时期词学繁盛之外,还有一个重要的因素就是词文献。众所周知,文学研究的重要基础是文献,《全清词》的编纂对于清词研究而言,其价值不言而喻。虽然与清诗相比,清词的数量也许微不足道,但其总量仍非常惊人。严迪昌先生曾云:"一代清词总量将超出20万首以上。"④正因为数量庞大,故而清词裒辑难度极大。全清词的编纂工作始于1982年,历经三十多年的时间,但目前只初步完成了顺康卷及雍乾卷的编

---

① 黄爱平:《四库全书纂修研究》,中国人民大学出版社1989年版,第76页。
② [清]李渔:《词集自序》,见《笠翁一家言》余集卷八,浙江古籍出版社2010年版,第377页。
③ [清]蒋景祁:《刻瑶华集述》,见《瑶华集》,中华书局1982年版,第9页。
④ 参阅严迪昌《清词史》,人民文学出版社2011年版,第1页。

纂工作。虽说乾隆以后的清词，我们也能通过其他途径获取，但其全面性和权威性与《全清词》这样的总集毕竟不可同日而语。正是源于这样的考虑，再加之个人能力和精力所限，我们没有把唐宋词在整个清代的传播与接受作为研究对象，而只是把时间限定在清词文献收集相对完整的顺康雍乾时期。当然，时间范围的确定并非绝对，为了研究的方便，也要适当地在此基础上有所延伸。比如要研究顺治、康熙时期的词坛，肯定绕不开明末。同理，乾隆时期亦和之后的嘉庆一朝存在难以割舍的联系，研究乾隆词坛的接受状况，也要兼顾嘉庆词坛。

清词的中兴原因很多，但其对唐宋词的学习与接受无疑也是一个很重要的因素。其实，顺康雍乾时期是一段逐渐将唐宋词经典化的历程。我们在清人词话、词集序跋等各种文献中，几乎随处可见其对唐宋词地位的体认，将宋代视为词的发展高峰时期。但问题是，唐宋词在顺康雍乾时期究竟留下了多少"遗产"？这些"遗产"中包括哪些唐宋人的别集和选集？清人又根据自己的喜好对这些"遗产"进行了怎样的遴选，新编选了哪些唐宋词选？这些经过改造的"遗产"又传达了清人怎样的接受取向？清人是如何看待和评论唐宋词的？在顺康雍乾这段近两百年的历史中，不同的清人在不同的时间段里分别偏好哪些唐宋词人及其作品，为什么会有这样不同的喜好？这样的接受偏嗜对清词又产生了怎样的影响？这都是我们想知道的答案，也是本书的研究缘起所在。

二、研究现状及研究意义

目前可见的有关唐宋词在清代传播与接受方面的研究成果主要包括四个方面：

一是单个词人的历时传播与接受研究。主要有针对温庭筠、李煜、柳永、欧阳修、苏轼、秦观、贺铸、周邦彦、李清照、张孝祥、晏几道、辛弃疾、姜夔、史达祖、吴文英、蒋捷等唐宋词人个案的历时传播与接受研究。[①] 这些研究成果大多选取唐宋词人个案及其作品在历代的传播与接受作为研究对象，清代只是他们研究中一个很小的部分，稍显单薄。

二是清代唐宋词集及唐宋词选研究。唐宋词集是唐宋词赖以传播与接受

[①] 其中比较有代表性的有：刘尊明、张春媚《传播与温庭筠的词史地位》（《文学评论》2002年第6期），王秀林、刘尊明《"亡国之音"穿越历史时空：李煜词的接受史探赜》（《江海学刊》2004年第4期），刘扬忠《东坡词传播与接受简史》（《社会科学战线》2012年第10期）等。

的重要载体。邓子勉《两宋词集的传播与接受史研究》一书第九章《清代两宋词集的传抄与收藏》中分别详细论述了鲍廷博、彭元瑞、秦恩复、黄丕烈、陈徵芝、朱学勤、黄虞稷、钱曾、朱彝尊、曹寅、季振宜、徐乾学、孙星衍等清代著名藏书家所传抄与庋藏的两宋词集,详细著录了清代各藏书家所藏两宋词集的名称及版本,并将清初至道光年间两宋词人的别集、选集、合集、丛编、词话等被公藏和私藏收录情况详细列表,"传藏的两宋词别集的总数有二百余家五百六十余种"①。同时,该书就清人对唐宋词集的手批、抄补、解读、断句、校异、献疑、增补等情况进行了分析,但可惜没有展开论述。第十章《清代两宋词集的丛刻》中较为详细地介绍了侯文灿刊刻的《名家词集》以及鲍廷博刊刻的宋人别集,还有秦恩复的《词学丛书》所刻宋人别集,分析了其所刊刻宋人词集的特点。第十一章介绍了清初至道光年间清人零星所刻南宋个别词别集和词选集,其中包括玉田(张炎)《山中白云词》、白石(姜夔)《白石道人歌曲》、碧山(王沂孙)《花外集》以及草窗(周密)《蘋洲渔笛谱》等,并对宋代词选集《乐府补题》《绝妙好词》等的传抄、刊刻、笺注等情况做了较为详尽的阐述。第十二章《清代两宋词集的评点》介绍了朱彝尊手批的两宋词集以及清人评点张炎词集的情形,以及这种评点对于清人接受两宋词作的影响。总体看,该书在"传播"领域当中的研究很扎实,但"接受"方面的阐述略显不足。除该书外,尚有一些单篇的论文亦涉及此方面的内容。②

就清人所编唐宋词选的相关研究而言,北京师范大学赵晓辉 2007 年博士学位论文《清人选唐宋词研究》和高春花专著《清代唐宋词选研究》为其中代表。尤其是高春花的《清代唐宋词选研究》分别对康乾、嘉道、光宣时期的唐宋词选总体特征做了深入剖析,并对每个时期有代表性的唐宋词选的问世背景、选词宗旨、编选体例、价值影响等各个方面做了较为详尽的阐述,点面结合,脉

---

① 邓子勉:《两宋词集的传播与接受史研究》,华东师范大学出版社 2015 年版,第 251 页。

② 比较有代表性的有郑海涛《〈绝妙好词〉在清代词坛的接受》[《西华师范大学学报(哲学社会科学版)》2009 年第 1 期],研究的是宋代词选《绝妙好词》在清代的接受。除此之外,还有曹明升《黄丕烈对宋人词籍的收藏与整理》[《徐州师范大学学报(哲学社会科学版)》2011 年第 2 期]、曹秀兰《身处异代成相知 尽在悠悠故国情——从朱彝尊对周密《绝妙好词》的接受说起》[《聊城大学学报(社会科学版)》2012 年第 4 期]、黄浩然《张炎词集整理与清初词风演进》(《古籍整理研究学刊》2015 年第 4 期)等研究成果。

络清晰。但无论是高著还是赵著,词选所传达的清人对于唐宋词的接受理念都并非其研究重点。

三是清人对唐宋词的学习接受研究。陈水云等人所著《唐宋词在明末清初的传播与接受》较为全面地剖析了唐宋词在明末清初这个时间段的传播与接受情形。全书分为上、中、下三个篇章,上篇主要探讨的是唐宋词集在明末清初的收藏、著录、刊刻情形,并以一些重要的唐宋词集为例,研究其与清词发展的关系;中篇则主要从词论方面阐述了清人关于唐宋词接受的理论,首先从对"花""草"词统接受的反思、对艳词接受的两种态度、对"本色"接受的两种取向等方面剖析了清人关于唐宋词接受的理论论争,随后详细论述了清人对柳永、李清照、辛弃疾词接受的情形;下篇则侧重于探究清初重要词派及词人对唐宋词接受的不同取向,结合具体的创作实践,分析比较其关于唐宋词接受的理念,进而考察唐宋词接受对于清词的影响。总体而言,该书既注重理论的阐释,又有文本的解读,分析鞭辟入里,但对于词集以外的传播媒介以及追和、词韵、技法等接受层面上的研究较为薄弱。除此之外,尚有一些关于柳永、张炎、史达祖、吴文英等唐宋词人在清代传播与接受方面的研究。①

四是清代宋词学研究。清人大多认同宋词为宋代之代表文学。词之地位虽不显,但清人以治经治史之余力治宋词,在词集文献整理、词学理论的阐发、词韵词谱的编订等各个方面都有所建树,是为清代宋词之学。曹明升《清代宋词学研究》一书涉及清人所建构的宋词史,清人对宋词文体特性的认知,清人对宋代词人的评价,清人对宋词创作方法的总结,清人对宋词文献的整理、校勘、笺注等方面。孔哲的博士论文同样以《清代宋词学研究》为题,他从尊体观、宋词地位论、宋词词史论、宋词风格论、宋词作家论、清代宋词学的特点等六个方面展开相关研究。清代宋词学的研究外延和内涵与唐宋词在清代的传播与接受有交叉和重叠的地方,但前者注重的是清人对宋词的研究,研究重点为清人对宋词的体认与感知、清人治宋词之方法和体系;而后者重点探讨的是唐宋词

---

① 比如邓建《清代柳永词传播态势的定量分析——兼论柳永的"名词"》[《江西师范大学学报(哲学社会科学版)》2010年第4期]、曹明升《论梅溪词在雍乾词坛的接受及其经典化过程》(《文学评论》2011年第4期)、田玉琪《梦窗词在明末清初的传播与影响》[《湖北大学学报(哲学社会科学版)》2006年第5期]、黄浩然《张炎词在清代的接受与清代词学的建构》[《南京师大学报(社会科学版)》2016年第1期]、陈水根《宋元之际江西词人群被清人的接受》(《江西社会科学》2011年第12期)等。

在清代的流传情形以及清人对唐宋词的学习和接受。

总体来看,这些研究成果大多为个案研究或断面研究,目前暂未见专门以顺康雍乾时期唐宋词传播与接受为对象的相关研究成果。个案研究虽然在微观上能做到深入细致、阐幽发微,但易陷入见木不见林之困境。而实际上,从辩证唯物主义和历史唯物主义的角度来看,世界上的万事万物皆是相互联系的。比如研究姜夔和张炎词的传播与接受,我们就会发现,两人有许多共同之处,在该时期的境遇也几乎如出一辙。另外,苏、辛词在清代的进退也与姜、张词风的涨落休戚相关,而康熙中期以后以温庭筠为代表的花间词风和以柳永为代表的北宋俗艳词风的隐退与姜、张词的崛起亦有直接关联,所有这些都是孤立的个案研究所难以承载的。因此,宏观而系统地研究该时期唐宋词传播与接受及其与清词发展的关系,就显得尤为必要。

关于清词中兴的原因,前人多从清代的政治、经济、文化等外在因素入手,抑或是从词体自身的发展规律入手。其实,"打破文献、创作、理论相隔离的研究格局",从传播与接受的角度来审视清词,将唐宋词与顺康雍乾时期的清词放在同一平台上予以考察,未尝不是一种较好的尝试。严迪昌先生认为,清词的中兴不能简单地认为是词经过明代低迷之后的否极泰来,也不是对宋词模式的复制和粘贴,"简单化地以宋词作为绳衡标尺来论评清词,显然不是一种可取的科学态度"①。但这只是问题的一个方面,另外一个不得不说的事实是,清词的发展是离不开唐宋词这座历史宝库滋养的。完全抛开唐宋词而就清词谈清词,恐怕不符合词体文学发展的自身规律,也难以全面而深刻地把握顺康雍乾词坛波诡云谲、新澜迭起的现实。因此,本书可以从一个较为新颖的角度将这一领域的研究进一步推向深入。

关于清词研究侧重点的反思,张宏生先生曾指出:"从清词的创作成就来说,基本上是两头大、中间小,这导致研究力量的投入也相应如此。"②学者对清初词和清末词投入了较多的精力和时间,但对于清中期词坛的研究较为薄弱。有鉴于此,本书在继续关注清初这个研究热点的同时,把研究范围进一步扩大到清中期,就是拟在清中期词坛的研究上有更多的开拓。我们试从唐宋词传播与接受的角度,聚焦于历史上有名的康乾盛世时期词坛,将唐宋词传播接受与

---

① 严迪昌:《清词史》,人民文学出版社 2011 年版,第 4 页。
② 张宏生:《近百年清词研究的历史回顾》,《文学评论》2007 年第 1 期。

清词的发展做整体观照,深入考察两者之间的内在联系,进而剖析清词中兴的事实及原因,这无疑具有一定的现实意义。

三、研究思路与主要研究内容

正是基于上述考虑,本书拟从三个方面展开相关研究。一是从词集的角度,主要论述唐宋词别集和选本在清代的传播与接受,以及清人新编唐宋词选;二是从词论的角度,主要研究清人有关唐宋词接受的理论;三是从创作的角度,重点探讨唐宋词接受背景下的清词创作实践。当然,这三个方面并非畛畦分明,在具体的研究过程中其内容也会有交叉。总体而言,本书的研究将包括以下内容:

词集部分包括第一章和第二章。

第一章:唐宋词集在顺康雍乾时期的流布。主要研究内容包括:从书目著录看顺康雍乾时期唐宋词集的流传、宋版唐宋词集在顺康雍乾时期的流传、唐宋词集在顺康雍乾时期的重刻与重抄、分别从私人藏书家和四库馆臣的角度研究唐宋词集在顺康雍乾时期的校勘、以《山中白云词》和《绝妙好词笺》为例考察唐宋词集在顺康雍乾时期的评点与笺注,在上述研究的基础上,全面考察唐宋词集的传播与顺康雍乾时期词风的演变关系。

第二章:顺康雍乾时期新编的唐宋词选及其接受内涵。主要研究该时期新编唐宋词选,统计其数量,从刊刻年代、作品所属时代、编排方式及版本等角度分析其编选特点;研究唐宋词在顺康雍乾时期词选中的计量及其接受意蕴,选取其中的14部唐宋词选,用定量分析的方法考察该时期词选最青睐的唐宋词人以及入选率最高的唐宋词作,并分析其中所蕴含的接受内涵;分别以《见山亭古今词选》《词综》《词洁》《御选历代诗余》《晴雪雅词》为例,考察唐宋词选与顺康雍乾时期词坛风会的交互关系。

词论部分包括第三章和第四章。

第三章:唐宋词在顺康雍乾时期词话中的传播与接受。主要研究唐宋词作在顺康雍乾时期词话中的传播,以《词话丛编》为中心,统计该时期词话中的唐宋词人及其词作数量并予以排名,分析数据所折射的原因及接受意蕴;分析唐宋词在词话中传的特点及其影响;从学词途径以及填词的宜与忌、不同类型词之创作方法、词的谋篇布局、艺术手法的运用等方面考察清人对唐宋词技法的总结与学习。

第四章：顺康雍乾时期词人对唐宋词的体认。主要研究清人对唐宋词人及其作品的体认，探究唐宋词在顺康雍乾时期词人心中是一个怎样的存在，他们如何看待唐宋词的历史地位；从诗、词之异同，词、曲之异同等方面考察顺康雍乾时期词体观背景下的唐宋词接受；探究词史观背景下的唐宋词接受，该时期词人如何建构他们心目中的唐宋词史，也能在一定程度上看出其接受取向；分别从南北宋之争、正变之论、本色论、雅俗之辨等方面阐述顺康雍乾时期在唐宋词接受方面的论争。

创作部分包括第五章和第六章。

第五章：从唐宋词接受看顺康雍乾时期词风之演变。宏观上考察唐宋词接受与顺康雍乾时期词发展演变的关系，通过分析该时期各阶段代表作家的词学接受理念及其创作实践不难发现，从明清之际的学花间、南唐、北宋到清初的百花齐放，再到清中期的姜、张独尊，大体而言顺康雍乾时期的唐宋词接受实现了一个由多元接受到单一接受进而又试图拓展的转捩。与之相应，清词创作由重性情的抒发到重艺术手法的锤炼，词风追求由以婉丽为宗到以清雅为宗，调式的选择由好小令到好长调。清词也大体走过了一段由复兴到繁荣最后又趋于沉寂的历程。纵观顺康雍乾时期近200年的历史，我们会发现，唐宋词接受的确在一定程度上左右了清词的发展走向。

第六章：从追和看唐宋词在顺康雍乾时期的传播与接受。以追和这种较为显性的唐宋词接受方式为中心，考察清词创作与唐宋词接受之间的关系。主要研究该时期追和唐宋词的总体风貌，主要从和韵、效体、集句、檃栝等方面考察清人的追和现象，通过具体的词作分析，考察清人追和唐宋词的形式及其影响；通过数据的计量与分析，分别从词调、词人、词作等不同角度，揭示顺康雍乾时期词人追和唐宋词的情形及其所蕴含的接受指向。在此基础上，探究追和词兴盛的原因及其对该时期词坛的影响。

四、本书的研究方法

根据研究内容及其性质，本书的研究方法主要有以下特色：

一是将文本研究与社会、思想及文化的研究相融合。"文变染乎世情，兴废系乎时序"，毋庸置疑，任何一个时代的文学现象都会在一定程度上打下时代的印记。清人选择接受何种类型的唐宋词人及其作品，从表面看是个人的喜好，但政治、经济、思想等因素在其中所起的作用亦同样不容忽视。比如，清代初期稼轩风的回归，与明末清初激烈的社会矛盾和民族矛盾就有着千丝万缕的关系。而康熙中期以降，姜、张词的风行与彼时国泰民安、人心思定不无关联。从某种意义上而言，随着清王朝在全国统治的稳定，无论承认与否，词人在内心深处逐渐接受了既有现实，这是浙西词派推崇骚雅清空、注重格律形式美的姜、张词的重要社会背景。凡此种种，都需要我们把唐宋词在顺康雍乾时期的传播与接受放在一个更广阔的社会环境之下来审视。

  二是计量统计法的运用。这种方法经罗忼烈先生倡导后，刘尊明、王兆鹏等先生更是形成了一整套关于唐宋词研究的计量统计方法和理论，产生了很大反响。后来，王兆鹏的博士郁玉英将这种方法运用得更加得心应手，其代表作《宋词经典的生成及嬗变》一书引起了学界的较大关注。虽然也有人质疑这种方法，但毫无疑问，其大胆创新之处值得肯定。本书的研究在追和词、词选研究等方面都将尝试这种方法。在追和词的研究中，需要统计顺康雍乾时期有多少人写过追和唐宋词的作品，运用了多少词调？重要的唐宋词人分别被追和了多少次？经典的唐宋词作分别被追和了多少次等。对于词选而言，我们需要统计重要唐宋词人的作品在该时期主要词选中的入选次数及占词选词作总数的百分比，统计经典唐宋词作入选的次数。这些数据的统计，既包括顺康时期的，也包括雍乾时期的，也有整个顺康雍乾时期的，我们还需根据统计结果予以排名。当然，数据的解读还需结合文本的阅读和理论的阐释，只有这样，才能统筹考察唐宋词人及唐宋词作在顺康雍乾时期的传播与接受情形。

第一章　唐宋词集在顺康雍乾时期的流布

考察顺康雍乾时期唐宋词的传播与接受，唐宋词集是文献基础。在"作家—作品—传播—接受"这一新型四维模式中，作家和作品是研究的起点。因此，本章首先通过研究书目著录情况探明顺康雍乾时期尚在流传的唐宋词集[①]，考察清人对宋版唐宋词集的留存与收藏情形，同时研究该时期重新刊刻和抄写的唐宋词选集、别集，通过数据的计量与解读，分析其中所蕴含的唐宋词传播与接受意蕴。另外，本章还将研究清人对唐宋词集的校勘、评点、笺注，并以一些有代表性的词集为例，考察其与清代词坛风会的关系。通过这些途径，从中一窥唐宋词集在该时期的传播与接受的基本风貌。

第一节　唐宋词集在顺康雍乾时期书目中的著录

顺康雍乾时期究竟有多少唐宋词集在流传，我们从相关的书目著录可以看出端倪，陈水云的《唐宋词在明末清初的传播与接受》和邓子勉的《两宋词集的传播与接受史研究》两书都有论及相关问题。[②] 但前者研究的范围是崇祯二年（1629）至康熙三十一年（1692）[③]，后者则将清代两宋词集的传抄与收藏作为一个整体。综合两书及其他相关研究成果，笔者统计出该时期唐宋词别集及选集在各藏书目录中的著录次数。表中各唐宋词集"著录次数"统计数据的来源有：沈辰垣等编《御选历代诗余》，陈廷敬、王奕清等编《钦定词谱》，嵇璜、曹仁虎纂

[①] 本书所谓"唐宋词集"是指唐宋人所撰词别集（包括后人从诗文集中整理的词集）以及唐宋人所编唐宋词选集。

[②] 参阅陈水云等《唐宋词在明末清初的传播与接受》，中国社会科学出版社2010年版，第35—68页；邓子勉《两宋词集的传播与接受史研究》，华东师范大学出版社2015年版，第192—251页。

[③] 陈水云等：《唐宋词在明末清初的传播与接受》，中国社会科学出版社2010年版，第4页。

修《钦定续文献通考》，黄虞稷《千顷堂书目》，季振宜《季沧苇书目》，徐乾学《传是楼宋元板书目》，钱曾《读书敏求记》《钱遵王述古堂藏书目录》《也是园藏书目》，朱彝尊《曝书亭藏书目》《竹垞行笈书目》《词综·发凡书目》，徐元文《含经堂藏书目》，毛扆《汲古阁珍藏秘本书目》，陆漻《佳趣堂书目》，曹寅《楝亭书目》，王闻远《孝慈堂书目》，鲍廷博《知不足斋丛书》目录，彭元瑞《知圣道斋书目》，赵魏《竹崦庵传抄书目》，孙星衍《孙氏祠堂书目》，黄丕烈《百宋一廛书录》《荛圃藏书题识》。

其中，《御选历代诗余》《钦定词谱》《钦定续文献通考》并非专门的书目，但也记载了大量词集，故而一并纳入统计。表中词人词集有多种名称的，取其常见名称。名称一样，但卷数不一样的，也算著录一次。具体著录情形如下：

一、别集

表1-1　顺康雍乾时期公、私藏书目录著录唐宋词别集统计表①

序号	词人	词集	著录次数	序号	词人	词集	著录次数
1	秦观	淮海词	18	104	葛立方	归愚词	5
2	陈允平	西麓继周词	18	105	丘崈	文定词	5
3	辛弃疾	稼轩词	16	106	郭应祥	笑笑词	5
4	苏轼	东坡词	16	107	方岳	秋崖词	5
5	赵以夫	虚斋乐府	15	108	卢祖皋	蒲江词	5
6	周密	草窗词	15	109	汪元量	水云词	5
7	周邦彦	清真词	14	110	晁端礼	闲斋琴趣外编	4
8	吴文英	梦窗词	13	111	谢逸	竹友词	4
9	欧阳修	六一词	13	112	沈瀛	竹斋词	4
10	黄庭坚	山谷词	13	113	陈深	宁极斋乐府	4
11	张元干	芦川词	12	114	张抡	莲社词	4
12	姚述尧	萧台公余词	12	115	张镃	玉照堂词	4
13	姜夔	白石词	12	116	李好古	碎锦词	4
14	蒋捷	竹山词	12	117	汪莘	方壶词	4
15	张孝祥	于湖词	11	118	严羽	沧浪词	4
16	柳永	乐章集	11	119	夏元鼎	蓬莱鼓吹	4
17	晏几道	小山词	11	120	王安石	半山词	3

---

① 表中主要为两宋词集，另有五代词集两种，无唐代词集。

续表 1-1

序号	词人	词集	著录次数	序号	词人	词集	著录次数
18	赵彦端	介庵词	11	121	康与之	顺庵乐府	3
19	张炎	山中白云词	11	122	赵鼎	得全居士词	3
20	贺铸	东山词	11	123	韩元吉	焦尾集词	3
21	林正大	风雅遗音	10	124	赵磻老	拙庵词	3
22	向子諲	酒边词	10	125	冯取洽	双溪词	3
23	陆游	放翁词	10	126	王庭珪	卢溪词	3
24	石孝友	金谷遗音	10	127	王灼	颐堂词	3
25	赵长卿	惜香乐府	10	128	程大昌	文简公词	3
26	倪偁	绮川词	10	129	谢懋	静寄居士乐章	3
27	刘克庄	后村词	10	130	冯延巳	阳春集	2
28	洪瑹	空同词	10	131	潘阆	逍遥词	2
29	陈亮	龙川词	10	132	僧仲殊	宝月集	2
30	张先	子野词	10	133	文同	文湖州词	2
31	朱淑真	断肠词	10	134	徐伸	青山乐府	2
32	杜安世	寿域词	9	135	万俟咏	大声集	2
33	陈与义	无住词	9	136	邓肃	栟榈集	2
34	朱敦儒	樵歌	9	137	刘子翚	《屏山集》附词	2
35	蔡伸	友古词	9	138	曹勋	松隐词	2
36	周紫芝	竹坡词	9	139	李弥逊	筠溪词	2
37	程垓	书舟词	9	140	汪藻	《浮溪文粹》附词	2
38	杨无咎	逃禅词	9	141	杨万里	诚斋乐府	2
39	杨炎正	西樵语业	9	142	陈瓘	了斋词	2
40	韩玉	东浦词	9	143	张纲	华阳老人长短句	2
41	吴潜	履斋诗余	9	144	刘仙伦	招山乐章	2
42	史达祖	梅溪词	9	145	洪适	《盘洲集》词	2
43	卢炳	哄堂词	9	146	刘光祖	鹤林词	2
44	许棐	梅屋词	9	147	孙惟信	花翁词	2
45	李昴英	文溪词	9	148	姚宽	西溪居士乐府	2
46	范成大	石湖词	9	149	吴礼之	顺受老人词	2
47	陈三聘	和石湖词	9	150	严仁	清江欸乃集	2
48	晏殊	珠玉词	8	151	魏了翁	鹤山词	2
49	晁补之	晁氏琴趣外编	8	152	曾惇	曾惇词	2
50	李之仪	姑溪词	8	153	李廷忠	橘山乐府	2

续表1-1

序号	词人	词集	著录次数	序号	词人	词集	著录次数
51	毛滂	东堂词	8	154	施岳	梅川词	2
52	王安中	初寮词	8	155	李洪	李氏花萼集	2
53	曹冠	燕喜词	8	156	欧良	抚掌词	2
54	向镐	乐斋词	8	157	王炎午	《王梅边》附词	2
55	沈端节	克斋词	8	158	何梦桂	潜斋词	2
56	毛开	樵隐词	8	159	不详	和清真词	2
57	葛郯	信斋词	8	160	真德秀	真西山琴趣	2
58	赵师侠	坦庵词	8	161	李璟 李煜	南唐二主词	1
59	王千秋	审斋词	8	162	林逋	《和靖先生集》词	1
60	罗愿	《鄂州小集》附词	8	163	王琪	谪仙长短句	1
61	高观国	竹屋词	8	164	释祖可	东溪集	1
62	刘过	龙州词	8	165	徐积	《节孝集》附词	1
63	洪咨夔	平斋词	8	166	惠洪	《石门文字禅》附词	1
64	杨泽民	和清真词	8	167	赵令畤	聊复集	1
65	侯寘	懒窟词	8	168	王观	冠柳集	1
66	张榘	芸窗词	8	169	唐庚	《眉山集》附词	1
67	陈经国	龟峰词	8	170	左誉	筠翁长短句	1
68	戴复古	石屏词	8	171	杨杰	《无为集》附词	1
69	王沂孙	碧山词	8	172	李纲	梁溪词	1
70	陈师道	后山词	7	173	晁冲之	《具茨集》词	1
71	谢逸	溪堂词	7	174	米友仁	阳春集	1
72	叶梦得	石林词	7	175	蔡楠	浩歌集	1
73	王之道	相山词	7	176	岳珂	《金陀粹编·家集》附词	1
74	吴儆	竹洲词	7	177	张矩	梅渊词	1
75	廖行之	省斋诗余	7	178	张震	张震词	1
76	黄公度	知稼翁词	7	179	李曾伯	可斋词	1
77	管鉴	养拙堂词	7	180	宋自逊	渔樵笛谱	1
78	京镗	松坡词	7	181	陈克	赤城词	1
79	曾觌	海野词	7	182	徐经孙	《文惠集》附词	1
80	黄机	竹斋词	7	183	徐鹿卿	《清正集》附词	1
81	方千里	和清真词	7	184	陈从吉	洮湖集	1
82	朱雍	梅词	7	185	姚勉	雪坡词	1

续表 1-1

序号	词人	词集	著录次数	序号	词人	词集	著录次数
83	黄昇	玉林词	7	186	王澡	瓦全居士诗词	1
84	刘一止	苕溪词	6	187	魏子敬	云溪乐府	1
85	葛胜仲	丹阳词	6	188	俞国宝	醒庵遗珠集	1
86	韩淲	涧泉词	6	189	冯伟寿	云月词	1
87	周必大	近体乐府	6	190	刘镇	随如百咏	1
88	吕渭老	圣求词	6	191	赵彦端	介庵琴趣外编	1
89	王以宁	王以宁词	6	192	王义山	《稼村类稿》附词	1
90	胡铨	澹庵词	6	193	程贵卿	梅屋词	1
91	朱熹	晦庵词	6	194	姜特立	《梅山续稿》词	1
92	程珌	洺水词	6	195	王武子	王武子词	1
93	葛长庚	海琼词	6	196	宋伯仁	烟波渔隐词	1
94	张辑	东泽绮语	6	197	赵必愹	秋晓词	1
95	陈德武	白雪遗音	6	198	彭元逊	虚寮词	1
96	文天祥	文山乐府	6	199	李彭老	筼房词	1
97	李清照	漱玉词	6	200	李莱老	秋崖词	1
98	张继先	虚靖真人词	5	201	赵闻礼	钓月轩词	1
99	黄裳	演山先生词	5	202	不详	章华词	1
100	李处全	晦庵词	5	203	不详	青城词	1
101	吕胜己	渭川居士词	5	204	不详	玉山词	1
102	刘弇	龙云词	5	205	不详	平湖词	1
103	袁去华	袁去华词	5				

二、选集

表 1-2 顺康雍乾时期公、私藏书目著录唐宋词选集统计表

编号	时代	编者	选集	著录次数	备注
1	宋	黄昇	花庵绝妙词选	13①	
2	宋	周密	绝妙好词	9	
3	宋	黄大舆	梅苑	8	
4	宋	曾慥	乐府雅词	8	

① 其中,《唐宋诸贤绝妙词选》著录 3 次,《中兴以来绝妙词选》著录 3 次,《花庵词选》著录 7 次。

续表 1-2

编号	时代	编者	选集	著录次数	备注
5	宋	陈恕可	乐府补题	7	
6	宋	赵闻礼	阳春白雪	4	
7	宋	不详	尊前集	2	
8	宋	何士信	草堂诗余	2	
9	五代	赵崇祚	花间集	2	
10	宋	不详	典雅词	2	
11	宋	南宋修内司	乐府混成集	1	
12	宋	鲖阳居士	复雅歌词	1	
13	宋	不详	群英诗余	1	疑即为《草堂诗余》
14	宋	不详	群公诗余	1	
15	唐、五代	不详	金奁集	1	

综上所述，顺康雍乾时期流传的唐宋词别集有 205 种（李璟和李煜合并算 1 种），其中五代 2 种，其余为两宋，共著录 1114 次。有些词人并无单行本词集传世，上述从诗文集中析出的词集有 12 种。从某种意义上说，词集著录次数越多，代表这种词集在该时期越受欢迎，传播范围越广。从表 1-1 可以看出，著录 13—18 次的有 10 种，占比 4.9%；10—12 次的有 21 种，占比 10.2%；5—9 次的有 78 种，占比 38.1%；2—4 次的有 51 种，占比 24.9%；只著录 1 次的有 45 种，占比 21.9%。

从表 1-1 不难发现，著录次数在 10 次以上（含 10 次）的词集有 31 种，其中排在前几位的是秦观《淮海词》18 次、陈允平《西麓继周词》18 次、辛弃疾《稼轩词》16 次、苏轼《东坡词》16 次、赵以夫《虚斋乐府》15 次、周密《草窗词》15 次、周邦彦《清真词》14 次、吴文英《梦窗词》13 次、欧阳修《六一词》13 次、黄庭坚《山谷词》13 次。其中除赵以夫外，基本都是唐宋词的大家和名家。可以说，这些是顺康雍乾时期传播与接受程度最高的唐宋词集。

值得注意的是，顺康雍乾时期很受推崇的姜夔词集著录 12 次、张炎词集著录 11 次，虽然著录次数也很多，但没有进入前十位。其中的原因其实不难理解，姜、张词在明代湮晦不彰，以朱彝尊这样的词学专家在他康熙初年编选《词综》时尚不能见到姜夔词的全貌，只是从《花庵词选》中选录姜夔二十多首词。

丘琼荪先生共统计出姜夔《白石道人歌曲》共 38 种版本，其中清代的有 27 种，但顺康时期的只有 2 种，其余的都是雍正以后的，其中尤以乾隆年间为多，达 8 种之多。① 张炎词亦是如此。朱彝尊在编选《词综》时所见到的《玉田词》也远非完帙，朱彝尊在《词综·发凡》中就说："顷吴门钱进士宫声相遇都亭，谓家有藏本，乃陶南村手书，多至三百阕，则予所见，犹未及半。"②他一开始是以汪森所购张炎词，校以明吴讷百家词本玉田词，直到后来才发现有陶宗仪抄本《山中白云词》。因此，姜夔和张炎的词集在清初流传并不广，是到了康熙中后期以降，翻刻和著录的次数才逐渐频繁的。故而其在顺康雍乾时期总的著录次数排名不突出也就有了合理的解释。

就选集而言，顺康雍乾时期主要公、私藏书目录中著录的唐宋词选集约有 15 种。其中《花间集》与《草堂诗余》的著录情况值得注意。该时期，《花间集》只有毛扆《汲古阁珍藏秘本书目》著录 2 次（南宋版和北宋版各一套），《草堂诗余》也只有钱曾和朱彝尊藏书目录各著录 1 次。他们的著录次数都远低于《花庵词选》《绝妙好词》及《乐府补题》。与之相应的是，《花间集》已知的版本属于顺康雍乾时期的也极少，《草堂诗余》亦是如此。这种情形与明代形成鲜明对比。毋庸讳言，《花间集》和《草堂诗余》在明代受到了前所未有的礼遇，这两部唐宋词选在明代被大量刊印，也有众多明人点评，无论是词学名家还是普通群众都趋之若鹜。王昶曾云："永乐以后，南宋诸名家词皆不显于世，惟《花间》《草堂》诸集盛行。"③

因此，《花间集》和《草堂诗余》在明代和清代顺康雍乾时期的待遇真可谓是天渊之别。但这种转变也并非一朝一夕的。其实，"花""草"之风在明末清初亦有相当影响。吴梅先生就曾指出，词学在清代重新焕发了勃勃生机，门派林立，各有所尚，成就斐然，然"其始沿明季余习，以花草为宗"④。只是清初惨痛的历史让人们逐渐对"花""草"浮靡之风有了更深刻的反省。也或许是物极必反，《花间集》和《草堂诗余》这两部唐宋词选在明代超乎寻常的热度让后人颇为反感，于是才会有浙西词派高举复雅大旗，"花""草"的影响才逐渐减弱。

---

① 参阅丘琼荪《白石道人歌曲通考》，音乐出版社 1959 年版，第 11—23 页。
② [清]朱彝尊：《词综·发凡》，见朱彝尊、汪森辑《词综》，中华书局 1975 年版，第 8 页。
③ [清]王昶：《明词综·序》，见《明词综》，嘉庆七年（1802）王氏三泖渔庄刻本。
④ 吴梅：《词学通论》，华东师范大学出版社 1996 年版，第 152 页。

我们对唐宋词集在顺康雍乾时期书目著录情况的统计,也很好地印证了这一点。

除此之外,《乐府混成集》和《典雅词》的著录情况也值得我们注意。《乐府混成集》的著录很有价值,《乐府混成集》是南宋官修的大型乐谱,里面也选录了大量宋词,从某种意义上而言,其也属于广义的词选集范畴。其规模宏大,总数超过了一百册,"古今歌词之谱,靡不备具"①。光是大曲一类,其数目就达数百解,其他类型词曲数量也可想而知。然而,或许是因为部头太大,不便于流传和刊布,这部词选在当时就鲜为人知。不过,《乐府混成集》在明代却有书目著录的记载,说明其在明代尚有流传。到了清初,《千顷堂书目》亦著录有"《乐府混成集》一百五册"②,与周密的记载很相似。但是在这之后,就再也不见著录。今天我们无法再看到它了,殊为可惜。因此,《乐府混成集》在该时期的这次著录就显得弥足珍贵。

另一部值得注意的选集就是《典雅词》,宋代坊间所刻,明代文渊阁曾有收藏,共三十册,但后来就散佚了。明末毛晋汲古阁藏有部分抄本,清初黄虞稷《千顷堂书目》中著录有"《典雅词》□卷"③。另外,朱彝尊《竹垞行笈书目》待字号和人字号各藏《典雅词》一册。④ 这也是顺康雍乾时期有关《典雅词》仅有的两次著录记载。另据朱彝尊《曝书亭集》卷四十三《跋典雅词》云:其在未踏上仕途之前,曾在慈仁寺得到一本《典雅词》,从笔迹来看,应该是南宋抄本。后来朱彝尊举博学鸿词科,授翰林院检讨,在参与修《明史》的过程中,又从明文渊阁藏书中发现了一部《典雅词》,朱彝尊据以抄一副本。再后来,他又从工部郎灵寿傅君家中得到一部《典雅词》,笔迹、体式与前两本基本一致。由此可以想见,在顺康雍乾时期,《典雅词》就已经很难搜集到了,几经周折,朱氏才搜罗到3册,"所得不及十之二"⑤。实际上,清代后期丁丙和缪荃孙等人收录的《典雅

---

① [宋]周密撰,杨瑞点校:《周密集》第一册,浙江古籍出版社2015年版,第174页。
② [清]黄虞稷撰,瞿凤起、潘景郑整理:《千顷堂书目》,上海古籍出版社2001年版,第59页。
③ [清]黄虞稷撰,瞿凤起、潘景郑整理:《千顷堂书目》,上海古籍出版社2001年版,第790页。
④ [清]朱彝尊:《曝书亭序跋·潜采堂宋元人集目录·竹垞行笈书目》,上海古籍出版社2010年版,第391、396页。
⑤ [清]朱彝尊:《曝书亭集》卷四十三,《四部丛刊》本。

词》亦非全帙。《典雅词》中保留了一些较为罕见的宋人词集,宋以后几乎一直以抄本的形式流传,经清人的整理和发掘,流传至今的仅有二十多种。

第二节　宋版唐宋词集在顺康雍乾时期的流传

唐宋时期刊刻的词集在顺康雍乾时期留下的已然不多,亦极为珍贵,我们通过查看清人的藏书目录,仍然可以看到一些。现考述如下:

一、毛扆及毛褒所藏宋刻

毛扆是毛晋的第五子,继承其父的事业,继续购书、藏书、售书的事业,尤其是与其岳父共同校勘其父毛晋所刊刻《宋六十一名家词》,影响颇大。《汲古阁秘本书目》乃其售书单,其中宋版词集也有一些,包括的宋人别集有北宋词人柳永的《柳公乐章》,南宋戴复古的《石屏词》与许棐的《梅屋词》等,唐宋词选集有《花间集》。① 毛扆还对这些珍贵的宋版词集做了简洁的介绍,如《石屏词》和《梅屋词》两书为合订本,并云这两部词集极为罕见,殊为难得;又云戴复古《石屏词》与当时通行之本不一样,而其宋版柳永词也较他本更全。从"人间绝无""故可宝也"等语句可以明显看出毛扆的得意与自豪之情。不过,此《秘本书目》乃其售卖书籍之清单,难免有王婆卖瓜之嫌。

毛褒是毛晋次子,亦喜藏书,藏宋版贺铸《东山词》二卷。据《爱日精庐藏书志》记载:"是书(指贺铸《东山词》,笔者注)六十家词未刊,盖以得书稍迟故,未及梓人耳,毛褒有印记。"②

二、钱曾所藏宋刻

钱曾(1629—1701),清初江南著名藏书家和版本学家。他因顺治年间的"奏销案"被清廷革去生员资格,后无意仕进,遂专心于藏书事业。钱曾先后得到其父钱裔肃和大诗人钱谦益的大量藏书,还经常与毛扆、季振宜等清初江南藏书家互通有无,相互抄书、校书。钱曾尤好宋版图书,并将自己的藏书处命名为述古堂。其藏书历三十载,四库馆臣称其所藏书籍"皆载其最新之本"③。钱

---

① [清]毛扆编:《汲古阁珍藏秘本书目》,中华书局1985年第1版,第30页。
② [清]张金吾:《爱日精庐藏书志》卷三十六,《续修四库全书》本。
③ [清]永瑢等:《四库全书总目》,中华书局1965年版,第745页。

曾还擅长书籍的校勘,以"考核极精,辨论极当"①著称。钱曾所藏书籍中有一些是珍贵的宋刻,比如《读书敏求记》载有宋版词集:"《花间集》十卷,二本,宋版。"②"《东坡乐府》一卷。《东坡乐府》刻于延祐庚申(1320),旧藏注释宋本,穿凿芜陋,殊不足观,弃彼留此可也。""《中兴以来绝妙词选》十卷。万历二年(1574)龙丘桐源舒氏新雕本,间有缺字,此则淳祐己酉(1249)所刻本也。"③另外,据《增订四库简明目录标注》,"述古堂有宋刊一卷本"④欧阳修《六一词》、"述古堂藏宋刊一卷本"⑤张元干《芦川词》、"述古堂有宋刊四卷本"⑥辛弃疾《稼轩长短句》,知钱曾还藏有宋刊本《六一词》《芦川词》《稼轩长短句》。

三、季振宜所藏宋刻

季振宜(1630—1674),清初著名藏书家。季家乃泰兴当地名门望族,其祖父、父亲以及兄长等人都先后考取功名,并为官一方。同时,其家还经营盐业,家境殷实。所有这一切都为季振宜藏书、读书打下了坚实的物质基础,营造了较好的书香门第家庭氛围。季振宜从小也受到了良好的教育,顺治四年(1647)考取进士,先后担任知县、户部员外郎等职,为官也颇有政声。晚年致仕后,他与清初著名词人朱彝尊、陈维崧、邓汉仪等人都有交游。

季振宜家藏书也极其丰富,并陆续得到毛扆和钱曾家的许多藏书,其藏书楼名曰"静思堂",其中就有不少难得一见的宋版书。季振宜编有《季沧苇书目》一卷,分《延令宋版书目》《宋元杂版书》《崇祯历书总目》《经解目录》四部分。《季沧苇藏书目》载所藏词集不多,贵在宋本,其中于《延令宋版书目》著录有四种:《东坡长短句》十二卷,《东坡乐府》上、下二卷,山谷赋词诗十卷,二

---

① [清]钱曾撰,管庭芬、章钰校证:《读书敏求记校证》,上海古籍出版社2007年版,第482页。
② [清]钱曾撰,沈炎校:《读书敏求记》卷四,商务印书馆1936年版,第166页。
③ [清]钱曾撰,沈炎校:《读书敏求记》卷四,商务印书馆1936年版,第167页。
④ [清]邵懿辰撰,邵章续录:《增订四库简明目录标注》,中华书局1959年版,第941页。
⑤ [清]邵懿辰撰,邵章续录:《增订四库简明目录标注》,中华书局1959年版,第946页。
⑥ [清]邵懿辰撰,邵章续录:《增订四库简明目录标注》,中华书局1959年版,第947页。

套。① 向子諲《酒边词》,一本,项元汴记。② 又于《宋元杂板书》载有数种,即:《类选群英诗余》,二本。③《古今词话》十卷,一本。④《群公诗余》,六本,宋板。⑤ 欧文忠、秦淮海、真西山《琴趣》,四本宋刻。⑥

四、徐乾学所藏宋刻

徐乾学(1631—1694)是明末大儒顾炎武的外甥。徐氏三兄弟在江苏昆山名重一时,都考取了很不错的功名。徐乾学也高中探花,起初被授编修一职,后官至刑部尚书、内阁学士,政治上身居高位,非等闲文人可比。另外,徐乾学还曾担任《明史》总裁官,康熙时期许多重要的官修丛书都是在其主持之下修纂而成的。得益于这种特殊的出身及仕宦经历,徐乾学也是清代首屈一指的大藏书家,其藏书处名"传是楼"。江南著名藏书家季振宜及明代戏曲家李开先的藏书,有相当一部分后来都落入其手。其藏书楼七楹,藏书数量在康熙一朝首屈一指,万斯同称赞其"积书寰内亦第一"⑦。徐乾学著有《传是楼书目》,该书目对于书籍的著录登记与众不同,采用千字文进行编号。徐乾学另有《传是楼宋元本书目》,其中记载的唐宋词集有欧阳修《醉翁琴趣》、秦观《淮海琴趣》、黄庭坚《山谷琴趣》、苏轼《东坡乐府》、向子諲《酒边集》等。⑧

五、张宗橚所藏宋刻

张宗橚(1705—1775),浙江海盐人,字泳川,号思岩。张宗橚编著有《词林纪事》二十二卷,所收词话涉及唐、宋、金、元时期400余位词人及其逸事,所引书籍近400种。张宗橚曾与其弟张芷斋和张载华受业于许昂霄,承浙派传统。张氏并不以藏书家闻名,故其所藏宋版词并不多。《增订四库简明目录标注续录》中载宋张元干《芦川词》一卷,云"宋刊本,海盐张氏藏"⑨。海盐张氏即张宗橚。

---

① [清]季振宜:《季沧苇藏书目》,中华书局1985年版,第12页。
② [清]季振宜:《季沧苇藏书目》,中华书局1985年版,第14页。
③ [清]季振宜:《季沧苇藏书目》,中华书局1985年版,第50页。
④ [清]季振宜:《季沧苇藏书目》,中华书局1985年版,第51页。
⑤ [清]季振宜:《季沧苇藏书目》,中华书局1985年版,第54页。
⑥ [清]季振宜:《季沧苇藏书目》,中华书局1985年版,第54页。
⑦ [清]万斯同:《石园文集》卷一《传是楼藏书歌》,见《续修四库全书·集部》,上海古籍出版社1995年版。
⑧ [清]徐乾学:《传是楼宋元本书目》卷四,《续修四库全书》本。
⑨ 参阅邵懿辰撰,邵章续录《增订四库简明目录标注》,中华书局1959年版,第946页。

六、黄丕烈所藏宋刻

黄丕烈(1763—1825),江苏吴县(今苏州市吴中区、相城区)人,主要生活于乾隆末年至嘉庆时期,是该时期非常有名的藏书家。其藏书最大的特色就是对宋版书的偏爱,这种藏书特色在清代藏书家中屡见不鲜。清初,钱曾道夫先路,黄丕烈则尤为突出。他自号"佞宋主人",曾专辟一室用于收藏宋版书。他收藏的宋版唐宋词集有:周邦彦《详注周美成词片玉集》、黄庭坚《山谷词》、秦观《淮海居士长短句》、张元干《芦川词》等。其中《详注周美成词片玉集》尤为珍贵,"是书历来书目不载"①,北宋词人别集中有笺注者,以该书最为完整。

综上所述,顺康雍乾时期见于著录的宋人刊刻词别集至少有13家17种,分别是:柳永《柳公乐章》,欧阳修《醉翁琴趣》《六一词》,苏轼《东坡长短句》《东坡乐府》,贺铸《东山词》,黄庭坚《山谷琴曲》《山谷词》,秦观《淮海居士长短句》《淮海琴趣》,周邦彦撰、陈元龙注《详注周美成词片玉集》,张元干《芦川词》,辛弃疾《稼轩长短句》,向子諲《酒边词》,真德秀《西山琴趣》,许棐《梅屋词》,戴复古《石屏词》。

当中有的词集还不止一个版本,比如苏轼有《东坡长短句》十二卷本和《东坡乐府》上、下两卷本,秦观有《淮海琴趣》及《淮海居士长短句》两种,等等。其中有一些是很珍稀的版本,比如真德秀的《西山琴趣》在该时期就只有季振宜《季沧苇书目》中有著录,这以后就失传了。《全宋词》只录其一首词,系从《全芳备祖》中辑出。另外,秦观的《淮海琴趣》在该时期见于著录的有季振宜《季沧苇书目》和徐乾学《传是楼宋元板书目》,曹寅《楝亭书目》亦载《淮海琴趣》"抄本一册,宋学士秦观著,三卷"②。清代后期就不见著录,今已佚。

就选集而言,顺康雍乾时期著录的宋版词集有《花间集》《群公诗余》《中兴以来绝妙词选》《类选群英诗余》等。其中《季沧苇藏书目》著录的《精选群英诗余》就是《增修笺注妙选群英草堂诗余前集》,此为元代至正辛卯(1351)双璧陈氏刊本,是保存至今最早且最完整的《草堂诗余》的版本。虽然不是宋版,但距离宋代非常近,也附录于此。另外《群公诗余》也值得注意,《直斋书录解题》著录有《群公诗余》前后编二十二卷。③ 另有南宋杨冠卿编选有《群公诗余》三卷,

---

① [清]黄丕烈:《黄丕烈书目题跋·荛圃藏书题识》,中华书局1993年版,第240页。
② [清]曹寅:《楝亭书目》卷四,见金毓黻辑《辽海丛书》第8集,辽沈书社1933年版。
③ [宋]陈振孙:《直斋书录解题》卷二十一,上海古籍出版社1987年版,第633页。

未知《季沧苇藏书目》所著录的"《群公诗余》,六本,宋板",究竟是前面两种中的哪一种,抑或两者都不是,待考。

第三节　唐宋词集在顺康雍乾时期的重刻与重抄

如上所述,宋版唐宋词集流传到顺康雍乾时期,数量稀少,价格也极为昂贵,普通人不易见到,更遑论阅读与欣赏了。因此,清人也对一些唐宋词集进行了重新刊刻和抄写,或为出售盈利,或为谋取名誉,或为文献保存,或纯为个人喜好,客观上都促进了唐宋词的传播与接受。现分别从唐宋词丛刻、宋词别集重刻、唐宋词选集重刻、唐宋词集重抄四个方面阐述之。

一、唐宋词丛刻

(一)汲古阁所刻宋词

汲古阁所刻词集,时间在明末,但对顺康雍乾时期的影响巨大,姑附录于此。汲古阁所刻唐宋词集丛刻主要是《宋六十名家词》,名为"六十名家",实为六十一家,凡六集。具体书目如下:

第一集十家:晏殊《珠玉词》、欧阳修《六一词》、柳永《乐章集》、苏轼《东坡词》、秦观《淮海词》、黄庭坚《山谷词》、毛滂《东堂词》、晏几道《小山词》、陆游《放翁词》、辛弃疾《稼轩词》;第二集十家:周邦彦《片玉词》、史达祖《梅溪词》、叶梦得《石林词》、姜夔《白石词》、向子諲《酒边词》、蒋捷《竹山词》、谢逸《溪堂词》、毛开《樵隐词》、程垓《书舟词》、赵师使(即赵师侠)《坦庵词》;第三集十家:赵长卿《惜香乐府》、杨炎正《西樵语业》、高观国《竹屋痴语》、周必大《近体乐府》、吴文英《梦窗稿》四卷、吴文英《梦窗绝笔》又补遗、黄机《竹斋诗余》、黄昇《散花庵词》、石孝友《金谷遗音》、方千里《和清真词》、刘克庄《后村别调》;第四集十家:张元干《芦川词》、程珌《洺水词》、张孝祥《于湖词》、葛立方《归愚词》、刘过《龙洲词》、李之仪《姑溪词》、王安中《初寮词》、陈亮《龙川词》、蔡伸《友古词》、戴复古《石屏词》;第五集十家:曾觌《海野词》、杨无咎《逃禅词》、赵彦端《介庵词》、洪璟《空同词》、洪咨夔《平斋词》、李公昂(四库馆臣纠正为李昴英)《文溪词》、沈端节《克斋词》、葛胜仲《丹阳词》、侯寘《懒窟词》、张榘《芸窗词》;第六集十一家:周紫芝《竹坡词》、杜安世《寿域词》、吕滨老(即吕渭老)《圣求词》、王千秋《审斋词》、韩玉《东浦词》、陈师道《后山词》、黄公度《知稼翁词》、陈与义《无住词》、卢祖皋《蒲江词》、晁补之《琴趣外篇》六卷、卢炳《哄堂词》。

汲古阁刻印唐宋词,在中国词史上具有极为重要的承前启后之意义。在毛晋之前,唐宋词别集丛刻也有一些,比如南宋时期长沙书坊所刻《百家词》(实为92种词集、97位词人)、临安陈氏书坊所刻《典雅词》、闽中书肆所刻《琴曲外篇》以及宋末元初《六十家词》①等,但大多散佚,对顺康雍乾时期的影响较小。元代近百年的时间内没有大规模的词集丛刻,到了明代,比较重要的词集丛编有吴讷所辑录《百家词》、明紫芝漫抄本《宋元名家词》以及石村书屋抄本《宋元三十三家词》等,虽然规模大,但因是抄本,传播效应远不能与毛晋《宋六十名家词》相媲美。直到清末,才出现了规模超过毛晋汲古阁《宋六十名家词》的《强村丛书》。其他唐宋词大型丛刻诸如王鹏运《四印斋所刻词》,江标《宋元名家词》,吴昌绶、陶湘《景刊宋金元明本词》等都集中出现在清朝末年。换言之,除了侯文灿的《十名家词集》外,顺康雍乾时期真正大规模的唐宋词集刊刻几乎没有,全靠明末毛晋的丛刻传播唐宋词集。因此,就该时期唐宋词的传播而言,毛晋的词集丛刻是极为重要的唐宋词文献载体,"实有宋词苑之功臣也"②。更重要的是,毛晋每刻一词集,均于其后撰有跋尾,或交代版本源流,或介绍词作者之生平爵里,或品评词作,都具有一定的认识价值。除《宋六十名家词》外,毛晋还刻有《词苑英华》,其中包括秦观词集《少游诗余》。另外,其所刻《诗词杂俎》中收李清照《漱玉词》和朱淑真《断肠词》两部宋人词集。

尽管后人对毛晋刊刻唐宋词集时致其"卷数之改动,首数之增删,字句之讹脱"③等问题多有指摘,仍不能掩盖汲古阁所刻唐宋词应有的价值。一直到乾隆年间,清廷编修《四库全书》,其词集文献来源基本也是毛晋所刻词。

(二)侯文灿刻《十名家词集》

汲古阁《宋六十名家词》之后,顺康雍乾时期规模最大的唐宋词集丛刻当属

---

① 此《六十家词》与毛晋所刻《宋六十名家词》不是同一种丛刻,张炎《词源》云:"旧有刊本《六十家词》,可歌可诵者,指不多屈。"见唐圭璋编《词话丛编》,中华书局1986年版,第255页。

② 《宋六十名家词》,上海古籍出版社1989年版,第611页。

③ 唐圭璋:《宋词四考》,江苏古籍出版社1985年版,第64页。

侯文灿的《十名家词集》。值得注意的是,所谓《十名家词集》其实严格上来说,真正属于宋代的作者只有五位,分别是贺铸、张先、葛郯、吴儆、赵以夫;另外包括南唐君臣李璟、李煜、冯延巳(李璟、李煜两人合为一家,词集名《南唐二主词》,冯延巳词集名《阳春集》)和元代三家。

阮元《研经室外集》卷三《名家词十卷》"提要"云:侯文灿所刻张先词"简择不苟,要不失为善本也"①。在初刻版《十名家词集》中,顾贞观所作序言亦云亦园所刻皆"藏弆善本"②。但王兆鹏先生认为,亦园版宋词的确可称为善本,但不能称其为足本,用以词集校勘自有其特定的价值,但如果以此作为研究个案词人的文献,尚嫌不够。③

前有侯文灿自序:

> 古词专集,自汲古阁六十家宋词外,见者绝少,然私心未惬也。近顾梁汾先生从京师归,知余有词癖,出《阳春》《东山》诸稿见饷。既闻孙星远先生有《唐宋以来百家词》抄本,访之仅存数种,合之筼筜中所藏,共得四十余家,拟公诸当世。兹先刻十家,余即以次付梓人。嗟乎! 自古才士捻须搦管,沉思吐词,其得传于世者,幸也。岂无有隐沦佳制,湮沉于海棠冈下,若灭若没于寒烟蔓草之墟,并姓氏不落人间者? 吾不知其凡几! 安得博搜而广布之,使千载上人引余辈为异代知己,而快然于残篇断简中,是不能无望于后来矣。时康熙己巳嘉平,亦园侯文灿序。

由侯文灿自序可知,侯文灿本裒辑了四十余家古词,我们现在所看到的十家是先刻的,本拟"余即以次付梓人",但由于种种原因,后面三十余家,我们现在并未看到。而且,侯氏刊刻的缘起是非常明确的,那就是补汲古阁之未刻。另外,其刊刻的另一重要初衷亦是为了保存传播唐宋词,使其不"湮沉于海棠冈下,若灭若没于寒烟蔓草之墟"。侯文灿已经搜集到但未及刊刻的其他古词集具体书目现已不可考,但应该也是汲古阁未刊刻之词。如果当时这些词集都刊印了,侯文灿对于唐宋词的传播之功将远大于现在,只可惜历史永远不能假设。

综上,汲古阁《宋六十名家词》严格来说属于明代的词集丛刻,只是因为其

---

① [清]阮元:《宛委别藏》,《研经室外集》卷三,江苏古籍出版社1988年版。
② [清]顾贞观:《宋十名家词序》,见况周颐《蕙风词话续编》卷一,《词话丛编》第4543页。
③ 王兆鹏:《词学史料学》,中华书局2004年版,第126页。

距清代太近,所刻词集在清代影响又太大,因此不宜摒去。据邓子勉考证,其中的第一、二集在崇祯三年(1630)已经刻成,第三集在崇祯六年(1633)已刻成,第四、五集刻于崇祯六年(1633)左右,而第六集稍晚一些。① 因此,真正意义上的顺康雍乾时期唐宋词丛刻只有侯文灿的《十名家词集》,而其中唐宋词集只有7家。因此,从唐宋词保存与传播的角度而言,侯文灿《十名家词集》的刊刻在顺康雍乾时期近二百年的时间里具有重要的价值。

二、宋词别集重刻

唐宋词集多以诗文集附录的形式存世及流传,少数名家词以单行本别集行世,但也"随刻随佚,鲜有人收藏"②。一般而言,别集的流行程度和唐宋词传播效应远不能与选集相比,故除了汲古阁和侯文灿所刻唐宋人词别集丛刻外,顺康雍乾时期单独刊刻的宋人别集数量非常有限,其中尤以鲍廷博为多。

(一)鲍廷博所刻宋词别集

鲍廷博所刻唐宋词集,见《知不足斋丛书》③,主要包括张先《张子野词》二卷、《补遗》二卷,米友仁《阳春集》一卷,范成大《石湖词》一卷、《补遗》一卷,陈三聘《和石湖词》一卷,王沂孙《花外集》(一名《碧山乐府》)一卷,周密《蘋洲渔笛谱》二卷、《草窗词》二卷补二卷。

除此之外,鲍氏所刻唐宋词集见诸记载的还有一些,现考述如下:

据鲍廷博《湖山类稿跋》云:"按晋江黄氏书目(即黄虞稷《千顷堂书目》),汪水云《湖山类稿》凡十三卷,又《水云词》三卷,访之藏书家,均未之见也。此五卷为刘须溪选定,前脱四翻,岁久,纸敝墨渝,字句复多缺蚀。今刻本已不复存,辗转传钞,并其批点失之,间存评骘数语而已。予从《宋遗民录》补入须溪元(原)序及同时诸贤题识五首,因合《水云诗集》刻之。"④由此可知,鲍廷博还刻有汪元量《水云词》。据《增订四库简明目录标注续录》,鲍廷博还刊刻有李弥

---

① 邓子勉:《宋金元词籍文献研究》,上海古籍出版社2008年版,第235页。
② 唐圭璋:《宋词四考》,江苏古籍出版社1985年版,第64页。
③ 《知不足斋丛书》虽为丛书,但并非专门收录唐宋词集的丛刻,其所刻唐宋词集在丛书中的占比很小,故而不把它归入上文的唐宋词"丛刻"中,而视其为"别集"刊刻。
④ [清]鲍廷博:《湖山类稿跋》,见汪元量《增订湖山类稿》,中华书局1984年版,第194页。

逊《筠溪乐府》①，周紫芝《竹坡词》三卷②，姜夔《白石道人歌曲》四卷、别集四卷③，即"知不足斋单刊本"。据《善本书室藏书志》卷二记载，鲍廷博所刻宋人林逋《林和靖先生诗集》中亦附有诗余三卷。④ 此外，据王兆鹏《词学史料学》，张镃词单行本在顺康雍乾时期未有刊刻，但有《南湖集》全集本附词刊行。四库全书本《南湖集》从《永乐大典》中辑录词一卷，后鲍廷博《知不足斋丛书》据以刊刻，词作有增补。⑤

鲍氏所刻词集，多采用善本，且精于校勘，故所刻词集较毛晋更为精良。且鲍氏所刊词集，多为辑刻本，所得宋人词较为完整。以所刻张先词集为例，据鲍廷博跋，其原有绿斐轩抄本《子野词》二卷，共106阕，并先行刊刻。后又得侯文灿所刻《子野词》，经比对去重，又增补了62阕。他又从另外的选本中辑录16阕，这样共收集张先词184阕，"合计得词一百八十四阕，于是子野词收拾无遗矣"⑥。

（二）其他零星散刻宋词别集

顺康雍乾时期除了毛刻和鲍刻之外，尚有一些零星的宋人词别集刊刻。简述如下：

1. 张先词集

张先词集，早在南宋时期就已经有坊刻单行刊本行世，《直斋书录解题》有著录⑦，但很早就散佚不见了。明代见诸著录的张先词集至少有5种⑧，明末毛晋刊《宋六十名家词》，然其中并无《子野词》。清代流行的张先《张子野词》有一卷本和四卷本之分。侯文灿《十名家词集》丛刻中有张先《子野词》一卷，这是现存最早的张先词刻本。另外，如上所述，鲍廷博曾刊刻张先词集《张子野词》二卷、《补遗》二卷。顺康雍乾时期除了侯文灿和鲍廷博所刻张先词集之外，

---

① 见邵懿辰撰，邵章续录《增订四库简明目录标注》，中华书局1959年版，第944页。
② 见邵懿辰撰，邵章续录《增订四库简明目录标注》，中华书局1959年版，第945页。
③ 见邵懿辰撰，邵章续录《增订四库简明目录标注》，中华书局1959年版，第949页。
④ ［清］丁丙《林和靖先生诗集跋》，载《善本书室藏书志》卷二十六，《宋元明清书目题跋丛刊》第三册，第704—705页。
⑤ 王兆鹏：《词学史料学》，中华书局2004年版，第215页。
⑥ ［清］鲍廷博：《张子野词跋》，见鲍廷博辑、鲍志祖续辑，辛酉七月上海古书流通处影印《知不足斋丛书》第十三集。
⑦ ［宋］陈振孙：《直斋书录解题》卷二十一，上海古籍出版社1987年版，第615页。
⑧ 张嘉伟：《〈张子野词〉版本源流考》，《大众文艺》2010年第12期。

乾隆年间，安邑（今属山西运城夏县）人葛鸣阳刻有《张氏丛书》三种七卷，其中就包括《安陆集》一卷、附录一卷。① 据四库馆臣所云："此本（指《安陆集》）乃近时安邑葛鸣阳所辑。"② 不过值得注意的是，该《安陆集》中所收并不都是词，实乃诗词合集，其中词 68 首，另有诗 8 首。由于词占绝大多数，故仍应以词集看待。

2. 秦观词集

秦观词集历代版本众多，其中现存的宋版秦观词集就达三种之多，分别为宋绍兴年间、宋乾道年间以及宋绍熙年间的三次刊印③，这是颇为罕见的，不过都是以诗文集附录的形式刊行。宋代《直斋书录解题》亦有秦观词集的相关著录④，但该版本早已不可见。到了明代，秦观词集也被翻刻了 8 次之多，其中嘉靖年间 2 次，刊刻人分别为张綖和胡民表；万历年间 3 次，刊刻人分别是刘显爵、李之藻和王象晋；明末 3 次，刊刻人分别是段斐君、毛晋和李廷芝。

到了顺康雍乾时期，秦观词至少有 3 次刊印。第一次刊刻发生在康熙二十八年（1689），主持刊刻的人是余恭和毛之鹏。余恭当时任江苏高邮学正，毛之鹏任训导，两人因仰慕高邮宋代文化名人秦观，又见《淮海集》旧版前集残破不全，后集甚至散佚不见，遂"偕同寅捐岁俸以助"⑤重刻之。据唐圭璋先生考证，其刊刻时"用李之藻本，去其附卷"⑥。第二次刊刻是乾隆十七年（1752），洪振珂重刊毛晋《词苑英华》，其中就包括秦观的《少游诗余》一卷。第三次刊刻是在乾隆三十二年（1767），何廷模在上述余恭刻本的基础上再次翻刻淮海集。⑦ 何廷模，生卒年不详，清乾隆年间人，曾任高邮知州。

综上不难发现，秦观词集在顺康雍乾时期的三次刊印有两次是以诗文集

---

① 四川省高等学校图书情报工作委员会编：《四川省高校图书馆古籍善本联合目录》，四川大学出版社 1994 年版，第 181 页。另，《增订四库简明目录标注》中亦著录有"葛本，乾隆三十六年（1771）刊，凡词六十八首"，见邵懿辰撰，邵章续录《增订四库简明目录标注》，中华书局 1959 年版，第 941 页。

② 《安陆集提要》，见纪昀等《钦定四库全书总目》（整理本），中华书局 1997 年版，第 2781 页。

③ ［宋］秦观撰，石海光编：《秦观词全集》，崇文书局 2015 年版，第 180 页。

④ ［宋］陈振孙：《直斋书录解题》卷二十一，上海古籍出版社 1987 年版，第 617 页。

⑤ 周义敢、周雷编：《秦观资料汇编》，中华书局 2001 年版，第 237 页。

⑥ 唐圭璋：《宋词四考》，江苏古籍出版社 1985 年版，第 90 页。

⑦ 饶宗颐：《词集考》，中华书局 1992 年版，第 57 页。

《淮海集》附录的形式翻刻的,翻刻的缘由俱为秦观故里高邮地方官仰慕少游其人,不忍见其著述湮没于历史的尘埃之中。由此可见,词集之传与不传,与词人之名望和人品也有着莫大的关系。

3. 叶梦得词集

叶梦得(1077—1148),苏州吴县(今吴中区、相城区)人,宋南渡词人,曾历任翰林学士、户部尚书等职。叶梦得是北宋权臣蔡京的门客,又和章惇有姻亲关系,故而在当时深陷党争旋涡之中,人生多有起伏和坎坷。叶梦得生于世代官宦之家,自幼饱读诗书。其一生著述颇丰,见于著录的达54种之多,流传下来的达19种之多。① 叶梦得词集名《石林词》,其词早年学花间、南唐,词风温婉绮丽,晚年则学东坡,"简淡时出雄杰"②。据《增订四库简明目录标注》,其词在清乾隆年间有承恩堂刻本。③

4. 史浩词集

史浩(1106—1194),号真隐,南宋权臣,先后担任参知政事、尚书右仆射、枢密使等显赫职位,权倾朝野。史浩在历史上并非以词闻名,其词甚至有"落腔失韵,增减文字"④之弊。不过,史浩在词史上并非可有可无之辈,其词集名《鄮峰真隐大曲》和《鄮峰真隐词曲》,其中《鄮峰真隐大曲》尤为难得,是我们现在研究宋代大曲的重要资料。吴梅称:"宋人大曲之详,无有过此者。"⑤其词集于乾隆年间有会稽继锦堂刻本。⑥

5. 陈亮词集

陈亮词有全集本和单刻本之分。陈亮诗文全集《龙川集》附录有外集四卷,"皆长短句"⑦,但这个宋刻本今已不见。据王兆鹏先生考证,陈亮《龙川集》在

---

① 潘殊闲:《叶梦得研究》,四川大学2005年博士学位论文,第16页。
② [宋]关注:《题石林词》,见孙克强编著《唐宋人词话》(增订本),南开大学出版社2012年版,第560页。
③ [清]邵懿辰撰,邵章续录:《增订四库简明目录标注》,中华书局1959年版,第944页。
④ [清]朱祖谋:《鄮峰真隐词校记》,见孙克强编著《唐宋人词话》(增订本),南开大学出版社2012年版,第671页。
⑤ 吴梅:《鄮峰真隐大曲跋》,见孙克强编著《唐宋人词话》(增订本),南开大学出版社2012年版,第672页。
⑥ 唐圭璋:《宋词四考》,江苏文艺出版社2009年版,第134页。
⑦ [宋]陈振孙:《直斋书录解题》卷十八,上海古籍出版社1987年版,第548页。

明清时期有重刻,其刊本分别有明成化间龙川书院刻本、明嘉靖史朝富刻本、明万历王世德刻本、明崇祯邹质士刻本、清康熙刻本、清同治胡凤丹刻本、清同治应宝时刻本等。① 其中,清康熙刻本是指康熙四十八年(1709)永康陈氏刊本。这说明,在顺康雍乾时期,陈亮的词也曾有过刊刻。虽然不是单刻本,但亦有助于陈亮词的传播与接受。

6. 姜夔词集

姜夔词集版本众多,"宋人词集版本之繁,此为首举矣"②。丘琼荪著有《白石道人歌曲通考》,详细论述了白石词的38种版本,而在顺康雍乾时期刊刻的至少有8种。③ 这8个刻本依次是:

康熙五十三年(1714)鄞县陈撰刻诗词合集词一卷本

雍正五年(1727)歙县洪正治改窜陈刻本

乾隆初年嘉善陈大经刻诗词合集词一卷本

乾隆八年(1743)江都陆钟辉刻诗词合集歌曲四卷别集一卷本

乾隆十四年(1749)华亭张奕枢刻六卷别集一卷本

乾隆二十一年(1756)姜文龙刻诗词合集歌曲四卷别集一卷本

清乾隆三十六年(1771)歙县江春刻补遗附陆本

清乾隆三十八年(1773)四库全书录存之许宝善家藏宋椠翻刻四卷别集一卷本④

唐圭璋《宋词版本考》对姜夔这些词集版本有简短评价,可参阅。⑤ 另外,据丘琼荪考证,该时期白石词集相关的刻本还有3种,即康熙庚寅(1710)通越诸锦本、康熙戊戌(1718)广陵书局曾时灿刊本、乾隆二十四年(1759)摩乌山房刊本,因相关记述过简,故而未列入上述38种版本之中。除此之外,据王兆鹏研究,姜夔词尚有康熙间俞兰刻《白石词钞》一卷,与《白石诗钞》合刻,出自曾时灿本。另有雍正五年(1727)华苹书屋印曾本刻本以及乾隆三十六年(1771)

---

① 王兆鹏:《词学史料学》,中华书局2004年版,第213页。
② 夏承焘:《姜白石词编年笺校》,中华书局1958年版,第160页。
③ 详情参阅丘琼荪《白石道人歌曲通考》,音乐出版社1959年版,第11—23页。
④ 据丘琼荪考证,名为宋椠翻刻,其实乃据陆本翻刻,见丘琼荪《白石道人歌曲通考》,音乐出版社1959年版,第19页。
⑤ 唐圭璋:《宋词四考》,江苏文艺出版社2009年版,第80页。

洪正治本。① 其中的"雍正五年(1727)华苹书屋印曾本刻本"疑即为丘琼荪著录的"清雍正五年(1727)洪正治改窜陈刻本"。而"乾隆三十六年(1771)洪正治本"疑即为丘琼荪著录的"清乾隆三十六年(1771)江春刻补遗附陆本"。

这样看来,如果加上鲍廷博《知不足斋丛书》所刻,姜夔词集在顺康雍乾时期至少被刊刻了12次,刊刻次数要远超其他宋代词人。

7. 汪莘词集

汪莘(1155—1227),安徽休宁人,字叔耕,号柳塘,又号方壶居士。他曾隐居黄山,无意科举,终身布衣,著有《方壶诗余》一卷。其词于雍正九年(1731)有刊本,唐圭璋先生认为该刊本较抄本为佳。②

8. 周密词集

周密乃宋末著名遗民词人,其词兼有姜夔和吴文英词之美,是南宋末年清雅一派词人之杰出代表。周密不仅是著名词人,在其他方面也颇有建树。据夏承焘先生考证,其一生著述达31种之多。③ 周密所编《绝妙好词》七卷,在清代产生了重要影响。其词集有两个版本系统,一为《蘋洲渔笛谱》,一为《草窗词》。《蘋洲渔笛谱》在周密生前应该就已印行于世。

在顺康雍乾时期,就周密词集的传播来看,鲍廷博功劳最大。就《草窗词》而言,鲍廷博于嘉庆年间将其刊行,对于周密佚词多有裒辑,数量最为完备;就《蘋洲渔笛谱》而言,鲍廷博亦于乾隆年间将其刊印发行。除了鲍廷博外,另有两个人亦对周密词集的传播做出了较大贡献,他们就是江昱和江恂兄弟。江昱于乾隆初得到《蘋洲渔笛谱》④,因其家中另藏有《草窗词》,遂将二者合二为一,并为之做疏证。疏证本的出现,在周密词的传播接受史上具有划时代的意义。综观唐宋词史,词作别集能享受笺注和疏证待遇的寥寥无几。疏证有利于一般读者更好地理解词作,对于提高周密词集的影响力、扩大其传播效应,功莫大焉。同时,江昱的疏证本也是周密词两大版本系统第一次合璧。但由于种种原因,直到四十多年后,其弟江恂才于乾隆末年将此疏证本刊行。兄弟两个,一为周密词集做疏证,一为其刊印,真可谓珠联璧合,也是唐宋词传播接受史上的千

---

① 王兆鹏:《词学史料学》,中华书局2004年版,第217—218页。
② 唐圭璋:《宋词四考》,江苏文艺出版社2009年版,第145页。
③ 夏承焘:《草窗著述考》,见《唐宋词人年谱》,上海古籍出版社1979年版,第370页。
④ [清]江昱:《蘋洲渔笛谱跋》,浙江大学图书馆藏稿本,卷末,第34页。

古佳话。

综上,即使除去鲍廷博嘉庆年间所刻,周密词集在顺康雍乾时期也至少被刊刻了两次。

9. 张炎词集

张炎词集也有《玉田词》和《山中白云词》两种不同版本。由于浙西词派的推崇,张炎词集在顺康雍乾时期颇受青睐。浙派宗主朱彝尊在《词综·发凡》中叙述了对张炎词集的搜集情况,先是汪森从别处购得《玉田词》,朱彝尊将之与宋荦、周在浚等人原先所抄百家词本《玉田词》校对,以为这就是张炎词的全貌。未料后又遇到吴门进士钱宫声(钱中谐),谓其家有元代陶宗仪抄本《山中白云词》,"乃陶南村手书,多至三百阕"①,方知自己原先所见玉田词,远非张炎词之全部。

朱彝尊得到抄本《山中白云词》之后,浙西词人龚翔麟、李符等取以校对,约于康熙四十六年(1707)将其刊行,这是张炎词集在清代的第一次刊刻。康熙末年,曹炳曾得到陆简兮评阅本,于雍正四年(1726)刊行于世。② 乾隆年间,赵昱在曹本基础上予以翻刻。另据王兆鹏《词学史料学》,乾隆元年(1736)宝书堂又曾翻龚刻赵印本。③ 到了乾隆十六年(1751),则出现了汪恣"据汪、曹两刻校刻本"④。后又有乾隆十八年(1753)江昱疏证、江恂参校的《山中白云词疏证》八卷,"于龚本多所刊正,惟将龚本中两存之词删去"⑤。但据夏志颖考证,江昱的疏证本当时并未刊行。换言之,张炎词集在顺康雍乾时期至少有过五次刊刻,这也说明张炎词在此时期的受欢迎程度。

综上所述,除去汲古阁所刻⑥,顺康雍乾时期所刊刻的宋人别集,明确可考的有共有 18 家 37 次,分别是:林逋(1 次)、张先(2 次)、秦观(3 次)、周紫芝(1

---

① [清]朱彝尊:《词综·发凡》,见朱彝尊、汪森辑《词综》,中华书局 1975 年版,第 8 页。
② 参阅唐圭璋著《宋词四考》,江苏文艺出版社 2009 年版,第 83 页。
③ 王兆鹏:《词学史料学》,中华书局 2004 年版,第 236 页。
④ 吴则虞及唐圭璋两先生据《郘园读书志》将汪氏误认为是汪容甫,据夏志颖考证,"汪氏"当为汪恣。参阅夏志颖《〈山中白云词〉汪氏刊本及"江昱疏证本"考辨》,《文献》2013 年第 3 期。
⑤ 张炎撰,吴则虞校辑:《山中白云词》,中华书局 1983 年版,第 215 页。
⑥ 《词苑英华》中《诗余图谱》有崇祯八年(1635)王象晋序,因此《词苑英华》当刻于清代以前,《诗词杂俎》大概刊刻于明天启、崇祯年间。因为它们距离清代较近,姑附于此。

次)、米友仁(1次)、李弥逊(1次)、史浩(1次)、范成大(1次)、陈三聘(1次)、叶梦得(1次)、陈亮(1次)、张镃(1次)、姜夔(13次)、汪莘(1次)、王沂孙(1次)、周密(2次)、张炎(5次),汪元量(1次)。其中,姜夔词集被刊刻次数最多,为13次;其次是张炎的5次。从中可以看出,南宋骚雅格律词人尤其是姜夔和张炎在该时期最受欢迎。

三、唐宋词选集重刻

毛晋所刻《词苑英华》中有唐宋词选集5种,即《花间集》十卷、《尊前集》二卷、题宋武陵逸史辑《草堂诗余》四卷、《花庵词选》。① 乾隆十七年(1752),洪振珂重刊毛晋《词苑英华》。除了毛刻之外,顺康雍乾时期其他人所刊刻的唐宋词选集还有:

(一)《梅苑》

《梅苑》乃南宋人黄大舆所编,收入唐至宋南渡时期词人的咏梅之作,共分为十卷,按调编排。卷首有自序,谓辑录于己酉之冬,即高宗建炎三年(1129)编定。原书选400余首梅词,但今已不可见。今天所能见到的版本为南宋书棚所增订重刊。乾隆三十一年(1766),曹寅在扬州重新刊刻《梅苑》,收入《楝亭十二种》,题作《群贤梅苑》,目录存词508首,实际存词412首。后扬州使院又重新刊印。

(二)《草堂诗余》

《草堂诗余》在明代最受欢迎,其刻本达三十多种。② 虽然由于浙西词派的打压,《草堂诗余》在顺康雍乾时期很不受待见,但至少仍有两次刊印。比如清康熙金昌天禄阁刊本,于康熙二十三年(1684)刊印,用的是明代顾从敬本。③ 后张汝霖又有《石渠阁重订草堂诗余》,凡八册。④

(三)《绝妙好词》

《绝妙好词》为周密晚年所辑录,宋人书目不见著录,在元代亦默默无闻。

---

① 包括《唐宋诸贤绝妙词选》十卷和《中兴以来绝妙词选》十卷。
② 参阅陈水云等著《唐宋词在明末清初的传播与接受》,中国社会科学出版社2010年版,第74—77页。
③ 肖鹏:《群体的选择——唐宋人词选与词人群通论》,凤凰出版社2009年版,第533页。
④ 北京图书馆编:《西谛书目》,北京图书馆出版社2004年版,第1407页。

到了明代,情形略有好转,《赵定宇书目》及《脉望馆书目》都有著录。① 但明人对这部词选并不喜欢,明代近三百年的时间里,《绝妙好词》没有一次明确可考的刊印记录,这与《草堂诗余》形成鲜明的反差。明末清初,《绝妙好词》仍有被藏书家收藏的相关记载,《汲古阁珍藏秘本书目》②和《述古堂藏书目》③都有该词选的相关著录。但这些版本多为抄本,且秘不示人,导致《绝妙好词》在很长一段时间内都流传不广。真正让《绝妙好词》大量刊行并流布于世的是浙西词人。

康熙二十三年(1684),柯煜以姻亲之谊,得以从钱曾处过录一本,并于次年刊行。这是《绝妙好词》在清代的第一次重刻,《绝妙好词》就这样走进了大众的视野之中。康熙三十七年(1698),浙江绍兴人高士奇重刊《绝妙好词》,增加了校点批校。康熙六十年(1721),又有扫叶山房石印本行世。次年又刻,分装两册。雍正三年(1725),浙西词人项絅又重刊周密《绝妙好词》,其体例仿述古堂抄本,在每位词人名下记载其生平、仕宦等资料,又于词作前后附录词作本事以及后人评论。这是《绝妙好词》首次有注释的刊刻本,后又有陆钟辉刊本。乾隆时期,厉鹗和查为仁为该书做笺注,这个笺注本就是后来产生深远影响的《绝妙好词笺》。该笺注本于乾隆十五年(1750)刊刻。这样,《绝妙好词》在请代顺康雍乾时期至少被刊印了七次。

(四)《乐府补题》

《乐府补题》问世以后,主要以抄本的形式流传,明吴讷百家词本和汲古阁本都是抄本。到了清代初期,《乐府补题》才得以刊刻并产生广泛影响。朱彝尊《乐府补题序》中详细交代了《乐府补题》被重新发现、刊刻的全过程。该词选原只有抄本,汪森从长兴一藏书家手中购得,乃常熟吴讷明百家词本。朱彝尊得到之后,爱不释手,并抄录下来,并在康熙十八年(1679)参加博学鸿词考试时携带至京师。这是《乐府补题》扩大传播接受影响的一个重要契机,同去参加考试的蒋景祁等人亦称许不已,"遂锓版以传"④。这次刊印在《乐府补题》的传播

---

① 施蛰存编:《词学》第 8 辑,华东师范大学出版社 1990 年版,第 214 页。
② [清]毛扆:《汲古阁珍藏秘本书目》,中华书局 1985 年版,第 29 页。
③ [清]钱曾:《述古堂藏书目》,商务印书馆 1935 年版,第 21 页。
④ [清]朱彝尊:《曝书亭集》卷三十六,《四部丛刊》本。

接受史上具有非常重要的意义。如果不是朱彝尊不遗余力地大力揄扬以及蒋景祁将之刻印,《乐府补题》很有可能湮没于历史的滚滚尘埃中。在这之后,鲍廷博又将其刊入《知不足斋丛书》,进一步扩大了《乐府补题》的影响力。除此之外,据《增订四库简明目录标注》,《乐府补题》还有"乾隆刊本"①。这样,《乐府补题》在顺康雍乾时期至少被刊印了三次。

综上,加上乾隆年间重新刊刻的《词苑英华》中的几种唐宋词选,顺康雍乾时期刊刻的唐宋词选集只有《花间集》《尊前集》《草堂诗余》《唐宋诸贤绝妙词选》《中兴以来绝妙词选》《梅苑》《绝妙好词》《乐府补题》等 8 种,共 19 次刊印。其中《绝妙好词》刊印次数最多,为 7 次;然后是《乐府补题》3 次、《草堂诗余》3 次、《梅苑》2 次。令人惊讶的是,《花间集》在该时期只有 1 次明确记载的刊刻,而在明代至少被刻印了 11 次。② 同样命运的还有《草堂诗余》,据陈水云综合各学者的研究结果,流传至今的明刻本《草堂诗余》多达 35 种,而在顺康雍乾时期近 200 年的时间里则只有 3 次刊印。③ 周密辑录的《绝妙好词》,则有 7 次刊刻,更重要的是,《绝妙好词》不但刊刻次数多,还出现了笺注本,这是顺康雍乾时期其他唐宋词选无法比拟的。所有这一切都说明顺康雍乾时期刮起了一股强劲的南宋风,尤其是南宋清雅格律词人大受欢迎。关于其中的原因,前人多有阐述,本书后面还会有进一步的阐述。

四、唐宋词集的重抄

就传播效应而言,抄本远不能与刻本相比,但由于刻板印刷费用昂贵,手工抄写也是唐宋词集传播的重要补充手段。从顺康雍乾时期藏书家的藏书目录来看,其所藏词集一般还是以抄本居多。一些珍稀的抄本对于唐宋词的保存、校勘等都具有重要的意义。但由于种种原因,很多抄本难以判断是否为顺康雍乾时期所抄写。明确可考的较大规模唐宋词集抄写以毛扆汲古阁、鲍廷博知不足斋等书坊为最,朱彝尊、阮元等私人藏书家也曾抄录不少唐宋词集。另外,四库馆臣在编纂《四库全书》时,也曾大量抄写誊录唐宋词集。现分述如下:

---

① [清]邵懿辰撰,邵章续录:《增订四库简明目录标注》,中华书局 1959 年版,第 958 页。
② 参阅李冬红《〈花间集〉接受史论稿》,华东师范大学 2004 年博士学位论文。
③ 参阅陈水云等《唐宋词在明末清初的传播与接受》,中国社会科学出版社 2010 年版,第 74—77 页。

(一)书坊及私人传抄唐宋词集

汲古阁是明末清初最重要的唐宋词集抄录基地。汲古阁所刊刻的唐宋词集前文已经介绍,其实,其所抄录的唐宋词集也非常可观。汲古阁雇用了大量抄工抄录书籍,正所谓"入门童仆尽抄书"。毛扆《汲古阁珍藏秘本书目》乃其售书单,中有《宋词一百家》,注云:"未曾装订,已刻者六十家,未刻者四十家。俱系秘本,细目未及写出,容俟续寄,精抄。"①该精抄本唐宋词集丛编具体细目不详。除此之外,汲古阁所抄录的唐宋词集还有不少,邓子勉《宋金元词籍文献研究》有详细阐述,可参阅。②

汲古阁《宋词一百家》未刊刻的四十家词,后来鲍廷博据以重新抄写其中的三十八家。据《结一庐书目》于《宋名家词》下注云:"按晋曾编宋人词一百家,及刊者六十家,未刻者四十家。此本系知不足斋依晋原本重录,计四十家,末二家有录无书,缘《诗词杂俎》已刊,实三十八家也。"③除此之外,鲍廷博知不足斋抄录的唐宋词集还有《唐宋八家词》,具体包括:温庭筠《金奁集》④一卷、补一卷,潘阆《逍遥词》一卷,范成大《石湖词》一卷、补遗一卷,陈三聘《和石湖词》一卷,陈经国《龟峰词》一卷,向滈《乐斋词》一卷,王之道《相山居士词》一卷,倪偁《绮川词》一卷。另外,上海图书馆藏有[宋]赵闻礼编《阳春白雪》八卷、外集一卷(知不足斋抄本)。

除了毛扆和鲍廷博,其他的一些藏书家也抄写唐宋词集。朱彝尊《曝书亭集》跋《典雅词》云:"大学士令中书舍人六员编所存书目,中亦有《典雅词》一册。予亟借钞其副,以原书还库。"⑤由此可知,朱彝尊曾抄录《典雅词》一册。朱彝尊《乐府补题序》云:"《乐府补题》一卷,常熟吴氏抄白本,休宁汪氏购之长兴藏书家。予爱而亟录之,携至京师。"⑥据此知,朱彝尊还曾抄录《乐府补题》。嘉庆年间,阮元悉心搜集四库未收之书,进呈清廷,嘉庆帝以"宛委别藏"命名

---

① [清]毛扆撰:《汲古阁珍藏秘本书目》一卷,清嘉庆十年(1805)黄氏士礼居刻本。
② 邓子勉:《宋金元词籍文献研究》,上海古籍出版社 2008 年版,第 130—140 页。
③ [清]朱学勤撰:《结一庐书目》卷四,《丛书集成续编》本。
④《金奁集》并非温庭筠词之别集,实为韦庄、张泌、欧阳炯、温庭筠四人词之合集。后文有详细阐述。
⑤ 朱彝尊:《曝书亭集》卷四十三,《四部丛刊》本。
⑥ 朱彝尊:《曝书亭集》卷三十六,《四部丛刊》本。

之。其中的唐宋词集有朱敦儒撰《樵歌》，周邦彦撰、陈元龙注《详注周美成片玉集》，王以宁撰《王周士词》，周密撰《蘋洲渔笛谱》，赵闻礼编《阳春白雪》等五种。这些词集皆据旧本影写抄录。

（二）四库馆臣抄录唐宋词集

四库馆臣在修纂《四库全书》时，有 56 种宋词别集和 8 种唐宋词选集得以抄录，《四库全书》成书后，先后抄录 7 部。换言之，四库馆臣对这些唐宋词集分别抄写了 7 次。虽然其中几部毁于战火，但这些《四库全书》中的唐宋词集仍以抄本的形式完整地保留下来了。唐宋词集被收进《四库全书》，意味着其被统治者认可，这在唐宋词的传播接受史上具有非同寻常的意义。56 种宋词别集具体书目如下：

晏殊《珠玉词》一卷、柳永《乐章集》一卷、张先《安陆集》一卷、欧阳修《六一词》一卷、苏轼《东坡词》一卷、黄庭坚《山谷词》一卷、秦观《淮海词》一卷、程垓《书舟词》一卷、晏几道《小山词》一卷、晁补之《晁无咎词》六卷、李之仪《姑溪词》一卷、毛滂《东堂词》一卷、谢逸《溪堂词》一卷、周邦彦《片玉词》二卷《补遗》一卷、王安中《初寮词》一卷、蔡伸《友古词》一卷、方千里《和清真词》一卷、吕渭老《圣求词》一卷、叶梦得《石林词》一卷、李弥逊《筠溪乐府》一卷、葛胜仲《丹阳词》一卷、赵师侠《坦庵词》一卷、向子諲《酒边词》二卷、陈与义《无住词》一卷、周紫芝《竹坡词》三卷、李清照《漱玉词》一卷、张元干《芦川词》一卷、韩玉《东浦词》一卷、侯寘《懒窟词》一卷、杨无咎《逃禅词》一卷、张孝祥《于湖词》三卷、曾觌《海野词》一卷、王千秋《审斋词》一卷、赵彦端《介庵词》一卷、葛立方《归愚词》一卷、沈端节《克斋词》一卷、辛弃疾《稼轩词》四卷、陈亮《龙川词》一卷《补遗》一卷、杨炎正《西樵语业》一卷、陆游《放翁词》一卷、毛开《樵隐词》一卷、黄公度《知稼翁词》一卷、卢祖皋《蒲江词》一卷、洪咨夔《平斋词》一卷、姜夔《白石道人歌曲》四卷《别集》一卷、吴文英《梦窗词》四卷《补遗》一卷、赵长卿《惜香乐府》十卷、刘过《龙洲词》一卷、高观国《竹屋痴语》一卷、黄机《竹斋诗余》一卷、史达祖《梅溪词》一卷、戴复古《石屏词》一卷、黄昇《散花庵词》一卷、朱淑真《断肠词》一卷、张炎《山中白云词》八卷、蒋捷《竹山词》一卷。

8 种唐宋词选集分别是：《花间集》十卷、《尊前集》二卷、《梅苑》十卷、《乐府雅词》三卷《补遗》一卷、《花庵词选》二十卷、《类编草堂诗余》四卷、《绝妙好词笺》七卷、《乐府补题》一卷。

综上,唐宋词集的抄录门槛较低,对于钟爱唐宋词又囊中羞涩的读书人来说,抄书肯定是客观存在的行为,只可惜由于词体地位之不彰及其他原因,相关的文献记载太少。真正大规模的唐宋词集抄录还是以民间书商和藏书家为主。而清政府以官修书籍的名义有组织地集中抄录唐宋词,也是历史上其他时期难以比拟的。

第四节 唐宋词集在顺康雍乾时期的校勘

由于种种原因,唐宋词在历代传抄和刊刻的过程中往往会出现错、讹、衍、缺、漏等失真现象,后人的校勘就显得尤为重要。词一直以来就地位低下,以宋词为例,其遗留下来的数量大概2万多首,与宋诗的27万余首和宋代散文的17万余篇,不可同日而语。数量上的对比能直观地看出宋人对于词的轻视。其他朝代的词亦是如此。正因为对词体的轻视,所以对词集的保护和校勘就很难提上议事日程。就顺康雍乾时期而言,词体的地位有所提升,但仍远不能与诗相提并论。但清代词人的文化素养普遍较高,多为学人,学风扎实,尤其是乾嘉时期,受朴学思想的影响,清人往往能用治经学的态度治词。因此,词集的校勘在顺康雍乾时期也是卓有成就的。

一、私人藏书家对唐宋词集的校勘——以毛扆和鲍廷博为中心

顺康雍乾时期有许多私人藏书家曾对唐宋词集进行过校勘。明末清初唐宋词集的校勘首先要提到毛晋。毛晋对词集的校勘和整理虽然规模很大,但往往由于刊印数量浩繁,又是随得随刻,"其中名姓之错互,篇章字句之讹异,虽不能免,而于诸本之误甲为乙,考证厘订者亦复不少"[①]。后人訾议颇多。

有鉴于毛晋所刊《宋六十名家词》讹误较多,毛扆、陆敕先(陆贻典)、黄子鸿、何梦华等人都曾先后校勘过,其中毛扆出力尤甚。经过他们的共同努力,"较原来的刻本不知胜过多少倍了"[②]。据邓子勉考证,除了《宋六十名家词》,

---

[①]《宋名家词提要》,见[清]纪昀等《钦定四库全书总目》(整理本),中华书局1997年版,第2819页。

[②] 唐圭璋:《词学论丛》,上海古籍出版社1986年版,第825页。

毛扆校勘过的唐宋词集还有很多,诸如明代词坛两种重要的抄本《宋元名家词抄》和《宋元明三十三家词》等,此外还有一些零散的词人别集。① 毛扆等人的校勘涉及校异、补脱、补词、断句、叶韵等。每部词集还有题识,交代了校书的时间以及所用版本,间有对版本的评价。比如《姑溪词》一卷,陆贻典题识为"甲寅五月二十日读""己酉三月一日""底本校,原本颇有讹字,此刻多出臆改,未敢遽信。仍取原本字面笔于行间,以备他日按图之索耳"。经过他们校勘过的宋人词集,具有较高的价值。可惜由于种种原因,校勘过的汲古阁《宋六十名家词》没有刊印,但其批校过的样稿却保留了下来。

到了乾嘉时期,词集的校勘更加规范而更有学术意味,其中尤以鲍廷博最为出力。据顾广圻《知不足斋丛书序》所云,鲍廷博"每定一书,或再勘、三勘,或屡勘、数四勘"②。其校书也极为勤勉,无论寒暑春秋,舟行旅舍亦手不释卷。鲍廷博校书,一般是亲力亲为,但遇到一些专业性较强的书籍,会请本领域中的一些专家来校订。不过即使是请人校对过后,他也要复校一次。对于拿捏不准的地方,他从不臆改,这与毛晋形成了鲜明的对比。如冯应瑞《天香·龙涎香》一首的最后一句,《百家词》本中为空缺,至朱彝尊编纂《词综》,于此词处亦照原作,空缺八字。《历代诗余》和《四库全书》中收录时却被补足为"断续风流,柔情缕缕",鲍本则尊重原样。③

鲍廷博以专业而勤勉的态度去校勘历来地位不显的唐宋词,此举对于唐宋词的传播和接受而言,不啻为一种福音了。他校勘过的词集,有《唐宋八家词》及《宋名贤七家词》两种,单行集有19种。④ 除此之外,应该还有一些。以抄本《唐宋八家词》为例,参与校勘的就有魏之琇、鲍廷博、江立等人,后来民国时期的周叔弢也有校。其中魏之琇主校的有《金奁集》《逍遥词》《龟峰词》《乐斋词》等。鲍廷博主校的有《石湖词》《和石湖词》等,鲍廷博跋的词集有《金奁集》《石湖词》《龟峰词》《绮川词》等。江立主校的有《石湖词》等。江立,号玉屏,善画山水,工诗词。魏之琇乃清代著名的医学家。江立和魏之琇与鲍廷博都是同时

---

① 具体明细可参阅邓子勉《宋金元词籍文献研究》,上海古籍出版社2008年版,第265—266页。
② [清]顾广圻:《思适斋集》卷12《知不足斋丛书序》,清道光二十九年(1849)徐渭仁刻本。
③ 参阅李贺来《〈乐府补题〉接受史研究》,吉林大学2007年硕士学位论文,第29页。
④ 可参阅邓子勉《宋金元词籍文献研究》,上海古籍出版社2008年版,第275—279页。

期的人,魏之琇还曾帮助鲍廷博校勘《名医类案》,他们都襄助知不足斋校勘。

知不足斋本《唐宋八家词》的校勘主要是从以下几个方面着手:

一是辨别词之真伪。比如《金奁集》中署名温庭筠的《南乡子》八首,旁有校记:"此八首《全唐诗》俱作欧阳炯。"关于《金奁集》词集性质及其作者的考订也很有价值,以前我们多认为《金奁集》乃温庭筠词之专集,清末朱祖谋《强村丛书》将之列入唐词别集。《唐宋八家词》本《金奁集》共收词147首,按宫调分类。鲍廷博取《全唐诗》与之校勘比对,发现该集杂录韦庄词47首、张泌词1首、欧阳炯词16首,属于温庭筠的词只有83首。因此,鲍廷博认为《金奁集》极有可能是欧、张、温、韦四人词的汇选,而"非飞卿专集也"①。鲍廷博对《金奁集》中《渔父》十首作者归属的考证也很有代表性:"原本有'张志和'三字,按《全唐诗》张志和《渔父》词别是五首,此或温拟张作也,今《全唐诗》及《历代诗余》俱不录。"这些关于著作权归属的考证很有现实意义。朱祖谋作为著名的词学专家,按理说,如果他看到了鲍廷博关于《金奁集》的跋,应该不会视之为温庭筠的别集。但实际上《强村丛书》所刊《金奁集》附录了鲍廷博的跋,或许是因为朱氏并不认可鲍廷博的观点,待考。

二是对词调的考证。比如《归国遥》旁有校记:"'国'一作'自','遥'一作'谣'。"《南歌子》六首旁有校记:"'歌'或作'柯',一名春宵曲。"这方面的内容严格来说不算是校勘,而是笺注,但毫无疑问,其有助于读者对词作及词调的了解。实际上,普通读者更多地关注词作的思想内容和艺术表现力,对于词调和词律等专业性相对很强的知识来说,知之甚少。因此,关于这方面的校勘和笺注也自有其价值。

三是对语言字句的斟酌。比如陈三聘《和石湖词》中《满江红》(绀縠浮空)中"窥鉴粉光犹有泪"旁注:"'鉴'一作'镜'。"《西江月》(春事已浓多日)一词中"游人偏盛今年"句旁注:"'盛'一作'胜'。"还有高平调《酒泉子》五首之一,《唐宋八家词》中作"裙上金缕凤",而《词综》作"裙上缕金双凤",孰是孰非?校勘者认为,《唐宋八家词》中与该首词同一系列的其他四首《酒泉子》句式均一致,且与《全唐诗》无异,因此认定《词综》"已失庐山真面目矣"。对于明显的错字,比如陈人杰《沁园春·丁酉岁感事》中第一句"万法皆空,空即是空,佛安在

---

① [清]魏之琇校,鲍廷博校,周叔弢校并跋:《唐宋八家词》,知不足斋抄本。以下引用皆出自该版本,不再出注。

哉",原抄本中将"即"写成"耶",则直接改。这类校勘记录在整个校勘记录中是最多也最有代表性的。

四是对作者籍贯的考辨。比如鲍廷博的《龟峰词跋》就很有学术价值。关于宋代词人陈人杰,以朱彝尊之博闻强识,仅初步认定其大概为南宋嘉熙、淳祐年间人。但在《龟峰词跋》中,鲍廷博则有了更多的创获,他多方钩稽,进一步考证出陈人杰科举登第的详细时间和名次,以及其姓名、字号、籍贯等。但对于自己的研究结果,他的态度也较为审慎,云"未知即其人否,俟更考订"。

五是对词人词作的品评。针对词人词作的评论本非词集校勘的主要内容,因此,《唐宋八家词》中关于这方面的论述也不多,但仅有的几处也堪称吉光片羽,值得后人关注。比如江立评范成大《石湖词》云"跌宕风流,都归于雅",并云其词"清空绮丽,兼而有之"。其中的几个关键字眼诸如"雅""清空"等,都可以看出乾嘉时期清人的评价标准还是倾向于以南宋清雅一派为准绳。范成大晚年隐居苏州石湖,无论是人品还是词品,都风流娴雅,卓尔不群。江立对石湖词的评价总体而言是恰如其分的。

以上是鲍廷博《知不足斋丛书》词集校勘情形的一个缩影。虽然鲍廷博本身并非词学专家,但他的知不足斋所校勘的词集较为精审。除了这些之外,知不足斋对唐宋词集的校勘还包括词的辑佚和整理。以潘阆为例,其词集《逍遥词》在宋代至少有三个版本,一为潘阆手写本,一为蜀中石刻本,一为崇宁五年(1106)黄静刻本[①],但这些宋代版本今已不可见。清乾隆年间,四库馆臣在编纂《四库全书》时从《永乐大典》辑出一部分。后鲍廷博在此基础上又有所增补,《叙吟》《北高峰塔》《寄陈希夷》《自诸暨抵剡》四首"从《剡录》补入"[②]。关于周密《草窗词》的辑录,也很能说明问题。嘉庆年间,鲍廷博刊印《草窗词》时多方辑录,综合了很多文献资料,并在此基础上予以比对,校勘成此书。而《草窗词补》则是其从《绝妙好词》中补得18首,又从《蘋洲渔笛谱》中补得22首。[③]鲍廷博在校勘的时候除利用上述书籍之外,尚有别本《草窗词》(版本不详)。由此不难看出,鲍氏校书用力之勤,搜罗之细,令人叹服。

除了毛扆和鲍廷博外,顺康雍乾时期还有很多私人藏书家对唐宋词集进行

---

① 王兆鹏:《词学史料学》,中华书局2004年版,第160—161页。
② [清]鲍廷博编:《知不足斋丛书》第5册,中华书局1999年版,第217页。
③ [清]鲍廷博编:《知不足斋丛书》第8册,中华书局1999年版,第531、535页。

过校勘。譬如,据《藏园群书经眼录》,钱曾就用朱笔校勘过秦观《淮海集长短句》①,钱氏校勘的词集还有《宋四家词》等②。其他的藏书家诸如黄虞稷、黄丕烈等,或多或少地都曾参与校勘过唐宋词集。正是由于他们校勘时的兢兢业业,才使得我们今天看到的唐宋词集不至于错讹太甚。他们为唐宋词的保存、传播和接受做出了重要贡献。

二、四库馆臣对唐宋词集的校勘——以《四库全书总目》为中心

《四库全书》的编修始于乾隆三十八年(1773)二月,总纂官为纪昀等三人,参与的还有著名语言文字学家戴震、史学家邵晋涵以及古文大家姚鼐等人。乾隆四十七年(1782),《四库全书》编纂初成,但一直到乾隆五十八年(1793)编撰工作才全部完成。据统计,《四库全书》中收录78部词集,《四库全书存目丛书》中收录24部词集。③ 正是由于编撰及校对人员具有较好的学术功底,因此《四库全书总目》学术价值颇高,在唐宋词集校勘方面成就斐然。李剑亮在谈及四库馆臣词集校勘方面的重要意义时说,词集校勘作为一种专门之学,在宋代已肇其端,至清末朱祖谋等人臻于成熟与完善,而这种成就的取得,与"《四库全书总目》词籍提要重视词集校勘分不开"④。下面就《四库全书总目》(以下简称《总目》)在词集校勘方面的贡献做一阐述。

(一)字句勘误

字句勘误是所有词集校勘工作中最基础的工作之一。《总目》文字不多,在短短的几百字中,不可能将书中所有的字句错误列举出来,只能是择其要点概述,而大多数的字句订正只能在词集中反映出来。但即便如此,《总目》中这方面的例证仍有很多。据笔者粗略统计,《总目》中关于唐宋词字句讹误的指摘多达108处,具体如下表所示:

---

① [清]傅增湘:《藏园群书经眼录》卷九,中华书局2009年版。
② 包括黄公度《知稼翁词》、卢炳《哄堂词》、王千秋《审斋词》、杜安世《寿域词》等四家词。
③ 彭芸芸:《〈四库全书〉和〈四库全书存目丛书〉词籍提要与序跋综合研究》,湖北大学2016年硕士学位论文,第11页。
④ 李剑亮:《试论〈四库全书总目〉词籍提要的词学批评成就》,《文学遗产》2001年第5期。

表 1-3 《四库全书总目》纠正唐宋词字句讹误统计表

词人	词集	字句错讹处	词人	词集	字句错讹处
柳永	《乐章集》	20	欧阳修	《六一词》	2
秦观	《淮海词》	3	晏几道	《小山词》	2
李之仪	《姑溪词》	1	周邦彦	《片玉词》	6
蔡伸	《友古词》	1	方千里	《和清真词》	8
叶梦得	《石林词》	1	葛胜仲	《丹阳词》	19
韩玉	《东浦词》	9	侯寘	《懒窟词》	5
杨无咎	《逃禅词》	1	葛立方	《归愚词》	1
沈端节	《克斋词》	1	辛弃疾	《稼轩词》	2
毛开	《樵隐词》	6	黄公度	《知稼翁词》	1
卢祖皋	《蒲江词》	6	吴文英	《梦窗词》	11
赵长卿	《惜香乐府》	1	戴复古	《石屏词》	1

其中讹误最甚的当属柳永《乐章集》，四库馆臣亦云流传至今的宋人词集中，"惟此集最为残阙"①。《总目》关于唐宋词错讹之处包括错字、脱字、衍字等，四库馆臣在纠正字句错误时所采用的方法主要有以下几种：一是依据字形相近以及逻辑和常理推断，如柳永《浪淘沙慢》"如何时"一句中"如"字当有误，于词义也不通，应为与其字形极为相似的"知"字。② 二是根据同时期词人的唱和印证，比如秦观《河传》中"闷损人天不管"中"闷损"二字当作"瘦杀"，其理由是黄庭坚也有同调词，该词自注云秦观当时在写作上述《河传》词时，"戏以'好'字易'瘦'字"③。三是借助其他相关文献佐证，如叶梦得《贺新郎》"睡起啼莺语"一句，四库馆臣依据宋人王楙笔记《野客丛书》，指出毛晋将"啼"作"流"之误。④ 四是依据词调格律纠正字句之误，如吴文英《塞翁吟》中"吴女晕

---

① 《乐章集提要》，见[清]纪昀等《钦定四库全书总目》(整理本)，中华书局1997年版，第2780页。
② 《乐章集提要》，见[清]纪昀等《钦定四库全书总目》(整理本)，中华书局1997年版，第2780页。
③ 《淮海词提要》，见[清]纪昀等《钦定四库全书总目》(整理本)，中华书局1997年版，第2782页。
④ 《石林词提要》，见[清]纪昀等《钦定四库全书总目》(整理本)，中华书局1997年版，第2787页。

浓"句,四库馆臣认为"女"字应为讹误,因为据《塞翁吟》词之格律,此处当为平声,而"女"字为仄声,明显不符。①

不过值得注意的是,对于毛晋大量正确的校勘,四库馆臣亦能称赏并予以采信。《总目》辨讹纠谬的主要参考依据是万树的《词律》,对于拿捏不准的地方,则"疑以传疑,姑仍其旧"②。正是由于四库馆臣既能利用自身乾嘉朴学考据方面的特长,又能吸收前贤的相关研究成果,才能有此成就。

(二)作者考订

宋词地位不显,自然导致有些词作者身份不明。因此,词人生平爵里的考订,也是词集校勘的重要方面。词作者的考订,包括很多方面:

一是词人的身份。词人的生平履历资料,有助于读者加深对词作的了解,因此,《总目》中也不乏对词人生平的考证。如宋代词人张先其人其事,《安陆集提要》云宋仁宗朝有两个张先,一为博州人,一为乌程人。以词著名的乃后者,而非《道山清话》所云博州张先也。③ 由此拨开了一段历史疑云,很有价值。

二是词人的姓名。词集文献在传播抄写过程中难免会出现讹误,鲁鱼亥豕、张冠李戴的情况时常出现。比如杨炎正的姓名在很长一段时间里就被写成"杨炎",甚至博学精审如朱彝尊,在其《词综》中仍将"杨炎正"误书为"杨炎"。官方修《御选历代诗余》中仍有误,书中关于他的介绍为"杨炎,号止济翁"④。四库馆臣在《西樵语业提要》中终于还世人以真实,应该是"炎正其名,济翁其字"⑤。从《总目》中可以看出,其实在这之前,汲古阁后人以及清代中期浙派代表人物厉鹗都已经发现了这个错误,但作为官方代表的《四库全书总目》在此予以确认,也具有盖棺定论的意味,从还原宋词发展真实历史面貌的学术角度来说,自有其价值所在。

---

①《梦窗词提要》,见[清]纪昀等《钦定四库全书总目》(整理本),中华书局1997年版,第2797页。

②《乐章集提要》,见[清]纪昀等《钦定四库全书总目》(整理本),中华书局1997年版,第2780页。

③《安陆集提要》,见[清]纪昀等《钦定四库全书总目》(整理本),中华书局1997年版,第2781页。

④[清]沈辰垣等编:《御选历代诗余》(附《箧中词》《广箧中词》),浙江古籍出版社1988年版,第479页。

⑤《西樵语业提要》,见[清]纪昀等《钦定四库全书总目》(整理本),中华书局1997年版,第2794页。

第一章 唐宋词集在顺康雍乾时期的流布

四库馆臣在考证这些词人生平资料时,引用了大量的宋元文献,如上述考证杨炎正的事迹时,引用了《直斋书录解题》《文献通考》《武林旧事》等;介绍柳永时,引用叶梦得《避暑录话》;介绍周邦彦时引用《宋史·文苑传》;介绍沈端节时引用《湖州府志》《溧阳县志》;等等。正是建立在扎实的文献基础上,才使其结论真实可信。

三是词作归属。这类问题在词史上也是屡见不鲜,一阕词究竟是属甲词人还是属乙词人,看起来是很简单的一件事,但实际上,由于在传抄过程中一些主观和客观的因素,导致这个问题异常复杂。唐圭璋先生的《宋词四考》中就有《宋词互见考》,收互见宋词数百首之多。这还不是全部,后人陆续有新的发现。对于这些互见词,唐圭璋先生大部分已经厘清其归属,但仍有少数无法确定,比如《生查子》(去年元夜时)到底属欧阳修还是朱淑真,仍是一桩公案。

《少年游》(阑干十二独凭春)一词颇为有名,该词于欧阳修和梅尧臣名下互见。四库馆臣认为,吴曾在《能改斋漫录》一书中曾引该词为欧阳修词,并附有其对该词的评价。吴氏认为该词不仅梅尧臣、林逋比不上,就连温庭筠和李煜也"殆难与之为一"①。《能改斋漫录》乃南宋时期笔记,距北宋欧阳修及梅尧臣所生活的年代更近,因而更有权威性。另外,既言该词梅尧臣所不及,由此不难判定,该词不可能为梅尧臣之词。唐圭璋先生在《宋词互见考》中也持相同观点,不知是否受到了《总目》的启发。《花心动》(风里杨花)一词是否归属谢逸亦成疑,四库馆臣认为宋人史达祖、周邦彦、张元干、赵长卿、高观国等人皆有此调,其音律、平仄,如出一辙。唯独该词格律与上述诸作不符,"措语尤鄙俚不文"②,因此疑其为伪作。

四是考订词作本事。《总目》在这方面涉猎不多,但也偶有收获。比如刘过词《六州歌头·寄稼轩承旨》,毛晋校本注《龙洲词》《乐府纪闻》《山房随笔》以及岳珂的《桯史》都有相关本事记载,但相互之间不太一致,自生讹异。《龙洲词提要》认为:"岳珂与过相善,珂所作《桯史》第二卷载此事云'嘉泰癸亥(1203),改之在中都。时辛稼轩帅越,闻其名,遣介招之。适以事不及行,因效辛体《沁

---

① 《六一词提要》,见[清]纪昀等《钦定四库全书总目》(整理本),中华书局1997年版,第2780页。
② 《溪堂词提要》,见[清]纪昀等《钦定四库全书总目》(整理本),中华书局1997年版,第2784页。

园春》一词'云云。与集中自注相合。则诸说之诬,审矣。"①四库馆臣利用的也是就近原则,即面对记录同一事件的不同文献,采信距事件发生时间最近之记载,同时参考文献作者与当事人的关系以及词作者的原注,避免孤证,使得考证推理更具说服力。

(三)格律辨析

一是平仄及断句。清人对词调格律的探析从未停止过,顺康雍乾时期的相关著述也较多。清初毛先舒著有《填词名解》,后阳羡词人万树所著《词律》更为精审,收唐、宋、元时期约660个词牌,含1180余体。到了康熙时期,陈廷敬、王奕清等人以万树《词律》为基础,并予以纠谬和增订,最终修成《钦定词谱》。该书共收词牌826个,含2300余体。由于词是和乐而唱的文体,歌者本就可依据词谱适当增减字数,导致词所谓的"调有定句,句有定字,字有定声"也难以真正落实到位。再加上千百年来时间流逝,原先的词谱现在基本不见,即使像姜白石留下来的自度词谱,今人也难以据其歌唱。因此我们只能依据唐人、宋人留下来的词作,考证其押韵、断句、字数,在此基础上形成词谱。但由于种种原因,加之传抄中出现的讹误,使得词的格律显得异常复杂。《总目》中在这方面也有一些校勘成果,譬如关于东坡《念奴娇·赤壁怀古》中部分词句可能不符合格律现象,前人多有訾议,其中就包括朱彝尊。他在编选《词综》时就将原词中的一些句子做了改动。而四库馆臣则认为这些改动不一定正确,其理由是宋人毛开亦有此调,平仄与东坡词"浪淘尽"句一致。关于"多情应笑我,早生华发"一句,石孝友词和周紫芝词的句式与东坡一样同为上五下四,可见"上四下五"句式并非定格。② 东坡词天风海雨逼人,"自是曲子中缚不住者"③,四库馆臣对东坡的这首《念奴娇·赤壁怀古》的格律考证也很见功底。

二是考证调名。词调的调名也是一个很复杂的现象,有一调多名现象,也有一调多体现象,还有调名相同而分属于不同宫调的情形。《总目》在这方面也有研究成果,比如《淮海词提要》中关于"唤起一声人悄"一词的考证。《总目》

---

①《龙洲词提要》,见[清]纪昀等《钦定四库全书总目》(整理本),中华书局1997年版,第2798页。

②《东坡词提要》,见[清]纪昀等《钦定四库全书总目》(整理本),中华书局1997年版,第2781页。

③[宋]吴曾:《能改斋词话》,见唐圭璋编《词话丛编》,中华书局1986年版,第125页。

依据惠洪《冷斋夜话》记载,认为该词乃少游于黄州咏海棠之作,调名为《醉乡春》。而毛晋在刊刻汲古阁本《淮海词》时,并未考证出该词的词牌名,刊印时就以三个方框代替词调名,四库馆臣认为此"亦为失考"[①]。又比如毛晋在很多词集校勘中犯了类似的错误,即没有认识到部分词存在一调多名的现象,屡屡将同一词调的其他调名误认为是新的词调;或因调名相同而将实为不同之词体误认为是同一词调;或"执后起之新名,反以原名为误"[②];等等。

(四)版本考证

词集在流传过程中,由于历代都可能有收藏、刊刻、传抄的行为发生,这样就会导致词集有不同的版本。越是有名的词人,其版本越多,版本方面的梳理亦为词集校勘的重要内容。比如辛弃疾词有十二卷本和四卷本之分,毛晋汲古阁所刻分四卷,但目录中却注原本十二卷,因此四库馆臣认为毛晋所刻可能是两个版本的杂糅,"殆即就信州本而合并之欤"。再比如,在《山中白云词提要》中,四库馆臣交代了张炎词所用之版本为钱中谐进献,来源应为元代陶宗仪手抄,康熙年间浙西词人龚翔麟将其刊印,"后上海曹炳曾又为重刊"[③]。《总目》清楚地交代了张炎《山中白云词》在顺康雍乾时期重现的经过,以及当时的几个主要版本,虽非全部,但亦有助于了解张炎词集。

综上,四库馆臣利用乾嘉时期文献考据方面的特长对唐宋词集进行校勘,涉及版本、词人生平、词的格律、字句讹误等多个方面,在词集校勘方面取得了较为突出的成就。李剑亮认为四库馆臣词学校勘所取得的成绩,一方面源于词集提要的撰写者自身扎实的学术修养,另一方面是因为他们能够对词学研究成果予以吸收和采纳。[④] 当然,《四库全书总目》本身的错误也在所难免,今人亦

[①]《淮海词提要》,见[清]纪昀等《钦定四库全书总目》(整理本),中华书局1997年版,第2782页。

[②]《芦川词提要》,见[清]纪昀等《钦定四库全书总目》(整理本),中华书局1997年版,第2789页。

[③]《山中白云词提要》,见[清]纪昀等《钦定四库全书总目》(整理本),中华书局1997年版,第2799页。

[④] 参阅李剑亮《试论〈四库全书总目〉词籍提要的词学批评成就》,《文学遗产》2001年第5期。

多有指正。① 就词集而言,比较明显的有:在《书舟词提要》中误以程垓为苏轼中表兄弟。② 实际上,程垓是南宋人,而苏轼是北宋人,他们不可能是中表兄弟(笔者注:程垓实为苏轼中表兄弟程之才之孙),唐圭璋先生早有辨析。③ 另外,关于《词源》和《乐府指迷》这两本著名的词学著作的渊源关系以及作者归属,四库馆臣到最后也未弄清:"真出张炎与否,盖未可定。"④四库提要中关于词集校勘方面的内容不是很多,却有较为重要的词史意义。《四库全书总目》作为官方代表,其对词的校勘,无疑是词体地位提升的重要标志。从传播与接受的角度而言,经校勘过的唐宋词更接近本真,对于保留唐宋词的原貌,进一步发挥唐宋词的影响力,有着不可或缺的价值。

第五节 唐宋词集在顺康雍乾时期的评点与笺注

评点和笺注是两个不同的概念,评点为有学识的读者或词学专家阅读唐宋词的主观感受和客观评述,从思想、内容、手法、格律等各方面评价词作,属于文学批评的范畴;而笺注则侧重于考证词人的姓氏、里爵,以及词作的创作背景等,亦笺释词中出现的地点、人物、物件等,也附录一些词人词作的生平事迹及著名学者的评论等,但笺注一般不表达自己的读词感受。二者的界限不是很清晰,其外延有时会交叉。

一、唐宋词在顺康雍乾时期的评点——以《山中白云词》为例

唐宋词集的评点其实在词集的校勘当中就有,比如词集收藏者对词集的跋尾,很多就是关于词人及其词作的评点。最有名的就是毛晋对唐宋词集的跋,其中就包括对词的评论。词集评点其实早有渊源,如南宋黄昇《花庵词选》就附

---

① 可参阅余嘉锡《四库提要辨证》,云南人民出版社2004年版。就宋词校勘方面的错讹,西南大学吴亚娜2017年博士学位论文《〈四库全书总目〉宋代文学批评研究——以宋人别集与词集提要为中心》中也多有指摘,可参阅第139—145页。

② 《书舟词提要》,见[清]纪昀等《钦定四库全书总目》(整理本),中华书局1997年版,第2783页。

③ 可参阅唐圭璋编《词话丛编》,中华书局1986年版,第1406页。

④ 《尊前集提要》,见[清]纪昀等《钦定四库全书总目》(整理本),中华书局1997年版,第2803页。

有编者对词人词作的评点。到了明代,词集评点之风更是盛行。万历年间,著名戏曲家汤显祖评点《花间集》,每卷后有音辨,有眉批,有圈点,此为《花间集》有评点的第一个本子。《草堂诗余》在明代炙手可热,其版本有 30 多种,其中的评点本不下 8 种,李廷机、李于麟、杨慎等人都曾评点《草堂诗余》。唐宋词别集的笺注本,则有李濂评点的《稼轩长短句》等。

到了清代,唐宋词的评点亦有其自身特色。《花草蒙识》实为王士禛"往读《花间》《草堂》,偶有所触"①之产物,朱彝尊也曾手批过一些唐宋词集。以张炎词为例,在清代的评点本近 10 种,评点者包括张惠言、樊桐山人(朱琰)、吴蔚光、陈澧、许廷诰、赵宗建、邵渊耀、朱孝臧、夏敬观等人。其中顺康雍乾时期尤以吴蔚光的评点本最为有名。吴蔚光(1743—1803)是清代乾隆年间学者,家中藏书也很丰富。吴氏辞官后,潜心于著述,在诗、词、经、文等方面都卓有成就,在词学方面的著作主要有《诗余辨讹》《姜张词得》等,词有《小湖田乐府》一卷。吴蔚光评点张炎《山中白云词》的原本今已不可见,笔者以南京图书馆藏许廷诰过录的吴蔚光批评本为例,分析其在评点方面的特色。这些评点应该大部分来自吴蔚光,许氏在此基础上做了适当的增删修改。其评点大体包括思想内容和艺术手法两方面。

(一)艺术手法的点评

吴评本《山中白云词》在艺术手法方面的点评尤其多,这其中又可以分为三个方面:

一是句法结构点评。比如评《壶中天·夜渡黄河与沈尧道曾子敬同赋》,云其结构"一顿一转"②;评《水龙吟·春晚留别故人》云"抑扬顿挫"③。这是从整体结构而言的。也有针对词中具体的某个部分的评论,比如对词开头的评价,评《江城子·为满春泽赋横空楼》曰"起突兀"④;评《甘州》(记玉关)云"飘

---

① [清]王士禛:《花草蒙拾》,见唐圭璋编《词话丛编》,中华书局 1986 年版,第 673 页。
② [宋]张炎撰:《山中白云词》卷一,清康熙龚氏玉玲珑阁刻乾隆元年(1736)宝书堂印本。
③ [宋]张炎撰:《山中白云词》卷二,清康熙龚氏玉玲珑阁刻乾隆元年(1736)宝书堂印本。
④ [宋]张炎撰:《山中白云词》卷五,清康熙龚氏玉玲珑阁刻乾隆元年(1736)宝书堂印本。

然起"①。也有对词的中段过渡处的评论,比如评《忆旧游·登蓬莱阁》云"换头着力"②。

二是有关音律的评论。相对来说,作为浙派中人,吴蔚光也是重格律的。在吴蔚光关于《山中白云词》的点评中,音律方面的不多,涉及叶韵、格律等。比如《西子妆慢》(白浪摇天)上有评曰:"'碧'字叶玄。"③关于《凤凰台上忆吹箫》(水国浮家)的格律,吴蔚光云该词"与律中李清照、吴元可都不合"④。

三是语句的赏析。这在所有的评语当中数量为最。浙派人学姜夔和张炎,其实学的主要就是姜、张词的音律谐婉、炼字炼句。比如称赞《玉漏迟》"竹多尘自扫"一句"造语精"⑤,并云"莫问四愁三笑"一句中"'四愁三笑'铸得出彩"⑥。除此之外,像这样倾向于语言艺术手法方面的评语还有很多,如《甘州·寄李筠房》的下片有评云"水乳交融"⑦;评《清平乐·题平沙落雁图》云"刻画"⑧;评《渡江云》(山空天入海)云"如高峰坠石"⑨;评《绮罗香·席间代人赋情》云"脱梦窗之质实"⑩。

---

① [宋]张炎撰:《山中白云词》卷一,清康熙龚氏玉玲珑阁刻乾隆元年(1736)宝书堂印本。

② [宋]张炎撰:《山中白云词》卷一,清康熙龚氏玉玲珑阁刻乾隆元年(1736)宝书堂印本。

③ [宋]张炎撰:《山中白云词》卷二,清康熙龚氏玉玲珑阁刻乾隆元年(1736)宝书堂印本。

④ [宋]张炎撰:《山中白云词》卷一,清康熙龚氏玉玲珑阁刻乾隆元年(1736)宝书堂印本。

⑤ [宋]张炎撰:《山中白云词》卷二,清康熙龚氏玉玲珑阁刻乾隆元年(1736)宝书堂印本。

⑥ [宋]张炎撰:《山中白云词》卷二,清康熙龚氏玉玲珑阁刻乾隆元年(1736)宝书堂印本。

⑦ [宋]张炎撰:《山中白云词》卷三,清康熙龚氏玉玲珑阁刻乾隆元年(1736)宝书堂印本。

⑧ [宋]张炎撰:《山中白云词》卷八,清康熙龚氏玉玲珑阁刻乾隆元年(1736)宝书堂印本。

⑨ [宋]张炎撰:《山中白云词》卷一,清康熙龚氏玉玲珑阁刻乾隆元年(1736)宝书堂印本。

⑩ [宋]张炎撰:《山中白云词》卷一,清康熙龚氏玉玲珑阁刻乾隆元年(1736)宝书堂印本。

(二)思想内容的感悟

相对于艺术手法方面的点评,吴蔚光在词作思想内容方面的点评稍少。仅有的几处如评《甘州·寄李筠房》上片云"沉痛"①。吴蔚光很看重词的寄托作用,他在《小湖田乐府》自序中曾表达了这样的观点:"词虽小技,亦风骚之遗也。"②他认为古人在写词时,表面看似在写香草美人,实则是用比兴的手法,寄寓词人丰富而深邃的情感。他评张炎的《绮罗香》(万里飞霜)云"妙于带讽"③;评《清平乐·平原放马》云"寄托"④。吴蔚光的生活年代与常州词派的开山鼻祖张惠言相近,张惠言在词学理论上最大的建树就是强调词作内容的重要性,其主要观点就是主张词的言外之旨,突出词的香草美人寄托之功用。他们都不约而同地认识到了这一点,只可惜,吴蔚光在这方面不如张惠言做得彻底而决绝,所以,后世往往记住了张而忽视了吴。

吴蔚光在其《小湖田乐府》自序中鲜明地表达了自己的唐宋词接受指向。他也主张小令学唐、长调学南宋,这与朱彝尊的观点如出一辙。只不过他还提出了"中调宜法南唐、北宋",但这不过是上述理论的自然延伸。他心目中的唐宋人典范依旧是姜夔和张炎,他尤为称许二人词之长调,云其能"断续开合、抑扬吞吐"⑤,具有极强的艺术表现力。其学词从李白入手,后学秦观、柳永,"久而乃知姜、张"。从中可以明显看出,其接受取向乃是浙派一路,宗法姜、张。这也是他评点张炎《山中白云词》的重要原因。但我们从中似乎可以看出,姜、张二人,其更看重姜夔,总体而言,他认为"玉田犹未达白石一间矣"。另外,他在评张炎的《一萼红》(倚阑干)时,曾批评该词"凝滞不见所长"。这些都可以看出,在他眼中,姜夔在张炎之上。不过,总体来看,其对张炎的评价仍极高,体现了浙派中人的基本接受倾向。

---

① [宋]张炎撰:《山中白云词》卷三,清康熙龚氏玉玲珑阁刻乾隆元年(1736)宝书堂印本。
② [清]吴蔚光:《小湖田乐府》自序,见孙克强、杨传庆、裴喆编著《清人词话》(中),南开大学出版社2012年版,第937页。
③ [宋]张炎撰:《山中白云词》卷一,清康熙龚氏玉玲珑阁刻乾隆元年(1736)宝书堂印本。
④ [宋]张炎撰:《山中白云词》卷四,清康熙龚氏玉玲珑阁刻乾隆元年(1736)宝书堂印本。
⑤ [清]吴蔚光:《小湖田乐府》自序,见孙克强、杨传庆、裴喆编著《清人词话》(中),南开大学出版社2012年版,第938页。

相对来说,顺康雍乾时期的学人不像明人那样热衷于对《花间集》和《草堂诗余》等唐宋词集评点。尤其是进入乾嘉时期,受大的政治环境影响,清人更看重考据,而不是评点。再加之有些评点鱼龙混杂、玉石杂陈,水平参差不齐,故朱彝尊在编选《词综》时,就特意把明人的评论删除了,只留下了宋人、元人的评语。

总体来看,吴蔚光等人的评点仍是中国传统文学批评的延续,多个人即兴感悟,少深刻的系统理论,无甚稀奇。不过,值得注意的是,其评点多侧重于艺术手法的欣赏与体味,对于思想内容情感方面的分析较少。另外,清人选择《山中白云词》作为评点对象,并先后有多人评点同一部词集,本身就能说明清人对姜、张词的喜爱。所有这些,都是浙派尊南宋尚清雅思想在评点领域中的自然显现和延伸。不难看出,词集的评点是清人唐宋词接受观的重要表现。

二、唐宋词在顺康雍乾时期的笺注——以《绝妙好词笺》为例

词之有笺注,南宋傅干的《注坡词》道夫先路。傅干笺注苏轼词,"敷陈演析,指摘源流"①,其初衷就是帮助普通读者更好地理解东坡词。另外,南宋时期还有杨缵的《圈法周美成词》②,可惜现在看不到了。杨缵深谙音律,而周邦彦也是以知音识律闻名。如果这个笺注本流传至今,对于了解宋词之音律将大有裨益,甚至有可能帮助我们解开白石词谱之谜。周邦彦的词集在南宋时期还有一个笺注本,即陈元龙的《详注周美成词片玉集》,幸运的是,这个笺注本流传了下来。该版本的词集笺注不限于音律,更为全面。另外,《草堂诗余》原为南宋书坊所刻,但这个版本今天已看不到了。元代出现的《草堂诗余》则在原书的基础上增加了大量笺注,这些笺注包括词之用事、字句出处等,还附录了一些词话等资料。到了明代,《草堂诗余》获得了空前绝后的欢迎和认可,人们在元代版本的基础上又有所增益笺注。

在顺康雍乾时期,唐宋词集的笺注本也有一些,其中最有名的当属《绝妙好词笺》。《绝妙好词》是宋人周密编选的一部词集,共收词人一百三十多人、词作近四百首,多选录南宋格律清雅词派词人作品,大约成书于元初。《绝妙好词》在元代应该刊印过,张炎《词源》卷下曾言:"惜此板不存,恐墨本亦有好事者藏

---

① [宋]傅干:《注坡词序》,见傅干《注坡词》,北京图书馆出版社,2001年影印宋钞本。
② [宋]张炎:《词源》,见唐圭璋编《词话丛编》,中华书局1986年版,第266页。

之。"①《绝妙好词》在明代湮没鲜为人知,明末毛晋汲古阁有抄本,清初钱谦益以及钱曾都有收藏,但一直都未刊刻,所以知道的人不多。后来在柯煜和柯崇朴的努力下,才有了刻本。此后,该书又经过几次刊印。雍乾年间,厉鹗和查为仁为该词选做笺注,从此以后,这个笺注本的影响力就超过其他版本,广行于世。

《绝妙好词》的笺注者是厉鹗和查为仁,但据李桂芹在《论〈绝妙好词笺〉的典范意义》一文中考证,参与笺注的还有浙西词派的汪沆、陈皋等人。② 因此,《绝妙好词笺》凝聚了浙西词人的共同心血。厉鹗是中期浙派的领军人物,是乾嘉时期首屈一指的学者、诗人和词人。查为仁(1695—1749),清代著名诗人,家中藏书甚富。关于他们共同笺注《绝妙好词》的情形,厉鹗在序言中交代得很清楚:

> 《绝妙好词》七卷,南宋弁阳老人周密公谨所辑。宋人选本朝词,如曾端伯《乐府雅词》、黄叔旸《花庵词选》,皆让其精粹,盖词家之准的也。所采多绍兴迄德祐间人,自二三巨公外,姓字多不著。夫士生隐约,不得树立功业,炳焕天壤,仅以词章垂称后世,而姓字犹在若灭若没间,无人为从故纸唯中抉剔出之,岂非一大恨事耶? 津门查君莲坡,研精《风》《雅》,耽玩倚声,披阅之暇,随笔札记,辑有《诗余纪事》如干卷。于是编尤所留意,特为之笺,不独诸人里居出处,十得八九,而词中之本事,词外之佚事,以及名篇秀句,零珠碎金,捃拾无遗,俾读者展卷时,恍然如聆其笑语而共其游历也。予与莲坡有同好,向尝掇拾一二,每自矜创获,会以衣食奔走,不克卒业。及来津门,见莲坡所辑,颇有望洋之叹,并举以付之,次第增入焉。譬诸掇遗材以裨建章,投片琼以厕悬圃,其为用不已微乎。莲坡通怀集益,犹不忘所自,必欲附贱名于简端,辞不得已,因述其颠末如此云。
>
> 乾隆戊辰闰七夕前三日,钱塘厉鹗书于津门之古春小茨。③

《绝妙好词笺》的主要笺注者是查为仁,厉氏称其"十得八九",而自己则是"掇拾一二",本不欲让其署己名,"辞不得已"。这应该不是厉鹗的自谦之词,

---

① [宋]张炎:《词源》,见唐圭璋编《词话丛编》,中华书局1986年版,第266页。
② 李桂芹:《论〈绝妙好词笺〉的典范意义》,《安徽师范大学学报(人文社会科学版)》2015年第5期。
③ [宋]周密辑,彭明哲注析:《绝妙好词》,海南出版社1993年版,第3页。

但为什么后来提到《绝妙好词笺》我们首先想到的是厉鹗呢？这恐怕还是因为厉鹗在当时的声望要远超查为仁。

《绝妙好词笺》完成于乾隆十四年（1749），是清代明确可考的第一部真正意义上的词集笺注。其对宋词的笺注主要包括词作本事介绍、引用诸家评论、考证词人生平、摘录警句、笺释词中掌故风物、附录有关作者的逸事等。据李桂芹统计，《绝妙好词笺》征引文献达116部之多。① 所引文献之广博，类别之繁多，令人赞叹，其中还包括一些现在已经无法看到的珍稀文献。虽然有人说《绝妙好词笺》所笺注内容"多泛滥旁涉，不尽切于本词，未免有嗜博之弊"②，但毫无疑问，《绝妙好词笺》的横空出现并刊行，让更多的普通下层读者对于《绝妙好词》这本词选乃至宋末骚雅格律派词人及词作有了更多的了解。另外，正如有学者所言，查、厉为《绝妙好词》做笺注，"归根到底是二人的审美追求和审美价值取向与周密乃至词作者有共鸣之处"③。一定程度上，《绝妙好词笺》的出现，让南宋清雅词在顺康雍乾时期的影响更大了。下面就《绝妙好词笺》的笺注做一简要分析。

（一）名物掌故笺释

这类笺释在书中占比很大，其中又可以包括很多不同的方面。

一是笺释词中的地名。由于历史久远，宋词中出现的一些地名到清代已经发生了较大变化。即使名称没变，普通读者对于一些很生僻的地名及建筑也不太清楚。因此书中的笺注就很有必要。比如笺注引用《舆地纪胜》，对张孝祥的《西江月·丹阳湖》一词中之"丹阳湖"予以介绍："丹阳湖在当涂县东南六十九里。杜预注云：'春秋宣城县西南有桐水，出白石山西北入丹阳是也。'"④再譬如笺注援引《西湖游览志》对翁元龙《水龙吟》一词中的"吴山见沧阁"予以解说

---

① 李桂芹：《〈绝妙好词〉的典范意义》，《安徽师范大学学报（人文社会科学版）》，2015年第5期。
② 《绝妙好词提要》，见[清]纪昀等《钦定四库全书总目》（整理本），中华书局1997年版，第2805页。
③ 王之望：《佳词醇雅 笺助风流——略论查为仁、厉鹗的〈绝妙好词笺〉》，《广西社会科学》2009年第5期。
④ [宋]周密选，[清]查为仁、厉鹗笺注，房日晰校点：《绝妙好词笺》，山西人民出版社1992年版，第2页。

阐释。① 在没有网络检索可用的清代,交通也极为不便,信息的获取尤为不易,这种笺注就显得极有价值。

二是对词中出现的人物及时代背景做笺注。这类笺注很有必要,唐宋词中出现的人物包括与词作者交往的人物以及历史典故人物。对于一些常见的历史典故人物,书中一般未予以笺注,其所笺注的多是些不甚知名的人物。厉鹗"读书搜奇爱博,钩新摘异"②,对于宋元时期笔记小说尤为熟悉。这种知识储备,为笺释《绝妙好词》打下了良好的基础。以韩元吉的《水龙吟·书英华事》为例,题中的"英华"究竟为谁,他(她)身上究竟发生了什么事,许多人都不清楚。笺注先后引用《耆旧续闻》《文献通考》《墨庄漫录》分别阐述英华其人其事。其中引《耆旧续闻》云:"北宋元丰年间,缙云令开封李长卿女,慧性过人,姿度不凡。染疾逝,殡于邑之仙岩寺三峰阁。李公罢,因舁归。"③这样,读者对于"英华"其人其事就有了一定的了解。

上述笺释主要关乎词中历史传说人物,除此之外,还有对词作者同时代或有交游的人物之笺注。比如周密的《国香慢·赋子固凌波图》中的"子固"是何许人也,一般人也不易知。笺注引《乐郊私语》,指出"子固"乃赵孟坚,"宋宗室也"④,并引用了一则他的趣闻,有助于读者加深对其的了解。赵孟坚,号彝斋居士,浙江湖州人。理宗宝庆二年(1226)进士,官至朝散大夫、严州守。赵孟坚所处的年代比周密略早。再比如关于姜夔《暗香》和《疏影》两词牌名的来历及两词的创作背景,笺注引《砚北杂志》云:"小红,范成大青衣也,有色艺。成大请老,姜夔诣之。一日授简征新声,夔制《暗香》《疏影》两曲。成大使二妓习之,音节清婉。成大寻以小红赠之。其夕大雪,过垂虹,赋诗曰:'自喜新词韵最娇,小红低唱我吹箫。曲终过尽松陵路,回首烟波十四桥。'"⑤这类笺注较好地厘

---

① [宋]周密选,[清]查为仁、厉鹗笺注,房日晰校点:《绝妙好词笺》,山西人民出版社1992年版,第133页。
② [宋]周密选,[清]查为仁、厉鹗笺注,房日晰校点:《绝妙好词笺》,山西人民出版社1992年版,第9页。
③ [宋]周密选,[清]查为仁、厉鹗笺注,房日晰校点:《绝妙好词笺》,山西人民出版社1992年版,第13—14页。
④ [宋]周密选,[清]查为仁、厉鹗笺注,房日晰校点:《绝妙好词笺》,山西人民出版社1992年版,第220页。
⑤ [宋]周密选,[清]查为仁、厉鹗笺注,房日晰校点:《绝妙好词笺》,山西人民出版社1992年版,第46页。

清了词作本事与创作背景,更重要的是,笺注以及所援引之文句,本身也是美文,这无形中增加了词的趣味性和可读性,客观上有助于唐宋词的传播与接受。

(二)词人生平考证

宋词地位不显,并非每个词作者的名字都家喻户晓、耳熟能详,因此词作的笺注当然不能忽视词作者的介绍,尤其是对于一些相对陌生的名字,其笺注尤为必要。但由于种种原因,即使学识渊博如厉鹗、查为仁等人,也不能详尽地考证出每个词人的生平。因此,笺注中的词人介绍,有的只有简单的几个字。比如对周晋的介绍,只有"晋,字明叔,号啸斋"[①]。甚至还有更短的,比如"采(楼采),字君亮"[②]"子咸(杨子咸),号学舟"[③]等,只考证出了其字或号,其余的一概阙如。虽然详略不一,但《绝妙好词》中的一百三十二人都有介绍,这本身就殊为不易。

一般的词作者笺注要言不烦,但大多能简明扼要地交代词人的字、号、籍贯以及一些生平事迹。比如书中关于陆游胞兄陆淞的笺注就颇具代表性,其首先简单介绍陆淞字号及出生地等基本资料,后又引其他资料补充陆淞家世及其性情特点:"《耆旧续闻》云:陆辰州子逸,左丞佃之孙,晚以疾废。卜筑于秀野,越之佳山水也。放傲世间,不复有荣念,对客则终日清谈不倦,尤好语前辈事。"[④]其实在厉鹗和查为仁之前,雍正三年(1725)项絪刊刻的《绝妙好词》中就已经附录了大量的词人姓氏、字号、籍贯等信息,也附录了一些词作本事等信息。但由于项本今已佚,未知《绝妙好词笺》是否借鉴了这些信息。但以厉鹗等人的学识,即使借鉴了,亦当会详加辨析。总体而言,这些关于词人的生平笺注,颇具学术价值,尤其是其中一些很小众的词人,他们的生平履历皆赖此书得以明确,使世人对他们有一个基本的了解。

(三)词人词作评价

《绝妙好词笺》中也附录了大量的词人词作评语,但这些评语并非来自笺注

[①] [宋]周密选,[清]查为仁、厉鹗笺注,房日晰校点:《绝妙好词笺》,山西人民出版社1992年版,第97页。

[②] [宋]周密选,[清]查为仁、厉鹗笺注,房日晰校点:《绝妙好词笺》,山西人民出版社1992年版,第140页。

[③] [宋]周密选,[清]查为仁、厉鹗笺注,房日晰校点:《绝妙好词笺》,山西人民出版社1992年版,第171页。

[④] [宋]周密选,[清]查为仁、厉鹗笺注,房日晰校点:《绝妙好词笺》,山西人民出版社1992年版,第11页。

者,而是引用其他人的评价。这也是笺注与评点的最大区别。这些评语又可以大致分为三类:

一是对词人词作的总体评价。总体评价有助于读者更好地了解词人,这样的笺注方式有其益处,因为普通读者不太可能把一个词人的全部词作读完,再对词人形成一个总体上的评价。即使有幸都读完,也由于自身学识及其他方面的原因,难以对词人的作品做出客观、公正、全面的评价。但同时,此类笺注也可能会让一些文化素养不够高的读者形成关于词人及其作品先入为主的印象,从而人云亦云,难以形成自己的阅读体验。故而正确的打开方式应该是先自主阅读,再参阅笺注,但不能被这些笺注左右。

比如书中关于张炎词的总体评价,附了郑思肖、仇远、舒岳祥等人对张炎的评论:

> 郑所南云:识张玉田先辈,喜其三十年汗漫南北数千里,一片空狂怀抱。日日化雨为醉。自仰扳姜尧章、史邦卿、卢蒲江、吴梦窗诸名胜,互相鼓吹春声于繁华世界。能令后三十年西湖锦绣山水,犹生清响。

> 仇山村云:《山中白云词》,意度超元,律吕协洽。当与白石老仙相鼓吹。

> 舒阆风云:玉田诗有姜尧章深婉之风,词有周清真雅丽之思,画有赵子固潇洒之意。①

历朝历代关于张炎词的评价不胜枚举,但笺注者为什么单单选择了这几个人的评语呢?仔细研读我们就会发现,其中郑思肖(号所南)的评语侧重于其思想内容,仇远(号山村)的评语则更倾向于艺术和音律方面,而舒岳祥(人称阆风先生)的评语则是把张炎的词与诗、画放在一起比较。因此笺注所附的这些评论并非随意拼凑、附庸风雅,而是经过了精心选择,尽量从不同角度较为全面地评价张炎词。

二是对具体词作的评价。与总体评价相对应的是具体的词作评价。总体评价毕竟是泛泛而谈,针对具体作品的评论则更让读者有拨云见日之感。比如笺注者于吴文英的《唐多令》(何处合成愁)一词后引张炎语曰:"张叔夏云:此

---

① [宋]周密选,[清]查为仁、厉鹗笺注,房日晰校点:《绝妙好词笺》,山西人民出版社1992年版,第211页。

词疏快不质实。"①众所周知,吴文英的词作较为晦涩难懂,结构上又讲究空际转身,有"质实"之说。这首词却与众不同,流丽清爽,张炎评语实有见地,能让读者恍然大悟。再比如笺注中引用黄昇语"形容尽矣"②评价史达祖《双双燕·咏燕》,短短四个字就道尽了该词的特点。

三是好词佳句的摘录。这些好词佳句皆引自陆辅之的《词旨》中所摘录。比如陈允平后附录《词旨》警句:"燕子未来,东风无语又黄昏。琴心不度春云远,断肠难托啼鹃。夜深犹倚,垂杨二十四阑。""寄相思、偏仗柳枝。待折向、樽前唱,奈东风,吹作絮飞。"另外还有词眼的笺注,比如史达祖《双双燕·咏燕》,后有笺注:"词眼'柳昏花暝'。"③当然还有对仗工稳奇绝的属对的摘录,比如姜夔词后有笺注:"《词旨》属对:'虚阁笼寒,小帘通月''池面冰胶,墙腰雪老''翠叶吹凉,玉容销酒'。"④值得注意的是,笺注者在摘录好词佳句的时候,其选择对象一般为南宋清雅词,诸如陈允平、史达祖、姜夔、张炎等人的词作,这也再次印证了笺注者的唐宋词接受理念。

(四)其他词作增补

《绝妙好词笺》一个最大的特色就是附录了许多其他作品,这是《绝妙好词笺》与其他笺注本与众不同的地方。附录的词作有些是作者自己的,有些是其他词人的。例如李彭老的词作后附了其《天香·龙涎香》和《摸鱼儿·莼》两词,出自《乐府补题》;又从《景定建康志》中补充张林《柳梢青·题金陵乌衣园》一首。所附录的其他词人作品,或是因为其主题或风格相似,或为相互酬唱之作。补充的这些词作与词选中的词可相互参看,有助于读者更好地了解词人作品。但有的地方附录的词作过多,比如在周密词后补充十首《木兰花慢》咏西湖十景词。这样未免头重脚轻,占据太多篇幅。

(五)文字内容校勘

文字上的校勘不是笺注的主要内容,但在《绝妙好词笺》中仍有一些笺注涉

---

① [宋]周密选,[清]查为仁、厉鹗笺注,房日晰校点:《绝妙好词笺》,山西人民出版社1992年版,第127页。
② [宋]周密选,[清]查为仁、厉鹗笺注,房日晰校点:《绝妙好词笺》,山西人民出版社1992年版,第63页。
③ [宋]周密选,[清]查为仁、厉鹗笺注,房日晰校点:《绝妙好词笺》,山西人民出版社1992年版,第67页。
④ [宋]周密选,[清]查为仁、厉鹗笺注,房日晰校点:《绝妙好词笺》,山西人民出版社1992年版,第54页。

及字词的校勘。比如史达祖的《双双燕·咏燕》"愁损翠黛双蛾"一句,下面有笺注:"'翠黛双蛾'原作'玉人',据《梅溪词》改。"①史达祖《黄钟喜迁莺·元宵》一词原本没有"窗际"二字,笺注者依据《词源》修改。② 总体而言,文字校勘占笺注的比重很小。

顺康雍乾时期比较有名的唐宋词笺注本还有江昱的《山中白云词疏证》《草窗词疏证》等。这些唐宋词疏证本的出现,与乾嘉时期朴学的兴盛有着重要的关系。乾隆以降,学界重考据和实证,"说经皆主实证,不空谈义理"③,在政治上则表现为文字狱频发。词人们为了避祸,转而把精力放在考证上,开始把词学真正当作一种学术来做。这种倾向在词学理论方面表现为此时期的词话都更具理论性,不迷信前人,比如吴衡照的《莲子居词话》、丁绍仪的《听秋声馆词话》等。前面提到的《四库全书总目》也是如此。唐宋词笺注本也正是这种大背景之下的产物。这些笺注本对于加深普通读者对词作的理解不无裨益,于唐宋词的传播接受善莫大焉。有学者认为清代词集之笺注,"不仅促进了词集的传播与接受,甚至还有助于词派的发展或扩大其影响"④。但有些过于琐细的考证,对于词作的赏析并无多大用处。至于一些与词作关系不紧密的考证,几乎是为了考证而考证,炫耀腹笥渊博,这其实就在一定程度上背离了笺注的初衷。此外,正如焦循所言,《绝妙好词》编选者在选择作品时,具有鲜明的倾向性,入选的词人及作品,往往与编选者的主观嗜好相近或一致,"一味轻柔润腻而已"⑤。《绝妙好词笺》的笺注者并未真正认识到《绝妙好词》这部词选本身选域狭窄、风格单一、思想内容较为贫弱等局限性,反而在清代强化了这种倾向,这同样值得我们关注。

---

① [宋]周密选,[清]查为仁、厉鹗笺注,房日晰校点:《绝妙好词笺》,山西人民出版社1992年版,第63页。
② [宋]周密选,[清]查为仁、厉鹗笺注,房日晰校点:《绝妙好词笺》,山西人民出版社1992年版,第65页。
③ 皮锡瑞:《经学复盛时代》,见皮锡瑞著、潘斌选编《皮锡瑞儒学论集》,四川大学出版社2010年版,第38页。
④ 丁放、甘松:《中国古代词集笺注、评点的演变及功能》,《复旦学报(社会科学版)》2012年第6期。
⑤ [清]焦循:《雕菰楼词话》,见唐圭璋编《词话丛编》,中华书局1986年版,第1494页。

第六节　唐宋词集的传播与顺康雍乾时期词风的演变

唐宋词集在顺康雍乾时期的传播与清代词坛的风气有着千丝万缕的关系，这其中尤以唐宋词选集的影响为甚。下面我们分别以《花间集》《乐府补题》《绝妙好词》为例，分析其与清代词坛风尚之间的关系。

一、《花间集》与明末清初复古之风的赓续

《花间集》在明末清初仍是可以较易得到的唐宋词集。毛晋汲古阁于万历二十六年(1598)刊刻《词苑英华》，其中就有《花间集》。万历四十八年(1620)汤显祖评、闵映璧朱墨套印本《花间集》又刊行。这些版本距离清代都很近，再加之清初还有毛扆手校紫芝漫抄本《花间集》。因此，《花间集》在当时较为通行，无论是词人抑或是大众，都能够比较容易得到。这为花间词在明末清初的传播与接受打下了较好的物质基础。

另外，明末清初受明代词风的流风所及，花间词的影响仍非常大。谈到明末清初词坛，首先须提及的当然是云间词派。云间词派最显著的词学宗尚就是复古，对唐、五代词情有独钟。陈子龙的《幽兰草词序》乃云间词派纲领性的词论，从中可以非常明确地看出，其最心仪的是晚唐至宋室南渡之前的词，认为其词"天机偶发，元音自成"①，有一种自然、浑成、本色之美。而对南宋词则颇多微词。但正如严迪昌先生所言，陈氏论词忽视了南唐和北宋词自然之美和"情"所赖以生存的社会背景，只是单纯地从形式上去追求这种自然本色之美。② 其必然的结局是只能得之皮毛，难得其神韵。而艾治平先生则认为根本的原因还在于陈子龙并没有真正摆脱词为小道的观念。③ 如果说这种神秀的境界陈子龙还偶尔能到，那么他的追随者们则在复古的路上越走越窄。比如沈亿年，其持论就"专意小令，冀复古音"④，一味追求花间小令，甚至连宋词都不要了，在复

---

① [明]陈子龙：《幽兰草序》，见冯乾编校《清词序跋汇编》，凤凰出版社2013年版，第1页。
② 参阅严迪昌《清词史》，人民文学出版社2011年版，第18页。
③ 参阅艾治平《清词论说》，学林出版社1999年版，第18页。
④ [清]沈亿年：《支机集·凡例》，见张璋、职承让、张骅、张博宁编纂《历代词话》，大象出版社2002年版，第1010页。

古的路上走向了极端。

云间词人的创作也显示了鲜明的花间色彩。陈子龙的爱情词中多"春闺""春望""春恨"等题材,即使表达爱国题材的词,也多是借香草美人含蓄吟咏。据统计,陈子龙现存词约87首,其中春词占了五分之四,这足以说明陈子龙的创作与其理论是高度一致的。① 云间词人李雯的词无论是题材和意象的选取还是语言风格及艺术境界的营造,都同样受《花间集》影响很大。而宋征舆现存105首词作,闺情词约占三分之二。②

云间词派的后起之秀是西陵词人,他们的词学追求实脱胎于云间词派,虽说其内部词学宗尚并不完全一致,但总体的格调仍是学唐、五代。以毛先舒为例,他在《正续花间集序》中就鲜明地表达了对花间词的喜爱。他说古乐府之美,令人神往,如今能延续这种风尚的,"不得不奉《花间》为正始",此乃笃论也。丁澎也是西陵词人,他对花间词同样赞赏有加,认为其乃词之"元声"。不难看出,他们对花间词的评价都相当高。乾隆年间著名学者和画家陈撰就说西陵词人"或踪迹《花间》,或问津《草堂》"③,成为清初词坛之生力军。除此之外,与西陵词派同时的柳洲词人群乃浙西词派之滥觞,其领袖人物为曹尔堪。曹氏早年之作也多为艳词,与宋荦等人齐名,曾与一些同道中人"商榷《花间》《草堂》之胜事"④。

广陵词人群也对花间词情有独钟,邹祗谟主张作小令"不学花间,则当学欧、晏、秦、黄"⑤。在他看来,花间词的这种浓妆艳抹施于诗歌之上,或有不妥,但用在词中却恰如其分。后来,谢章铤在论及王士禛的词学追求时也说其主要延续了明人王世贞和陈子龙的理论,"心摹手追,半在《花间》"⑥。就这些人的实际创作而言,亦可印证其唐宋词之接受取向。据统计,彭孙遹共存词215首,

---

① 李京:《清初〈花间集〉接受论》,南京师范大学2017年硕士学位论文,第18页。
② 李京:《清初〈花间集〉接受论》,南京师范大学2017年硕士学位论文,第22页。
③ [清]陈撰:《樊榭山房集外词题辞》,《樊榭山房集》,第880页。
④ [清]曹尔堪:《百末词序》,见[清]尤侗《西堂全集·百末词》,清康熙刻本。
⑤ [清]邹祗谟:《远志斋词衷》,见唐圭璋编《词话丛编》,中华书局1986年版,第651页。
⑥ [清]谢章铤:《赌棋山庄词话》,见唐圭璋编《词话丛编》,中华书局1986年版,第3426页。

其中小令 127 首,《延露词》中闺情、恋情题材词约 80 首。①

即使像陈维崧这样被公认的阳羡词派宗主,词主学苏、辛的大家,早年也曾师事陈子龙,其收入《倚声初集》中的词多为旖旎艳丽之作,学的也是花间和北宋一路。邹祗谟也曾说陈维崧之词颇具"矫丽"②之特色。其早年的词如《荷叶杯·所见》《醉公子·艳情》等词都打上了鲜明的花间印记。

从上可知,在明末清初,的确刮起了一股花间词的复古之风。值得注意的是,受明代词风的影响,大多数人在论及当时的词坛时,往往"花""草"并称。但其实仔细探究就会发现,清初对于花间词和草堂词还是有所区分的。在陈子龙为首的云间词派鼎盛时期,对花间南唐词的推崇更甚,他们几乎不提《草堂诗余》。随后,到了西陵词人及广陵词人登上历史舞台之后,就不再局限于花间和南唐了,而是更多地把接受范围扩大到北宋。再后来,差不多到了阳羡词派登上历史舞台之后,花间词的影响就逐渐减弱了。其中最具标志性的里程碑就是陈维崧的《词选序》,在这篇文章里,陈维崧对花间词风给予了狠狠一击,斥其"音如湿鼓,色若死灰"③。不难看出,此时的陈维崧已经完全突破了早年学花间专写艳词的藩篱,真正属于他的时代和舞台终于来到。无独有偶,清人毛际可亦批评清初词坛虽处于复兴时期,"然其卑者,掇拾《花间》《草堂》数卷之书,便以骚坛自命,每叹江河日下"④,同样能看出他对花间词的不满。因此,我们不难发现,明末清初的花间复古之风流行的时间并不长,只有三四十年的时间。实际上,在清初几乎没有明确记载《花间集》曾被刊刻过,直到乾隆末年,清政府编《四库全书》,才收到一本依汲古阁本翻刻的《花间集》,这距离清代开国已经一百多年了。

二、《乐府补题》与顺康雍乾时期咏物词的繁荣

《乐府补题》在顺康雍乾时期的版本情况如下:明末毛晋有汲古阁抄本,与元代《天下同文》合抄于一起;黄虞稷《千顷堂书目》藏本;朱彝尊过录常熟汪氏

---

① 李京:《清初〈花间集〉接受论》,南京师范大学 2017 年硕士学位论文,第 21 页。
② [清]邹祗谟:《远志斋词衷》,见唐圭璋编《词话丛编》,中华书局 1986 年版,第 659 页。
③ [清]陈维崧:《词选序》,陈维崧《陈迦陵散体文集》卷二,见《陈维崧集》,上海古籍出版社 2010 年版,第 54 页。
④ [清]毛际可:《今词初集跋》,见[清]纳兰性德、顾贞观编《今词初集》,康熙十六年(1677)刻本。

抄本,后朱彝尊将之带入京师,蒋景祁遂付之剞劂;《四库全书》编撰期间,江苏巡抚献《乐府补题》一本,未知为何版本;鲍廷博《知不足斋丛书》刻本。这其中,蒋景祁刻本的影响最大。汪森从长兴藏书家手中购得此书,朱彝尊又过录手抄一部,对它的喜爱溢于言表。朱彝尊当时是词坛盟主,正是他的极力揄扬,《乐府补题》才在京师引起了巨大反响,后面才会有蒋景祁将之刻印。这是《乐府补题》在清代被接受的一个重要事件。因为在这之前,明确可知的都是抄本,影响有限,只有借助刊印,才能实现大范围、长时间的传播与接受。

不难看出,《乐府补题》与浙西词派渊源颇深。从某种意义上说,《乐府补题》的刊刻发行,并引起众多词人追和酬唱,也是浙西词派正式宣告成立的标志之一。① 随后,浙西词派几乎统治了清代一百多年的时间,其间以其巨大的影响力,扩大了《乐府补题》的传播与接受效应。反之,《乐府补题》对顺康雍乾词坛也产生了较为深刻的影响。

众所周知,《乐府补题》是宋末咏物词集,当时的一些宋代遗民词人借对龙涎香、白莲、莼、蝉、蟹等的吟咏和唱和来表达或寄寓国破家亡、黍离麦秀之感,全书共收词 37 首。朱彝尊把它带到京师之后,当时就有 15 人参与唱和,《浙西六家词》中均有和作。后来,陆续又有不少人参与其中,词作总数达到了 137 首之多。② 这当然仅仅是就拟《乐府补题》而言,至于其他的咏物之作,数量更是可观。嘉庆年间,冯金伯选录《熙朝咏物雅词》③,共选 196 调,其序曰:

夫咏物之词,唐及五季绝无仅有,至宋而盛,其最著者如林君复、欧阳永叔之咏草,苏长公之咏杨花,史梅溪之咏燕,张功甫之咏蟋蟀,姜白石之咏梅,皆脍炙人口者也。至晚宋则有宛委山房之咏龙涎香,浮翠山房之咏白莲,紫云山房之咏莼,徐闲书院之咏蝉,天柱山房之咏蟹,一调数题,工力悉敌,总名之曰《乐府雅词》之役。因念我朝词学大昌,词人杰出,即如追和《乐府补题》,广之续之,其散见于诸家集中者,光熊熊然不可掩,于是按调寻题,悉心搜剔,得词七百余首,厘为十有二卷,甫脱稿,而友人见者均谓从来所未有,遂怂恿先付剞劂。④

---

① 参阅严迪昌《清词史》,人民文学出版社 2011 年版,第 237 页。
② 刘东海:《顺康词坛〈乐府拟补题〉主题考述》,《贵州社会科学》2008 年第 9 期。
③ 熙朝乃兴盛的朝代之意,并非专指康熙朝。
④ 冯金伯编:《熙朝咏物雅词》,嘉庆十三年(1808)冯氏墨香居刻本。

冯金伯是清代乾嘉时期的著名学者,工诗,亦善书画,编有多部诗文集,另辑有《词苑萃编》,为唐宋词话的整理和研究做出了重要贡献。《熙朝咏物雅词》仿《乐府补题》,专收咏物词,但较《乐府补题》规模远过之。"选词从清初至乾嘉时期,涉及面广,兼收名作"①,可谓顺康雍乾时期咏物词的集大成之编。咏物词这样大规模地集中出现,这本身就足以说明《乐府补题》在当时的巨大影响力。

另外,作为浙派领袖的朱彝尊,其《茶烟阁体物集》也是咏物集,主要是朱氏中博学鸿辞科之后的作品。该词集中追和《乐府补题》的至少有六首,其中《天香·龙涎香》二首,《桂枝香·蟹》一首,《摸鱼儿·莼》一首,《台城路·蝉》一首,《水龙吟·白莲》一首。《茶烟阁体物集》虽不尽是和《乐府补题》之作,但一部词集全为咏物词,在中国词史上也是十分罕见的。在朱彝尊的带动下,在康熙中期,浙西词派掀起了一股咏物之风。但我们必须指出,浙西词派的咏物词和《乐府补题》中的咏物词还是有很大不同的,以朱彝尊的《天香·龙涎香》为例:

> 捣就花房,镂成枣印,匀摹七宝痕浅。小鼎蟠螭,沉灰拨兽,银叶中央徐点。灵氂乍漉、早摇曳、云魂一线。压住秦篝又起,偏嘘杏梁栖燕。
>
> 客愁雨余清簟。润凉波、半衾新暖。最忆玉窗人怯,擘时曾见。认得吴家心字,话江涨、桥南寄来远。春梦罗囊,赋情未倦。②

可以看出,朱彝尊的这首咏龙涎香之词把笔墨更多地放在了对龙涎香外形和色味细致入微的刻画上。下阕虽然也有情感的流露,但仅仅是一种代入式的少妇淡淡的闺怨。这与《乐府补题》中所蕴含的深沉的国仇家恨迥然不同。关于这一点,很多学者注意到了。③ 但我们也必须承认,这样的清代咏物词在思想情感上也许不如《乐府补题》那样真挚而深刻,但从艺术表达上来说,其"体物入微,穷形极相"④,也有其一定的艺术价值。况且,这些拟乐府补题大多还是有所寄托的,比如汪森的《齐天乐·蝉》:"竿巧黏多,形枯蜕晚,黯惨西风凉节。行

---

① 李睿:《清代词选研究》,安徽大学出版社 2011 年版,第 310 页。
② 程千帆主编:《全清词》(顺康卷),中华书局 2002 年版,第 5317 页。
③ 参阅严迪昌《清词史》,人民文学出版社 2011 年版,第 259 页。
④ 张宏生:《清代词学的建构》,江苏古籍出版社 1998 年版,第 48 页。

藏念切。便整摄冠缕,旧游难接。谁表予心,洁身重感咽。"①再如沈暤日的《齐天乐·蝉》:"水亭树树浓阴外,西山夕阳将落。抱叶吟风,藏柯饮露,那是江湖飘泊。开樽浅酌。想人在犀帷,凄凉楼角。"②词人借咏蝉或表达高洁的情怀,或抒发羁旅行役之苦。

除了拟《乐府补题》之外,其他的咏物词也体现了上述特点,比如李良年的《惜秋华·牵牛花》:

> 乱插疏筠,讶西风吹挂,碧绡如剪。昨夜露华,泫泫冷波盈盏。生来只恋秋河,开不到、斜阳都卷。谁伴?有流萤半檐,凉蛩一院。
>
> 婉约尽堪玩。甚朝朝暮暮,把铅容频换?微雨乍晴,低翠几番深浅。年时忆控帘钩,映小窗、暑残清簟。休唤。怕停梭,那人愁见。③

李良年(1635—1694),浙江秀水人,原名法远,字武曾,号秋锦。李良年曾参加康熙十八年(1679)的博学鸿辞考试,未中。他常年在外游幕,其词集中也多为咏物之词。这首咏牵牛花词确有浙西词人咏物穷形极相的特点,然"生来只恋秋河,开不到、斜阳都卷"等语句又何尝不是借牵牛花写自己孤苦漂泊的一生呢?

《乐府补题》第二次接受高潮是在雍乾年间,其主要标志就是以厉鹗为主将的中期浙派词人的《拟乐府补题》唱和活动。中期浙派词人的《拟乐府补题》共五调五题41首,由厉鹗、陆培、张云锦、查为仁、张奕枢、陈皋、闵华、楼锜、吴廷采、万光泰等10人唱和而成。厉鹗等人的唱和活动所用词调虽与《乐府补题》一样,但所咏之物为薛镜、漳兰、茭、络纬、银鱼④,与《乐府补题》不一致。应该说,这些咏物词和康熙中期出现的咏物词相比,其骚雅寄托的意蕴更淡了,遑论《乐府补题》主题中的兴亡之感。

比如厉鹗的《桂枝香·银鱼》:

> 平桥永昼。惯柔浪寸鳞,来问春后。长是船横鸭嘴,派流莺脰。高人不见玄真子,但烟波、到今依旧。苇汀花岸,千丝作网,笑伊还漏。

---

① 程千帆主编:《全清词》(顺康卷),中华书局2002年版,第9266页。
② 程千帆主编:《全清词》(顺康卷),中华书局2002年版,第7955页。
③ 程千帆主编:《全清词》(顺康卷),中华书局2002年版,第6636页。
④ 参阅李桂芹《〈拟乐府补题〉初探——兼论中期浙西词派》,《河南师范大学学报(哲学社会科学版)》2011年第4期。

更比似、针锋细瘦。好分付吴娘,栀楼烹就。翠釜芹芽荻乳,入瓯芳溜。鸥乡占取闲滋味,任年年、阻风中酒。几分织软,堪人断肠,忆鲈能否?①

厉鹗为浙派中兴的领军人物,其诗词的成就较高,但这首咏物词并非其上乘之作。不难看出,"柔浪寸鳞""针锋细瘦"等语句明显都是着眼于银鱼的外形,"入瓯芳溜"描绘的是其味道,"春后"写的当为其上市的时节,"平桥"言其捕捞之地点。如果说词中也有情感抒发的话,"高人不见元真子"和"忆鲈能否"等语句表达的应该是一种淡淡的归隐之情。严迪昌先生曾评价厉鹗的词"堆砌典故,凿虚镂空"②,在这首词中倒表现得不是很明显,但其咏物重形、少寄托的特点一览无遗。

如果说厉鹗的咏物词还有一定的韵味、有一定的内涵和情感抒发的话,那么,很多其他中期浙派词人的咏物词则基本上就是"方物略""群芳谱"③。以张四科的《天香·甜香》为例:

梨汁匀调,枣糕细点,宝熏一炷初试。暗换闻尘,渐生佳境,别是温馨风味。停辛伫苦,也盼到、甘分吟鼻。为问仙郎含惯,中边可能如此。

江南帐中人喜。较蘸蘸,睡乡清美。还似药房烧蜜,胡蜂知未。频抚青瓷小罐,悄炙罢、闲思汉官事。挽了茶芳,消除麝气。④

其所咏之甜香应该是一种带有香甜气味的香料。张四科的这首词更类似于一个关于甜香的谜面,上阕从其制作原料、工艺写到其味道,下阕终于出现了"人",但也仅仅是一种普泛意义上的人,而非真实可感、有血有肉的鲜活人物形象。写人也是为了突出甜香的功用而已。整首词几乎看不到有情感的表达。张四科也是围绕在厉鹗身边的中期浙派词人,他的咏物词在当时具有一定的代表性。

综上,《乐府补题》的出现,尤其是其印本的发行,让这部宋末文人的咏物词集走进了清代词坛,在浙西词派的推动下,产生了较大的反响。但由于历史环

---

① 张宏生主编:《全清词》(雍乾卷),南京大学出版社2012年版,第294页。
② 严迪昌:《清词史》,人民文学出版社2011年版,第331页。
③ [清]谢章铤:《赌棋山庄词话》卷七,见唐圭璋编《词话丛编》,中华书局1986年版,第3415页。
④ 张宏生主编:《全清词》(雍乾卷),南京大学出版社2012年版,第724页。

境发生了较大变化，清人对《乐府补题》的继承和接受，不是其深刻的思想内涵，而是其缥缈恍惚、若即若离的手法。如果说在最初的和作之中还多少有一些寄托的话，到了雍乾时期，则更多地体现在典故和手法的纠缠上，引起了不少非议。谭献曾云宋末《乐府补题》的出现，有着深刻的社会背景，蕴含了词人饱满而深沉的情愫，但清代很多浙派词人往往只学到了其中的艺术表达方式，多形似而缺乏内在的神韵，并云出现这种不良倾向，"竹垞（朱彝尊）、樊榭（厉鹗）不得辞其过"①。当然，把这一切完全归咎于《乐府补题》以及朱彝尊和厉鹗这两位词坛领袖是不公允的。这种情形的出现与当时整个时代背景息息相关。还有，正如前文所述，清人在接受《乐府补题》的时候，并没有正本清源、一成不变地全盘接受。实际上，任何接受都是继承与创新的辩证结合，虽然清人为此付出了一定的代价，但也为我们打开了另外一扇窗，看到了不一样的咏物词。如果我们能用一种理性而审慎的眼光来看待这些词，就会发现其仍有自身价值所在，仍有值得后人借鉴的地方。

三、《绝妙好词》与中期浙派的兴盛

《绝妙好词》是一部"体例完备"、有着"浓厚的宗派意识"②的断代词选，大约编选于元代至元年间。《绝妙好词》在元代未见著录，明代关于该词选的著录有两处，分别是《赵定语书目》和《脉望馆书目》。③《绝妙好词》的重新发现，是在康熙二十三年（1684），大概比《乐府补题》晚了五六年的时间，但从康熙二十三年（1684）到乾隆十五年（1750）短短七十年左右的时间里，它先后被刊刻了七次。在唐宋词选的传播接受史上，没有哪部词集享受过如此待遇。说《绝妙好词》是清代最受欢迎的唐宋词集一点都不为过。为什么是《绝妙好词》，而非其他唐宋词选，这当中自然离不开浙派词人的大力鼓吹。朱彝尊对《绝妙好词》这部诞生于宋末的词选赞不绝口，他说自从《草堂诗余》盛行之后，《巴人》之唱齐进，词坛风气日渐萎靡低俗。而周密所编《绝妙好词》，"虽未尽醇，然中多俊语"④。

---

① ［清］谭献：《复堂词话》，见唐圭璋编《词话丛编》，中华书局1986年版，第4008页。
② 肖鹏：《群体的选择——唐宋人词选与词人群通论》，凤凰出版社2009年版，第354页。
③ 施蛰存：《词学书目集录》，《词学》第8辑，华东师范大学出版社1990年版。
④ ［清］朱彝尊：《书〈绝妙好词〉后》，见《曝书亭集》卷四十三，《四部丛刊》本。

众所周知，浙派推崇南宋，尤其是南宋姜、张一派词人，而《绝妙好词》恰恰主要选录的就是这些词人的作品，入选量最多的词人是周密（22首），之后是吴文英（16首）、姜夔（13首）、李莱老（13首）、李彭老（12首），再后面的卢祖皋、史达祖、王沂孙均为10首，高观国、陈允平皆为9首。很明显，这些词人几乎清一色是南宋骚雅格律词人。词选虽然也收录了像辛弃疾这样传统意义上的豪放词人作品，但只有3首，数量极少。这3首作品也并非辛弃疾的豪放之作，而是诸如《祝英台近》（宝钗分）这样低回婉丽的词。柯煜在《绝妙好词·刻序》中总结了《绝妙好词》的主要内容，从表面上看，既有花前月下之浅斟低唱，也有对故国故园的怀想；既有登山临水的闲情逸致，亦有惜别怀人之怅惘。① 但总体而言，其所选之词更注重艺术表现力，尤其是"醇雅清虚、协律谐美"②之作，因此，《绝妙好词》选词的立派意识非常明显。其选词标准也非常明确，那就是去俗崇雅。

浙派宗主朱彝尊深感明代词风的俗而艳，决心要扭转这种局面，这正是他和汪森等人编选《词综》的初衷。但他们在初次刊刻《词综》时，并未见到《绝妙好词》，直到后来，周筼从柯煜处得到该词选，遂"偕山子相为讨论"③。故《词综》三十六卷本的刊刻参阅了《绝妙好词》，这是毫无疑问的。因此，浙派词人拥抱《绝妙好词》是一种历史的必然选择，因为无论从哪个方面来说，《绝妙好词》都符合浙西词人的审美标准。正如今人孙克强先生所云："朱、厉偏爱《绝妙好词》，是因为该选本体现了浙西派所追求的词学理想。"④

但值得我们注意的是，在康熙三十一年（1692）后，朱彝尊在词方面几乎就金盆洗手，把精力放在了经史研究上。因此，《绝妙好词》虽然得到朱彝尊等早期浙派词人的青睐与揄扬，但以厉鹗为中心的中期浙派词人与《绝妙好词》的渊源更深。传统意义上的中期浙派词人群，按照严迪昌先生的观点主要包括江苏

---

① ［宋］周密选，［清］查为仁、厉鹗笺注，房日晰校点：《绝妙好词笺》，山西人民出版社1992年版，第1页。
② 肖鹏：《群体的选择——唐宋人词选与词人群通论》，凤凰出版社2009年版，第362页。
③ ［清］汪森：《词综补遗后序》，见《词综》，中华书局1975年版，第5页。
④ 孙克强：《词选在清代词学中的意义》，《南京大学学报（哲学·人文科学·社会科学）》2006年第2期。

的苏州地区词人、浙江的杭嘉湖地区词人和寓居扬州的皖籍词人等三大块。①种种迹象表明,中期浙派的兴盛,与《绝妙好词》有着莫大的关联。换言之,朱彝尊等人发现了《绝妙好词》,让它从历史的尘埃中走出来。他们通过校勘和刊印,使其从私人藏书家的案头善本珍宝,变成了大众可以一睹为快的畅销书;而厉鹗等人则对其进行笺注和再次刊行,使《绝妙好词》再次焕发了勃勃生机。尤其是笺注本的出现,让《绝妙好词》的潜在价值发挥到了极致。我们可以认为,是中期浙派词人重塑了《绝妙好词》。

厉鹗在谈及自己与《绝妙好词》的渊源时曾云,该词选幸赖钱曾收藏,后柯煜和高士奇两人先后据此刊刻,使其能够广为流布。但到了乾隆初年,厉鹗在市面上已经很难买到《绝妙好词》了。后来他从吴允嘉处得到了两卷残本的《绝妙好词》,同时"又借于符君幼鲁"②,并让其门人抄录下来。吴允嘉和符曾(字幼鲁)都是中期浙西派词人,正是在他们的通力合作之下,才让《绝妙好词》又成完帙。而这个本子,正是后来厉鹗和查为仁为之做笺注的底本。由此可见,中期浙派词人群对《绝妙好词》的喜爱。

《绝妙好词》的影响力在厉鹗和查为仁为之做笺注之后达到顶峰。厉鹗和查为仁笺注《绝妙好词》的目的是让南宋词人不至于湮没无闻,同时也是让清人更加通晓宋人的士大夫生活。另外一个更重要的原因就是赓续浙西词派的宗风,高举清雅大旗。与朱彝尊相似,厉鹗对明代《草堂诗余》的盛行与《绝妙好词》的落寞甚为不满。他指出,有明一代之所以词风萎靡不振,在中国词史上前不如宋,后不如清,其中最主要的原因就是其"徒奉沈氏《草堂选》为金科玉律"③。厉鹗力图通过《绝妙好词》来宣扬浙派的理念与主张,扩大浙派的影响。厉鹗等人的笺注旁征博引,对于普通读者来说无疑具有很大的参考价值。④ 陈庆溥对于厉鹗和查为仁等人的笺注行为高度评价,他认为该词选"得樊榭笺之,

---

① 严迪昌:《清词史》,人民文学出版社2011年版,第337页。
② [宋]周密编纂,邓乔彬、彭国忠、刘荣平撰:《绝妙好词译注》,上海古籍出版社2000年版,第464—469页。
③ [宋]周密选,[清]查为仁、厉鹗笺注,房日晰校点:《绝妙好词笺》,山西人民出版社1992年版,第6页。
④ 李桂芹:《论〈绝妙好词笺〉的典范意义》,《安徽师范大学学报》2015年第5期。

尤足醒目"①。

同时,《绝妙好词笺》的出现对于浙西词派自身的发展也意义非凡。围绕着《绝妙好词》的辑佚、整理、成书、笺注、刊刻,众多的中期浙派词人参与其中,相互切磋、探讨、唱和,无疑进一步提升了浙西词派的凝聚力和社会影响力。反过来,浙派词人的这些行为,也让《绝妙好词》的传播和接受程度有了质的飞跃,更让南宋清雅词风在乾隆年间越吹越劲。正如有学者所言,笺注本的出现和刊印行世,是"《绝妙好词》接受史上具有里程碑意义的一桩大事"②。再后来,清人余集又辑录宋人词作60首,编为《绝妙好词续钞》一卷。道光年间,徐懋在此基础上又有所增益,附于《绝妙好词笺》之后一起刊刻。此后,又有多次刊印。虽然说这时候浙派的鼎盛期已经过去,但《绝妙好词》的热度并未消退。正所谓"家弦户诵,为治宋词者入手之书"③,毫不夸张地说,如果说明人最喜爱的唐宋词选是《草堂诗余》,那么清人最青睐的无疑是《绝妙好词》。

本 章 小 结

从统计数据来看,秦观、陈允平、辛弃疾、苏轼、赵以夫、周密、周邦彦、吴文英、欧阳修、黄庭坚等人的词集在顺康雍乾时期书目中著录次数较多,选集的著录以《花庵词选》《梅苑》《绝妙好词》《乐府雅词》为最。该时期还重新刊刻了一些唐宋词集,其中别集以姜夔和张炎的词集刊刻较多,选集以《绝妙好词》和《乐府补题》重刻次数为多。就唐宋词的重抄而言,汲古阁和知不足斋等书坊抄写的唐宋词集较多,《四库全书》中也抄录了大量唐宋词。所有这些都是唐宋词在顺康雍乾时期传播与接受情形的具体表现。该时期学人对唐宋词集的校勘,涉及词作的归属、词调的考证、字句勘误、版本的辨析考订等不同方面。清人对唐宋词集的笺注以《绝妙好词笺》最为有名。相对于校勘和笺注来说,清人对评点

---

① [清]陈庆溥:《〈绝妙近词〉序》,见施蛰存编《词籍序跋萃编》,中国社会科学出版社1994年版,第794页。

② 李桂芹:《论〈绝妙好词笺〉的典范意义》,《安徽师范大学学报(人文社会科学版)》2015年第5期。

③ [清]陈匪石:《声执》,见唐圭璋编《词话丛编》,中华书局1986年版,第4958页。

的热情不是很高。这都体现了清人对唐宋词的接受更加积极、主动而又不乏理性和专业化,也是词体地位提升的彰显。另外,唐宋词集的流布在一定程度上影响了顺康雍乾时期词坛风会,其中《花间集》与明末清初词坛的复古之风,《乐府补题》与该时期咏物词的繁荣,《绝妙好词》与中期浙派的兴盛都有着不可分割的关系。

第二章 唐宋词在顺康雍乾时期的编选

上一章研究的是唐宋人编撰的唐宋词集在顺康雍乾时期的传播与接受,本章将重点考察清人新编的唐宋词选。① 清顺治至乾隆朝,开创了历史上有名的"康乾盛世",词学活动也极为繁盛。清词的繁荣表现在很多领域,唐宋词的编选是其中一个重要的方面。选本是一种重要的词学传播与接受媒介,清人通过唐宋词选本以及选本的序跋、凡例等次文本所传达的词学观念,对清代词史产生了较为深刻的影响。沙先一认为:"通过对清代选词学的系统研究,可以深入地认识清代词学的建构以及中国古代选学批评。"②就唐宋词的传播与接受而言,有学者认为:"清人虽出于一己之目的选录宋词,却在客观上使宋词得到了代际性传播。"③实际上,通过研究清人所编唐宋词选,能够在较大程度上一窥清代唐宋词的传播情形以及清人对唐宋词的接受取向,进而考察这种取向对于清词发展的影响。④

第一节 顺康雍乾时期新编唐宋词选概述

顺康雍乾时期新编了多少唐宋词选,这无疑是考察唐宋词在顺康雍乾时期传播情况的重要参考。但由于文献浩如烟海,要统计出一个精确的数字有较大

---

① 为明确起见,本书所谓"唐宋词选"是指顺康雍乾时期新编唐宋词选,包括收录唐宋词的通代词选和专选唐宋词的断代词选,不包括清人重新刊刻的唐宋人编的唐宋词选,也不包括清人编选的唐宋词集丛刻和词谱。
② 沙先一:《清代词学与选词学》,《阅江学刊》2010 年第 4 期。
③ 曹明升:《清代宋词学研究》,中华书局 2019 年版,第 367 页。
④ 陈水云在《唐宋词在明末清初的传播与接受》一书中对该课题有了较为深入的研究,但他的研究范围仅限于明末清初这个时期。北京师范大学赵晓辉 2007 年博士学位论文《清人选唐宋词研究》和高春花《清代唐宋词选研究》(人民出版社 2018 年版)都把清人编选的唐宋词作为研究对象,然词选所传达的传播内涵以及接受取向并非其研究的重点所在。

难度。本书依据王兆鹏《词学史料学》、马兴荣等《中国词学大辞典》、李睿《清代词选研究》、高春花《清代唐宋词选研究》等文献，并结合各地图书馆的馆藏资料，初步梳理出了顺康雍乾时期新编唐宋词选一览表：

表2-1 顺康雍乾时期新编唐宋词选一览表

序号	词选类型	词选	编选者	初刻（写）年代	词调总数	词人总数	词作总数	唐宋词人总数	唐宋词作总数	编排方式	版本
1	通代词选	见山亭古今词选	陆次云 章甽	康熙十四年（1675）		362	770	88	218	分调编排	刻本
2		古今词选七卷	沈谦 毛先舒		133		600余首			分调编排	刻本
3		词综	朱彝尊 汪森	康熙十七年（1678）		549	2252	420	1603	以人系词	刻本
4		古今词汇初编	卓回	康熙十八年（1679）		624	2480			词调字数	刻本
5		清啸集二卷	项以淳	康熙二十七年（1688）	68	93	288	86	239	分调编排	刻本
6		词纬	柯崇朴 周赟							分调编排	抄本
7		词洁	先著 程洪	康熙三十一年（1692）	189	145	629	139	608	分调编排	刻本
8		词鹄初编	孙致弥 楼俨	康熙四十三年（1704）	1363	277	1357	255	1312	词调字数	刻本
9		御选历代诗余	沈辰垣 王奕清等	康熙四十六年（1707）	1540	957	9009			词调字数	刻本
10		古今词选十二卷	沈时栋	康熙五十五年（1716）	199	286	944	144	340	分调编排	刻本
11		清绮轩词选	夏秉衡	乾隆十六年（1751）	273		847	144	364	分调编排	刻本

续表2-1

序号	词选类型	词选	编选者	初刻(写)年代	词调总数	词人总数	词作总数	唐宋词人总数	唐宋词作总数	编排方式	版本
12	通代词选	历朝词选	张宗橚			530	178		487	以人系词	抄本
13		历代词钞	孙星衍	乾隆四十二年(1777)	175		323			分调编排	抄本
14		蕉雨轩诗余汇选	陈澍						2600余		抄本
15		筠亭词选	孔传镛		268		272		272	分调编排	抄本
16		晴雪雅词	许昂霄	乾隆四十六年(1781)	241	241	459	166	413	按题材分类	刻本
17	断代词选	唐词蓉城汇选	顾璟芳	康熙十二年(1673)		45	271	45	271	以人系词	刻本
18		花间词选	曹贞吉			22	139	22	139	分调编排	抄本
19		古今别肠词选	赵式	康熙四十八年(1709)	250		864	132	215	分调编排	刻本
20	专题词选	撰辰集	汪森				346			分类编排	抄本
21		同情集词选	陈鼎	乾隆三十九年(1774)	391		1122			词调字数	刻本
22	女性词选	林下词选	周铭	康熙十年(1671)		120	352	65	142	以人系词	刻本
23		古今名媛百花诗余	归淑芬	康熙二十四年(1685)		91		15		按季节编排	刻本

表格说明：

1. 表中所列词选,有部分未曾寓目或统计难度太大,因而信息不全。

2. 所列词选以初刻(写)时间为准,上起清顺治元年(1644),下迄乾隆六十年(1795)。

第二章　唐宋词在顺康雍乾时期的编选

从表 2-1 可知,目前可见的顺康雍乾时期所编唐宋词选约有 23 部。① 其中,通代词选 16 部,断代词选 2 部,专题词选 3 部,女性词选 2 部。除此之外,尚有一些地域词选也选了部分唐宋词,还有一些诗词集中附有唐宋词作。② 总体来看,该时期新编的唐宋词选数量很可观,毕竟王兆鹏《词学史料学》中列举的整个明代编选的唐宋词选也不过十几部。顺康雍乾时期唐宋词选的增多,无疑反映了一个重要的事实,那就是清人对唐宋词的重视以及对词体的推尊。与之相应的是,唐宋词的传播范围更广,也反映出清人对唐宋词的接受采取了一种更为积极主动的态度。

从刊刻(抄写)年代来看,康熙年间所编词选最多,约有 12 部,乾隆年间编选 4 部,另有 7 部无法准确判断刊刻(抄写)年代。其中除了《蕉雨轩诗余汇选》无法确定属于顺康时期还是雍乾时期外③,《古今词选七卷》《词纬》《花间词选》《撰辰集》虽无确切的刊刻年代,但基本可以肯定是在清初的顺康时期,而《历朝词选》和《筠亭词选》则可以断定属于雍乾时期。这样算来,顺康时期的唐宋词选就有 16 部,远远超过雍乾时期的 6 部。据高春花《清代唐宋词选研究》,嘉道时期有唐宋词选 10 部,光宣时期有唐宋词选 10 部。④ 换言之,放眼整个清代,顺康时期尤其是康熙朝编选的唐宋词选仍是最多的,清人李渔曾用"名稿山积,缮本川流"⑤来形容当时的盛况。其实,不仅仅是唐宋词选多,康熙年间总的词选也是最多的。据李睿《清代词选研究》,顺治时期有词选 1 部,康熙时期有 35 部,乾隆时期有 12 部,嘉庆时期有 11 部,道光时期有 12 部,咸丰时期有 2 部,同治时期有 5 部,光绪、宣统至民国初年有 29 部。⑥ 同时,与之相应的

---

① 表中所列唐宋词选为现存的顺康雍乾时期唐宋选。除此之外,该时期尚有一些唐宋词选,今已难见到。
② 比如《东皋诗余》就是附于《东皋诗选》之后,《粤西词钞》附于《粤西诗钞》之后,《青浦词钞》附于《青浦诗钞》之后。参阅李睿《清代词选研究》,安徽大学出版社 2011 年版。另,故宫珍本丛刊《御选宋词·宋元诗会》中附录有唐宋词。因这些都不是严格意义上的唐宋词选,故而不在本书的讨论范围。
③ 《四库提要》中关于《蕉雨轩诗余汇选》的提要云:"蕉雨轩诗余汇选八卷(两淮盐政采进本),国朝陈澍编。澍字雨夏,嘉兴人,岁贡生。是集汇选唐、宋、元人之词,凡二千六百首有奇。其书犹澍所手抄,盖旧未刊印之本也。"见[清]纪昀等《钦定四库全书总目》(整理本),中华书局 1997 年版,第 2819 页。
④ 参阅高春花《清代唐宋词选研究》,人民出版社 2018 年版,第 143、287 页。
⑤ [清]李渔:《名词选胜序》,见《李渔全集》,浙江古籍出版社 1992 年版,第 35 页。
⑥ 参阅李睿《清代词选研究》,安徽大学出版社 2011 年版。

是顺康时期的词学创作亦颇为繁荣,据《全清词》(顺康卷)及其补编,顺治和康熙两朝80年左右的时间里,清人创作的词数量极为丰富,总数超过了6万首,这也远超雍乾时期的3万多首。因此,清代前期唐宋词选的繁荣不是一个孤立的现象,恰恰是清代词学中兴的一个缩影。

  清初唐宋词选的增多还有两个非常重要的原因:其一是对明代萎靡词风的一种补苴,这种补救在明末陈子龙及其云间词派就开始了。要纠正明代词风,一方面,要通过词的创作;另一方面,通过编订唐宋词选树立典范标杆,无疑也是一个不错的选择。其二,明末清初由于时局动荡,清人虽有心开创词坛的新局面,但心有余而力不足;到了康熙时期,天下逐步安定,清代统治者得以将重心从武功转向文治。尤其是《御选历代诗余》的编纂,更是开皇帝主持编选词选的先河,这无疑具有一种示范和引领作用。而乾隆朝以降,一方面文网渐密,清人把更多的精力放在经史考证和科举制艺上;另一方面在清人看来,唐宋词的搜集工作在康熙年间已经做得差不多了,存人存词存史备调的观念有所减弱,唐宋词选的减少也就不难理解了。

  从词选作品所属朝代来看,通代词选占了绝大多数(其中专题词选和女性词选也可以看作是通代词选),与之相应的就是选入的词作数量的增多。其中《词综》收入2252首,卓回的《古今词汇初编》收词也达2480首,而《御选历代诗余》更是收词9009首。这一时期的清人编选唐宋词不仅追求时代上的贯通、词人和词作数量的繁多,还追求词调的"全"和"备",如孙致弥辑《词鹄初编》的凡例中就明言此选"旨在备体"①。选本追求"大"而"全"的现象在清初表现得尤为明显,这与嘉道年间《宋四家词选》《宋七家词选》等专选宋人词的选词风尚迥然不同。通代词选的增多,一方面源于康熙王朝的兴盛,泱泱大国的盛世气象需要与之相适应的文学活动,这是康熙盛世的强大给清人的自信和使命感;另一方面也充分反映了清初人的一种较为紧迫的保存唐宋词之意识。有鉴于唐宋词作的散佚缺失现象严重,清人对于唐宋词的收集保存意识在清初表现得很明显,正所谓"选词所以存词,其即所以存经存史也夫"②。尤其是朱彝尊、汪森等人,他们在编选《词综》三十卷时,也查阅搜集了大量史料,"历岁八稔,然后

---

① [清]孙致弥辑,楼俨补订:《词鹄初编凡例》,康熙四十四年(1705)自刻本。
② [清]陈维崧:《今词苑序》,《陈迦陵文集》卷二,《四部丛刊》本。

成书"①。更重要的是,编选者并非简单地搜集各个词人的词作,并将其凑于一处成词选,对于各种唐宋词及其作者的相关史料,皆能认真辨别,"详考而订正之"②,去粗取精,去伪存真。正是由于这种把治词当作真正的学术来做的态度,才使得唐宋词作得以在清代更好地保存下来。《绝妙好词》《乐府补题》以及姜夔和张炎等人的词集也正是在这样一种背景之下被发掘整理出来的。

从编排方式来看,按小令、中调、长调编选的有12部,按词调字数多少编选的有4部,按词人编排的有3部,按题材和季节编排的各1部,编排方式不详的有3部。由此可见,顺康雍乾时期编选的唐宋词选主要是按照词调样式编排,共有16部,占比69.6%。从中不难看出清人在推尊词体、规范词的形式方面所做的努力。大概是有感于明人词曲不分,"排之以硬语,每与调乖;窜之以新腔,难与谱合"③,清初词人急于想在这方面有所作为。正如吴绮在《选声集》序言中所说"……调有定格,字有定数,韵有定声",并云倘若操觚者率意短长,任加损益,则无异于"不筏问津,无翼冲举者也"④。清初出现了一批这方面的著作,其中较为有名的是沈谦根据宋人的用韵情况编成的《词韵略》,虽然由于种种原因流传不广,但毕竟为词的创作规范用韵做出了贡献。后来戈载在此基础上编成《词林正韵》,使得清人的用韵日趋规范。另一方面,清初人在词谱方面也成果颇多,阳羡词人万树编选的《词律》堪称经典,后来康熙皇帝主持编选的《钦定词谱》更加完备。另外,清人在编选时,还会对词调的一调多体、同调异名现象予以考证,厘清舛误。比如《御选历代诗余》在同一词调下列"又一体"以示不同;《词鹄初编》则用第＊体的形式来区分;夏秉衡在《清绮轩词选》中为各词牌标注其异名。所有这些都可以看出清人在各个方面都希望能够让词的创作更加规范,而大量按调编排的唐宋词选的出现,也是这一浪潮的有机组成部分。

从版本来看,抄本只有7部,其余的16部为刻本。抄本和刻本对于唐宋词的传播与接受都有重要的意义。刻本的优势很明显,复制的数量大,传播的范围广,必将给唐宋词的传播带来福音。由于印刷技术的不断改进,刊刻的成本

---

① [清]汪森:《词综·序》,见《词综》,中华书局1975年版,第3页。
② 《词综提要》,见[清]纪昀等《钦定四库全书总目》(整理本),中华书局1997年版,第2806页。
③ [清]朱彝尊:《水村词序》,见《曝书亭集》卷四十,《四部丛刊》本。
④ [清]吴绮:《选声集序》,大来堂刻本。

必将逐步降低。尽管如此,要将一部词选付梓,对于普通人来说,仍为一笔巨大的开销。从词史来看,有很多词选由于经济原因,从编成到最后刊刻,经历了很长的时间。比如赵式的《古今别肠词选》于康熙十九年(1680)就已经编定,但由于经济原因直到康熙四十八年(1709)才刊刻。沈时栋的《古今词选十二卷》从编选到付梓历经三十多年,最后"兹得费梅原先生捐俸寿枣,始遂夙怀"[①]。能最后刊刻毕竟还算幸运,有些词选只能靠抄本行世了。资费不足的情况之下,抄本也是一种极为重要的唐宋词传播途径,比如张炎词在明代湮没无闻,直到陶宗仪抄本《山中白云词》出现,"玉田真貌,始传于世"[②]。由于种种原因,唐宋词集《绝妙好词》和《乐府补题》在很长一段时间里,都是靠人工抄写传播。抄本的局限性是显而易见的,费时费力自不必说,也易导致唐宋词在传播过程中出现讹误。不过,好的唐宋词抄本不但是书艺精品,而且具有辨真伪、校勘文字、辑佚补遗等方面的文献价值。[③]

从版本所附属的次文本来看,有些词选附录了大量的词话、序跋、词谱、词人的生平爵里资料。比如卓回《古今词汇初编》目录后,附录了20篇词话。《御选历代诗余》卷101至卷110辑录词人小传共957家,卷111至卷120辑录历代词话20卷,共辑录词话763则。[④] 这些词选附带的信息,对于我们加深对唐宋词人及其词作的了解、促进唐宋词的传播与接受亦大有裨益。

总体来看,顺康雍乾时期尤其是康熙朝编选的唐宋词数量之多、收录的唐宋词之广、编排方式之夥,都让人惊叹,对于唐宋词的保存和传播功不可没。其中一些重要词选如《词综》等在清代产生了深远而持久的影响力。我们应该感谢那个伟大的时代,为后人学习接受唐宋词打下了如此深厚而广博的文献基础。

---

① [清]沈时栋辑:《古今词选十二卷·凡例》,沈氏瘦吟楼刻本。
② 饶宗颐:《词集考》,中华书局1992年版,第254页。
③ 参阅钱锡生《唐宋词传播方式研究》第四章,复旦大学出版社2009年版。
④ 王兆鹏:《词学史料学》,中华书局2004年版,第356页。

第二节 唐宋词在顺康雍乾时期词选中的计量及其接受意蕴

选本是一种重要的词学传播与接受途径。"清代词史,几乎每一个流派的出现,每一种思潮的兴盛,都与一定的词选有关。"①既然是词选,就必然要面临遴选哪位词人的哪些词作的考量,从中就一定会折射出清人有关唐宋词接受及其与清代词坛风会交互关系的诸多信息。前人在该领域研究中定性分析多、定量分析少,即使有定量分析,也只限于个案分析。本书将采用更多的词选样本,以更宏观的视域,定量分析研究顺康雍乾时期的唐宋词选,以求把这一研究推向深入。

一、基本数据的获取、统计与计算

如上文所述,现存的顺康雍乾时期唐宋词选约有 23 部,我们选择其中有代表性的 14 部作为考察分析的对象。② 之所以选这 14 部,是考虑到个别词选选

---

① 孙克强:《词选在清代词学中的意义》,《南京大学学报(哲学·人文科学·社会科学)》2006 年第 2 期。
② 表中各词选的名称及所用版本:
a.《见山》是指陆次云、章㫰编《见山亭古今词选》[清华大学图书馆藏康熙十四年(1675)见山亭刊本];
b.《词综》是指朱彝尊、汪森编《词综》(中华书局 1975 年版);
c.《初编》是指卓回编《古今词汇初编》[上海图书馆藏康熙十八年(1679)刻本];
d.《清啸》是指项以淳编《清啸集》(中国国家图书馆藏清康熙刻本);
e.《词洁》是指先著、程洪编《词洁》(刘崇德、徐文武点校,河北大学出版社 2010 年版);
f.《词鹄》是指孙致弥、楼俨编《词鹄初编》[中国国家图书馆藏康熙四十四年(1705)自刻本];
g.《御选》是指沈辰垣、王奕清等编《御选历代诗余》(浙江古籍出版社 1998 年版);
h.《别肠》是指赵式编《古今别肠词选》[中国国家图书馆藏康熙四十八年(1709)遗经堂刻本];
i.《古今》是指沈时栋编《古今词选》[中国国家图书馆藏沈时栋编康熙五十五年(1716)沈氏瘦吟楼刻本];
j.《清绮》是指夏秉衡编《清绮轩词选》[苏州大学图书馆藏光绪二十一年(1895)荣勋刻本];
k.《筠亭》是指孔传镛编《筠亭词选》(清华大学图书馆藏清钞本);
l.《历朝》是指张宗橚编《历朝词选》(上海图书馆藏清钞本);
m.《词钞》是指孙星衍编《历代词钞》(山东图书馆藏清钞本);
n.《晴雪》是指许昂霄编《晴雪雅词》[上海图书馆藏乾隆四十六年(1781)张氏涉园刻本]。

域过窄,比如女性词选、某些专题词选以及一些只选唐、五代词的断代词选等,对于考察清人对唐宋词的接受取向价值不是很大,故不予统计分析;还有个别通代词选访求难度太大。但总体看,所选的 14 部词选无论是质还是量都具有相当的代表性。另外,关于样本的数量是否会影响研究结果的科学性与有效性也有必要探究,笔者一开始只选取了 11 本词选,后又增加到 12 部、13 部、14 部,发现统计排名的结果几乎没有发生什么明显的变化,前 10 名没有变动,前 20 名只有极个别词人的排名略有升降。王兆鹏和刘尊明先生当初给宋词排名时只用了 21 种选本,后郁玉英将选本扩大到 107 种,而统计的结果"竟然出奇的一致"①。这都说明了计量统计在文学研究中自有其可靠性和可验证性。

词人与词作是不可分割的两部分,因此本书统计的数据主要包括两部分:表 2－2 统计入选排名前 100 位的唐宋词人,表 2－3 统计入选排名前 100 位的唐宋词作。表 2－2 的计算及排名方法为:先统计每个词人的词作数量占该词选词作总量的百分比,即该词人在单部词选的入选率;然后将该词人在 14 部词选的入选率相加,就得到该词人的综合指数。为了方便查看,每个指数都乘以 100。② 以张炎为例,张炎的综合指数计算方法为:

$$\left(\frac{0}{770}+\frac{48}{2252}+\frac{21}{2480}+\frac{12}{288}+\frac{71}{629}+\frac{28}{1357}+\frac{232}{9009}+\frac{0}{864}+\frac{4}{944}+\frac{6}{847}+\frac{32}{530}+\frac{4}{323}+\frac{4}{272}+\frac{29}{459}\right) \times 100 = 39.27$$

表 2－3 统计单篇唐宋词作在 14 部词选中的入选情况,以总入选量的多少依次排名。

表 2－2　顺康雍乾时期唐宋词选词人综合排行

词人	时代	各词选入选量														总入选量	综合指数	康排	乾排	总排
		见山	词综	初编	清啸	词洁	词鹄	御选	别肠	古今	清绮	历朝	词钞	筠亭	晴雪					
张炎	WG	0	48	21	12	71	28	232	0	4	6	32	4	4	29	491	39.27	1	1	1

---

① 郁玉英:《宋词经典的生成与嬗变》,中国社会科学出版社 2016 年版,第 4 页。
② 这个综合指数的排名比单纯按照词作入选数量多少排名更科学,更能看出清人对唐宋词人及其作品的接受程度。因为有的词选比《御选历代诗余》中词作基数本身很大,某些词人入选的词作达几百首之多,这个数字甚至要超过某些词人在全部 14 本词选中所选词作的总和,这样的比较就没有多大意义。

续表 2-2

词人	时代	各词选入选量												总入选量	综合指数	康排	乾排	总排
		见山	词综	初编	清啸	词洁	词鹄	御选	别肠	古今	清绮	历朝	词钞	筠亭	晴雪				
辛弃疾	ZX	17	35	91	2	18	28	297	15	43	10	18	4	7	13	598	33.86	2	4	2
周邦彦	BG	7	37	44	0	33	75	169	8	5	20	8	7	13	8	434	30.99	4	2	3
吴文英	GA	1	57	39	8	36	40	238	5	5	2	11	7	5	10	464	27.93	3	12	4
柳永	CP	3	21	9	0	9	151	149	4	7	10	7	4	10	9	393	26.48	5	10	5
周密	WG	0	57	22	20	14	15	101	3	6	7	11	12	4	11	283	26.28	6	6	6
秦观	BG	16	19	36	0	18	21	70	16	13	13	11	9	11	8	261	24.97	11	3	7
姜夔	ZX	2	23	19	17	20	21	37	4	4	4	18	4	6	12	194	24.26	8	7	8
史达祖	ZX	2	26	15	8	24	25	91	4	12	1	11	11	9	8	247	23.85	9	5	9
蒋捷	WG	9	21	30	7	16	28	73	9	8	9	10	4	9	9	242	22.51	10	9	10
苏轼	BG	14	15	48	1	24	25	197	9	7	10	11	5	0	8	374	20.94	7	14	11
王沂孙	WG	0	35	19	16	10	6	44	3	2	1	15	4	2	15	177	19.54	12	11	12
晏几道	BG	2	25	17	0	20	23	188	2	6	3	5	6	6	5	308	16.33	13	15	13
欧阳修	CP	10	21	19	0	13	15	134	9	7	11	8	4	1	9	261	15.82	14	16	14
程垓	ND	2	19	28	0	3	13	79	7	6	3	7	17	2		179	14.57	27	8	15
张先	CP	2	30	6	0	12	22	95	3	4	5	9	3	4	10	205	13.47	16	17	16
陈允平	WG	0	23	7	3	2	8	125	3	1	7	12	4	3	9	207	12.49	26	13	17
贺铸	BG	4	25	8	0	11	12	89	3	4	4	6	3	4	5	178	11.44	18	20	18
陆游	ZX	6	16	20	0	16	18	91	5	6	3	4	2	4	3	190	11.43	15	33	19
高观国	ZX	0	20	14	3	8	5	82	6	5	3	5	4	1	6	162	10.48	19	25	20
晏殊	CP	3	8	12	0	8	25	100	3	1	7	4	2	4	4	181	10.45	20	23	21
李清照	ND	9	11	9	0	4	5	42	5	6	5	4	4	4	5	118	10.42	22	22	22
温庭筠	TD	2	33	13	0	0	13	52	1	4	8	5	0	8		140	9.28	33	19	23
吕渭老	ND	0	20	0	0	6	21	68	0	0	1	1	6	7	1	131	9.1	30	21	24
冯延巳	WD	0	20	4	0	0	9	70	9	2	6	4	2	6		139	9.05	35	18	25
毛滂	BG	1	20	15	1	2	12	142	2	6	2	5	1	1	5	215	8.77	25	29	26
刘过	ZX	5	10	9	2	5	8	30	4	10	5	4	3	1	3	99	8.69	23	31	27
李煜	WD	7	10	8	0	0	8	33	9	5	7	7	0	2	7	103	8.61	29	24	28

续表 2-2

词人	时代	各词选入选量													总入选量	综合指数	康排	乾排	总排
		见山	词综	初编	清啸	词洁	词鹄	御选	别肠	古今	清绮	历朝	词钞	筠亭	晴雪					
刘克庄	GA	3	11	24	2	15	0	49	3	10	2	3	1	0	2	125	8.42	17	53	29
黄庭坚	BG	3	4	22	0	6	27	85	2	3	4	0	0	5	1	162	8.42	21	38	30
周紫芝	ND	0	15	17	2	5	5	93	0	0	3	1	5	3	1	150	7.65	28	30	31
晁补之	BG	1	17	7	1	0	3	26	113	3	2	2	1	3	1	180	7.31	24	47	32
韦庄	WD	1	20	16	0	0	14	38	1	1	4	7	2	0	7	111	7.28	39	27	33
石孝友	ZX	0	13	4	0	2	9	76	0	0	4	1	3	7	0	119	6.73	51	26	34
杜安世	CP	0	3	3	0	0	22	50	0	2	0	0	2	9	0	91	6.57	48	28	35
谢逸	BG	3	9	13	0	4	4	51	4	2	3	2	4	1	3	103	6.48	38	34	36
赵长卿	ZX	0	9	2	1	1	21	124	0	0	2	2	3	2	1	168	6.41	34	39	37
杨无咎	ND	0	0	12	2	0	22	71	0	0	1	2	2	5	0	116	6.35	36	36	38
顾敻	WD	2	9	7	0	0	17	37	3	2	3	4	3	1	0	91	6.34	41	32	39
卢祖皋	ZX	0	15	4	3	9	0	28	1	3	0	6	1	1	2	73	6.29	31	43	40
朱敦儒	ND	2	13	4	2	2	4	25	3	3	1	3	3	1	2	68	5.66	40	40	41
蔡伸	ND	0	12	11	0	2	10	56	0	0	1	0	1	3	4	0	100	5.43	46	35	42
孙光宪	WD	2	13	4	0	0	18	49	3	4	3	1	3	2	1	1	103	5.29	37	49	43
张孝祥	ZX	2	5	6	2	6	1	64	4	4	1	2	0	0	2	99	4.97	32	74	44
欧阳炯	WD	1	11	6	0	0	11	30	2	1	1	0	2	1	6	72	4.75	53	41	45
张辑	ZX	0	12	2	2	4	3	0	21	6	1	4	2	0	1	2	56	4.47	44	50	46
李珣	WD	1	15	4	0	0	8	41	1	2	1	1	5	0	1	80	4.40	54	46	47
康与之	ND	3	5	8	0	2	8	22	2	3	2	0	2	2	0	59	4.23	49	52	48
黄昇	GA	1	5	15	0	3	2	30	1	0	2	4	1	0	4	68	4.20	57	44	49
范仲淹	CP	3	0	3	0	2	3	3	3	4	1	3	2	1	3	31	4.18	62	42	50
张元干	ND	0	9	14	0	4	9	56	0	1	2	1	1	0	1	98	3.94	42	72	51
李彭老	GA	0	9	0	4	4	0	17	1	1	2	1	2	0	2	41	3.77	43	75	52
李白	TD	2	0	4	0	0	0	4	8	1	5	2	3	2	0	5	38	3.71	69	45	53
李莱老	GA	0	6	0	5	1	0	13	2	1	0	2	0	0	3	33	3.67	47	68	54
赵彦端	ND	0	10	10	0	1	10	71	0	0	2	1	1	0	1	107	3.48	52	73	55

续表2-2

词人	时代	各词选入选量													总入选量	综合指数	康排	乾排	总排
		见山	词综	初编	清啸	词洁	词鹄	御选	别肠	古今	清绮	历朝	词钞	筠亭	晴雪					
牛峤	WD	2	7	6	0	0	10	23	3	1	2	2	1	0	1	58	3.40	55	64	56
曹组	BG	0	7	1	0	0	0	21	0	1	1	3	2	3	1	40	3.31	110	37	57
陈克	ND	0	6	2	1	4	0	15	2	2	2	4	0	0	1	39	3.15	61	62	58
皇甫松	WD	1	5	12	0	0	7	12	2	0	1	3	1	0	2	46	3.15	67	59	59
范成大	ZX	0	5	1	3	3	0	52	2	1	0	1	0	0	1	69	3.10	45	99	60
李之仪	BG	0	4	3	0	0	5	48	0	0	1	0	1	4	0	66	3.10	82	48	61
赵令畤	BG	0	2	2	0	4	2	14	1	2	1	2	1	1	2	34	3.04	75	51	62
黄机	ZX	0	13	4	1	1	0	45	0	2	0	0	1	2	0	69	3.00	58	66	63
方千里	ZX	0	4	12	0	2	2	65	0	1	0	0	1	2	0	89	3.00	59	67	64
毛文锡	WD	0	8	4	0	0	17	25	0	1	2	1	1	0	0	59	2.89	56	84	65
张泌	WD	1	5	8	0	0	6	17	2	1	1	2	1	0	1	45	2.79	68	63	66
和凝	WD	1	4	5	0	0	9	19	2	1	1	2	0	0	2	46	2.65	66	76	67
吕本中	ND	1	3	2	2	1	1	9	1	0	1	2	2	0	0	25	2.60	70	65	68
李肩吾	GA	0	1	0	6	1	0	7	1	1	0	0	0	0	0	17	2.59	50	119	69
向子諲	ND	1	9	7	0	1	5	55	1	1	0	1	0	0	0	80	2.57	60	92	70
王安石	BG	2	2	5	0	3	0	10	0	1	0	2	0	0	3	31	2.50	72	69	71
宋祁	CP	1	2	1	0	1	3	5	2	2	2	1	1	0	1	22	2.43	94	57	72
赵以夫	GA	0	9	6	0	0	12	22	0	0	3	0	1	0	0	53	2.43	64	88	73
万俟咏	BG	2	6	3	0	1	4	16	4	0	2	0	0	1	0	39	2.35	65	93	74
舒亶	BG	0	3	2	0	1	3	34	0	0	1	3	2	0	1	48	2.35	101	56	75
白居易	TD	3	5	2	0	0	2	7	3	1	0	1	1	1	1	27	2.26	76	77	76
毛熙震	WD	0	5	2	0	0	1	20	0	2	1	1	1	0	2	36	2.23	103	60	77
牛希济	WD	0	2	2	0	0	2	11	1	0	7	0	0	0	1	27	2.20	112	54	78
朱淑真	ND	0	5	5	0	0	4	18	0	2	1	1	1	1	1	39	2.20	92	61	79
李甲	BG	0	4	0	0	0	4	10	0	0	1	0	1	3	0	23	2.11	117	55	80
方岳	GA	2	5	8	0	0	0	42	0	0	1	0	1	1	0	60	2.04	79	80	81
陈亮	ZX	0	3	5	0	2	2	10	1	1	1	1	0	1	1	28	1.97	84	79	82

续表 2-2

词人	时代	见山	词综	初编	清啸	词洁	词鹄	御选	别肠	古今	清绮	历朝	词钞	筠亭	晴雪	总入选量	综合指数	康排	乾排	总排
袁去华	ND	0	0	0	0	0	0	42	0	0	0	0	0	4	0	46	1.94	123	58	83
僧挥	BG	0	3	3	0	1	1	7	3	3	1	1	0	1	0	24	1.90	80	86	84
曾觌	ND	0	3	6	0	1	1	55	1	1	1	0	1	0	0	70	1.87	74	98	85
王观	BG	0	0	3	0	2	3	11	1	0	1	1	0	1	1	24	1.79	96	78	86
侯寘	ND	0	0	3	0	0	3	53	1	0	2	0	1	0	0	63	1.78	88	83	87
赵师侠	ZX	0	1	5	0	0	9	78	0	0	0	0	0	0	0	93	1.78	63	120	88
吴潜	GA	0	7	9	0	0	0	21	0	1	0	1	1	1	0	41	1.73	90	85	89
李璟	WD	1	2	2	0	0	1	3	1	2	0	2	0	1	1	16	1.70	108	70	90
张榘	ZX	0	0	0	2	0	3	33	0	0	0	1	0	0	1	40	1.69	77	100	91
陈师道	BG	1	2	5	0	2	0	23	1	1	0	0	1	0	1	37	1.62	81	101	92
李元膺	BG	0	4	0	0	3	2	3	0	0	1	0	0	1	1	15	1.61	100	81	93
叶梦得	ND	0	3	3	0	3	2	53	0	1	0	0	0	0	0	65	1.58	71	113	94
文天祥	WG	3	1	2	0	0	0	0	1	4	1	0	1	0	1	14	1.58	87	94	95
陈与义	ND	1	2	3	1	2	0	6	0	1	0	0	1	0	0	17	1.53	85	102	96
孙惟信	GA	0	1	0	3	0	0	6	0	0	0	0	1	0	0	11	1.52	83	106	97
王诜	BG	1	2	2	0	0	2	9	0	0	0	0	2	0	1	19	1.50	118	71	98
薛昭蕴	WD	0	4	4	0	0	3	14	0	1	3	0	0	1	0	30	1.49	102	89	99
尹鹗	WD	0	2	1	0	0	6	10	1	0	1	1	0	1	0	23	1.47	104	87	100

表 2-3 顺康雍乾时期唐宋词选词作综合排行

序号	作者	词牌	首句	时代	体裁	各词选入选情况														总计
						见山	词综	初编	清啸	词洁	词鹄	御选	别肠	古今	清绮	筠亭	词钞	晴雪	历朝	
1	范仲淹	苏幕遮	碧云天	CP	中	√	√	√		√	√	√	√	√	√	√	√	√	√	13
2	姜夔	齐天乐	庾郎先自吟愁赋	ZX	长		√	√		√	√	√	√	√	√	√	√	√	√	13
3	史达祖	双双燕	过春社了	ZX	长		√	√		√	√	√	√	√	√	√		√	√	13
4	柳永	雨霖铃	寒蝉凄切	CP	长		√	√		√	√	√	√	√	√	√		√	√	12
5	秦观	满庭芳	山抹微云	BG	长	√	√			√	√	√	√	√	√	√		√	√	12

续表2-3

序号	作者	词牌	首句	时代	体裁	各词选入选情况															总计
						见山	词综	初编	清啸	词洁	词鹄	御选	别肠	古今	清绮	筼亭	词钞	晴雪	历朝	
6	冯延巳	蝶恋花	庭院深深深几许	WD	中	√	√	√		√		√	√	√	√		√	√	√	11
7	姜夔	扬州慢	淮左名都	ZX	长		√	√	√		√	√	√	√	√	√	√		√	11
8	李白	忆秦娥	箫声咽	TD	小	√	√	√				√	√	√	√	√	√	√	√	11
9	李清照	醉花阴	薄雾浓云愁永昼	ND	小	√	√	√	√			√	√	√	√	√	√		√	11
10	刘过	沁园春	洛浦凌波	ZX	长	√	√	√	√	√	√	√		√	√	√	√			11
11	史达祖	绮罗香	做冷欺花	ZX	长		√	√		√		√	√	√	√	√	√	√	√	11
12	周邦彦	少年游	并刀如水	BG	小		√	√	√	√		√	√	√	√	√	√		√	11
13	贺铸	青玉案	凌波不过横塘路	BG	中	√	√	√				√	√		√	√	√	√	√	10
14	姜夔	疏影	苔枝缀玉	ZX	长		√	√	√	√		√		√	√	√	√		√	10
15	姜夔	长亭怨慢	渐吹尽	ZX	长		√	√	√	√	√	√		√	√	√	√			10
16	蒋捷	行香子	红了樱桃	WG	中	√	√	√	√			√	√		√	√	√		√	10
17	李清照	念奴娇	萧条庭院	ND	长	√	√	√	√			√	√		√	√	√		√	10
18	李清照	一剪梅	红藕香残玉簟秋	ND	中	√	√	√	√	√		√			√	√	√		√	10
19	李清照	声声慢	寻寻觅觅	ND	长	√	√	√	√			√	√		√	√	√		√	10
20	柳永	八声甘州	对潇潇	CP	长	√	√	√		√		√		√	√	√	√		√	10
21	秦观	浣溪沙	漠漠轻寒上小楼	BG	小	√	√	√	√			√	√	√	√		√		√	10
22	苏轼	念奴娇	大江东去	BG	长		√	√		√		√	√	√	√	√	√		√	10
23	王雱	眼儿媚	杨柳丝丝弄轻柔	BG	小		√	√	√			√	√	√	√	√	√		√	10
24	俞国宝	风入松	一春长费买花钱	ZX	中	√	√	√	√			√	√	√	√	√	√			10
25	张孝祥	满江红	斗帐高眠	ZX	长	√	√	√		√		√	√		√	√	√		√	10
26	范仲淹	渔家傲	塞下秋来风景异	CP	中	√	√					√	√		√	√	√	√	√	9
27	姜夔	琵琶仙	双桨来时	ZX	长		√	√	√	√		√		√	√	√	√			9
28	姜夔	暗香	旧时月色	ZX	长		√	√	√	√		√		√	√	√				9
29	姜夔	念奴娇	闹红一舸	ZX	长		√	√	√	√		√		√		√	√			9

续表 2-3

序号	作者	词牌	首句	时代	体裁	各词选入选情况														总计
						见山	词综	初编	清啸	词洁	词鹄	御选	别肠	古今	清绮	筠亭	词钞	晴雪	历朝	
30	蒋捷	柳梢青	学唱新腔	WG	小	√	√	√			√	√		√	√			√	√	9
31	李白	菩萨蛮	平林漠漠烟如织	TD	小	√	√	√			√	√		√	√			√	√	9
32	李清照	凤凰台上忆吹箫	香冷金猊	ND	长	√			√	√		√		√	√	√			√	9
33	李煜	浪淘沙	帘外雨潺潺	WD	小	√	√	√			√	√		√	√			√	√	9
34	李煜	虞美人	春花秋月何时了	WD	小	√	√	√			√	√		√	√			√	√	9
35	刘过	唐多令	芦叶满汀洲	ZX	中	√	√	√			√	√		√	√		√		√	9
36	毛滂	惜分飞	泪湿阑干花着露	BG	小	√	√	√			√	√		√	√			√	√	9
37	欧阳修	临江仙	柳外轻雷池上雨	CP	中	√	√	√			√	√		√	√			√	√	9
38	秦观	八六子	倚危亭	BG	中	√	√	√			√	√		√	√			√	√	9
39	秦观	鹊桥仙	纤云弄巧	BG	小	√	√	√			√	√		√	√	√			√	9
40	辛弃疾	祝英台近	宝钗分	ZX	中	√	√	√			√	√		√	√		√		√	9
41	辛弃疾	水龙吟	楚天千里清秋	ZX	长	√	√	√			√	√		√	√			√	√	9
42	张炎	南浦	波暖绿粼粼	WG	长	√	√	√			√	√		√	√			√	√	9
43	周邦彦	西河	佳丽地	BG	长	√	√	√			√	√		√	√	√			√	9
44	周密	曲游春	禁苑东风外	WG	长	√	√	√			√	√		√	√			√	√	9
45	周密	解语花	晴丝冒蝶	WG	长	√	√	√			√	√		√	√	√			√	9
46	陈与义	临江仙	忆昔午桥桥上饮	ND	中	√	√	√			√	√		√			√			8
47	范成大	眼儿媚	酣酣日脚紫烟浮	ZX	小	√	√				√	√		√	√			√	√	8
48	范仲淹	御街行	纷纷坠叶飘香砌	CP	中	√	√				√	√		√	√			√	√	8
49	冯延巳	谒金门	风乍起	WD	小	√	√	√			√	√		√	√			√	√	8

续表2-3

序号	作者	词牌	首句	时代	体裁	各词选入选情况															总计
						见山	词综	初编	清啸	词洁	词鹄	御选	别肠	古今	清绮	筠亭	词钞	晴雪	历朝	
50	姜夔	点绛唇	燕雁无心	ZX	小	√	√	√	√		√		√				√	√	√	8
51	姜夔	探春慢	衰草愁烟	ZX	小	√	√	√	√		√				√		√		√	8
52	蒋捷	永遇乐	清逼池亭	WG	长	√	√		√	√	√				√		√		√	8
53	蒋捷	虞美人	少年听雨歌楼上	WG	小	√	√		√	√	√	√					√		√	8
54	蒋捷	绛都春	春愁怎画	WG	长	√	√		√		√	√			√		√		√	8
55	寇准	江南春	波渺渺	CP	小	√	√	√				√					√	√	√	8
56	李璟	山花子	菡萏香销翠叶残	WD	小	√	√	√				√	√				√	√	√	8
57	林逋	点绛唇	金谷年年	CP	小		√	√	√		√	√					√	√	√	8
58	刘过	贺新郎	老去相如倦	ZX	长	√	√	√	√	√		√			√				√	8
59	欧阳修	南歌子	凤髻金泥带	CP	小	√	√	√	√		√						√	√	√	8
60	欧阳修	踏莎行	候馆梅残	CP	小	√	√	√	√		√	√					√		√	8
61	秦观	画堂春	东风吹柳日初长	BG	小		√		√		√	√			√		√	√	√	8
62	秦观	踏莎行	雾失楼台	BG	小	√	√	√	√		√	√					√		√	8
63	史达祖	夜行船	不剪春衫愁意态	ZX	小		√		√	√	√	√			√		√		√	8
64	史达祖	临江仙	草脚轻回细腻	ZX	中		√	√	√	√	√	√			√		√			8
65	史达祖	东风第一枝	巧沁兰心	ZX	长	√	√	√	√		√				√		√		√	8
66	苏过	点绛唇	蝉嘶高柳	BG	小	√	√					√	√		√		√	√	√	8
67	苏轼	卜算子	缺月挂疏桐	BG	小	√	√	√	√		√	√					√		√	8
68	苏轼	水龙吟	似花还似非花	BG	长	√	√		√	√	√	√			√		√			8
69	苏轼	蝶恋花	花褪残红青杏小	BG	中	√	√	√				√			√		√		√	8
70	王安石	桂枝香	登临送目	BG	长	√	√	√	√		√	√					√		√	8
71	王观	庆清朝慢	调雨为酥	BG	长	√	√	√	√		√	√			√				√	8

续表 2-3

序号	作者	词牌	首句	时代	体裁	各词选入选情况														总计
						见山	词综	初编	清啸	词洁	词鹄	御选	别肠	古今	清绮	筠亭	词钞	晴雪	历朝	
72	温庭筠	更漏子	玉炉香	TD	小		√			√	√	√		√		√	√	√		8
73	吴文英	唐多令	何处合成愁	GA	中	√	√	√		√		√					√	√	√	8
74	吴文英	高阳台	宫粉雕痕	GA	长		√	√			√	√	√	√	√			√	√	8
75	辛弃疾	念奴娇	野塘花落	ZX	长		√	√		√	√	√	√	√	√					8
76	辛弃疾	摸鱼儿	更能消	ZX	长		√	√		√	√	√		√	√			√		8
77	辛弃疾	永遇乐	千古江山	ZX	长		√	√		√	√	√		√		√		√		8
78	晏殊	踏莎行	小径红稀	CP	小		√	√		√	√	√		√			√	√		8
79	张泌	南歌子	柳色遮楼暗	WD	小	√	√			√		√					√	√	√	8
80	张炎	八声甘州	记玉关	WG	长		√	√			√	√		√		√	√	√		8
81	张炎	绮罗香	万里飞霜	WG	长		√	√			√	√	√	√			√	√		8
82	周邦彦	大酺	对宿烟收	BG	长		√	√		√		√	√	√	√			√		8
83	陈允平	绛都春	秋千倦倚	WG	长		√	√				√		√			√	√	√	7
84	陈允平	念奴娇	汉江露冷	WG	长		√		√			√		√			√	√	√	7
85	陈允平	绮罗香	雁字苍寒	WG	长		√	√				√		√		√		√	√	7
86	高观国	少年游	春风吹碧	ZX	小		√			√		√		√			√	√	√	7
87	姜夔	翠楼吟	月冷龙沙	ZX	长		√	√		√		√		√	√			√		7
88	姜夔	一萼红	古城阴	ZX	长		√	√		√		√		√			√	√		7
89	姜夔	八归	芳莲坠粉	ZX	长		√	√		√		√		√			√	√		7
90	姜夔	凄凉犯	绿杨巷陌	ZX	长		√	√				√		√		√	√	√		7
91	蒋捷	白苎	正春晴	WG	长		√	√		√		√		√				√	√	7
92	李璟	山花子	手卷真珠上玉钩	WD	小		√	√		√		√	√				√	√		7
93	柳永	玉蝴蝶	望处雨收云断	CP	长			√		√		√		√			√	√	√	7
94	秦观	江城子	西城杨柳弄春柔	BG	中	√	√			√		√		√			√	√		7
95	宋祁	好事近	睡起玉屏风	CP	小			√		√		√				√	√	√	√	7
96	王琪	望江南	江南岸	CP	小		√		√			√		√			√	√	√	7
97	徐伸	二郎神	闷来弹鹊	BG	长		√			√		√		√			√	√	√	7

续表 2-3

序号	作者	词牌	首句	时代	体裁	各词入选情况													总计
						见山	词综	初编	清啸	词洁	词鹄	御选	别肠	古今	清绮	筠亭	词钞	晴雪	历朝	
98	叶清臣	贺圣朝	满斟绿醑留君住	CP	小					√	√	√		√		√	√	√		7
99	张昇	离亭燕	一带江山如画	CP	中		√		√	√				√				√	√	7
100	陈允平	垂杨	银屏梦觉	WG	长	√						√		√		√	√			6

表格说明：

1. 表 2-2 和表 2-3 中的"时代"分期参照王兆鹏先生《唐宋词史论》，将宋代分为承平（1017—1067）、变革（1068—1125）、南渡（1110—1162）、中兴（1163—1207）、苟安（1208—1265）、亡国（1252—1310）六个时期①，再加上唐代、五代，一共八个时期。表格中 TD 是指唐代，WD 是指五代，CP 是指北宋承平时期，BG 是指北宋变革时期，ND 是指南渡时期，ZX 是指南宋中兴时期，GA 是指南宋苟安时期，WG 是指南宋亡国时期。

2. 表 2-2 中"康排"是指顺康时期 9 本词选词人的排名，"乾排"是指雍乾时期 5 本词选词人的排名，计算方法与总的排名计算方法一致。

二、数据的解读与分析

下面，我们分别从时代及群体的选择、重要词人的进退与沉浮、词作的审视等三个方面对以上数据进行分析与解读，揭示其中所传达出的顺康雍乾时期对唐宋词的接受取向。

（一）时代及群体的选择

1. 入选词人群体时代分布

顺康雍乾时期的人们更喜爱哪个时期的唐宋词人及其作品呢？从表 2-2 可知，该时期排名前 100 位唐宋词人的 11379 首唐宋词，其时代分布为：唐代 3 人，入选 205 首；五代时期 17 人，入选 1085 首；北宋承平时期 7 人，入选 1184 首；变革时期 21 人，入选 2615 首；南渡时期 19 人，入选 1570 首；中兴时期 17 人，入选 2393 首；苟安时期 10 人，入选 913 首；亡国时期 6 人，入选 1414 首。其占比如图 2-1 所示：

---

① 王兆鹏：《唐宋词史论》，人民文学出版社 2000 年版，第 48 页。其中公元 1110—1162 年，原书命名为"战乱时代"，本书为了行文方便，改为"南渡"时代。

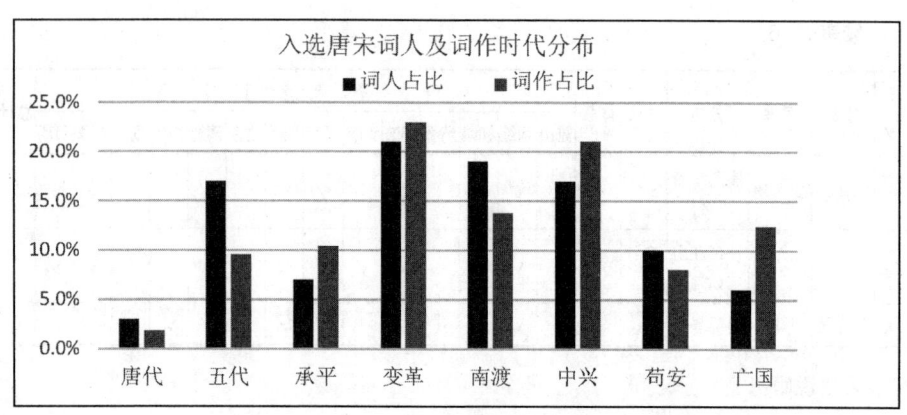

图2-1 排名前100词人占比及其词作占比

从图2-1可看出,清人对各个时期唐宋词的接受基本可以分为四个层级。第一层级为北宋变革时期和南宋中兴时期。无论是词人占比还是词作占比,北宋变革时期都是最高的,这个时期主要有以苏轼为中心的苏门词人群及以周邦彦为中心的大晟词人群;其次是辛弃疾和姜夔为代表的南宋中兴时期。第二层级为以李清照为代表的南渡时期和以张炎为代表的亡国时期。第三层级为以温庭筠和李煜为代表的五代时期、以柳永为代表的宋代承平时期和以吴文英为代表的南宋苟安时期。第四层级为以李白为代表的唐代。这个结果和郁玉英统计的宋词经典名家的时段分布基本一致。①

这其中我们需注意的是词人占比和词作占比的不一致性。比如五代时期入选的词人数较多,几乎可以和中兴时期持平,但词作占比较低,同样的现象在南渡时期也存在。相反,南宋亡国时期的词人占比只有6%,但词作占比达12.4%。一般来说,词人占比高而词作占比低,说明清人对这个时段的唐宋词接受较为广泛,但其中往往没有清人特别青睐的词人及作品;词人占比低而词作占比高,说明清人对这个时间段的唐宋词接受较为集中。换言之,最受清人喜爱和推崇的唐宋词人及其词作就出现在该时间段,譬如清人最为推崇的张炎就出现在这样的时代。

如果我们以词史上的"南北宋之争"来审视这个统计结果,就能看出顺康雍乾时期词坛的风尚。从统计数字看,北宋29人,占比29%;南渡17人,占比

---

① 参阅郁玉英《宋词经典的生成及嬗变》,中国社会科学出版社2016年版,第89—90页。

17%；南宋 34 人，占比 34%。从入选词作的数量来看，北宋词 3967 首，南渡词 1461 首，南宋词 4661 首，分别占总入选唐宋词作总数的 34.86%、12.84%、40.96%。我们通常也习惯将南渡词人看作南宋词人，这样算来，表 2-2 中广义上的南宋词人占比将达到 53.8%。这两个方面的数据都显示，该时期南宋词人及其作品更受到青睐。其中很重要的原因当是康熙中期以后，浙西词派登上历史舞台，"至朱竹垞以姜、史为的，自李武曾以逮厉樊榭，群然和之，当其时亦无人不南宋"[①]。

2. 从元、明到顺康雍乾时期的转捩

顺康雍乾时期入选的唐宋词人及其作品与元、明时期有何差异呢？我们以入选量的排名做一粗略比较[②]，就会发现入选排名上升较多的词人有张炎（16/2，元、明排名在前，顺康雍乾时期在后，下同）、辛弃疾（5/1）、吴文英（34/3）、周密（93/8）、史达祖（18/11）、蒋捷（19/12）、陈允平（98/14）、姜夔（52/16）、王沂孙（91/22）、高观国（38/25）、卢祖皋（61/49）等，排名下降的词人有苏轼（3/6）、柳永（4/5）、周邦彦（1/4）、秦观（2/9）、欧阳修（6/10）、张先（10/15）、晏殊（13/18）、贺铸（14/21）、黄庭坚（8/24）、李清照（11/32）、刘克庄（15/30）、刘过（22/40）、张孝祥（35/41）、张元干（26/42）、向子諲（39/47）、朱敦儒（12/54）、叶梦得（32/57）、王安石（33/82）、范仲淹（50/83）、陈亮（70/85）、文天祥（90/99）等。

从中不难发现，当历史的车轮从元、明滚入清顺康雍乾时期后，绝大多数南宋清雅格律词派词人的作品入选量排名都有了显著提升，而北宋著名词人作品的排名大多不同程度下降了，风格偏于豪放的词人除辛弃疾外，其他人的排名都普遍下降。可以想见，南宋词尤其是南宋清雅词在该时期最受欢迎。

3. 从顺康到雍乾的赓续与新变

如果我们再细化分析，把顺康雍乾时期分为顺康时期和雍乾时期，分析其中的演进，也能一窥该时期词坛唐宋词接受指向的变化。从词选的绝对数量来看，表 2-2 和表 2-3 中顺康时期词选 9 部，约占该时期唐宋词选的 56.3%；雍乾时期词选 5 部，约占该时期唐宋词选总数的 83%。因此，虽说雍乾时期只选 5

---

① [清]谢章铤：《赌棋山庄词话续编》，见唐圭璋编《词话丛编》，中华书局 1986 年版，第 3530 页。

② 元、明词人作品入选量依据郁玉英《宋词经典的生成及嬗变》中"宋代经典词人前 100 名综合统计"内的"元明入选数"进行排名。

本词选,总量上比顺康时期的 9 本少很多,但都具有相当的代表性。排名前 100 位的唐宋词人共选入词 11379 首,其中顺康时期 10007 首,雍乾时期 1372 首,顺康时期要远高于雍乾时期。顺康时期词人的排名与总的排名很接近,前 2 名的排名次序完全相同,前 10 名中有 9 名相同。这多少可以说明顺康时期的词学活动对于该时期词坛起着更为重要的主导作用。这不仅源于前者的词选数量多,更因为前者有很多词选的部头很大,比如《御选历代诗余》等。

从顺康时期到雍乾时期,词人的排名也悄然发生了变化。当然,由于雍乾时期留下来的词选较少,这种变化也许有一定的偶然性,但同样可以看出一些端倪。详见表 2-4。

表 2-4 从顺康时期到雍乾时期词人排名变化一览表

所属时代 \ 排名变化	上升人次	持平人次	下降人次
唐五代	15	0	5
北宋	15	0	14
南渡	5	3	9
南宋	11	2	21

从表 2-4 可知,从顺康时期进入雍乾时期,整体来看,唐五代有 15 人排名上升,5 人下降;北宋有 15 人排名上升,14 人下降;南渡时期 5 人排名上升,9 人下降;南宋有 11 人排名上升,21 人排名下降。虽然数据的变化有点复杂,但我们仍可大体得出结论:进入雍乾时期,唐五代和北宋词人的受欢迎程度有所上升,而南渡和南宋词人的受欢迎程度有所下降。这让我们不由得想起继浙西词派崛起的常州词派,在常州词派张惠言的词学理论中,一个非常重要的方面就是对唐五代词及北宋词的推重,同时表达了对浙派专主南宋的不满。常州词派另一代表人物周济亦云:"近人颇知北宋之妙,然终不免有姜、张二字横亘胸中。"①张惠言嘉庆二年(1797)编的《词选》中选温庭筠词 18 首,秦观词 10 首,李煜词 7 首,排前 3 名;冯延巳词 5 首,排第 5 名;韦庄、苏轼、周邦彦词各 4 首,并列第 7 名。前 10 名中,唐五代及北宋词人占据了 7 位,从中可以清晰地看出

---

① [清]周济:《介存斋论词杂著》,见唐圭璋编《词话丛编》,中华书局 1986 年版,第 1629 页。

其对唐五代及北宋词的青睐。或许,表 2-2 中,乾隆中后期编选的这 5 部词选中唐五代及北宋词入选率的提高,正是乾嘉时期词风转变的风向标。

另外,值得我们关注的是辛派爱国词人的表现。如前所述,辛弃疾在元明时期的入选量仅排第 5,但到了清初,稼轩风强势回归。从表 2-2 可以看出,辛弃疾词入选量达 598 首,高居第一,入选率排第二,仅次于张炎。不过,从顺康时期进入康乾时期后,以辛弃疾为代表的爱国、豪放词人的排名却下降了。比如辛弃疾(2/4,顺康时期排名在前,雍乾时期排名在后,下同)、苏轼(7/14)、陆游(15/33)、张孝祥(32/74)、张元干(42/72)、向子䛊(60/92)、叶梦得(71/113)等;辛派后期词人的代表:著名的"一陈三刘"中除陈亮(84/79)的排名略有上扬以外,其他如刘克庄(17/53)、刘过(23/31)、刘辰翁(89/115)等人,都有了较为显著的下降。这或许可以看出,清王朝进入乾隆时期后,其国力臻于鼎盛,而辛派词人"悲壮激烈"[①]、大声镗鞳的词作基调无论如何是与当时的时代背景难以吻合的,故而他们的词入选率降低就不难理解了。

相比较而言,南宋格律派词人的排名较为稳定,排名都较为靠前,但雍乾时期相较顺康时期来看似乎略有下降。我们从吴文英(3/12)、卢祖皋(31/43)、高观国(19/25)、张辑(44/50)等人的排名中可以看出这种端倪。但这种下降是不明显的,因为有些南宋格律词人诸如张炎(1/1)、姜夔(8/7)、周密(6/6)、蒋捷(10/9)、王沂孙(12/11)、陈允平(26/13)的排名变化不大甚至还有所上升,张炎无论是在顺康时期还是在雍乾时期都始终高居第一。从中我们可以得出结论,浙西词派所倡导的南宋骚雅词风在雍乾时期仍是词坛的主流,但其中也酝酿着一些新变。从数据来看,唐五代词人的影响有所抬头,而当是时,对于一些浙派词人"竞为涩体,务安难字"[②],单纯追求格律形式美而缺乏内涵和真挚情感的弊端,越来越多的有识之士有了较为清醒的认识,并予以抨击。

(二)重要词人的进退与沉浮

1. 十大词人

顺康雍乾时期词作入选率最高的十大词人分别是张炎、辛弃疾、周邦彦、吴文英、柳永、周密、秦观、姜夔、史达祖、蒋捷,全部为宋人。从绝对数字来看,入选的十大词人作品总数为 3607 首,占整个表格入选作品的 31.7%,反映出清人

---

① [元]脱脱等撰:《宋史》卷四〇一列传第一六〇,中华书局 1978 年版。
② [清]储国钧:《小眠斋词序》,见[清]史承谦撰《小眠斋词》,乾隆刻本。

对唐宋词大家和名家的喜爱。另外，据郁玉英统计，宋代经典词人中前十位是辛弃疾、苏轼、周邦彦、姜夔、柳永、秦观、李清照、欧阳修、吴文英、晏几道。① 如果把这两个"十大词人"做一比较就会发现其中的差别较为明显，顺康雍乾时期唐宋词选最青睐的十位词人中只有6人属于宋词十大"经典词人"，分别是辛弃疾、周邦彦、姜夔、柳永、秦观、吴文英；宋词的十大经典词人中，北宋词人占多数，而顺康雍乾时期词作入选率排在前十的词人中，南宋词人占了七成。这其中南宋清雅格律派词人数量尤其多，张炎高居第1，吴文英第4，周密第6，姜夔第8，史达祖第9，蒋捷第10。而实际上，周邦彦虽为北宋人，但实为南宋清雅一派之滥觞。这样算来，南宋清雅格律派词人也占据了排行前十中的七个席位。另外，北宋词人中除柳永、秦观和周邦彦外，苏轼、欧阳修、晏几道、李清照等人都跌出了前十。所有的这些都让我们不得不深深慨叹顺康雍乾时期南宋格律派词风的巨大影响力以及浙西词派的如日中天。

2. 唐五代十大词人

如果我们只是以唐五代词人的排行作为一个单独的存在来考察的话，就会发现入选率排在前十位的是温庭筠、冯延巳、李煜、韦庄、顾敻、孙光宪、欧阳炯、李珣、李白、牛峤。而刘尊明、王兆鹏评选出来的唐五代"十大词人"是李煜、温庭筠、冯延巳、韦庄、孙光宪、李珣、李白、顾敻、欧阳炯、刘禹锡。② 从中可以看出，唐五代的"十大词人"中有九位入选了顺康雍乾时期唐五代词人的前十位，且排名都相差不大，两者之间有高度的一致性。由此可见，该时期选入的唐五代词人排在前列的也都是唐五代的大家。同时，我们还需注意的是唐五代词人中排名最靠前的温庭筠、冯延巳、李煜在整个表2－2中的排名也不过分别是第23、25和28位。从中可以看出，顺康雍乾时期，唐五代词人并不在清人接受的主流当中。其实，在明末清初，唐五代词是有一定"市场份额"的，无论是云间词人还是之后的西陵词人及纳兰性德，都对唐五代词青睐有加。但随着清初阳羡词派和浙西词派相继登上历史舞台，云间词派的影响趋于微弱，纳兰也英年早

---

① 郁玉英：《宋词经典的生成及嬗变》，中国社会科学出版社2016年版，第77页。
② 参阅刘尊明、王兆鹏《唐宋词的定量分析》，北京大学出版社2012年版，第83页。原书中前十位的排名是李煜、温庭筠、敦煌词、冯延巳、韦庄、孙光宪、李珣、李白、顾敻、欧阳炯。考虑到敦煌词不能算是一个独立的词人个体，故而将其排除在外，将排在第11的刘禹锡递补上位。

逝,再加之唐五代词的存词量本就很少,根本就无法和宋词抗衡,这样的排名基本上也不算很意外。还有一个很重要的原因不能不提,表 2-2 中的《清啸集》和《词洁》本就不收唐五代词①,而《唐词蓉城汇选》和《花间词选》专收唐五代词作,但表 2-2 中并未收录,这无形中也拉低了唐五代词人的排名,他们的排名本可以更高一些。

3. 个案解读

(1)苏轼

出人意料的是,各种排行榜稳居前列的苏轼居然没有进入前十,仅仅排在第11位。从表 2-2 可以看出,苏轼在有些词选中入选量较少,失分较多。比如清代影响力最大的词选《词综》中,他入选 15 首,排名仅仅在第 26 位。另外,《筠亭词选》未选他的词,《清啸集》也只选其词 1 首,数量都很少。《词综》的编选有着明确的宗旨,那就是宗南宋、尚雅正。据诸葛忆兵先生统计,《词综》选录的北宋词 7 卷,共 440 首;而南宋词选录 13 卷,达 827 首,南宋词几乎是北宋词的两倍之多。② 苏轼为北宋词人,其最有特色和有代表性的词是豪放词,自然不为朱彝尊所喜。《清啸集》的编选者是项以淳,该词选的择词标准是"词则清和而淡雅,情则曲折而低回"③,毫无疑问,苏轼的词是难入其法眼的。而《筠亭词选》为乾隆年间孔传镛所编抄本,词选前无序言,很难看出其编选宗旨,但从其入选情况来看,程垓入选数量(17 首)最多,其他较多的是周邦彦 13 首、秦观 11 首、柳永 10 首,这些词人多为婉约绮丽词风的代表,苏轼的词没有入选也在情理之中。总体来看,顺康雍乾时期只有阳羡词派对苏、辛骏发踔厉的词风有所揄扬,但阳羡词派的影响远不及浙西词派,苏轼的词入选率不高也就不难理解了。另外,从音律上来说,苏轼词最让人诟病的地方就是格律不严谨,被讥为"句读不葺之诗"④,而整个顺康雍乾时期,对词的声律上的追求日趋规范而严谨,苏轼词与这一总的取向不一致。所有的这一切都导致了苏轼的词在该时期入选率不高。

---

① 刘崇德、徐文武点校本《词洁》并未收录前集(其中有唐五代词)。但据高春花《清代唐宋词选研究》(人民出版社 2018 年版,第 61 页),北京图书馆西谛藏本较为完备,有前集,笔者未见。
② 参阅诸葛忆兵《〈词综〉编纂意图及其价值》,《江海学刊(南京)》2001 年第 2 期。
③ [清]项以淳:《清啸集序》,康熙二十七年(1688)刻本。
④ [宋]李清照:《词论》,见李清照撰,徐培均笺注《李清照集笺注》,上海古籍出版社 2002 年版,第 267 页。

(2) 张炎和姜夔

张炎和姜夔的排名也耐人寻味。张炎排名第一,也让我们多少有一点意外。众所周知,浙西词派为顺康雍乾时期影响最大的词派,而浙派宗主朱彝尊最推崇的人又是姜夔,说"姜尧章氏最为杰出"①,又云"词莫善于姜夔"②。按理说,姜夔词的入选率最高才是,但为什么是张炎?对比两位词人的词作入选量就会发现,他们的词入选率都很高,但是朱彝尊和汪森等人在编《词综》时没有见到姜夔的全部词,入选的23首是他们当时能见到的所有姜词。而张炎的词被选入了48首,从数量上看要远高于姜夔的23首,就这一点上来说,姜夔有点"冤"。另外,在《御选历代诗余》中,张炎入选232首,而姜夔却只有37首;《词洁》中,张炎入选71首,而姜夔只有20首;《晴雪雅词》中,张炎入选29首,姜夔只有12首。这几部词选中姜夔的表现都要比张炎逊色不少。虽然《古今别肠词选》中张炎未入选词作,姜夔有4首入选,但总体看,姜夔与张炎的差距仍很大。这样一看,张炎在顺康雍乾词选中的入选率高于姜夔也就不难理解了。以上是从数据分析而言,数据背后所折射出的清人关于唐宋词接受的意蕴同样值得我们深思。首先,张炎高居第一,其中最重要的原因,当然就是浙西词派的推举,尤其是朱彝尊就明确表示"不师秦七,不师黄九,倚新声、玉田差近"③。更重要的是,张炎词存世数量本就要远高于姜夔,张炎词现存世约302首,姜夔词存世只有87首。在顺康雍乾时期,张炎词的存世量也要远高于姜夔。在"姜、张"并称的背景下,张炎词作数量多,可供挑选的余地就大,在词作质量相差不太大的前提下,入选的可能性就会更大。

(3) 李清照

著名女词人李清照排第22位同样值得关注,这似乎与其在词史上的地位不相符。在郁玉英的宋代十大经典词人中,李清照排名第7。其实我们仔细查看郁玉英关于李清照的数据统计,就会发现,李清照词在清代词选的入选数量是112首④,这个数字在著名词人中是很靠后的,这也与我们在表2–2中的统

---

① [清]朱彝尊:《词综·发凡》,见《词综》,中华书局1975年版,第8页。
② [清]朱彝尊:《黑蝶斋词序》,见[清]沈岸登《黑蝶斋词》,《浙西六家词》本。
③ [清]朱彝尊:《解佩令·自题词集》,《江湖载酒集》卷一,见[清]龚翔麟辑《浙西六家词》,康熙刻本。
④ 郁玉英书中选取的清代词选有15本,其中顺康雍乾时期的词选有4本,分别是《词综》《御选历代诗余》《清绮轩词选》和《箬亭词选》。

计是一致的。李清照之所以能在郁玉英的排行榜中排第7,是因为其在"今人选数""清代唱和""20世纪研究次数""20世纪研究指标"等项目上得分较高。换言之,李清照的词在顺康雍乾词选中的入选率并不是很高,这的确是事实。以清代为例,其词作入选量是112(首)次,排名第36;被唱和103次,排名第3;点评25次,排名第11。从这些数据来看,清代词选这一块,无疑是李清照失分较多的地方。李清照词本就不多,可信的也只有40余首,存词量在著名词人中算很少的,这或许也是她的词入选率不高的原因之一。另外,李清照的词虽被誉为"当行本色"①,但不可否认的是,其词总体而言更接近南唐北宋之自然神秀,偏于直白,"轻巧尖新"②,这与顺康雍乾时期好南宋、尚雅洁、求清空的风尚不太一致。

(三)词作的审视

顺康雍乾时期词选最青睐的唐宋词作有哪些呢？经过统计,入选10次以上的有12首,这12首词可认为是这个时期最受欢迎的唐宋词。其中入选13次的有3首,分别是范仲淹《苏幕遮》(碧云天)、姜夔《齐天乐》(庾郎先自吟愁赋)、史达祖《双双燕》(过春社了)。柳永的《雨霖铃》(寒蝉凄切)和秦观的《满庭芳》(山抹微云)都是入选12次。入选11次的有7首,分别是冯延巳《蝶恋花》(庭院深深深几许)、姜夔《扬州慢》(淮左名都)、李白《忆秦娥》(箫声咽)、李清照《醉花阴》(薄雾浓云愁永昼)、刘过《沁园春》(洛浦凌波)、史达祖《绮罗香》(做冷欺花)、周邦彦《少年游》(并刀如水)。这12首词中,唐1首,五代1首,北宋5首,南宋5首,分布还算较为均衡。③ 但这里没有千古第一名作、豪放词之代表苏轼的《念奴娇》(大江东去)④,也没有潇洒俊逸、"格高千古"⑤的《水调歌头》(明月几时有),更没有岳飞《满江红》(怒发冲冠)和辛弃疾《永遇乐》(千古江山)⑥这样饱含爱国热情的杰作。即使像姜夔《扬州慢》这样唯一具有

---

① [清]沈谦:《填词杂说》,见唐圭璋编《词话丛编》,中华书局1986年版,第622页。
② [宋]王灼:《碧鸡漫志》,见唐圭璋编《词话丛编》,中华书局1986年版,第88页。
③ 其中《蝶恋花》(庭院深深深几许)未确知是五代还是北宋,暂归五代。李清照的《醉花阴》(薄雾浓云愁永昼)暂划归北宋。
④ 刘尊明、王兆鹏:《唐宋词的定量分析》,北京大学出版社2012年版,第186页。
⑤ 王国维:《人间词话》,见唐圭璋编《词话丛编》,中华书局1986年版,第4258页。
⑥ 这几首词在"宋词300首经典名篇综合数据排行"中分别排第1、4、2、6。参阅刘尊明、王兆鹏著《唐宋词的定量分析》,北京大学出版社2012年版,第174页。

一定家国情怀的词也是怨而不怒的,这12首词词风几乎都偏于婉约清丽,且绝大多数是抒写两性情爱的。这也基本是顺康雍乾时期词坛的缩影。

如果考察顺康雍乾时期排名前100的唐宋词作(下文称"百大词作")的时代分布,则唐代3首,五代7首,宋代承平时期16首,变革时期21首,南渡时期6首,中兴时期30首,苟安时期2首,亡国时期15首。这个分布与百大词人的时代分布有相似的地方,基本上也是变革时期和中兴时期双峰并峙。不过在百大词作的时代分布中,南宋中兴时期所占比重最大,这个时期的词作以姜夔和辛弃疾为代表。如果按照南北宋来划分的话,南宋词49首,北宋词41首,南宋词的数量也要超过北宋。① 这也同样可以看出清人对南宋词的喜爱。

从百大词作的作者归属来看,入选数量较多的依次是姜夔13首,秦观7首,蒋捷6首;史达祖、李清照、辛弃疾都是5首;陈允平和苏轼都是4首;入选3首的有范仲淹、欧阳修、柳永、刘过、周邦彦、张炎等人。姜夔以13首傲视群雄,远超其他人,这足以说明姜夔在顺康雍乾时期的影响力。

从百大词作的题材分布来看,粗略而言,表现闲情的有6首,表现身世遭际的有27首,表现人生哲理的有4首,表现两性情感的有52首,表现理想志愿的有1首,抒发家国情怀的有8首,表现都市风情的有2首。如图2-2所示:

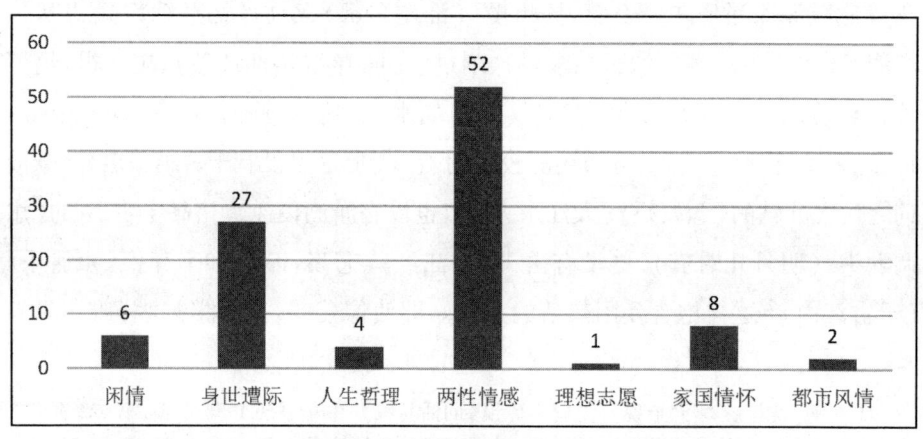

图2-2 顺康雍乾时期词选排名前100唐宋词题材分布

从上图不难看出,两性情感方面的题材占比最大,远超其他题材。这一方

---

① 其中南渡词6首,李清照《声声慢》(寻寻觅觅)和陈与义的《临江仙》(忆昔午桥桥上饮)按南宋算,其余的按北宋算。

面固然与唐宋词"要眇宜修"、香艳绮靡的本性有关,但也在一定程度上揭示了顺康雍乾时期的接受取向。虽说词的发展在苏轼之后,题材逐步有诗化的倾向,但两性情感依然是最重要的题材。郁玉英统计的百首经典宋词中,两性题材虽然也很多,但也仅为40%,而顺康雍乾时期词选入选率最高的100首词中,两性情爱题材的却达到了52%。同样,表现家国情怀的只有8首,而郁玉英统计的百首经典宋词中却有21首;从词风看,偏于婉约风格的词超过了九成,而偏于豪放风格的不到一成。另外,排在前3的有2首是咏物词,前12首中有4首是咏物词,前100首中有13首是咏物词,说明该时期清人对咏物词的喜爱。所有这些都让我们相信,清代顺康雍乾时期的词学接受似乎离广阔的社会生活更远了。当时的清人更向往南宋清雅词所精心营造的艺术象牙塔,注重艺术表现,而或多或少地轻视思想情感内涵。

从百大词作的调式来看,长调48首,中调18首,小令34首,长调占据了绝对优势。笔者也曾就顺康雍乾时期追和唐宋词的词调形式做过一番统计,发现从追和词的数量来看,长调1744首,中调487首,小令1417首,分别占比47.8%、13.4%、38.9%。由此可以看出,清人对长调的偏爱。这大概源于该时期浙西词派为词坛翘楚,其主要接受南宋词,而南宋词的优秀之作多为长调。

综上,对于顺康雍乾时期词坛的风貌与唐宋词接受之间的关系,我们以前多赖清人词话诸如"家白石而户玉田"①及"无人不南宋"等主观理论上的阐述,难免有主观与武断之嫌。因此,本书的统计数据虽费时费力,却有特别的价值。这一方面是对词话理论的印证、补益与完善,另一方面也能让我们的结论更趋于客观和理性。上文用定量分析的方法研究该时期唐宋词选与唐宋词接受之间的关系。从词人作品入选统计数据来看,代表南宋格律清雅词风的唐宋词人在该时期最受欢迎,前十名中占了七席,张炎是最受欢迎的词人。而在最受欢迎的唐宋词作排行中,姜夔词傲视群雄。两性情感题材的词入选数量极多,家国之感的唐宋词入选极少,既透露出清人尊体意识的加强,也是当时词坛重艺术表现、轻思想情感现状的客观映射。从顺康时期进入雍乾时期,唐五代及北宋词人的作品入选率有所提升,豪放派词人尤其是辛派南宋爱国词人排名下降明显,而以张炎、姜夔为首的南宋格律派词人作品的入选率稳中略有下降,反映

---

① [清]朱彝尊:《静悕堂词序》,见施蛰存编《词籍序跋萃编》,中国社会科学出版社1994年版,第543页。

出乾隆中后期词坛上对专学姜、张词风的一种反思和拨正。

第三节　唐宋词的选编与顺康雍乾时期词坛风会

顺康雍乾时期一些新编的重要唐宋词选表达了非常明确的词学理念,在当时发挥了重要的作用,对词坛产生了较大的影响,这也是我们考察清人接受取向的重要媒介。下文选取其中几部有代表性的词选逐一阐述。

一、《见山亭古今词选》:清初崇雅之风的酝酿

《见山亭古今词选》在清代词史上具有承上启下之意义,编选者为陆次云、章晒,实际上的主要编选者是陆次云,韩铨参与校订。陆次云是清康熙年间人,字云士,号北墅①,监生出身,曾考授州判,官江阴知县。清康熙十八年(1679)应博学鸿辞试,未中。著有《澄江集》,词有《玉山词》一卷。② 陆次云是西陵词人群的后期代表,词学思想受云间词派影响。这一学术渊源也决定了《见山亭古今词选》的编选理念。

《见山亭古今词选》按小令、中调、长调的类别分为上、中、下三册,选录唐、宋、元、明、清362位词人共770首词作,其中唐宋词人88位,词作288首。选词始于宋代周邦彦《十六字令》,终于清代王飐昌《莺啼序》。词选成书于康熙十三年(1674),次年刊刻。

众所周知,明代词坛"花""草"盛行,词风婉媚绮靡。到了明末,这种倾向有所遏制。明万历年间,陈耀文编选《花草粹编》,其选源虽仍以"花""草"为基础,但已经有所突破,选择范围扩大到了《乐府雅词》《花庵词选》《梅苑》《天机余锦》等词集。所选之词时间跨度也较大,"上溯开元,下迄宋末"③,凡有所长皆有所采撷,甚至元词亦间与焉。尤其值得注意的是,其选南宋姜夔词18首,张炎词15首,史达祖词43首,蒋捷词23首。明人更喜欢五代和北宋词,这是毋庸置疑的,但《花草粹编》却有意在减少北宋词的数量,对于南宋词有了一定程度的关注。这是一种可贵的尝试和对传统的突破,无疑预示着明末清初词坛的

---

① [清]福格:《听雨丛谈》卷四,中华书局1984年版。
② [清]赵尔巽等:《清史稿》卷一四八志第一二三,中华书局1977年版。
③ [明]陈耀文编,龙建国等点校:《花草粹编》,河北大学出版社2007年版,第1页。

词学宗尚正酝酿着新变。

有学者曾指出,在明代"花""草"盛行的这样一种大背景之下,姜夔、张炎等南宋清雅词人作品几乎失传,而陈耀文编选《花草粹编》,虽以"花草"命名,却选入了一定数量的南宋清雅词,"这是雅词的一种回归"①。到了崇祯二年(1629),卓人月编选刊刻《古今词统》,选录南宋词所占篇幅大大超过了北宋词及唐五代词。② 尤其是辛弃疾入选140首,排名第一;苏轼48首,排名第四;刘克庄46首,排名第五,对豪放词风的揄扬也与明代主流倾向大相径庭。邹祗谟对卓人月《古今词统》的编选予以了高度肯定,云其"搜奇葺僻,可谓词苑功臣"③。其实,清初人对于明词之芜陋以及明代词选对"花""草"的偏嗜早就甚为不满。当他们一旦看到了有不同于"花""草"的词选出现,即使仍有种种瑕疵,其欣喜之情亦是溢于言表,对其赞誉有加。所以,后来王士禛亦称许卓人月"搜采鉴别,大有廓清之力"④。邹、王二人都充分肯定了《古今词统》在扭转明代萎靡词风方面所做的努力。

知悉了这一背景之后,我们不难发现,康熙十四年(1675)《见山亭古今词选》的刊印行世也正是这一浪潮的延续。该书选录宋人词作最多的依次是辛弃疾17首,秦观16首,苏轼14首,欧阳修10首,蒋捷9首,李清照9首,周邦彦7首,李煜7首,陆游6首,刘过5首,贺铸4首,孙夫人4首。排名前十的词人中,北宋有4人,南宋有5人,五代有1人,分布较为均匀。而姜夔、史达祖等南宋清雅格律词人都只有2首,张炎甚至无1首入选。而《见山亭古今词选》的刊刻年代只比《词综》的初刻本早三年,由此不难看出,尊南宋、崇雅正、尚姜张的词学理念彼时并未深入人心。关于编选过程及编选宗旨,陆次云在序言中交代得很清楚:

> 岁甲寅寄迹燕山,韩子子衡延余问学,启观行笈,见携所辑诸集,玩而乐之,因问曰:"先生于诗文,非古不录,诗余一种独合古今,何居?"余曰:"诗文气运,视彼江河,欲挽东南,天昊无力,故元明不及两宋,两宋不及三

---

① 丁放、甘松、曹秀兰:《宋元明词选研究》,商务印书馆2012年版,第283—284页。
② 参阅陶子珍《明代词选研究》,秀威资讯科技股份有限公司2003年版,第357页。
③ [清]邹祗谟:《远志斋词衷》,见唐圭璋编《词话丛编》,中华书局1986年版,第655页。
④ [清]王士禛:《花草蒙拾》,见唐圭璋编《词话丛编》,中华书局1986年版,第685页。

唐,三唐不及汉魏先秦,汉魏先秦不及三古,今之作者不乏大家,莫越前人范围之内,故可相置。惟诗余一道,骎骎乎驾古人而上之。不见夫有专集者,往往韵轶《金荃》,香逾《兰畹》,使隐其姓氏,将新词与旧曲,其婉丽者皆宜付艳女红牙,雄放者并可按铜将军之绰板,莫辨其孰古孰今也。所以然者,何哉?盖诗余为技小而为体难。小,故游艺者不屑;难,故偶涉者不工。此境尚留未辟蚕丛,让后人出一头地。余合古今而一之,彰其盛,拟以杜其衰也。"子衡曰:"既云盛矣,何言乎衰?"余曰:"自风变而骚,骚变而赋,赋变而词,词再变而为南北调,滥觞极矣。然南北调之于词,锱铢间耳,稍一阑入,其体遂失。是宜辨者在格律。诗余方盛,学步之家,纷然鹊起,谓短长诸阕,专咏柔情。娇花解语,竞工桑濮之音;芳草怀人,争染芍兰之色。大雅贻讥,衰藏于盛矣。"子衡曰:"杜衰奈何?"余曰:"作词者,当以三百篇为师;选词者,亦以三百篇为法。使不失四始六义之旨,则得矣。词选具在,子易不读而见之乎?"子衡低徊卒业,悠然久之,曰:"得之矣。先生所录,短衣孤剑诸篇,非蓼莪之孝思欤?而北山之意,则为子死孝、为臣死忠诸词有之。若夫缁衣之好,见夫扬旗击鼓之言,而八十一年之句,在所不删,宛然巷伯矣。其间与雅南相匹者,不可胜数。而犹有疑者,既斥淫哇,何以多有艳曲?将无益薪而止沸软?"余曰:"所斥者,惟绚绘登徒之容,刻画河间之态者耳。若空中之语,好色而不淫,何敢议闲情为白璧微瑕,效小儿之解事哉。"子衡曰:"有是哉得梓悬国门,以为风教之助。"[1]

从上述序言中,我们不难看出陆次云的一些词学观:

首先是表达了对宋词地位的看法。他认为当今文坛,虽然诗文难以比肩古代,但词不比宋人逊色。其理由是宋人往往是用余力作词,游艺者不屑难,而偶涉者不工,他们没有把主要精力放在词的创作上。因而,后人尚有可以进一步开拓的空间。他说,今人所作,"骎骎乎驾古人而上之"。这样的观点新颖大胆而不无道理。实际上,清人的作词态度比宋人要更严谨,学识也普遍较高,留下来的词作更多,其中的精品绝不比宋人差。尤其是在词的音乐属性和娱乐属性让位于文学属性的清代,这一点并不难理解。

其次是表达了对明词浮艳的不满。抨击明代词风之不振,是诸多清初词人

---

[1] 陆次云编:《见山亭古今词选》,康熙十四年(1675)见山亭刻本。

的共识。其云词刚兴起之时,"短长诸阕,专咏柔情",题材非常狭窄。明词延续了这一传统,而更显浅俗淫哇,陆次云对于这种倾向颇为忧虑。因此,我们才会看到,其在《见山亭古今词选》中增加了南宋词的比例,以南宋词之精巧清雅补救之。但值得注意的是,陆次云编纂该词选,"不是为了标举浙西词派"①。实际上,该书中南宋词人作品虽有所增加,但并不占据优势。

再次是提出挽救明词之弊的途径。《见山亭古今词选》中仍有大量艳词,韩铨表示不理解。既然选词应该排斥淫哇,为何该书中仍选择了众多侧艳之词?陆次云的回答略显闪烁其词,也缺乏足够的说服力。他认为选词应该排斥的是那些刻画描摹"登徒之容"和"河间之态"的淫词。这类词粗俗不堪,坏人心性,理当摒弃。至于那些"好色而不淫"的空中之语,不过是闲情偶寄而已,选入也无妨。简言之,陆次云的观点是,词可以艳,但不能俚俗,更不能淫秽。这实际上也是明末"花""草"之风的一种赓续。其实细加探究不难发现,陆次云所谓的"好色而不淫"之主张恰恰说明其崇雅之举是不彻底的,也是略显矛盾的。陆次云同时又抬出"诗三百"来挽救词之"衰",他认为无论是作词还是选词都应以"诗三百"为准。《诗经》是儒家经典,在清人心目中拥有崇高地位,陆次云把《诗经》抬出来,一个非常重要的目的就是借此提升词之品格。另外,《诗经》最大的特色就在于其"劳者歌其事,饥者歌其食"的现实性,以此来补救明词浮艳之弊病,也算是一剂不错的良药。但从陆次云与韩铨的对话中,其关注更多的是《诗经》中所传导的封建伦理纲常,要求词要有所讽、有所寄托,不能为了写艳情而写艳情,而要如陈子龙所言,作词须"托贞心于妍貌,隐挚念于佻言"②。陆次云挽救明词之弊的第二个主张是严辨词曲之界。他强调南北调之于词,锱铢间耳,词曲之间的界限极易模糊,"稍一阑入,其体遂失",表示要保持词之独立性,不可将曲中语阑入词中。不过,他自己的词作实践并没有完全践行其理论。《四库全书总目》云其所作,"乃往往多似元曲"③;王初桐也说他的词"多似元曲"④。陆次云的创作是如此,选词也是如此,自己的词学主张并未在选词过程

---

① 闵丰:《清初词选与浙派消长》,见周勋初、杨义主编《文学评论丛刊》第9卷第2期,南京大学出版社2007年版,第295页。
② [明]陈子龙:《三子诗余序》,见陈子龙《安雅堂稿》卷三,崇祯刻本。
③ 《玉山词提要》,见[清]纪昀等《钦定四库全书总目》(整理本),中华书局1997年版,第2816页。
④ 孙克强、杨传庆、裴喆编著:《清人词话》,南开大学出版社2012年版,第463页。

中得到彻底体现。

综上可知,陆次云编选的《见山亭古今词选》在明清两代处于一个承上启下的地位。虽然严沆于康熙十四年(1675)为该书作序时云其所选"雄而不肆,温丽而不俚"①,但实际上,该书有诸多唐宋名家词漏选,而与陆次云关系密切的子侄辈们则"几乎人各一首,其余亦以浙江同乡居多"②,陆进词入选10首,陆次云自己的词入选22首。由此不难看出,一方面,陆次云对明代浮艳低俗之词风甚为不满,表示要去俗而崇雅;可另一方面其崇雅的力度又不够大,所以才会有"好色而不淫"之说,书中入选了大量艳词和较多的豪放词。《见山亭古今词选》是《词综》问世前一部较为重要的通代词选,其崇雅而不厌俗、南北兼收,呈现了较为显著的承前启后之特色。如果说《词综》是清代复雅生力军的话,那么《见山亭古今词选》无疑是其先锋,"也是清初词坛黜婉媚趋雅正之风的具体体现"③。其对于廓清明代俚俗靡丽词风的影响、开创清代词坛新气象有着筚路蓝缕之现实意义。

二、《词综》:开启清代学南宋慕骚雅的新时代

《词综》的横空出世,在清代词史上具有里程碑的意义。《词综》的版本有三种:三十卷本,康熙十七年(1678)刊行,主要的编者是朱彝尊和汪森,其中朱彝尊辑录二十六卷,汪森补四卷;三十六卷本,主要由汪森、周篔等人在三十卷本的基础上补辑而成,康熙三十年(1691)刊行;三十八卷本,嘉庆七年(1802)由王昶在三十六卷本的基础上辑补二卷后刊行。《词综》在康熙中期的问世有着明确的目的:

(一)对明代词风尤其是对《草堂诗余》的批判

朱彝尊对明词深表不满,批评在明代风靡一时的《草堂诗余》"所收最下,最传"④。清初在云间词人、西陵词人、广陵词人等的共同努力下,萎靡词风有所好转,但由于种种原因,明词浮艳纤仄的余韵流响依然在一定程度上左右着词坛。如何彻底扭转这种局面,朱彝尊首先想到的是编选一部真正能代表唐宋词

---

① [清]严沆:《见山亭古今词选序》,康熙十四年(1675)见山亭刻本。
② 马兴荣、吴熊和、曹济平主编:《中国词学大辞典》,浙江教育出版社1996年版,第279页。
③ 陈水云等:《唐宋词在明末清初的传播与接受》,中国社会科学出版社2010年版,第104页。
④ [清]朱彝尊:《词综·发凡》,见《词综》,中华书局1975年版,第8页。

最高水平的词选，以取代《草堂诗余》的统治地位。因此，朱彝尊编选《词综》的初衷非常明确，"就是将醇雅说具体化为可尊奉的取法对象，以取代长期以来流传而导致俗陋词风的《草堂诗余》"①。在很多文献中，朱彝尊都不遗余力地对明代词风予以抨击，表达对《草堂诗余》选词不当的不满，甚至认为明代词风的堕落和浅陋与《草堂诗余》的盛行脱不了干系。在《词综·序》中，汪森也进一步强化了这个观点，他指责"世之论词者，惟《草堂》是规"②，认为他们甚至连很多南宋清雅词人的别集都未曾见过，在这种情况下就空谈如何作词和选词是不妥的。

总体而言，《词综》编选者对《草堂诗余》的批判表现在以下几个方面：

一是选词不当。朱彝尊曾云，放眼两宋，白石之词无疑最为清雅，但《草堂诗余》对其词却一首都不予录。相反，诸如胡浩然和仲殊这样很一般的词人之作，编者却将其收录其中，真"可谓无目者也"③。作为一部词选，最重要的就是其甄选理念。最早的《草堂诗余》大约编选于南宋孝宗、光宗年间，编选者为书坊，其目的主要是迎合大众娱乐、歌姬演唱的需要，是"市井的民歌""市井流行曲"④。《草堂诗余》所选篇目主要以应歌为目的，要考虑到大众的接受能力，因此，不可能太过注重书面化和艺术表现力。另外，《草堂诗余》的编选年代，"姜（夔）名未显"⑤，《草堂诗余》不选或少选姜夔等南宋清雅词人的词作，本在情理之中。因此，朱彝尊从自己的主观角度批判《草堂诗余》的选目不当，严格来说是不够恰当的。诸葛忆兵先生也认为《草堂诗余》自有其价值所在，朱彝尊等人对其的批评过于偏激。不过，"如果从力矫明词末流之弊的角度认识朱彝尊，就能比较理解他的偏颇"⑥。

二是抨击《草堂诗余》的分类形式以及词上滥加标题。最早版本的《草堂诗余》其词并无诸如"闺情""闺思"之类的标题，此乃后人所添加。朱彝尊对这种行为也颇为反感，认为其有碍于观瞻，也让作品失去了本来的面目。于是，在编

---

① 魏中林：《〈词综〉的编选与朱彝尊的"醇雅"说》，《内蒙古社会科学》2000年第2期。
② [清]汪森：《词综·序》，见《词综》，中华书局1975年版，第2页。
③ [清]朱彝尊：《词综·发凡》，见《词综》，中华书局1975年版，第10页。
④ 肖鹏：《群体的选择——唐宋人词选与词人群通论》，凤凰出版社2009年版，第276页。
⑤ [清]宋翔凤：《乐府余论》，见唐圭璋编《词话丛编》，中华书局1986年版，第2500页。
⑥ 诸葛忆兵：《千古词坛之圭臬——〈词综〉》，《古典文学知识》1996年第6期。

选《词综》时,他都将这些标题一概予以芟夷。另外,《草堂诗余》按照小令、中调、长调这样的形式分类,而《词综》抛弃了这样的分类形式,认为宋人本无这类分法,是明人自作主张,"殊属牵率"。因此,朱彝尊等人编《词综》按照时代顺序,以词人为类别。应该说,《词综》的这些做法其实都是为了保持唐宋词的本来面目,从传播学的角度来看,无疑具有重要的意义。试想,如果历朝历代的编选者都按照自己的意愿随意地对唐宋词进行加工改造,千百年后的今天,我们所看到的唐宋词就不再是原汁原味的唐宋词了。

不过,值得注意的是,作为一个杰出的词学专家,朱彝尊并未对明代词全部予以否定。在《词综·发凡》中,朱彝尊虽对马洪的"陈言秽语"深表不满,也对杨慎和王世贞的"强作解事"表达异议,但对明初杨基、高启、刘基的"温雅纤丽,咀宫含商"评价较高,李祯、王达、瞿佑等人能继承明初词人的优良传统,也得到了朱彝尊的肯定。① 朱彝尊曾拟将明代词人的优秀作品汇成一集,后来由于种种原因未完成。但他在编《词综》的过程中也积累了一些明词,乾隆时期王昶就在此基础上编成十二卷《明词综》。

尽管如此,我们仍可以清晰地看出,朱彝尊等人花费近二十年时间编选《词综》的目的仍然是试图廓清明代靡芜浅陋词风的影响,拟用《词综》取代《草堂诗余》在词坛的统治地位。在《孟彦林词序》中,他再次将《草堂诗余》作为反面典型予以批判,强调作词应力避粗俗鄙陋,追求清新雅洁,要"去《花庵》《草堂》之陈言"②。汪森是朱彝尊理论的强有力支持者,在对待《草堂诗余》的态度上坚定地站在了朱彝尊一方。他不无自豪地表示,在《词综》编成刊印后,"庶几可一洗《草堂》之陋"③。实际上,《词综》也的确起到了这个作用,在《词综》编纂、刊刻、发行、流布的时间里,清人对《草堂诗余》的批判和打击成为词坛主流。"从今不按,旧日《草堂》句"④不仅仅是朱彝尊的夫子自道,也同样成为当时及以后众多清代词人创作的真实写照。

(二)推崇南宋并立姜夔为典范

《词综》另一个鲜明的特色就是推尊南宋,确定姜夔作为唐宋词人最高典

---

① [清]朱彝尊:《词综·发凡》,见《词综》,中华书局1975年版,第11页。
② [清]朱彝尊:《曝书亭集》卷四十,《四部丛刊》本。
③ [清]汪森:《词综·序》,见《词综》,中华书局1975年版,第3页。
④ [清]朱彝尊:《曝书亭集》卷二十六,《四部丛刊》本。

范。在《词综·发凡》中，朱彝尊就明确表示，"词至南宋始极其工"，认为世人（尤其是指明人）论词只知北宋，而没有认识到南宋词才是词之高峰所在。其又云"姜尧章氏最为杰出"①，把姜夔推到两宋词坛无以复加的地位。朱彝尊在《词综》的编录过程中，树立了以南宋为宗的词学接受观念，而在南宋词中，推崇的是南宋骚雅格律派词人，其中又以姜夔为首。汪森在《词综·序》中首先抨击北宋词之"俚"与"亢"；继而推出姜夔，肯定其词"句琢字练，归于醇雅"②。随后，他列举了以姜夔为中心，以史达祖、高观国、赵以夫、张辑、吴文英、王沂孙、张炎等人为羽翼的南宋词人群。这些人中有和姜夔同时期的，也有姜夔的晚辈。虽然陈廷焯认为这些人的词与姜夔词不尽相同，不完全属于同一藩篱③，但毫无疑问，他们的词总体特点非常鲜明，那就是皆注重音律，讲求艺术形式的表达。更为重要的是，他们的词大体上表现了较为鲜明的崇雅倾向。

根据《词综》三十六卷本统计，入选20首以上的词人有：周密（57首）、吴文英（57首）、张炎（48首）、周邦彦（37首）、辛弃疾（35首）、王沂孙（35首）、温庭筠（33首）、张先（30首）、史达祖（26首）、贺铸（25首）、晏几道（25首）、姜夔（23首）、陈允平（23首）、欧阳修（21首）、蒋捷（21首）、柳永（21首）、毛滂（20首）、韦庄（20首）、高观国（20首）、吕渭老（20首）、冯延巳（20首）。这21位词人中，南宋11人，北宋7人，唐五代3人。据统计，南宋词人周密、吴文英、张炎占据了前三名，无论从哪个方面来看，南宋词在《词综》中都占据了绝对的优势，这与《草堂诗余》重北宋的倾向形成鲜明对比。正如有学者所言："《词综》的'醇雅'主张不是游离于词选之外，而是贯彻到词选中去，与词选本身密切结合。"④这是一个划时代的变革，清代词坛从此以后进入学南宋时代。

但我们也必须承认，虽说《词综》明确的宗旨就是宗南宋，但对于北宋词中的优秀之作并未一笔抹杀。唐五代词人温庭筠入选33首，韦庄20首，冯延巳20首，北宋词坛大家的作品除了苏轼偏少之外，欧阳修、柳永、周邦彦等人的词作入选都较多。从中我们似乎可以看到《词综》的选录者较为宏通开放的视野，

---

① ［清］朱彝尊：《词综·发凡》，见《词综》，中华书局1975年版，第8页。
② ［清］汪森：《词综·序》，见《词综》，中华书局1975年版，第2页。
③ 参阅［清］陈廷焯《白雨斋词话》，见唐圭璋编《词话丛编》，中华书局1986年版，第3962—3963页。
④ 李睿：《清代词选研究》，安徽大学出版社2011年版，第181页。

同时也可以看出,明末的"花""草"之风在清初仍有一定的影响。焦循认为,《词综》问世后,"宋词遂为朱氏之词矣"①。这话有一定的道理,指出了《词综》鲜明的词学宗尚。不过,《词综》虽然宗南宋,但对北宋并不十分排斥,说宋词为朱氏之词,言过其实矣。

道光年间的学者丁绍仪曾云:"《词综》出而各选皆废。"②这话虽有夸大之嫌,然《词综》的出现在清代词坛上是一件极为重要的大事。正如蒋兆兰所言,清初词坛受明词影响较深,当是时,小令多学花间,多侧艳绮丽之体,长调则多学苏轼和辛弃疾,多狂放之语。直到朱彝尊出现,编选《词综》,高举崇雅去俗之大旗,"词体为之一正"③。许昂霄更是把《词综》推举到了无以复加的地步,他认为《词综》是人们学词的重要文献,"舍是(指《词综》)无从入之方也"④。《词综》所营造的尊南宋、尚姜张、追骚雅的接受取向,"一洗明代纤巧靡曼之习"⑤,影响近二百年。

然而,不可否认的是,《词综》的选目也存在一定的局限性。正如有学者所言,《词综》所选词人及其词作,无论派别如何,都有一个共同的特点,那就是"入选作品往往与社会生活内容距离较远"⑥。另外,《词综》虽然尊南宋,但对于北宋并未一笔抹杀,豪放词亦有一定比例入选,我们从其选录的词作就能看出来。只可惜,后学者往往放大了《词综》的南宋情结,以至于钻入牛角尖。浙派末流词人的词作多空有华丽的外壳,而缺乏真挚深厚的思想内容及情感,这不能不说是学《词综》不当的后果。

三、《词洁》:南北兼取的接受理念与客观上崇雅的强化

《词洁》完成于康熙三十一年(1692),编选者为先著和程洪。先著,字渭求,别字蠋斋、染庵,号迁夫、盍旦子、之溪老生。先著祖籍四川泸州,后流寓金

---

① [清]焦循:《雕菰楼词话》,见唐圭璋编《词话丛编》,中华书局1986年版,第1494页。
② [清]丁绍仪:《听秋声馆词话》卷十三,见唐圭璋编《词话丛编》,中华书局1986年版,第2734页。
③ [清]蒋兆兰:《词说》,见唐圭璋编《词话丛编》,中华书局1986年版,第4637页。
④ [清]许昂霄:《词综偶评》,见唐圭璋编《词话丛编》,中华书局1986年版,第1579页。
⑤ [清]陈匪石:《声执》,见唐圭璋编《词话丛编》,中华书局1986年版,第4962—4963页。
⑥ 魏中林:《〈词综〉的编选与朱彝尊的"醇雅"说》,《内蒙古社会科学》2000年第2期。

陵,善书画,尤工诗词,其生于顺治八年(1651),卒于康熙六十年(1721)后。①程洪,字丹问,广陵人。《词洁》出现的年代,正是浙西词派登上历史舞台并掀起第一个高潮之后。当时,清王朝已平定三藩、收复台湾,全国基本上已经没有大规模的反清活动了,满族人的统治已经稳固。词坛上由于《词综》和《浙西六家词》的出现,尚雅的风潮逐渐形成气候,词作内容上适应大一统政治局面的需要,歌咏太平、追求雅正是大势所趋。《词洁》在唐宋词接受理念方面有以下几个特点:

(一)专选宋词

先著在《词洁·序》中曾云"是选专录宋一代之词"。宋以前之词则取《花间集》原本,稍加遴选,作为前集。金元词不再别具卷帙,而是杂于宋词之间。刘崇德、徐文武点校本《词洁》并未收录前集,但据高春花《清代唐宋词选研究》,北京图书馆西谛藏本《词洁》较为完备,有前集。② 笔者未见。

据笔者统计,刘崇德、徐文武点校本《词洁》共选词人145人,词629首。其中宋代139人,宋词608首;金、元人6人,词作21首。但总体而言,《词洁》专选宋词的说法也大致是正确的。为什么专选宋词,《词洁·发凡》中有一段话:

> 词源于五代,体备于宋人,极盛于宋之末,元沿其流,犹能嗣响。五代十国之词,略具《花间》,惜乎他本不存,仅有名见。唐人之作,有可指为词者,有不可执为词者,若张志和之《渔歌子》、韩君平之《章台柳》,虽语句声响居然词令,仍是风人之别体,后人因其制,以加之名耳。夫词之托始,未尝不如此。但其间亦微有分别,苟流传已盛,遂成一体,即不得不谓之词。其或古人偶为之,而后无继者,则莫若各仍其故之为得矣。倘追原不已,是太白"落叶聚还散"之诗,不免被以《秋风清》之名为一调。最后若倪元镇之《江南春》,本非词也,只当依其韵,同其体,而时贤拟之,并入倚声。此皆求多喜新之过也。③

从中不难看出,其专选宋词有两个原因。一是宋词在中国词史上成就最高。在编选者看来,词虽起源于五代,真正走向鼎盛巅峰时期却是在宋代,无论

---

① 参阅吴晓洁《先著、程洪〈词洁〉研究》,江苏师范大学2012年硕士学位论文,第2页。
② 参阅高春花《清代唐宋词选研究》,人民出版社2018年版,第61页。
③ 《词洁·发凡》,见[清]先著、程洪辑,刘崇德、徐文武点校《词洁》,河北大学出版社2007年版,第1页。

是小令还是长调,都佳作频出,正所谓"体备于宋人,极盛于宋之末"。另外,在《词洁·序》中,先著继续强化了这个观点,他认为宋词"遂能与其一代之文,同工而独绝"。同时,他表示宋代之词,犹如魏晋时期的书法和清言一样,达到了难以企及的高峰,"是后之无可加者也"①。高度认可宋词的历史地位和成就,才是先著、程洪只选宋词的初衷。二是唐五代词有缺陷。编选者认为,唐五代的词体尚未成型,其"有可指为词者,有不可执为词者",故而不选。这其实也是符合词体发展实际的,但因为这个原因就因噎废食,连《花间集》中的一些经典之作也不选,就有些得不偿失了。

(二)南北兼取、宏通开阔的接受取向

《词洁》的产生年代,正是浙西词派鼎盛的时期,三十六卷本的《词综》于康熙三十年(1691)刊刻,词坛上尊南宋的接受理念大行其道。应该说,先著和程洪在很多方面受到了这股风潮的影响。他们在《词洁》编选过程中所传达出来的种种思想和理念,诸如对雅正的推崇、对秽亵靡曼之音的贬斥等,都印证了这一点。但《词洁》所反映出来的接受理念,和传统浙派相比似有不同。《词洁》中所附录的大量评点具有很高的认识价值,较之一般浙派人士,其表现了"更为宽广的理论视野与宏通的词学眼光"②。比如先著就曾公开指出南宋词的缺陷是用笔看似极为工巧,但往往过分关注语言、结构、修辞等外在形式的经营,而难以做到浑化融洽。他明确提出:"今多谓北不逮南,非笃论也。"③程洪在《记红集序》中也批评后之学词者对于声调格律都未做到严谨且合乎规范,"而徒论夫南宋北宋之分"④,实为舍本逐末之举。一般而言,南宋词有精雕细刻之美,但伤之刻镂;而北宋词有自然浑化之美,然伤之率易,本就是各有千秋,不宜妄分轩轾。先著批评南宋词细碎,不能浑化融洽,主张不妄分南北,是颇有见地的。在浙西词派如日中天的康熙中期,先著和程洪能有如此见识,殊为不易。

另外,他在评论辛弃疾《卜算子》(汉代李将军)一词时说:"南渡以后名家,

---

① 《词洁·序》,见[清]先著、程洪辑,刘崇德、徐文武点校《词洁》,河北大学出版社2007年版,第1页。

② 张鹏:《试论〈词洁〉对前期浙派词学思想的修正与超越》,《宁夏大学学报(人文社会科学版)》2019年第41卷第C1期。

③ [清]先著、程洪辑,刘崇德、徐文武点校:《词洁》,河北大学出版社2007年版,第75页。

④ [清]程洪:《记红集序》,见吴绮、程洪编《记红集》,康熙刻本。

长词虽极意雕镂,小调不能不敛手。"①这是从词调方面来衡量比较南、北宋,其理论来源应该是朱彝尊早就提出的"小令宜师北宋,慢词宜师南宋"②。不过这里值得肯定的仍然是其开阔的接受视野,没有囿于一端。类似的观点在《词洁》的评语中屡见不鲜,比如他批评刘过《行香子》(佛寺云边)一词是"贪于取巧,实为小家伎俩"③。以上种种,都可以看出,《词洁》所透露出的接受取向都是在有意无意地贬黜南宋,推尊北宋。但不能据此就认定《词洁》是尊北黜南,实际上,先著等人对南宋词打压,是对当时词坛上过于尊崇南宋的浙西之风的一种理性反思,主观意愿也许就是告诫读者不宜对南宋词过于迷信推崇。其实,《词洁》对南宋词和北宋词持一种兼收并蓄的态度。在《词洁》中,他对北宋名家苏轼、张先、周邦彦,南宋词人姜夔、张炎、史达祖等人都有较高的评价,甚至对浙西词人深表不满的柳永词在否定其"芜累"的同时也能肯定其《斗百花》(煦色韶光明媚)一词"匀稳工整"④。《词洁》对于豪放派词人代表辛弃疾的评价也很客观公允,说辛弃疾在宋代词坛能"自辟门户,要不可少"⑤,称其词纵横捭阖,包罗万象,气象不凡,其中不乏绝佳之作,不能简单地以"粗豪"二字以蔽之。

另外,从《词洁》的选目上,我们也可以看出这种不拘一格的接受理念。《词洁》选录的629首词中,词作入选量在10首以上的17位词人分别是:张炎(71首)、吴文英(36首)、周邦彦(33首)、史达祖(24首)、苏轼(24首)、晏几道(20首)、姜夔(20首)、辛弃疾(18首)、秦观(18首)、蒋捷(16首)、陆游(16首)、刘克庄(15首)、周密(14首)、欧阳修(13首)、张先(12首)、贺铸(11首)、王沂孙(10首),其中北宋7人,南宋10人。排在前十位的北宋4人,南宋6人。总体看,好像南、北宋相差不大。但值得注意的是,排在第一位的是张炎,入选作品高达71首,远远高于其他人,排在前四位的都是清雅格律派词人。因此,《词

---

① [清]先著、程洪辑,刘崇德、徐文武点校:《词洁》,河北大学出版社2007年版,第15页。

② [清]朱彝尊:《鱼计庄词序》,《曝书亭集》卷四十,《四部丛刊》本。

③ [清]先著、程洪辑,刘崇德、徐文武点校:《词洁》,河北大学出版社2007年版,第86页。

④ [清]先著、程洪辑,刘崇德、徐文武点校:《词洁》,河北大学出版社2007年版,第104页。

⑤ [清]先著、程洪辑,刘崇德、徐文武点校:《词洁》,河北大学出版社2007年版,第234页。

洁》的编者虽极力在序言、凡例、评语中为北宋词翻案,有意无意打压南宋清雅词,但也许连编者自己都没意识到,入选最多的词作依然是南宋清雅词,而且数量优势非常明显。据吴晓洁统计,"《词洁》750 首词作中有 529 首与《词综》相同,不同的仅 221 首"①,选目相同的达到了七成以上。

(三)尚雅的强化与"真质"和"生气"理念的提出

编选者称柳永词芜累者十之八,而对周邦彦、姜夔两人则赞赏有加,云此二人"宫调、语句两皆无憾,斯为冠绝"②。其崇雅黜俗的意向非常明确,这与《词综》的意图是一致的。另外,从上可知,《词洁》选词标准主要有两个,一是宫调,二是语句。所谓"宫调",应该就是指其合乎音律;所谓"语句",应该是要求语言应字斟句酌、精美雅致。这两个标准也几乎是《词综》的翻版。但《词洁》并不是对《词综》的简单承袭。《词洁》的选词标准有一个非常突出的特点就是讲求"真质"和"生气"。③

所谓"实之真质",指的就是词应该表达真挚的情感,表现真实的社会现实,而非"抟土涂丹"。在玩偶上涂上鲜艳的色彩,虽然外观华美,但不过是徒有其表、没有生命力的物件。所谓"花之生气",表达的意思庶几,是从词的外在形式而言的,要求语言表达生动活泼、不呆板,不能只有精美的语言和华丽的辞藻。应该说,这个选词理念和《词综》相比有较大的进步。如前所述,《词综》问世以后,加之《绝妙好词》及《乐府补题》的刊行,清代词坛上的接受取向由北转南,词坛上南宋清雅之风大盛,但由此也出现了一些弊端,比如词人更看重词之形式美,忽视了情感的真挚表达和对社会生活的真实反映和书写。关于这一点,清末著名词人文廷式曾指出,《词综》所选皆"意旨枯寂"④之作,所选唐宋词之类型较为单调,选域较为狭窄。《词洁》在此时提出的"真质"和"生气",在一定程度上是对这种弊病的一种补救。

正如方孝岳所云,任何一个时代的文学都与政治、文化等大的社会背景息

---

① 吴晓洁:《先著、程洪〈词洁〉研究》,江苏师范大学 2012 年硕士学位论文,第 18 页。
② 《词洁·发凡》,见[清]先著、程洪辑,刘崇德、徐文武点校《词洁》,河北大学出版社 2007 年版,第 1 页。
③ 《词洁序》,见[清]先著、程洪辑,刘崇德、徐文武点校《词洁》,河北大学出版社 2007 年版,第 1 页。
④ [清]文廷式《云起轩词序》,见孙克强、杨传庆、裴喆编著《清人词话》,南开大学出版社 2012 年版,第 1919 页。

息相关。当一个国家经历了长期的兵燹战火之后,其在文学上的诉求往往是"趋于扫淫哇而归清正"①。《词洁》在康熙盛世时出现,其编选宗旨和接受取向受当时社会背景和词坛风尚影响,在《词综》的基础上,继续高举雅正大旗,强化了宋词作为一代之文学的观念。不过,《词洁》编选者虽然意识到了专学南宋的弊病,并试图用"真质""生气"予以补救,对北宋及其他类型的宋词也大力揄扬,但在选目上仍然是偏重于南宋清雅词。正是这种词学接受理念和实际选目之间的矛盾,削弱了其本应该有的对《词综》出现以后专学南宋之弊病的补苴作用,再加之编选者的身份地位不显,才导致《词洁》在当时及之后很长一段时间内都没有受到应有的重视,其倡导的南北兼收、不拘一格的接受理念也没有得到实行。

四、《御选历代诗余》:不主一隅与悉归于正

《御选历代诗余》规模宏大,是沈辰垣、王奕清等人于康熙四十四年(1705)奉敕编撰。全书按词调字数多少排列。《御选历代诗余》与其他词选最大的不同就是它是在最高统治者康熙皇帝的主持下官修的词选。它在唐宋词传播与接受方面的特点主要有:

一是大而全的编选追求。《御选历代诗余》所选录的词人及词作规模在历朝历代都是无与伦比的。全书共120卷,辑唐、宋、元、明词人共957家,词作达9009首之多,"可云集其大成矣"②。除了当代的《全宋词》之外,历史上没有任何一部词选的规模能与之相抗衡。除了选录大量的唐宋词之外,该词选还另附词话十卷,时间跨度自唐迄明,其种类之齐备,搜罗之广博,实"备骚坛之盛事矣"③。据统计,该词选卷101至卷110共附录历朝词人小传957则,对于保存唐宋词人的相关资料具有重要意义。卷111至卷120则附录历代词话十卷763则,并标明出处。其中有一些词话所援引的文献,今天已不可见,因此,具有较高的史料价值。比如,唐圭璋先生在编纂《全宋词》时,就从《御选历代诗余》中辑得宋词3首。④

---

① 方孝岳:《中国文学批评史》,生活·读书·新知三联书店1986年版,第200页。
② 《御定历代诗余提要》,见[清]纪昀等《钦定四库全书总目》(整理本),中华书局1997年版,第2806页。
③ [清]杜文澜:《憩园词话》,见唐圭璋编《词话丛编》,中华书局1986年版,第2851页。
④ 宋娟:《宋代笔记在〈全宋词〉编纂中的史料价值》,吉林大学2012年博士学位论文,第83页。

不过,《御选历代诗余》的编选者大多并非词学专家,四名主编纂分别是翰林院侍读学士沈辰垣、翰林院修撰王奕清、提督广西学政阎锡爵、翰林院编修余正健。其余的十八名编选者多为不知名的下层文人,其中除了杜诏外,大多不以词学见长。加之统治者本身对词就带有一定程度的轻视,编选态度不是很严谨,这样一个大部头的词选,其编选所花的时间却很短,大约始于康熙四十四年(1705)冬季,终于康熙四十六年(1707)七月,满打满算不到两年。因此,诸般原因导致该词选出现的舛误不少。关于这一点,清人多有指正,陈锐在《裒碧斋词话》中云:

> 《御选历代诗余》,王奕清奉敕编定,录词人姓氏者,率以是为蓝本,其中颠倒错误,不可枚举。如晁补之,神宗时进士,元祐初为太学正,则谓元祐初应进士。程泌(当为玠,笔者注)、陈亮皆绍熙时进士,则误作绍兴。魏了翁,庆元五年进士,则误为元年。刘光祖,庆元中官侍御史,则误为绍兴。至王观,官翰林学士赋应制词,为宣仁太后所谪,自系神宗时,而以为元祐二年进士。又张昇本传,只云第进士,而以为大中祥符八年进士,不知何据也。①

陈锐指出的错误主要是词人的生平履历方面,涉及晁补之、程玠、陈亮、魏了翁、刘光祖、王观、张昇等人的错误资料,这应该不是全部。而陈匪石则在具体的文本方面指摘其中的讹误:

> (《御选历代诗余》)盖编纂初意,原欲兼谱律而一之。然嗣知不能相代,故五十四年王奕清等另成《词谱》一书。然以此之故,遂有缺点。《九张机》本为九首,且有次第,如选词,则不可缺一。而此以备体之故,只录第一首。又所据本有夺文,致少一字,则另列于字数相同之卷。例如清真《解连环》"谩记得当日音书"句,夺一"谩"字,乃有百零五字之体。梦窗《风入松》"玉佩冷丁东"句,夺一"佩"字,乃有七十五字之体。如此之类,触目皆是。盖当时既无善本可校,而编者又草率从事,不能如万树之审详,是官书不可信之处。今之治词者多知之矣。至于图卷帙之多而抉择不精,且遍收明人之作,则皆编者无专门之学,不足以举之也。②

---

① [清]陈锐:《裒碧斋词话》,见唐圭璋编《词话丛编》,中华书局1986年版,第4204页。
② [清]陈匪石:《声执》,见唐圭璋编《词话丛编》,中华书局1986年版,第4963—4964页。

不过,尽管《御选历代诗余》在编选时存在诸多问题,但总体而言,编撰者借助皇家和官府的力量,在编选时能接触到大量的一般词学专家难以搜集到的资料,具有先天的文献优势。谭献在编选《复堂词录》时,广为遴选自唐迄明的历代词一千余首,在编纂过程中,就曾充分利用《御选历代诗余》。他经过仔细比对并挑选,从中发现了不少佳作,而这些词作正可"补朱、王二家《词综》所无"①。这些从《御选历代诗余》中补充而来的词作,占其所编《复堂词录》篇幅达到五分之一。实际上后来很多清人在编撰、整理和校勘词选和词话时都会借助《御选历代诗余》,这都充分说明其文献价值,也彰显了其在唐宋词的保存和传播方面所具备的重要价值。

当然,不用词学专家参与《御选历代诗余》的编录,或许也是为了避免先入为主的观念。统治者本就不是为了选择最有艺术价值的词,而是选择最符合封建王朝大一统意志的词,在这样的前提下,一般的文人也许更合适。

二是风华典丽、悉归于正的编选理念。《御选历代诗余》有着明确的编选理念,康熙帝在序言中说:

> 朕万几清暇,博综典籍,于经史诸书有关政教而裨益身心者,良已纂辑无遗。且流览风雅,广识名物,欲极赋学之全,而有《赋汇》;欲萃诗学之富,而有《全唐诗》刊本。宋金元明四代诗选,更以词者继响夫诗者也。乃命词臣辑其风华典丽,悉归于正者,为若干卷,而朕亲裁定焉。夫诗之扬万功德,铺陈政事,因无论矣。至于桑中、蔓草诸什,而孔子以一言蔽之曰:"思无邪。"盖蕙茝可以比贤者,嘤鸣可以喻友生,苟读其词,而引申之,触类之,范其轶志,砥厥贞心,则是编之含英咀华,敲金戛玉者,何在不可以"思无邪"之一言该之也!若夫一唱三叹,谱入丝竹,清浊高下,无相夺伦。殆宇宙之元音,具是推此,而沿流讨源,由词以溯之诗,由诗以溯之乐,即箫韶九成,其亦不外于本人心以求自然之声也夫。②

《御选历代诗余》作为清朝最高统治者主持编定的唐宋词选,其选词理念必然会体现统治者的意志。康熙皇帝选录历代文献的标准是"有关政教而裨益身心者"。所谓"有关政教"即所选文献须有利于封建统治者的长治久安,为封建

---

① [清]谭献:《复堂词话》,见唐圭璋编《词话丛编》,中华书局1986年版,第4002页。
② [清]沈辰垣等编:《御选历代诗余·序》(附《箧中词》《广箧中词》),浙江古籍出版社1998年版,第2页。

统治歌功颂德。而"裨益身心"则是指所选文献须符合封建伦理纲常,不能坏人心性。就词而言,《御选历代诗余》以"风华典丽,悉归于正"①为最高规范。简言之,选词标准在内容方面表现为思想健康,符合封建伦理道德要求;在艺术表现上要雍容华贵,反对靡靡之音。即使写男女艳情,也应该是有所寄托,要"范其轶志,砥厥贞心"。编选者在《凡例》中又重申了这个标准,云"是选录其风华典丽而不失于正者为准式"②。说到底,词选就是要为清王朝的统治服务,有关于教化。因此,这样的选词标准有着浓厚的官方色彩。

三是不主一隅的选录接受标准。《御选历代诗余》在选词上更看重思想内容的雅正,只要符合这个大的前提,其他的要求似乎不是特别严格。正如其所言,"兼收两派,不主一隅"③,无论是清丽婉约还是排奡狂放,无论是周、柳还是苏、辛,皆可入我彀中。所以,入选的词作给我们的感觉很杂,看不出特别明显的唐宋词接受取向。我们以书中入选量排名前三十位的词人为例,做一简要分析:

表 2-5 《御选历代诗余》唐宋词人作品排名前 30

词人	辛弃疾	吴文英	张炎	苏轼	晏几道	周邦彦	柳永	毛滂	欧阳修	陈允平
入选量	297	238	232	197	188	169	149	142	134	125
词人	赵长卿	晁补之	周密	晏殊	张先	周紫芝	史达祖	陆游	贺铸	韩淲
入选量	124	113	101	100	95	93	91	91	89	87
词人	黄庭坚	高观国	程垓	赵师侠	石孝友	蒋捷	赵彦端	杨无咎	秦观	冯延巳
入选量	85	82	79	78	76	73	71	71	70	70

虽然有学者认为,"从这部词选词作的入选比例去总结其词学观,似乎有些不妥"④,但毋庸置疑,既然是"御选",肯定还是有取舍,既然有取舍,就必然会体现其唐宋词的接受取向,只不过程度不是特别明显罢了。

从表 2-5 中可知,入选量前十位的词人中,辛弃疾排名第一。北宋词人 6

---

① [清]沈辰垣等编:《御选历代诗余·序》(附《箧中词》《广箧中词》),浙江古籍出版社 1998 年版,第 2 页。

② [清]沈辰垣等编:《御选历代诗余·凡例》(附《箧中词》《广箧中词》),浙江古籍出版社 1998 年版,第 3 页。

③《御定历代诗余提要》,见[清]纪昀等《钦定四库全书总目》(整理本),中华书局 1997 年版,第 2806 页。

④ 高春花:《清代唐宋词选研究》,人民出版社 2018 年版,第 71 页。

位,南宋词人4位,相差不大,北宋词人还要更多,但排在前三位的都是南宋词人。这说明,康熙中期以来,《词综》在清代词坛掀起的南宋之风还是在潜移默化中对《御选历代诗余》产生了影响。总体来看,入选量排在前三十位的词人中,几乎各种类型的词人都有,豪放派词人苏轼和辛弃疾入选量都很大,南宋格律清雅词人作品入选也较多,俗而艳的柳永词也入选了149首。尤其值得我们注意的是像毛滂入选142首,排名第8;赵长卿124首,排名第11;晁补之113首,排名第12;周紫芝93首,排名第16;韩淲87首,排名第20。另外,程垓、赵师侠、石孝友、赵彦端等人的排名都较靠前,而这些词人在我们传统学术观点看来,词作都不甚出色,词名也不著,但他们的词作大量入选。或许这正是该词选的一大特色,我们可以理解为,编选者为了迎合最高统治者好大喜功、求全求富的心理,基本上是饥不择食,不计工拙。至于这些词是否真的体现了康熙皇帝所倡导的"风华典丽""寄托深远",恐怕有待商榷。

还有一个值得我们注意的地方,《御选历代诗余》一开始是打算兼具词谱的功用的,因此,特别关注词调是否全备,"每调胪列如干首"①,同调异体也尽量全部列出。在这样的前提下,为了达到词调和词体的"全",就必然会忽视词作水平的高低。陈昌强在《论康熙帝的词学活动及其影响》一文中就注意到了这一点,他发现柳永的词入选较多,并分析其原因可能是柳永的词调种类很多,这样的观点是很有启发性的。② 其实,四库馆臣对《御选历代诗余》的这个特点用"不主一隅"这个词来概括,应该说是非常恰当的。

但如果抛开这些不谈,这部词选在客观上还是为我们保留了大量不知名的词人作品,从传播角度而言,也是有功于词苑的。另外,词人的词作在历代都会有不同的评价标准,这些不知名的词人作品,在当时或今天看来,也许不怎么出色,但或许若干年后评价标准不一样了,其价值又会得到重新认识或开发。在古今中外的文学史上,这种例子不胜枚举。比如陶渊明的诗歌,在钟嵘的《诗品》中仅仅被评为中品,在相当长的时间内不受欢迎。但到了宋代,由于苏轼的推举,陶诗的价值重新得到了肯定,这也影响了后人对陶诗的评价。宋代以后,人们对陶渊明的诗,评价都极高。因此,《御选历代诗余》中所入选的这些词作,其价值不能一概否定,有待时间的检验。

---

① [清]况周颐:《蕙风词话》,见唐圭璋编《词话丛编》,中华书局1986年版,第4421页。
② 参阅陈昌强《论康熙帝的词学活动及其影响》,《文学遗产》2015年第4期。

四是对词品的提升。《御选历代诗余》以九五之尊主持编选词选,这在我国封建王朝是第一次也是唯一的一次。南宋时期虽然官府也编选了《混成集》,规模也很大,但不是以皇帝的名义主持编选的,顶多算是国家掌管音乐的机构修内司主持编选的。更何况,《混成集》今已不可见,其影响与《御选历代诗余》不可同日而语。康熙帝的这种行为,无疑会提升词在社会上的地位。众所周知,词一直以来受人轻视。清初,词的地位有所上升,尤其是陈维崧明确提出:"选词所以存词,其即所以存经存史也夫。"①他把词与经、史相提并论,真可谓振聋发聩。但受传统观念的影响,词之地位仍远远不能与诗歌、散文相比。《御选历代诗余》的出现,在全社会无疑具有一种舆论导向作用,对于词体地位的提升有不寻常的意义。康熙皇帝在序言中也说了一句意味深长的话:"然则词亦何可废欤?"后来四库馆臣也用"不遗一技"来称许《御选历代诗余》的编选者的不拘一格,肯定其在保存人类历史文献方面的功德无量。就词的价值而言,清代最高统治者虽然阐述得有些勉强且有些闪烁其词,但在中国词史上已是难能可贵了。从这个角度来看,《御选历代诗余》以最高统治者的垂范,客观上提升了词的地位,为唐宋词在清代的传播与接受营造了更加宽松而开放的氛围。

另外,在为词选所作序言的一开头,康熙帝就梳理了词的发展史。② 把词的源流上溯到"诗三百"、古乐府,并非康熙君臣的首创,此前也多有人提出类似观点,其目无非是给词找一个高贵的出身,提高词的地位,推尊词体。他们的观点虽无创新之处,但作为最高统治者和官方代表把这一观点明确并强化,并在全国颁布施行,仍有重大的意义。而且,这段关于词发展史的观点,与汪森等人简单地把古代长短不齐的诗歌等同于词的观点还是有所进步。康熙君臣认为词与古代诗歌只是在合乐而唱的本质属性上相同,真正意义上的词直到唐代才出现,明确主张"诗之流为词已权舆于唐"。应该说,这样的观点就比较接近词起源的真相了。

总体而言,《御选历代诗余》作为最高统治者主持的官修词选,客观上有利于词体地位的提升。其规模宏大,搜罗全备,保存了大量唐宋词。尽管由于时

---

① [清]陈维崧:《词选序》,陈维崧《陈迦陵散体文集》卷二,见《陈维崧集》,上海古籍出版社2010年版,第54页。

② 参阅[清]沈辰垣等编《御选历代诗余序》(附《箧中词》《广箧中词》),浙江古籍出版社1998年版,第2页。

间仓促和编选者自身的原因,《御选历代诗余》也存在种种问题。但无论如何,该词选的编纂在中国词史上仍具有非同寻常的意义。因为在这之后直到1940年唐圭璋编选的《全宋词》线装本出版的二百多年里,再也没有一部词选的规模能与之抗衡。《御选历代诗余》的出现,"无论对词之尊体还是创作,都是积极意义远大于消极"①。其选词理念在一定程度上受到了《词综》的影响,但不是很明显。其"不遗一技""不主一隅"的特色,为唐宋词的传播与接受做出了应有的贡献。

五、《清绮轩词选》:兼收并蓄与雅郑并奏

《清绮轩词选》又名《历朝名人词选》,有乾隆十六年(1751)清绮轩刊巾箱本、光绪十年(1745)览辉书屋复刻本、光绪二十一年(1895)荣氏校刻本、民国上海扫叶山房石印本等。全书按小令、中调、长调编排,共选录唐、宋、元、明、清词作共847首,其中唐宋词人144人,唐宋词364首。书前有沈德潜序和作者自序,编选者是夏秉衡。夏秉衡(1726—?),字平千,号谷香、谷香子,华亭(今上海市松江区)人。②他乾隆十七年(1752)中举,乾隆三十年(1765)任陕西周至县知县,编、著有《清绮轩诗词初集》《清绮轩诗集》《清绮轩词选》。夏秉衡是清代著名戏曲作家,工诗善词,有传奇三种:《百宝箱》《诗中圣》《双翠圆》,合称《秋水堂三种》。

在夏秉衡看来,唐宋词在历史上是一个什么样的存在,如何去继承和发展这份遗产? 我们且看《清绮轩词选》中的《凡例》和《自序》中的两段话,也许就能对其接受观有一个清晰的了解:

> 词始于唐而盛于宋,故唐宋诸名公作,虽习见者不敢删去,元明所见绝少,仅存一二。至我朝则人人握灵蛇之珠,家家抱荆山之璧,几于美不胜收,故集中所登与两宋相埒。(《凡例》)③

> 自唐李供奉有《忆秦娥》《菩萨蛮》二阕,而温飞卿、白香山诸公继之,调所由昉也。唐末五代,李后主、和成绩、韦端己辈出,语极工丽,而体制未备。至南北宋而作者日盛,如清真、石帚、竹山、梅溪、玉田诸集,雅正超忽,可谓词家上乘矣。我国家右文兴治,历百有余年,文人才士潜心力学,于诗

---

① 李宏哲:《康熙词坛研究》,南开大学2013年博士学位论文,第227页。
② [清]刘锦藻:《皇朝续文献通考》卷二百八十一,商务印书馆1936年版。
③ [清]夏秉衡编:《清绮轩词选·凡例》,乾隆十六年(1751)清绮轩刻本。

古文外,每精研音律,谱为新声。如曹侍郎秋岳、王司寇阮亭、陈检讨其年、梁相国棠村、宋冢宰牧仲,暨我乡董樗亭、张砚铭、宋辕文、钱葂鲛诸先生各有词集行世,骎骎乎方驾两宋矣。(《自序》)①

这两则材料是了解夏秉衡词学接受观的重要材料,从中我们至少可以看出两点:一是对宋词文学地位的肯定。"词始于唐而盛于宋",对于宋代词人,他说的是"词家上乘",毫无疑问,他是认同宋词作为词史高峰看法的。二是他对清词的自信,认为清代名家辈出,"与两宋相埒""骎骎乎方驾两宋矣"等语句都能看出他对本朝词作的肯定。实际上,词选中所选清人词作,与唐宋词人相差无几。《词综》只选唐、宋、金、元词,《词洁》只选宋词(有极少量金、元词),夏秉衡的《清绮轩词选》则把一半的篇幅留给了清人。从中可知,在夏氏看来,唐宋词并不是高不可攀的存在,这或许是康乾盛世带给词人的自信。实际上,清词的绝对数量要远高于流传下来的宋词,清词中的精品绝不比宋人差。当然,夏秉衡强调清词成就之高,并不是要否定宋词,也并非不从唐宋词中汲取养料。实际上,从词作数量来看,入选的唐宋词和清词相差不大,但从入选比例来看,宋人却要远高于清人。

在编选理念上,夏秉衡在序言中,明确表示对《词综》的推崇:"《词律》严矣,而失之凿;《汲古》备矣,而失之烦。他若《啸余》《草堂》诸选,更拉杂不足为法。惟朱竹垞《词综》一选,最为醇雅。"沈德潜在为《清绮轩词选》所作的序中也提到,该词选"准乎朱竹垞太史之《词综》,而简严过之"②。另外,夏秉衡在梳理唐宋词史时,列举了各个时期的诸多代表作家。在谈到宋代代表作家时,其云:"至南北宋而作者日盛,如清真、石帚、竹山、梅溪、玉田诸集,雅正超忽,可谓词家上乘矣。"这些词人当中,除了清真(周邦彦)之外,其他都是南宋人。再仔细研读,就会发现,这些人几乎都是南宋清雅派词人(周邦彦通常被认为是其鼻祖)。从中可以看出,夏氏对《词综》的认可,对南宋清雅词的喜爱。

但令人奇怪的是,在实际的选目中,他似乎并未贯彻他自己所推崇的这个理念。《清绮轩词选》中入选词作排在前几位的唐宋词人分别是周邦彦(20首)、秦观(13首)、欧阳修(11首)、辛弃疾(10首)、苏轼(10首)、柳永(10首)、蒋捷(9首)、张先(8首)、陈允平(7首)、周密(7首)、晏殊(7首)、王沂孙(7

---

① [清]夏秉衡编:《清绮轩词选·自序》,乾隆十六年(1751)清绮轩刻本。
② [清]夏秉衡编:《清绮轩词选·沈德潜序》,乾隆十六年(1751)清绮轩刻本。

首)、姜夔(7首)、李煜(7首)、张炎(6首)、冯延巳(6首)、毛滂(5首)、李清照(5首)、刘过(5首)、贺铸(4首)、黄庭坚(4首)、石孝友(4首)、温庭筠(4首)、韦庄(4首)、张辑(4首)。

我们从这份榜单也很难看出特别明显的接受取向。入选量最多的25人中,唐、五代词人4家,北宋词人10家,南宋词人11家,分布非常平均。虽然排在前三位的都是北宋词人,周邦彦高居榜首,但周邦彦往往被认为是南宋清雅词派之渊薮。值得注意的还有一点,唐、五代词人的代表作家李煜7首,冯延巳6首,温庭筠和韦庄都是4首,排名较为靠前。这些都可以看出,《清绮轩词选》的接受取向并非与《词综》一样,重南轻北,而是兼收并蓄、雅郑并奏的。另外,《词综》是按照词人编排的,而《清绮轩词选》则是按照小令、中调、长调的方式编排;《词综》把后人给词加的题目都去除了,而《清绮轩词选》"集中所选,于有题者悉仍其旧,无题者细玩词中之意,以一二字标而识之"。所有这些都可以看出,《清绮轩词选》实际的操选与《词综》相去甚远。

那如何看待夏氏在序言中言明的接受取向与实际选目之间的不一致呢?笔者以为,这大概有三个方面的原因。首先,由于《词综》的名气太盛,势必影响波及词坛的各个方面,重南宋尊清雅的风气深入人心。《清绮轩词选》编成于乾隆初年,正是厉鹗领导浙西词派风靡大江南北的时期,正所谓"家白石而户梅溪"①。在这样一种背景之下,夏秉衡编选《清绮轩词选》难免会受其影响。在举世皆重南宋的情形之下,夏氏词选如果反其道而行之,其词选的发行量和影响力都会大打折扣,这是外在的因素。其次,夏秉衡作为曲作家,选词必然会受到其自身学识和喜好的左右。众所周知,戏曲面向的是大众,其唱词不能太过于文雅和书面化,否则将会增加受众的理解难度。简言之,曲应通俗化。在这种曲学思想和潜意识的影响下,夏秉衡的词选选入大量的北宋通俗词人作品(欧阳修11首,柳永10首,张先8首,晏殊7首),就不难理解了。李煜和冯延巳的词都以神秀见长,也是符合其爱好的,因而入选较多。再次,夏秉衡对艳词并不排斥,其在《凡例》中就明言:"词虽宜于艳冶亦不可流于秽亵。"这样的说

---

① [清]谢章铤:《赌棋山庄词话》,见唐圭璋编《词话丛编》,中华书局1986年版,第3458页。

法在夏氏之前有很多人提过,非其独创。① 夏秉衡把它放到词选的凡例中,表面上是要强调词不可"流于秽亵",但其实也是为表达词"宜于艳冶"扫平理论障碍。换言之,夏氏是认为词宜于艳冶的,并不厌其烦举出韩琦、寇准、赵鼎等人的词句来证明自己的观点,为自己选艳词拉来遮羞布或挡箭牌。虽然他最后又补充了一句"是集所选一以淡雅为宗",但稍加辨析就不难发现,《清绮轩词选》的实际选目并未做到这一点。

因此,综上所述,我们可以认为《清绮轩词选》是外在词坛的大背景与选者自身喜好之间妥协的产物,最终呈现在我们面前的选本有挂羊头卖狗肉的嫌疑。但无论如何,一个优秀的选本本就应该是汇聚百川、不拘一格的,《清绮轩词选》可以说是阴差阳错客观上达成了这样的效果。不过,总体看,其接受视野的开阔性还是有限的。比如,他虽选了苏轼和辛弃疾等传统豪放派词人的作品,但亦多为偏于婉约之作。苏轼的《江城子·密州出猎》、辛弃疾的《破阵子·为陈同甫赋壮词以寄之》《水龙吟·登建康赏心亭》《永遇乐·京口北固亭怀古》等豪放名作均未入选。但陈廷焯说它"选词之荒谬,至是已极"②,也是不公允的。《清绮轩词选》在词史上应该有一席之地。

六、《晴雪雅词》:示人词法与南宋清雅词风的普及

《晴雪雅词》题"海宁许昂霄选阅,门人张宗橚校录",刊刻于乾隆四十六年(1781)。许昂霄,字诵蔚,号蒿庐,浙江海宁人。《晴雪雅词》是许昂霄在涉园设馆时为张宗橚兄弟编选的词学教材。全书的编排方式较为特殊,首先依据题材将全部词分为赋怀、赋情、赋物、变体四大类,又于每个大类下按照词调进行分类。全书共收录唐、宋、金、元词作459首,其中唐宋词人166家,唐宋词作413首。

《晴雪雅词》的选源主要是《词综》,其编选宗旨也与《词综》一脉相承。张宗橚在温庭筠《菩萨蛮》词后面有按语云:"是编所选仿《词综》本,更拔其尤。"另外,张载华在《词综偶评·跋》中也谈及许昂霄对《词综》的认同,许氏曾云,

---

① 比如贺裳在《皱水轩词筌》中也提出:"词虽宜于艳冶,亦不可流于秽亵。"(《词话丛编》第698页)曹尔堪在《春芜词题词》中也说:"词尚艳冶,亦忌秽恶,此集独得三昧。"(《清词序跋汇编》第39页)

② [清]陈廷焯:《白雨斋词话》卷五,见唐圭璋编《词话丛编》,中华书局1986年版,第388页。

朱彝尊所编选《词综》,博观约取,是治词学词者的首选之书,"舍是无从入之方也"①。

《晴雪雅词》对《词综》的推崇,首先表现在对"雅"的追求上。《晴雪雅词》题中"晴雪"一词来自韩愈、孟郊的《城南联句一百五十韵》:"削缕穿珠樱,绮语洗晴雪。"②孙汝听的笺注云:"绮语,美言也。语言温美,足以洗晴雪也。"③因此,"晴雪"一词,本就有洁白雅静之意;至于"雅词"更不必言,所选以"雅"为尚。另外,《晴雪雅词·序》中也明确了这个词学思想:"窃惟文章著述,非雅弗尚。司马迁以为文不雅驯,缙绅先生难言。又曰择其言尤雅者,是知兰苕翡翠,碧海鲸鱼,体制各殊,一归于雅,而《乐府指迷》为尤要。"④

其次,从选目来看,《晴雪雅词》所选篇目 459 首,与《词综》相同的有 454 首。因此有学者认为:"称《晴雪雅词》为缩小版《词综》并不为过。"⑤《晴雪雅词》只有 5 首未从《词综》中选入,分别是温庭筠《菩萨蛮》(南园满地堆轻絮)、苏轼《洞仙歌》(冰肌玉骨)和《阮郎归·初夏》、王安石《菩萨蛮》(数家茅屋闲临水)以及张炎《新雁过妆楼》(风雨不来)。新增的这几首词中,增选张炎词自在情理之中。温庭筠《菩萨蛮》一词则与其一贯的"侧艳之词"⑥明显不同,而更显淡雅。苏轼的两首新增词也非豪放风格的词,只有王安石的《菩萨蛮》作为一首变体的例子,其目的是示人词法。总体看,《晴雪雅词》仍是《词综》选词风格的赓续。

另外,《晴雪雅词》还有一个值得我们注意的地方就是其选录了 94 首咏物词,将之单独列为"赋物类",约占整个词选比例的四分之一。咏物词占比如此之高,在历代词选中是很罕见的。其主要原因是南宋清雅词人本就热衷于写咏物词,《晴雪雅词》推崇接受南宋清雅词人,多选咏物词当在情理之中。如果从当时大的社会背景来看,那就更好理解了。据谭新红考证,《晴雪雅词》大约是

---

① [清]许昂霄:《词综偶评》,见唐圭璋编《词话丛编》,中华书局 1986 年版,第 1579 页。
② 韩愈:《中国古代名家诗文集·韩愈集》,黑龙江人民出版社 2005 版,第 58 页。该联句诗乃韩愈与孟郊共同联句完成,"绮语洗晴雪"一语实出自孟郊。
③ 屈守元、常思春主编:《韩愈全集校注》,四川大学出版社 1996 版,第 1042 页。
④ [清]张柯《晴雪雅词·序》,[清]许昂霄编《晴雪雅词》,乾隆四十六年(1781)刻本。
⑤ 高春花:《〈词综〉范式的追摹与转变——以乾隆时期〈清绮轩词选〉〈晴雪雅词〉〈自怡轩词选〉为中心》,《中国韵文学刊》2018 年第 3 期。
⑥ [五代]刘昫等:《旧唐书》卷一九〇《温庭筠传》,中华书局 1975 年版。

在雍正末年至乾隆初年编订①,当时的词坛也是盛行写咏物词的。康熙年间,朱彝尊著有《茶烟阁体物集》,他曾将宋人咏物集《乐府补题》随身带到京师,当时就有很多人追和之。雍乾时期,厉鹗等人也有大规模的拟《乐府补题》唱和活动。谢章铤曾云:"至今日浙派盛行,专以咏物为能事。"②在这样一种背景之下,许昂霄的词选特别重视咏物词也就不难理解了。

从具体的入选作品来看,就唐宋词而言,入选量在3首以上的有34人,按入选作品数多少排名如下:

表2-6 《晴雪雅词》唐宋词人作品排行表

词人	张炎	王沂孙	辛弃疾	姜夔	周密	吴文英	欧阳修	柳永	蒋捷	张先
入选量(首)	29	15	13	12	11	10	9	9	9	9
词人	陈允平	周邦彦	秦观	苏轼	温庭筠	史达祖	李煜	韦庄	冯延巳	高观国
入选量(首)	9	8	8	8	8	8	7	7	6	6
词人	欧阳炯	贺铸	晏几道	晏殊	毛滂	李清照	顾夐	黄昇	刘过	谢逸
入选量(首)	6	5	5	4	4	4	4	4	3	3
词人	李白	范仲淹	李莱老	王安石						
入选量(首)	3	3	3	3						

从选目看,《晴雪雅词》入选量排在前6位的都是南宋词人,其中南宋清雅派词人有5位。前十位当中只有欧阳修、柳永、张先三人是北宋人,与蒋捷并列第7位,名次都很靠后。因此,从实际的选目来看,《晴雪雅词》与许昂霄一贯的理论主张高度一致,那就是推尊南宋清雅词人。

但值得注意的是,我们不能据此就认定《晴雪雅词》的选词理念与《词综》

---

① 据谭新红考证,张载华《晴雪雅词·跋》云:"……乃渐次评点,授余读之。……今忽忽四十余年,夫子之墓木已拱,余亦衰且老矣。"张载华此跋作于乾隆四十二年(1777),所谓"今忽忽四十余年",可知许昂霄客张氏涉园在雍正末乾隆初,则《晴雪雅词》亦当编于此时。参考谭新红《清词话考述》,武汉大学出版社2009年版,第272页。

② [清]谢章铤:《赌棋山庄词话》,见唐圭璋编《词话丛编》,中华书局1986年版,第3387页。

完全一致。实际上,该词选的选目也有自身的特色。比如,《晴雪雅词》中所选唐宋词人作品,张炎的入选量排在第一,而且远高于其他词人。值得注意的是,在《词综》中,入选率①最高的是姜夔;而在《晴雪雅词》中,姜夔的入选词作只有12首,入选率远低于《词综》。但实际上,许昂霄此时能看到的姜夔词作已经比当年朱彝尊等人看到的多得多。康熙后期,陶宗仪手抄的《白石道人歌曲》重现人间,此后,姜夔的词集大量刊刻,保守估计在顺康雍乾时期的刻本有12种之多。换言之,许昂霄能看到的姜夔词大量增加,入选比例却下降很多。另外,许昂霄的评语也值得玩味。其对张炎和姜夔评价都很高,但他把姜夔比作韩愈并云:词中之有姜夔,犹如古文中之有韩愈。韩愈的散文地位毋庸置疑,但世人多评价韩愈散文有穿凿生割之缺陷。白石之词也有这个特点,虽然许昂霄用了"生硬亦宜"②的模糊性说辞,但似并未将其抬升至最高楷模的地位。另外,就入选绝对数量而言,《词综》中周密排第一,有57首。而在《晴雪雅词》中,周密只有11首入选,位居第五。许昂霄在评论张炎《疏影》一词时曾云:"草窗亦应退三舍避之。"③由此不难看出,在许昂霄心目中,周密远不能与张炎比肩。

所有这些信息都可以看出,《晴雪雅词》对张炎更推崇。实际上,清人习惯于将张炎与姜夔并称,顺康雍乾时期人们对他们的评价与接受几乎不分伯仲。但由于张炎词的数量远超姜夔,可供选择的余地更大,因此,就词选所反映出来的接受取向而言,张炎可以说是顺康雍乾时期最受欢迎的词人。这一点,我们在前文中已有阐述,此处不再赘述。

另一方面,《晴雪雅词》一个非常突出的特色就是他的评论。据谭新红《清词话考述》统计,《晴雪雅词》中有评语的词达到172阕之多。④ 之前的唐宋词选本也偶有评论,比如《词综》中也有评语,但"多缀宋元人评语"⑤。《词洁》中也有少量评语。名家评语在一定程度上可以帮助普通读者更好地读懂词作、欣赏词作,客观上也有助于唐宋词的传播与接受。《晴雪雅词》中的评语不但多,而且较为精当。在《晴雪雅词·序》中,张柯称许昂霄在涉园设馆课业前后十余

---

① 此处入选率是指入选词作占编选者所能见到的该词人全部词作的比例。
② [清]许昂霄:《词综偶评》,见唐圭璋编《词话丛编》,中华书局1986年版,第1576页。
③ [清]许昂霄:《词综偶评》,见唐圭璋编《词话丛编》,中华书局1986年版,第1566页。
④ 谭新红:《清词话考述》,武汉大学出版社2009年版,第272页。
⑤ [清]朱彝尊:《词综·发凡》,见《词综》,中华书局1975年版,第8页。

年之久,教授其兄弟诗及古文。余力所及,亦涉猎填词。其编选《晴雪雅词》之初衷本就是指导张氏兄弟学词,也是为了让更多的人掌握填词门径,"为初学津逮"①。一言以蔽之,与其他词选相较,《晴雪雅词》带有鲜明的"课本"色彩。

《晴雪雅词》中的评语有的是对词作整体的赏析与评价,比如评李后主《子夜歌》云:"情真景真,与空中语自别。"评欧阳修《临江仙》云:"不假雕饰,自成绝唱。"有的是对章法结构的评析,比如在评姜夔《疏影》时指出,词人作词须重视结构的安排和线索的组织,忌平铺直叙,要讲究起承转合,有起伏感,"贵倒装,贵借用,贵翻案"。又云张炎《疏影》一词的结构为先述旧游,后言北归之事,"于事则为顺叙,于法则为倒装"。有的是对音律的指导,南宋清雅词人最重音律,姜夔、杨缵、张炎等人都是知音识律之行家。浙派词人推崇姜、张,自然也重视对音律的点评。如编者在评张昇《离亭燕》时就指出,"画""挂"等字,在诗韵部中收入"卦"部,而在词韵中却往往收入"马""袅"韵中。还有的是对词作内容的笺释,比如关于姜夔《扬州慢》中"竹西佳处"一句之"竹西",许昂霄笺云:"扬州府城东北有竹西亭",并引杜牧诗《题扬州禅智寺》进一步阐释。

严格来说,这些评语就是许昂霄在填词方面对张氏兄弟的教导。由于这种鲜明的"课本"色彩,《晴雪雅词》在顺康雍乾时期唐宋词接受史上具有不一般的意义。许昂霄的主要目的是"示人词法",简而言之就是总结和归纳唐宋词创作的经验并以此指导清人的词创作,实际上这就是一种最典型、最直接的唐宋词接受。这种带有教材特色的选本在唐宋词史上是极为罕见的,对于唐宋词的传播与接受做出了重要贡献。正如吴衡照在《莲子居词话》所云,许昂霄之评语颇为精准,凡夫言事抒情之妙,写景刻画之工,结构组织之巧,"靡不指示详明,洵词坛广劫灯也"②。此语很好地道出了《晴雪雅词》在清代词坛的影响和作用。

《晴雪雅词》与《词综偶评》都是许昂霄为张氏兄弟授课所用,其词学接受思想与朱彝尊的《词综》极为相似,推尊南宋清雅词,尤其是推崇张炎。但对于浙西词派专学南宋、重艺术雕琢而忽视思想情感的弊病也有所警惕。我们从上

---

① [清]张柯:《晴雪雅词·序》,见[清]许昂霄编《晴雪雅词》,乾隆四十六年(1781)刻本。

② [清]吴衡照《莲子居词话》卷三,唐圭璋编《词话丛编》,中华书局1986年版,第2453页。

文他高度赞扬李煜和欧阳修词"情真景真""不假雕饰"或许能看出许氏是在委婉地批评浙西词派。这样的评语我们还能看到不少，比如赞许北宋词人谢绛之词造语精致而出于自然，"情真语挚，不似他人一味雕琢"；又云五代词人张泌词有一种天然本色之美，不用花哨的语言炫人眼目，恰如"初日芙蓉，非镂金错彩也"；等等。"雕琢""镂金错彩"确是浙西词派末流较为明显的弊端。但总体来看，《晴雪雅词》的词学接受理论仍是《词综》的一种延续，虽意识到了浙派学南宋尊姜、张过于追求形式美的弊端，但并没有把这种思想明确地表达出来。从这个意义上说，《晴雪雅词》在词史上的作用更多的是对《词综》所倡导的词学接受思想的一种强化与普及。

本 章 小 结

顺康雍乾时期编纂的唐宋词选目前可见的约有 23 部。词选数量多，规模较为宏大，体例多样，搜罗广，择取精，在历代罕有其匹，为唐宋词的传播与接受打下了较好的文献基础。据统计，南宋清雅词人及其作品的入选率普遍较高，排名靠前，姜夔和张炎的词尤其受青睐。该时期新编的一些唐宋词选在整个中国词史上都留下了浓墨重彩的一笔，其中尤以《词综》为最。可以说，清代词坛开启重南宋、尚清雅的风尚，《词综》发挥了极大的作用。从《见山亭古今词选》到《词综》再到《词洁》《晴雪雅词》，我们可以较为清晰地看出顺康雍乾时期尚雅之风从酝酿到定型直至强化和普及的线索，词坛上亦实现了由"北"入"南"的蜕变。另外，唐宋词选的编纂与清人的接受取向有着不可忽视的联系，其与该时期清代词风的遥相呼应也有迹可循。

第三章 唐宋词在顺康雍乾时期词话中的传播与接受

词话的形式主要包括评论类和逸事类两种,其主要职能为传播词学理论,但在客观上亦发挥了传播词作的功用。因此,本章的研究内容包含两个部分:一是侧重词作传播方面的研究,考察顺康雍乾时期词话中有哪些唐宋词在流传,它们都以什么样的形式存在,探究唐宋词的词话传播不同于一般媒介传播的特点及其影响;二是侧重接受方面的研究,以该时期词话为中心,重点阐述清人对唐宋词写作技法的总结、归纳与接受。

第一节 唐宋词在顺康雍乾时期词话中的传播
——以《词话丛编》为中心

关于唐宋词的书籍传播方式,学界以前关注更多的是词的总集(选集)、别集以及笔记小说等。① 其实,词话也是唐宋词书籍传播的重要载体。② 据刘岳磊《明清词话研究》,顺康雍乾时期留存下来的词话有 66 种之多,见诸征引但现在难以见到的约有 30 种。③ 在这些词话中传播的唐宋词究竟有多少?哪些人的词传播最广?哪些词作被评论最多?与其他书籍传播方式相比,唐宋词的词话传播有何特点?词话对唐宋词的传播及接受产生了什么样的影响?本节将

---

① 参阅钱锡生《唐宋词传播方式研究》,复旦大学出版社 2009 年版,第 226—250 页。
② 本书所指词话,主要是指系统成文的词话,也包括后人裒辑成帙的词话。关于词话与词的传播方面的研究有谭新红的《宋词的书册传播》[《武汉大学学报(人文科学版)》2008 年第 1 期]、李世前《清代词话与词的传播关系研究》(河北大学 2007 年博士学位论文)等。前者限于篇幅,宋词的词话传播只是文中很少的部分;后者并非专门研究唐宋词在词话中的传播。
③ 参阅刘岳磊《明清词话研究》,南京师范大学 2015 年博士学位论文,第 24—33 页。

采用定量与定性分析相结合的方式初步解答这些问题,以抛砖引玉。

一、唐宋词在顺康雍乾时期词话中的传播概述

词话中究竟保存了多少唐宋词,由于文献过于浩繁,不易计量。笔者仅以唐圭璋先生主编中华书局1986年版《词话丛编》为例,就其中所收录的顺康雍乾时期词话做一计量和统计,以窥一斑而见全豹。统计的数据中,表3-1是总览表,分别从所属时代、传播形态和传播方式等三个方面统计书中保存的唐宋词总量,以从宏观上把握唐宋词在顺康雍乾时期词话中传播的全貌。表3-2是统计哪些人的词传播最多,表3-3是统计哪些唐宋词作传播最广。这些数据的计量为我们了解该时期词话中唐宋词的传播现状和特点提供了全新的视角。

表3-1 《词话丛编》所收顺康雍乾时期词话保存唐宋词统计表①

	所属时代					传播形态			传播方式			
	唐	五代	北宋	南宋	不详	片段	全篇	提及	本事趣闻	笺注阐释	赏析评论	其他
数量	154	297	805	791	94	1477	588	76	488	415	1154	84
占比	7.19%	13.87%	37.60%	36.95%	4.39%	68.99%	27.46%	3.55%	22.79%	19.38%	53.90%	3.92%
总计	2141					2141			2141			

表3-2 《词话丛编》所收顺康雍乾时期词话唐宋词人存词数量排行榜②

词人	时代	总计	词人	时代	总计	词人	时代	总计	词人	时代	总计	词人	时代	总计
苏轼	北宋	119	姜夔	南宋	37	晏几道	北宋	20	李璟	五代	13	尹鹗	五代	10
秦观	北宋	72	张先	北宋	33	冯延巳	五代	18	和凝	五代	13	顾敻	五代	10
史达祖	南宋	71	刘克庄	南宋	26	孙光宪	五代	18	朱敦儒	南宋	13	张镃	南宋	10
黄庭坚	北宋	63	陆游	南宋	24	刘过	南宋	18	向子諲	南宋	12	曹组	南宋	10
李煜	五代	58	牛峤	五代	22	贺铸	北宋	18	李珣	五代	11	赵鼎	南宋	10

---

① 表3-1、表3-2、表3-3统计数据来源于唐圭璋编《词话丛编》,中华书局1986年版。顺康雍乾时期词话的界定范围为成书于顺治元年(1644)至乾隆六十年(1795),没有明确成书年代的词话依据序、跋、作者的生活年代等信息大体确定。南渡词人一般都按南宋词人计量,下同。

② 篇幅所限,表3-2所列仅为存词10首以上的词人。存词形态包括全篇、片段和提及。

续表 3-2

词人	时代	总计	词人	时代	总计	词人	时代	总计	词人	时代	总计	词人	时代	总计
辛弃疾	南宋	55	温庭筠	唐	22	范仲淹	北宋	18	毛熙震	五代	11	张孝祥	南宋	10
周邦彦	北宋	54	宋祁	北宋	22	康与之	南宋	17	白居易	唐	11	孙夫人	不详	10
欧阳修	北宋	51	韦庄	五代	21	晏殊	北宋	16	汪藻	南宋	11			
柳永	北宋	49	蒋捷	南宋	21	吴文英	南宋	15	张炎	南宋	11			
李清照	南宋	46	李白	唐	20	刘禹锡	唐	14	张元干	南宋	11			

表 3-3 《词话丛编》所收顺康雍乾时期词话保存唐宋词作排行榜①

词牌	首句	时代	词人	方式				形态			总计
				赏析评论	笺注阐释	本事趣闻	其他	片段	全篇	提及	
念奴娇	大江东去	北宋	苏轼	8	6	2	1	12	0	5	17
满庭芳	山抹微云	北宋	秦观	8	3	5	0	15	1	0	16
虞美人	春花秋月何时了	五代	李煜	8	0	5	0	12	1	0	13
玉楼春	东城渐觉风光好	北宋	宋祁	10	0	2	0	11	1	0	12
天仙子	水调数声持酒听	北宋	张先	8	1	2	0	10	1	0	11
雨霖铃	寒蝉凄切	北宋	柳永	7	0	3	0	9	0	1	10
念奴娇	萧条庭院	南宋	李清照	9	1	0	0	10	0	0	10
摊破浣溪沙	菡萏香销翠叶残	五代	李璟	5	0	5	0	8	2	0	10
卜算子	缺月挂疏桐	北宋	苏轼	5	1	3	0	7	2	0	9
水龙吟	小楼连苑横空	北宋	秦观	6	3	0	0	9	0	0	9
齐天乐	庾郎先自吟愁赋	南宋	姜夔	9	0	0	0	4	1	4	9
双双燕	过春社了	南宋	史达祖	8	0	0	0	2	0	6	8
声声慢	寻寻觅觅	南宋	李清照	7	1	0	0	6	1	1	8
千秋岁	水边沙外	北宋	秦观	1	1	5	0	7	0	0	7
疏影	苔枝缀玉	南宋	姜夔	3	2	2	0	2	0	5	7

① 篇幅所限,表 3-3 所列仅为传播 5 次及以上的唐宋词。

续表 3-3

词牌	首句	时代	词人	方式				形态			总计
				赏析评论	笺注阐释	本事趣闻	其他	片段	全篇	提及	
青玉案	凌波不过横塘路	北宋	贺铸	3	2	2	0	6	1	0	7
少年游	并刀如水	北宋	周邦彦	4	0	2	0	4	1	1	6
浣溪沙	一曲新词酒一杯	北宋	晏殊	4	0	2	0	6	0	0	6
永遇乐	明月如霜	北宋	苏轼	5	0	1	0	6	0	0	6
水调歌头	明月几时有	北宋	苏轼	2	1	3	0	4	1	1	6
贺新郎	乳燕飞华屋	北宋	苏轼	3	2	1	0	3	1	2	6
踏莎行	雾失楼台	北宋	秦观	3	2	1	0	5	1	0	6
八声甘州	对潇潇	北宋	柳永	6	0	0	0	6	0	0	6
临江仙	樱桃落尽春归去	五代	李煜	1	1	4	0	2	3	1	6
浪淘沙	帘外雨潺潺	五代	李煜	3	0	3	0	5	1	0	6
谒金门	风乍起	五代	冯延巳	3	0	3	0	6	0	0	6
渔家傲	塞下秋来风景异	北宋	范仲淹	2	0	4	0	6	0	0	6
解语花	风消绛蜡	北宋	周邦彦	5	0	0	0	5	0	0	5
水龙吟	似花还似非花	北宋	苏轼	5	1	0	0	4	1	0	5
蝶恋花	花褪残红青杏小	北宋	苏轼	3	0	2	0	3	2	0	5
绿头鸭	想人生	北宋	聂冠卿	3	0	2	0	3	2	0	5
杨柳枝	春江一曲柳千条	唐	刘禹锡	3	1	1	0	3	2	0	5
天仙子	别酒醺醺容易醉	南宋	刘过	3	0	2	0	4	1	0	5
点绛唇	金谷年年	北宋	林逋	5	0	0	0	3	1	1	5
菩萨蛮	花明月暗笼轻雾	五代	李煜	3	0	2	0	4	1	0	5
浣溪沙	红日已高三丈透	五代	李煜	4	1	0	0	4	1	0	5
醉花阴	薄雾浓云愁永昼	南宋	李清照	4	0	1	0	5	0	0	5
永遇乐	落日熔金	南宋	李清照	4	1	0	0	4	1	0	5
如梦令	尝记溪亭日暮	南宋	李清照	3	2	0	0	3	2	0	5
西江月	断送一生惟有	北宋	黄庭坚	4	1	0	0	5	0	0	5
蓦山溪	鸳鸯翡翠	北宋	黄庭坚	5	0	0	0	5	0	0	5
点绛唇	病起恹恹	北宋	韩琦	5	0	0	0	5	0	0	5
临江仙	忆昔午桥桥上饮	南宋	陈与义	5	0	0	0	4	1	0	5

表3-1共收词2141首(句),去其重复得1434首(句)。这个数字虽与词选中的唐宋词数量相去甚远,但也远比我们预想的多。从所属时代看,唐、五代词共451首,北宋词805首,南宋词791首,分别占比21.05%、37.60%和36.95%。表3-2排名前十的五代词人有1位,北宋词人占了6位,南宋词人只有3位。表3-2存词10首以上的47人中,唐4人,五代11人,北宋12人,南宋19人,年代不详者1人。从表3-3来看,被传播了5次以上的词作共有43首,其中唐1首、五代7首、北宋25首、南宋10首。排名前十的共有11首(有并列排名),北宋占了7首,五代词2首,南宋词仅2首。由此可见,就整体数量而言,北宋词略高于南宋词,但如果把唐五代词和北宋划为一体(实际上,唐五代词和北宋词有太多的相似之处),又考虑到南宋词人中包含不少南渡词人,这样看来,"北"胜"南"基本上就成定论了。虽然在存词最多的词人排行中,南宋词人有19人,超过了北宋词人,但前十位中北宋词人占绝对优势。很明显,这个统计结果与顺康雍乾时期推尊南宋的主流相悖。①

上述是从宏观上看。就具体作家和作品而言,五代及北宋词人的表现也要强于南宋词人。首先值得我们注意的就是苏轼,北宋词人苏轼以119首独占鳌头,远高于其他人。同时,在表3-3流传最广的43首唐宋词中,他一人就占了7首。他的《念奴娇》(大江东去)更是以17次的传播次数排在第一位。这可能一方面源于苏轼作为历史文化名人的巨大影响力,历代流传下来有关他在词方面的逸事趣闻甚多。从表3-2可知,苏轼词被传播了119次,其中关于本事及趣闻的就有46次,无人能望其项背。另一方面,由于苏轼的词具有较大的争议性,比如他以诗为词,首开豪放之风,又"不协声律"②等,都极易引起人们的评骘。实际上,苏词被评论50次。因此,他的词在词话中流传最广也就不难理解了。

其次值得关注的就是五代词人李煜及北宋词人黄庭坚。后主词虽然神秀,

---

① 谢章铤在《赌棋山庄词话续编》中曾云:"至朱竹垞以姜、史为的,自李武曾以逮厉樊榭,群然和之,当其时亦无人不南宋。"见唐圭璋编《词话丛编》,中华书局1986年版,第3530页。笔者还曾就顺康雍乾时期的追和唐宋词做过统计,追和南宋词的占比52.5%,要远超北宋词的37.4%。另外,从本书第二章亦可看出,关于唐宋词在康雍乾时期词选中的计量,从统计数字来看,入选的唐宋词中,南宋词约占53.8%,也要远高于北宋的34.9%。

② [宋]李清照撰,朱传东编:《李清照诗词集》,上海古籍出版社2016年版,第108页。

被誉为"当行本色"①,但数量较少,在各种唐宋词的排行中也难进前十。② 但在表 3-2 中,李煜的词入选 58 次,排名第 5,超过了大名鼎鼎的辛弃疾;在表 3-3 中,李煜也表现不俗,有 5 首词进入榜单,这个数字仅次于苏轼,其中《虞美人》(春花秋月何时了)被传播了 13 次,高居排行榜的第 3 位。李煜的异军突起,或许更多的是源于其自身经历的传奇性。李煜词被传播的 58 次中,"本事及趣闻类"占了 21 次,仅次于苏轼。更重要的是,后主词自身也具有较强的艺术感染力,受到历代读者的好评,排名靠前也在情理之中。与之相应的是,在表 3-2 中,有 11 位五代词人进入榜单,占比 23.4%;表 3-3 中,有 7 首五代词进入榜单,占比 16.3%。相较于五代词人及作品数量与两宋的巨大差距,以李煜为代表的五代词人在顺康雍乾时期词话中的表现已经很抢眼。

在表 3-2 中,北宋词人黄庭坚的表现也很突出,其排名第四也多少有点让人意外。因为,几乎在各种有关唐宋词的排行榜中,黄庭坚的排名都不算突出。③ 是什么原因导致黄庭坚的词在词话中的排名能进入四强?众所周知,在诗歌领域,山谷为江西诗派主将,影响深远,在词方面也颇有建树,与秦观并称"秦七黄九"。但其实稍加探究就不难发现,黄庭坚的词也是颇具争议的,对于其词的"鄙俚"④与"伤雅"⑤,人们多有訾议。换言之,黄庭坚的词很适合在词话中探讨,具备在词话中广泛传播的特质。

与黄庭坚和李煜形成鲜明对比的是,姜夔和张炎等人的表现则不尽如人意。在表 3-2 中,姜夔词入选 37 次,排名第 11;张炎词入选 11 次,排在倒数第 2 位。在表 3-3 中,姜夔只有 2 首词入选,张炎词甚至没有入围,他赖以成名的《南浦·春水》也仅仅传播了 2 次。再看其他南宋清雅派词人的表现:吴文英在

---

① [清]沈谦:《填词杂说》,见唐圭璋编《词话丛编》,中华书局 1986 年版,第 631 页。

② 此处排名是指唐宋词的混合排名,而非唐五代词的排名。如仅就唐五代词的排名而言,李煜的排名最高,名列第一,参阅刘尊明、王兆鹏著《唐宋词的定量分析》,北京大学出版社 2012 年版,第 83 页。

③ 郁玉英所作"宋代经典词人前 100 名综合统计"中黄庭坚排名第 17 位;"宋词经典名篇前 300 名数据统计"中黄庭坚只有两首词入选,其中《清平乐》(春归何处)排在第 112 名,《念奴娇》(断虹霁雨)排在第 260 名。参阅郁玉英著《宋词经典的生成及嬗变》,中国社会科学出版社 2016 年版,第 77—83 页,第 56—66 页。

④ [清]彭孙遹:《金粟词话》,见唐圭璋编《词话丛编》,中华书局 1986 年版,第 722 页。

⑤ [清]先著、程洪辑,刘崇德、徐文武点校:《词洁》,河北大学出版社 2007 年版,第 89 页。

表3-2中排到20名开外。王沂孙、周密、陈允平等人甚至没能进入表3-2和表3-3的榜单中。唯一表现正常的是史达祖,他以71首在表3-2中排第3①,但在表3-3中,史达祖只有1首入选。这与我们的预想是不太一致的。众所周知,南宋清雅词人在顺康雍乾时期极受欢迎,谢章铤甚至用"家白石而户梅溪"②来形容雍乾年间的词坛。实际上,笔者在对顺康雍乾时期的唐宋词选和追和词的统计当中,姜夔和张炎等人的排名都是稳定在前几位的,但在词话中,姜、张等人的词却很少。

  词话中唐宋词的计量数据与词选及追和的这种不一致性颇耐人寻味。虽然有人认为传播"是某个人传递刺激以影响另一些人行为的过程"③,但实际上,传播与接受的机制极其复杂。众所周知,词话的主要传播指向是其词学理念,而非词作本身。换言之,如果不考虑文本的具体内容,单纯就统计数据而言,词选入选量及追和词的数量相较于词话中保存的唐宋词数量更能代表清人对唐宋词的喜好及接受程度。

  还有一个很重要的原因不容忽视,《词话丛编》所收成书于顺康雍乾时期的词话中,原创性的词话比如李渔《窥词管见》、沈谦《填词杂说》、刘体仁《七颂堂词绎》、毛奇龄《西河词话》、邹祗谟《远志斋词衷》、彭孙遹《金粟词话》等都成书于清初。而清初词坛受云间词派的影响,还是偏好五代和北宋词的。④ 而像《历代词话》《古今词话》《古今词论》等汇编性质的词话虽然保存的唐宋词最多,但无法反映多少词学接受取向。真正成书于浙西词派风靡大江南北之后的原创性词话只有《词洁辑评》《雨村词话》《戏鸥居词话》《词综偶评》等少数几本。况且其中的《词洁辑评》及《词综偶评》严格来说只是词选的附属品,其评

---

① 史达祖在表3-2中排名之所以很高,主要得益于李调元的《雨村词话》,在卷三中有"史梅溪摘句图",摘得史达祖词警句52条。见唐圭璋编《词话丛编》,中华书局1986年版,第1427—1428页。

② [清]谢章铤:《赌棋山庄词话》,见唐圭璋编《词话丛编》,中华书局1986年版,第3458页。

③ [美]沃纳丁·塞弗林等:《传播学的起源、研究与运用》,福建人民出版社1985年版,第6—7页。

④ 比如清人王煜在《清十一家词选·自序》中说:"清初沿习朱明,未离《花》《草》。"(见《清十一家词选》,台北正中书局1936年版)近人吴梅也指出:"词至清代……其始沿明季余习,以花草为宗。"(见吴梅著《词学通论》,华东师范大学出版社1996年版,第152页)

语当中不太可能保存太多唐宋词,而《戏鸥居词话》则"主要记载清人词作本事"①。

这样看来,统计数据显示的唐五代北宋词人及作品超过南宋,姜夔和张炎等词人的词流传较少也就不难理解了。但无论如何,词话中保存姜、张等清雅词人的词过少,说明人们关注的也少。另外,即使从《词话丛编》所收顺康雍乾时期词话所反映的词学接受理论来看,也很难看出非常明显的尊南宋的倾向。这一切是否也可以说明,至少在词话中,姜、张词在该时期并不如我们所想象的那样受推崇。

二、唐宋词在词话中的传播方式

从上文的统计数据可以看出,唐宋词在词话中的传播形式多样,其中有些方式为词话所独有,有些与其他书籍传播方式有相似之处,但又不完全相同,下面分别阐述之。

(一)品评与赏析

普通大众的文化素养和知识储备有限,对于词的鉴赏能力不足。因此,词学名家的品评赏析往往能助其充分挖掘词的内在意蕴美,加深对词的理解。正如丹尼斯·麦奎尔等人在《大众传播模式论》一书中所言,社会精英和普通大众对于社会信息和问题的感知能力是不一样的,而"这种差异也会导致精英阶层试图通过直接干预事件或控制媒体渠道来操纵公众的感知"②。从表3-1数据看,评论与鉴赏类的传播约占53.90%,在所有词话传播形式中占比最大。顺康雍乾时期有很多词话以品评为最重要的手段。像《花草蒙拾》正如王士禛所言是其"往读《花间》《草堂》,偶有所触"③之心得;无独有偶,《词洁辑评》也是先著、程洪二人对其所编词选《词洁》中词作的点评;《词综偶评》是许昂霄对《词综》部分词作的评论。其他词话虽不是专门点评唐宋词,但品评和赏析在其中一定会占据不小的篇幅。这样借助词话品评的影响扩大其传播效应的例子不胜枚举。

(二)笺注与阐释

从表3-1可知,词话中保存的唐宋词,笺注与阐释类约占19.38%,这种笺

---

① 王兆鹏:《词学史料学》,中华书局2004年版,第445页。
② [英]丹尼斯·麦奎尔、[瑞典]斯文·温德尔著,祝建华译:《大众传播模式论》,上海译文出版社2008年版,第29页。
③ [清]王士禛:《花草蒙拾》,见唐圭璋编《词话丛编》,中华书局1986年版,第673页。

释对于普通受众而言，无疑很有必要。尤其是一些僻典，以及词中出现的一些特定历史时期的名物、口语等，即使是修为颇高的文人也不一定能明了。李调元《雨村词话》中就有很多这方面的笺释，秦观词以婉约韵秀见长，但也有些词与黄庭坚类似，好用当时的俚语，令人费解。李调元认为，秦观《品令》中出现的"胳织""衡""倚赖"都是当时的口语，"掉又矇""压一""咭咭"等词语是当时歌女的语气词。① 除此之外，还有语音与用韵方面的笺释。吴文英《唐多令·惜别》写自己羁旅行役途中的身世漂泊，同时渲染了与心上人依依惜别之情。关于该词"何处合成愁，离人心上秋"一句中"合"字读音，许昂霄注曰："'合'，古沓切。"② 如果没有许昂霄的笺释，大多数人恐怕还是会把这个"合"字读错。还有对词韵的解读，比如陈允平的《探春》，许氏云："'柳'字、'酒'字，俱借叶。"③ 另外还有对词句出处的解读，如章楶"点画青林，全无才思"一句，许昂霄就指出其本于韩愈《晚春》诗"杨花榆荚无才思"；而"时见蜂儿，仰粘轻粉"则出自杜甫《独酌》诗中"仰蜂粘坠絮"一句④；等等。

（三）辨讹与纠谬

唐宋词在传播的过程中，由于种种原因，难免会出现讹误，有些是无心的失误，也有一些是主观的篡改。词话在唐宋词的传播过程中会担负起辨讹和纠谬的功能。上文统计数据显示，辨正类型的传播约有 39 首（句），占比不到 2%⑤，但也有其不可或缺的价值。辨讹与纠谬表现在很多方面，首先是厘正词作归属。如贺裳《皱水轩词筌》中对《浣溪沙》（枕障熏炉隔绣帏）和《点绛唇》（新月娟娟）二词作者的考辨就很有代表性。⑥ 在赵崇祚所编《花间集》中，《浣溪沙》（枕障熏炉隔绣帏）被归属于张泌；贺裳则根据孙光宪《北梦琐言》疑为张曙所作。曾昭岷等人编《全唐五代词》，将其在张泌和张曙名下两存之。⑦ "新月娟

---

① ［清］李调元：《雨村词话》，见唐圭璋编《词话丛编》，中华书局 1986 年版，第 1395 页。
② ［清］许昂霄：《词综偶评》，见唐圭璋编《词话丛编》，中华书局 1986 年版，第 1562 页。
③ ［清］许昂霄：《词综偶评》，见唐圭璋编《词话丛编》，中华书局 1986 年版，第 1563 页。
④ ［清］许昂霄：《词综偶评》，见唐圭璋编《词话丛编》，中华书局 1986 年版，第 1553 页。
⑤ 辨正类的数据较少，在表 3-1 中没有单独归类，而是分属于表 3-1 中的"笺注与阐释"和"其他"类。
⑥ ［清］贺裳：《皱水轩词筌》，见唐圭璋编《词话丛编》，中华书局 1986 年版，第 712 页。
⑦ 曾昭岷、曹济平、王兆鹏、刘尊明编著：《全唐五代词》，中华书局 1999 年版，第 180 页。

娟"一首,调寄《点绛唇》,《花庵词选》认为乃苏过所作,但贺裳认为其为汪藻所作,其依据是"稗史"①。唐圭璋先生在《宋词互见考》中则依据吴曾《能改斋漫录》和王明清《玉照新志》之记载,加之汪藻同时期人黄公度有该词的和作,认为该词的作者当为汪藻无疑。② 贺裳的考证虽未最终确定作者的归属,"聚讼而不能决者也",但他提出了很有价值的线索,为后来的研究打下了坚实的基础。其次是纠正字句错误。比如东坡《荷花媚》"妖邪无力"一句中的"妖"字,李调元依据白乐天《长庆集》诗自注认为"'妖'应作'夭',音'歪'"③。再比如毛先舒《词辩坻》云范仲淹《御街行·秋日怀旧》"天淡银河垂地"一句中"天淡"二字,别本或作"天汉"。毛先舒认为这样一来风味顿减,况且银河即已表达了"汉"的意思,如此就有语意重复之嫌,因此,"当为'淡'字无疑"④。

然而,词话在传播唐宋词的过程中虽然有辨讹和纠谬,但由于种种原因,编撰者自身也会犯一些错误。还有些词话在引用唐宋词时态度不够审慎,张冠李戴以及引文上的错讹现象亦不在少数。沈雄《古今词话》、徐釚《词苑丛谈》以及李调元《雨村词话》等都或多或少地存在这种问题。如陈师道《浣溪沙》"安排云雨娶新晴"一句,李调元极称其下字用语之尖新而工稳,并云"'娶'字未经人道"⑤。其实,原文应该是"要新清"而非"娶新晴",李氏未核验更多文献,还煞有介事地说"'娶'字未经人道",就贻笑大方了。类似的讹误还有不少,比如误将李之仪当作南宋人,误认为程垓为苏轼的中表兄弟等。

(四)纪事与述闻

王兆鹏先生曾云:"一篇作品,如果有创作本事或传播本事,往往能够提高作品的知名度,受人注目,从而促进其传播。"⑥从表3-1可以看出,词话靠本事和趣闻传播的唐宋词约占22.79%,这也是一个不小的比例。表3-3中,43首流传最广的唐宋词中,27首都有相应的词作"本事"或"趣闻"。排名前十的词

---

① 按,该"稗史"当指宋人王明清所著《玉照新志》。
② 唐圭璋:《宋词互见考》,见唐圭璋著《宋词四考》,江苏文艺出版社2009年版,第181页。
③ [清]李调元:《雨村词话》,见唐圭璋编《词话丛编》,中华书局1986年版,第1393页。
④ [清]毛先舒:《词辩坻》,见朱崇才编《词话丛编续编》,人民文学出版社2010年版,第109页。
⑤ [清]李调元:《雨村词话》,见唐圭璋编《词话丛编》,中华书局1986年版,第1402页。
⑥ 王兆鹏:《中国古代文学传播方式研究的思考》,《文学遗产》2006年第2期。

作中有 8 首都有相关的故事。记录词作本事与趣闻本就是词话的重要功能之一,早期词话诸如杨绘《时贤本事曲子集》、杨湜《古今词话》、周密《浩然斋词话》等都以纪事和述闻为主。清代沈雄编著的《古今词话》、王奕清等人编的《历代词话》也附录了大量词人逸事。这些词话中记载的词作本事非常有助于词的传播,尤其是一些有曲折情节的词话本事。以陆游的《钗头凤》为例,据笔者统计,顺康雍乾时期,《词话丛编》中关于陆游《钗头凤》的传播次数为 4 次,且 4 次都是通过本事传播。最早记录《钗头凤》本事的是陈鹄的《耆旧续闻》和周密的《齐东野语》。清代较早记录该词的词话是贺裳的《皱水轩词筌》:

> 宋陆务观春游,遇故妇于禹迹寺南之沈园,妇与酒肴,陆怅然赋一词曰:"红酥手,黄縢酒,满城春色宫墙柳。东风恶,欢情薄。一怀愁绪,几年离索。错、错、错!春如旧,人空瘦,泪痕红浥鲛绡透。桃花落,闲池阁。山盟虽在,锦书难托。莫、莫、莫!"①

陆游《钗头凤》这则本事颇符合历代读者的胃口,其中所包含的几个要素,一是陆游与唐婉之间的爱情,"琴瑟甚和"②、"伉俪相得"③;二是爱情所遇到的障碍,"不当母夫人意"④,后又被迫出之,再后来唐婉改嫁;三是沧海桑田物是人非之后的重逢与感叹。所有这些都让人唏嘘不已,再加之陆游的身份,便让这首词具备了广泛传播的特质。虽然吴熊和先生从"陈鹄、周密两家之说多抵牾处""词意及词中时地同唐氏身份不合""《钗头凤》词调流行于蜀中,陆游是承蜀中新词体而作的"等三个方面质疑词作本事的真实性⑤,但陈鹄、周密与陆游的年代相去不远,其记载的真实性恐不应轻易否定。况且,从词作本身来看,感情真挚,语言优美,无论从哪个角度来说都属上乘之作。因此,除了《皱水轩词筌》外,王奕清《历代词话》、沈雄《古今词话》等都有相关记载,加速了该词的

---

① [清]贺裳:《皱水轩词筌》,见唐圭璋编《词话丛编》,中华书局 1986 年版,第 710 页。
② [宋]陈鹄:《耆旧续闻》卷十,见周光培编《历代笔记小说集成:宋代笔记小说(十四册)》,河北教育出版社 1995 年版,第 408 页。
③ [宋]周密:《齐东野语》卷一,见周光培编《历代笔记小说集成:宋代笔记小说(八册)》,河北教育出版社 1995 年版,第 39 页。
④ [宋]陈鹄:《耆旧续闻》卷十,见周光培编《历代笔记小说集成:宋代笔记小说(十四册)》,河北教育出版社 1995 年版,第 408 页。
⑤ 参阅吴熊和《陆游〈钗头凤〉词本事质疑》,见吴熊和《唐宋词通论》,浙江古籍出版社 1989 年第 2 版,第 438—445 页。

传播。其他一些主要靠本事趣闻传播的词有:

表3-4 顺康雍乾时期靠本事趣闻传播较多的唐宋词统计

词牌	首句	词人	本事趣闻	词牌	首句	词人	本事趣闻
满庭芳	山抹微云	秦观	5	渔家傲	塞下秋来风景异	范仲淹	4
虞美人	春花秋月何时了	李煜	5	钗头凤	红酥手	陆游	4
摊破浣溪沙	菡萏香销翠叶残	李璟	5	采桑子	初离蜀道心将碎	花蕊夫人	4
千秋岁	水边沙外	秦观	5	念奴娇	素飚漾碧	曾觌	4
临江仙	樱桃落尽春归去	李煜	4	风入松	一春长费买花钱	俞国宝	4

三、词话传播唐宋词的特点和效应

通过上面的数据分析,再加上对词话文本的研读,我们会发现,词话传播唐宋词有着与其他文献不一样的特点,并在一定程度上影响了唐宋词的传播效应。具体而言,包括以下几个方面:

(一)小众化

与词选不一样的是,词话除了选录和评论那些脍炙人口的经典之作外,还会保存大量很有特色的小众化词作。这些词或是作者身份独特,比如女性词作者、僧、道、帝王等;或是创作背景特殊;或是主题、题材罕见;或是形式独特,比如戏谑词、回文词、集句词、唱和词等。这些小众化的词大致可分为稀见之作和仅见之作。

一是稀见之作。顺康雍乾时期的一些词话所记载的词也许并非其独有,但往往在其他书籍中很少见,尤其是历代词选中很少选录,这在唐宋词的保存和传播方面也具有一定的价值。比如《雨村词话》云秦观词散落遗失之作"多见别本,而时刻不载"①。无独有偶,黄孝迈有两首咏物词之片段非常罕见,"黄集不传,他选本亦失之"②,而被郭麐收录于其词话中。再比如,北宋词人欧阳修有两组《渔家傲》词,都是以联章的形式分别吟咏十二个月,一组重在描绘时节变迁以及风俗民情,另一组侧重写每月之景物,融情于景。前者保存在李调元《雨

---

① [清]李调元:《雨村词话》,见唐圭璋编《词话丛编》,中华书局1986年版,第1394页。
② [清]郭麐:《灵芬馆词话》,见唐圭璋编《词话丛编》,中华书局1986年版,第1537—1538页。

村词话》中,并云"选词家多不采"①。或许正是因为这些联章词达 12 首之多,选家一般不可能都选,但只选一两首恐又不能代表其全貌,故尽数舍弃。另一方面,这些词与民歌类似,难入正统文人选家之法眼。类似情形在第二组《渔家傲》中亦有所体现。无论是何种原因导致的"本集中亦未尝载"②或"选词家多不采",都从反面印证了词话在保存和传播唐宋词方面所具之价值。选词家不选,必然导致这两组词的传播效应远低于欧阳修的其他词。而词话中的记载恰好可以在一定程度上弥补这个缺憾。

二是仅见之作。谭新红《宋词的书册传播》一文统计了《全宋词》中辑自词话的词作数量为 27 首③,这 27 首当指仅见于词话,不见于其他文献的词作数量。就顺康雍乾时期而言,笔者据宋娟《宋代笔记在〈全宋词〉编纂中的史料价值》一文,《全宋词》编纂者从《雨村词话》中辑得宋词 2 首,从《词苑丛谈》中辑得 1 首,从《皱水轩词筌》中辑得 2 首。④ 数量虽不是很多,但也体现了其应有的价值。另外,有些词虽不是佚词的直接来源,但为辑佚提供了一定的史料线索,后人按图索骥,即可找到词作的原始出处,客观上也间接实现了唐宋词的辑佚。比如清人查礼《铜鼓书堂词话》中借助《延祐四明志》,搜集到南宋人楼扶的《沁园春》一词。⑤ 后来唐圭璋先生在编选《全宋词》时辑录楼扶词三首,其中就包括这首词,注云辑自"《延祐四明志》卷七"⑥。唐圭璋先生很有可能是受查礼《铜鼓书堂词话》此则材料的启发,再去校核《延祐四明志》原书,最终找到了楼扶的这首佚词。

词话对唐宋词的小众化传播客观上保存了很多珍贵的词学资料,许多词名不显的词作者之生平履历资料及其词作赖词话的记载得以保存至今,还有一些著名词人的不甚有名的词作亦是如此。尤其是有些词话所引用的材料,现在已

---

① [清]李调元:《雨村词话》,见唐圭璋编《词话丛编》,中华书局 1986 年版,第 1392—1393 页。

② [宋]杨绘:《时贤本事曲子集》,见唐圭璋编《词话丛编》,中华书局 1986 年版,第 6—8 页。

③ 谭新红:《宋词的书册传播》,《武汉大学学报(人文科学版)》2008 年第 1 期。

④ 参阅宋娟《宋代笔记在〈全宋词〉编纂中的史料价值》,吉林大学 2012 年博士学位论文,第 82—90 页。

⑤ [清]查礼:《铜鼓书堂词话》,见唐圭璋编《词话丛编》,中华书局 1986 年版,第 1484 页。

⑥ 唐圭璋编:《全宋词》,中华书局 1999 年版,第 3758 页。

经难以见到,如沈雄《古今词话》中所引《梅荻词话》,《历代词话》所引《东溪词话》《温叟词话》等。因此,词话的小众化传播在词史上有着不可低估的价值和意义。

(二)碎片化

词话中保留了很多唐宋词的片言只语,"佚篇断句往往而有"①,这也是词话传播唐宋词一个很特别的方式。从表3-1可以看出,词话中的唐宋词以残篇断句为主,占68.99%,而全篇只占27.46%,只言片语占了近七成。再以表3-2为例,苏轼的词被传播了119次,其中片段就达78次,占比高达65.60%。牛峤、孙光宪、晏殊、毛熙震、顾敻、曹组、张孝祥、孙夫人等人的词则几乎全靠碎片化传播,没有全篇传播。表3-3流传最广的43首词中,片段总数为245句,而全篇只有34首,片段与全篇之比约为7∶1。由此可以看出,词话中的唐宋词传播呈现出明显的碎片化倾向,与词选及别集的传播方式迥异。王又华《古今词论》中记载有一则张祖望的论述就很有代表性:

> 张祖望曰:词虽小道,第一要辨雅俗,结构天成。而中有艳语、隽语、奇语、豪语、苦语、痴语、没要紧语,如巧匠运斤,毫无痕迹,方为妙手。古词中如"秦娥梦断秦楼月""小楼吹彻玉笙寒""香老春芜,偿尽迷楼花债",艳语也。"对桐阴、满庭清昼""任老却芦花,秋风不管""只有梦来去,不怕江阑住",隽语也。"试问琵琶,胡沙外、怎生风色""河星潋滟春云热""月轮桂老,撑破珠胎""柳锁莺魂",奇语也。"卷起千堆雪""任天河水泻,流干银汁""易水萧萧西风冷,满座衣冠如雪",豪语也。"泪花落枕红绵冷""黄昏却下潇潇雨""杨柳梢头,能有春多少""断送一生憔悴,能消几个黄昏""断魂千里,夜夜岳阳楼",苦语也。"海棠开后,望到如今""惟有楼前流水,应念我、终日凝眸""蟋蟀哥哥,倘后夜暗风凄雨。再休来、小窗悲诉",痴语也。"这次第怎一愁字了得""怕无人、料理黄花,等闲过了""一寸相思千万结""人间没个安排处",没要紧语也。②

短短的一则词话中收录了23首词的片段。张祖望对词中的"艳语""隽语"

---

① 《渚山堂词话提要》,见[清]纪昀等《钦定四库全书总目》(整理本),中华书局1997年版,第2808页。
② [清]王又华编:《古今词论》,见唐圭璋编《词话丛编》,中华书局1986年版,第605页。

"奇语""豪语""苦语"等都引用具体的词句予以阐释。姑且不论其概括及例证是否恰当与精确,毋庸讳言,这些唐宋词片段正是因为词话获得了更为广泛的传播。词话中的唐宋词片段多为词中警句。比如刘体仁《七颂堂词绎》称宋祁《玉楼春》"红杏枝头春意闹"一句,匠心独运,其中一个"闹"字真可谓卓绝千古。① 又如贺铸《青玉案》"一川烟草,满城风絮"等几句,千百年来被无数人传扬,贺铸也因此被称为"贺梅子"。很多清人词话引用了贺铸的这一名句,沈谦称其"不特善于喻愁,正以琐碎为妙"②,后来吴衡照《莲子居词话》和刘熙载《艺概》也都对其进行了评论和赏析。李调元更是在《雨村词话》卷三中专辟一章云"史梅溪摘句图",摘录史达祖词中之警句。这些词话对唐宋词的片段化传播效应,是很多其他传播媒介所难以比拟的。名人推崇加上传播形式的短小精悍,使得这些唐宋词名句能获得比普通词作更高的传播频次和更广的传播效果。

如上所述,唐宋词的碎片化传播具备其特有的优势。另外,就传播学的原理而言,很少有人能够记住词的全篇,而只能记住其中的名句。而且,如果真正感兴趣,人们自然也会由这些语句进而找到该首词的全文。不过,表3-1中统计的唐宋词虽然有2000多首,但近七成都是片段。还有76首仅仅是在词话中提及,连片言只语都没有。真正完整的词作只有588首,这其中还有很多是重复的。这样的传播方式虽然有助于读者记住一些名言警句,但从文献保存的角度来看,是远远不够的。

(三)趣味化

如上文所述,唐宋词借助词作本事实现传播与接受,具有先天的优势。唐宋词一旦与"故事"联系在一起,往往能传播得更久远。《风入松》(一春常费买花钱)就是一首借助词话本事获得广泛传播的宋词。该词在顺康雍乾时期词话中被传播4次,其中本事类传播2次。沈雄《古今词话》转述了该词的本事始末:

> 《古今词话》曰:俞国宝于淳熙年,题一词于断桥酒家屏风上云:"一春常费买花钱,日日醉湖边。玉骢惯识西湖路,骄嘶过、沽酒楼前。红杏香中歌舞,绿杨影里秋千。暖风十里丽人天,花压鬓云偏。画船载得春归去,余

---

① [清]刘体仁:《七颂堂词绎》,见唐圭璋编《词话丛编》,中华书局1986年版,第622页。
② [清]沈谦:《填词杂说》,见唐圭璋编《词话丛编》,中华书局1986年版,第632页。

情付、湖水湖烟。明日重携残醉,来寻陌上花钿。"光尧见之称赏,读至"明日重携残醉",笑曰,此句不免酸寒。改携字为扶字,即日予释褐。①

沈雄云该本事出自《古今词话》,当指宋人杨湜所编同名词话,但该书早佚,今人所辑录的《古今词话》并无该本事的记载。而《历代词话》云采自《中兴词话》,《中兴词话》是宋人黄昇所著,今亦不见,魏庆之《诗人玉屑》中有《中兴词话》补遗,但其中亦无该词相关记载。较早收录该词的是南宋人赵闻礼所编《阳春白雪》,周密《武林旧事》卷三也记载了该词的本事,这应是这首词目前能查到的最早记录。主人公俞国宝就因为写了这首词,并题写于西湖边一家酒馆的屏风上,恰好被宋孝宗看到,并因此而"释褐",踏上仕途。这种仕途上的"艳遇"很符合封建文人的心理预期。王世贞就感慨云:"此词之遇者也。"②卓人月也说:"国宝可称天子门生矣。"③俞国宝的这首词之所以能流传下来,以至"屡经记载,稍涉倚声者知之"④、"《风入松》词万口传"⑤,除了词自身的艺术价值外,与该词相关联的"故事"的有趣性是分不开的。这种带有故事与趣闻的唐宋词趣味化传播能极大地满足人们的猎奇心理,这是其他传播方式难以媲美的。

但不可否认的是,逸事趣闻这样的传播途径毕竟还是较为狭隘,毕竟不是每首唐宋词都会有一个曲折动人的故事。同时,词作本事的真实性也值得考证,以周邦彦《少年游》(并刀如水)一词为例,很多词话云其与李师师和徽宗皇帝有关,但王国维先生已辨其伪⑥,这也是我们应该注意的。不过,更多的时候,词作本事的真实性也许并不重要,对于唐宋词而言,这些有趣的"故事"客观上让唐宋词在时间和空间上传播更广了,这才是最重要的。

(四)深度化

郭庆光认为影响传播效应的因素有很多,其中的机制也非常复杂,但在传播过程中最值得我们关注的是传播信息的主体。他指出:"传播者不但掌握着

---

① [清]沈雄:《古今词话》,见唐圭璋编《词话丛编》,中华书局1986年版,第934页。
② [明]王世贞:《艺苑卮言》,见唐圭璋编《词话丛编》,中华书局1986年版,第392页。
③ [明]卓人月:《古今词统》卷十一,明崇祯刻本。
④ [清]况周颐:《蕙风词话》,见唐圭璋编《词话丛编》,中华书局1986年版,第4437页。
⑤ [元]方回:《涌金门城望》三首(其三),见[清]顾嗣立编《元诗选》初集,中华书局1987年版,第202页。
⑥ 王国维:《清真先生遗事》,见[宋]周邦彦著,蒋哲伦校编《周邦彦集》,江西人民出版社1983年版,第165—166页。

传播工具和手段,而且决定着信息内容的取舍选择。"①传播者一般掌握有影响传播效果的主动权,其对传播内容的再加工往往会深深地影响受众。唐宋词词话的传播者多为著名的词学专家,他们对唐宋词的品评、赏析、笺释、辨讹无疑是对传播信息的一种深度加工,这对于提高唐宋词的传播效果将大有裨益。虽然有的词选也会附带品评与笺释,但限于篇幅,不太可能像词话那样充分阐述。而词话的纠谬与辨讹让唐宋词的传播更贴近本真。另外,词话的纠谬往往会有详细的推理过程,这样的推理过程形诸词话,后人就能依据其论述逻辑来进一步判断这样的纠谬是否恰当,这与词选编者直接修改前人词作不同。就传播质量而言,唐宋词经过品评、笺释和辨讹之后的传播是一种深度化传播。正如李世前所云,词话传播与一般的词选传播不一样,"词话作者在传播作品时可以与理论阐释、作品考证等相结合,从而取得更好的传播效果"②。

综上,在传统观念中,词话是研究词论及词学观念的重要材料,研究唐宋词的传播与接受,学界更关注词话的"接受"内涵,而更少论及其"传播"内涵。虽然本书统计的不是词话中保存和传播的全部唐宋词,但亦可尝鼎一脔,窥一斑而见全豹。通过对这些数据的统计与分析,我们对顺康雍乾时期词话中所保存的唐宋词数量颇感惊讶,也对浙西词派所推崇的南宋清雅词在该时期的影响力产生怀疑。唐宋词词话传播所呈现出来的传播对象的小众化、传播形态的碎片化、传播质量的深度化以及传播效果的趣味化等特点也与其他传播方式迥异。所有这些都让我们必须承认,词话不仅是词学理论的载体,还是一种不可忽视的唐宋词传播途径。

第二节 唐宋词在顺康雍乾时期词话中的接受
——以创作方法的研习为中心

对于唐宋词的接受,当然也包括词的写作方法及技巧,这无疑是唐宋词接受一个很重要的方面。如何才能写出一首好词,有什么好的途径和方法,作词

---

① 郭庆光:《传播学教程》,中国人民大学出版社1999年版,第201页。
② 李世前:《清代词话与词的传播关系研究》,河北大学2007年博士学位论文,第20页。

应该注意什么,这是历代词人都会思考的问题。清人在这方面有着得天独厚的优势,因为在他们之前有唐宋词这座历史宝库可供他们发掘,有无数的唐宋词经典可供他们品读、揣摩、学习和借鉴。他们需要做的就是好好总结、归纳其写作技巧,为自己所用。顺康雍乾时期涌现出诸多有关词创作经验和体会方面的词话,李渔《窥词管见》、沈谦《填词杂说》等都是其中的代表。这些词话结合具体的唐宋词作,总结词的创作经验,主要包括以下几个方面:

一、立意、布局与炼词:创作进程的构思

文学创作的一般进程包括最初的命题立意、中途的谋篇布局以及最后的字词句斟酌与打磨。清人在学习接受唐宋词创作方法时,在每个环节都能结合唐宋词的具体词作,总结归纳出值得自己借鉴的理论。

(一)命题立意

文学创作的起点,一般而言是源于"颐情志于典坟",即阅读书籍,心有所感;抑或是"瞻万物而思纷"①,感受四时万物景物变幻及人间冷暖沧桑之后有所触动。在此基础上,人们随即产生创作的冲动和灵感。在这之后,就可以开始命题、立意及构思了。好的立意是作品成功的首要前提,就词的立意而言,很多清人提到了创新。

顺康雍乾时期较早提出立意须创新的是余怀,他在《与姜如须》中说,我辈进行诗歌创作,首先需学习诗歌之平仄押韵等格律知识,这是前提,也不容许我们有创新和发挥的余地。在此基础上方可立意行文,抒发个人之性情,而这恰恰是需要有新意的。即使如李白、杜甫之作,后人"亦不可拾其牙慧,况余子乎?此所谓宁为鸡口,毋为牛后"②。余怀说的虽是诗,但同样适用于词。沈谦在《填词杂说》中则明确提出,作词"立意贵新"③。刘体仁也同样主张"词欲婉转而忌复"④,并指出辛弃疾虽为词坛大家,对于自己所作也颇为自得,但岳珂也指出其《贺新郎》(甚矣吾衰矣)一词中语言和文字组织亦有重复之处。⑤ 另外,

---

① [晋]陆机:《文赋》,郭绍虞主编《中国历代文论选》(一卷本),上海古籍出版社 2001 年版,第 66 页。
② [清]徐士俊、汪淇辑评:《分类尺牍新语》,广益书局 1914 年版,第 15 页。
③ [清]沈谦:《填词杂说》,见唐圭璋编《词话丛编》,中华书局 1986 年版,第 635 页。
④ [清]刘体仁:《七颂堂词绎》,见唐圭璋编《词话丛编》,中华书局 1986 年版,第 617 页。
⑤ [宋]岳珂撰,吴敏霞校注:《桯史》,三秦出版社 2004 年版,第 88 页。

他认为即使像姜白石这样的南宋名家,其咏蟋蟀名作《齐天乐》中"露湿铜铺"和"候馆吟秋"两句,在立意和手法也有重复和缺乏创新之处。

文学创作应创新,这不是到了清代才有的意识,历朝历代主张创新者不乏其人。词在历经宋代的繁荣、元代的沉寂、明代的芜累之后,迎来了清代的复兴。在继承前人遗产的同时,如何才能有所创新是摆在清人面前的新课题。

李渔在《窥词管见》中对这个问题做了较为详尽的阐述:

> 文字莫不贵新,而词为尤甚。不新可以不作,意新为上,语新次之,字句之新又次之。所谓意新者,非于寻常闻见之外,别有所闻所见,而后谓之新也。即在饮食居处之内,布帛菽粟之间,尽有事之极奇,情之极艳,询诸耳目,则为习见习闻;考诸诗词,实为罕听罕睹;以此为新,方是词内之新,非《齐谐》志怪、《南华》志诞之所谓新也。人皆谓眼前事,口头语,都被前人说尽,焉能复有遗漏者?予独谓遗漏者多,说过者少。唐宋及明初诸贤,既是前人,吾不复道,只据眼前词客论之,如董文友、王西樵、王阮亭、曹顾庵、丁药园、尤悔庵、吴菌次、何醒斋、毛稚黄、陈其年、宋荔裳、彭羡门诸君集中,言人所未言,而又不出寻常见闻之外者,不知凡几。由斯以谭,则前人常漏吞舟,造物尽留余地,奈何泥于前人说尽四字,自设藩篱,而委道旁金玉于路人哉。词语字句之新,亦复如是。同是一语,人人如此说,我之说法独异。或人正我反,人直我曲;或隐约其词以出之,或颠倒字句而出之,为法不一。昔人点铁成金之说,我能悟之。不必铁果成金,但有惟铁是用之时,人以金试而不效,我投以铁,铁即金矣。彼持不龟手之药而往觅封侯者,岂非神于点铁者哉?所最忌者,不能于浅近处求新,而于一切古冢秘笈之中,搜其隐事僻句,及人所不经见之冷字,入于词中,以示新艳,高则高,贵则贵矣,其如人之不欲见何。①

李渔主张文章著述贵在一个"新"字,而词更是如此,没有创新意识的词不作也罢。欲写出有新意的词,须做到"意新为上,语新次之,字句之新又次之"。李渔关于文学创作的创新理论较其他人而言更具体,也更有层次感,不但主张要创新,而且指出了创新的三级目标。不过,从实际论述来看,其所谓"语新"和"字句之新"多有重复和交叉之处,基本可以合二为一,笼统指词的语言和字句

---

① 李渔:《窥词管见》,见唐圭璋编《词话丛编》,中华书局1986年版,第551—552页。

求新。李渔对这两个方面都做了具体解读,其所谓的"意新",指的就是作者的构思设想乃至写作主旨要有新意。李渔认为立意之新并不是要搜肠刮肚去搜奇猎异,在他看来,日常生活、家长里短中同样可以发现新意,这是很有创见的。对于词语字句之新,李渔给出的方法是"或人正我反,人直我曲",给人营造一种陌生化的新奇之感;也可以"隐约其词",含蓄而隐晦地表达主旨;或是"颠倒字句",打破常规的遣词造句方式。但他同样也告诫我们,不能在故纸堆中搜寻僻典和罕见之字词以炫人耳目。同时,李渔认为追求词之语言字句的创新也要掌握一个适度原则,须"新而妥,奇而确",既要新奇,也须妥帖而准确。不能为了追求字句的新奇,而致使词不达意或违反了事物的基本逻辑。

最值得我们注意的是,李渔还谈及了意新和语言字句之新的辩证关系。他强调相较于文学创作的其他方面,"意新"是最核心的要求。在词的创作中,立意成功与否往往决定了一首词能不能成为传世佳作,而其次才是讲求语言字句的新颖。但李渔认为,一首词要想同时做到立意之新和语句之新很难,即使"具八斗才者,亦不能在在如是"。他指出,如果能做到立意极具创新性,"词语稍旧"也无妨;反之不能做到"意新",则须在语言字句上让人耳目一新。总体而言,李渔并未孤立地阐述命题立意,而是结合词的语言字句条分缕析,颇具思辨色彩。

诚然,命题立意的创新是任何时代词创作的内在驱动力。温庭筠首开花间绮丽温婉之风是创新,柳永大量写作慢词、开拓都市羁旅题材是创新,苏轼以诗为词新天下之耳目也是创新,辛弃疾以文为词"横绝六合,扫空万古"更是创新,吴文英的"七宝楼台"又何尝不是创新?清人主张命题立意的创新正是对这一思想的传承与接受。因此,我们无须费尽心力去探究清人主张创新的原因。面对唐宋词这座历史高峰如何推陈出新,实际上清人已经做出了自己的努力,也取得了不错的成就。关于这一点,张宏生在《清代词学的建构》一书的导言中做过一番归纳,他从清词的境界更加开阔、清人增加了学人之词一派、词派纷呈、词学理论的繁荣、词人众多作品数量惊人、清词风格更多样等六个方面肯定清词的成就。[①] 这些成就的取得,无不彰显了清人的创新意识。

(二)谋篇布局

具备好的立意和构想之后,随之即为谋篇布局,此亦为词创作的重要课题。

[①] 张宏生:《清代词学的建构》,江苏古籍出版社1998年版,第1—3页。

这其中又涉及起句、结尾、行文安排等诸多方面。

首先是起句。好的发端往往能先声夺人,吸引读者往下阅读。如何发端,沈雄认为,好词"起句言景者多"①。这是一个重要的论断,初学写词者往往不知如何开篇,而以景开头是一个很不错的选择。从唐宋词的创作实践来看,沈雄的这个发现是很多词人处理词之开篇的不二选择。同时,沈雄反对起句太过质实,所谓"质实",即词之开头太过平直而拘于事实,缺乏一种灵动缥缈之美。他同时指出,整首词的起句应该照应全篇,不能游离于全词之外。

相对于起句而言,清人更关注的是词的结尾,也更看重词的结尾。在这方面,清人的相关论述更夥。关于结尾的重要性,李渔在《窥词管见》中有详细阐述。他认为,一般而言,词选的编者在选词时也会面临种种考量,如遇到开篇不错但草草结尾的词作,往往会弃而不用;反之,如遇到开头部分不是特别好但结尾出彩之词,"即释手不得"②。在李渔看来,一首词如果不能做到首尾俱佳的话,宁可把精彩之处放在篇末。这样的说法不无道理,从心理学的角度来说,我们习惯于对最新、最近的刺激更敏感,一个好的结尾对于提升整首词的水平是大有裨益的。

既然结尾如此重要,那应该如何更好地结尾呢?沈谦认为一首好词,其结尾应"动荡""迷离"③,这样的词才有意境,才经得起推敲和品味。如果写得过于质实,则属于败笔。所谓"动荡""迷离",当指词的结尾应呈开放状态,让读者有回味与想象的空间。他指出很多唐宋词的结尾具有这些特点,比如康与之《卖花声·闺思》以杨花漫天飞舞结尾,衬托闺中人思绪之纷乱;晏几道《木兰花》(秋千院落重帘暮)结尾借紫骝马仍识得旧时与心上人欢聚之处,含蓄地表达刻骨相思之情。两首词的结尾,都很好地体现了上述特点。美国作家海明威曾提出著名的文学创作之冰山原则。他认为,好的文学作品呈现给读者看的只能是冰山一角,隐没于水中的大部分冰山需要读者去想象和发掘。词的结尾也应当有这样的效果。

沈雄也表达了相似的观点:"结句如《水龙吟》之'作霜天晓''系斜阳缆',

---

① [清]沈雄:《柳塘词话》,见葛渭君编《词话丛编补编》,中华书局2013年版,第797页。
② [清]李渔:《窥词管见》,见唐圭璋编《词话丛编》,中华书局1986年版,第555页。
③ [清]沈谦:《填词杂说》,见唐圭璋编《词话丛编》,中华书局1986年版,第633页。

亦是一法。如《忆少年》之'况桃花颜色'，《好事近》之'放真珠帘隔'，紧要处前结，如奔马收缰，须勒得住，又似住而未住。后结如众流归海，要收得尽，又似尽而不尽者。"①他提出的"似住而未住""似尽而不尽"与沈谦的看法非常相似。不同的是，他更强调结尾要能"勒得住"，能"收得尽"，也就是说在保证词韵味的前提下，结尾也必然是对全篇的自然收束，要使作品首尾呼应，结构合理。张星耀则不仅认识到全词结尾的问题，还注意到了上阕的结尾。他说："词之前后两结，最是要紧。通首命脉，全在于此。前结如奔马收缰，要勒得住，还存后面余地，仍有住而不住之势。后结如众流归海，要收得尽足完，通首脉络，仍有尽而不尽之意。"②张星耀的观点与沈谦和沈雄相比并无特别之处，同样是强调"有尽而不尽之意"，但他提出的"前结"则是其他人绝少提及的。所谓"前结"应该就是上阕的结尾，他认为上阕结尾要"勒得住"，即对前文是一个较好的收束，又要留有"余地"，能够很好地衔接下文。

通过前面的分析，我们发现，清人提出的词要有开放而有韵味的结局，一般是要以景结尾，以景结尾才能达到这样的效果。但也有清人有不同的看法，刘体仁在《七颂堂词绎》中有一段论述，也很有借鉴意义："词起结最难，而结尤难于起，盖不欲转入别调也。'呼翠袖、为君舞''倩盈盈翠袖、揾英雄泪'，正是一法。然又须结得有'不愁明月尽，自有夜珠来'之妙乃得。美成《元宵》云：'任舞休歌罢。'则何以称焉？"③他首先指出，结句不应"转入别调"，这其实也是强调结尾要与整个词的基调、氛围相一致。更重要的是，他列举的张镃《贺新郎》中的"呼翠袖、为君舞"、辛弃疾《水龙吟》中的"倩盈盈翠袖、揾英雄泪"都不是以景结尾，而是以叙事结尾，但同样起到了很好的效果。张镃词的结尾看起来显得有些突兀，这恰恰增加了词的想象空间；辛词结尾是一个很自然的感情抒发的休止符，也是全文感情的高潮。这样看来，无论是摹景还是叙事，只要手法得当、情感真挚，都可以是好的结尾。

前面说的是开篇和结尾，就整个词的结构而言，清人也从唐宋词中总结了

---

① [清]沈雄：《柳塘词话》，见葛渭君编《词话丛编补编》，中华书局2013年版，第797页。

② [清]张星耀：《词论》，见朱崇才编纂《词话丛编续编》，人民文学出版社2010年版，第198页。

③ 刘体仁：《七颂堂词绎》，见唐圭璋编《词话丛编》，中华书局1986年版，第618页。

很实用的技巧。李渔在《窥词管见》中对双调词的创作方法做了详细的阐述,他主张双调词虽分两段,但前后之间须"联属"。所谓"联属",指的就是上下阕在结构上、意蕴上要连贯,要浑然一体。即使上下阕所写为两件不同之事,也要注意其内在的逻辑,让读者能感觉到二者的联系。最好能在上阕结尾和下阕起始处,"用一二语或一二字作过文"①,以此做好过渡与衔接,不能显得太过突兀,这都是很有见地的。毛先舒以苏轼《贺新郎》《卜算子》和周邦彦《琐窗寒》为例,认为宋人填词谋篇布局一般为"前半泛写,后半专叙"②。何为"泛写",何为"专叙",毛先舒语焉不详。东坡《贺新郎》(乳燕飞华屋)一词上阕写官妓秀兰午后沐浴小睡,被风吹竹的声音惊扰,交代其迟到的缘由;下阕则借石榴花表达孤芳高洁、自伤迟暮的情感。周邦彦的《琐窗寒·寒食》上阕写寒食之景,下阕则为感怀,其中既有漂泊羁旅的倦怠,亦有事业无成的伤感,还有对故园的怀想。从这几首词来看,毛先舒所谓"泛写"当指开阔的场景,"专叙"可理解为抒情。同样地,先著则以吴文英《珍珠帘》(密沈炉暖余烟袅)一词为例,总结出了宋人通常在上阕从视觉与听觉等不同角度赋眼前事,摹眼前景;下阕则通常由眼前之景与事联想到自身,抒发情感。但如果仅限于此,还嫌不够,往往最后又会将思绪拉到眼前,"宋人词布局染墨多是如此"③。这的确是很多宋词精品的惯用结构,先著的总结与点评非常到位。

(三)炼字炼句

字、词、句是词的基本构成要素。词的创作,一般先确定主题,随后选择合适的词牌,再把词的整体框架结构打好。在这些基本的工作做好之后,初步拟出草稿,接下来最重要的就是要炼字炼句。字、词、句的精雕细刻可以提升整首词的水准。该时期词人也借鉴和总结了唐宋人在这方面的经验。比如沈雄《古今词话》"词品"下卷中有"用字"及"句法"两则,详细列举唐宋词在炼字炼句方面的例证,字法及句法的例证都达上百条之多。④ 书中还有关于"叠句""对句"

---

① [清]李渔:《窥词管见》,见唐圭璋编《词话丛编》,中华书局1986年版,第557页。
② [清]毛先舒:《词辩坻》,见朱崇才编纂《词话丛编续编》,人民文学出版社2010年版,第110页。
③ [清]先著、程洪:《词洁辑评》,见唐圭璋编《词话丛编》,中华书局1986年版,第1360页。
④ [清]沈雄:《古今词话》,见唐圭璋编《词话丛编》,中华书局1986年版,第855—876页。

第三章 唐宋词在顺康雍乾时期词话中的传播与接受

创作方法的论述。另外,其"词品"上卷中有"复字""衬字""隐字"的用法,先引用前人的说法,再详细阐述自己的经验。① 李调元《雨村词话》卷一也列举了唐宋词中大量的"字""词",分析其用法。② 所有这些,都可以看出清人在这方面所做的努力。

通过这些材料,我们可以一窥该时期学人关于词语言方面的基本追求是自然,这种自然是经过千锤百炼、镂玉雕琼之后的一种"人工化"的自然。这样的观点我们在很多材料中都能看出来:

> 若复追琢字句,而后出之,恐稍稍不近自然,反使玉宇琼楼堕入云雾,非胜算也。③
> ——李渔《窥词管见》

> 词以自然为宗,如秋水不事雕琢,而动中羽商。④
> ——曹溶《秋水词题词》

> 词之最丑者,为酸腐,为怪诞,为粗莽。然险丽贵矣,须泯其镂划之痕乃佳。⑤
> ——贺裳《皱水轩词筌》

> 词以自然为宗,但自然不从追琢中来,便率易无味。⑥
> ——彭孙遹《金粟词话》

> 《锦瑟词》唯雕组而不失天然,故为佳。⑦
> ——董以宁《蓉渡词话》

无论是董以宁主张的"雕组而不失天然",还是李渔的"新奇未睹之语,务使一目了然";无论是贺裳的"须泯其镂划之痕乃佳",还是彭孙遹主张的词之自然

---

① [清]沈雄:《古今词话》,见唐圭璋编《词话丛编》,中华书局1986年版,第841—844页。
② [清]李调元:《雨村词话》,见唐圭璋编《词话丛编》,中华书局1986年版,第1385—1402页。
③ [清]李渔:《窥词管见》,见唐圭璋编《词话丛编》,中华书局1986年版,第552页。
④ [清]曹溶:《秋水词题词》,见冯乾编校《清词序跋汇编》,凤凰出版社2013年版,第60页。
⑤ [清]贺裳:《皱水轩词筌》,见唐圭璋编《词话丛编》,中华书局1986年版,第701页。
⑥ [清]彭孙遹:《金粟词话》,见唐圭璋编《词话丛编》,中华书局1986年版,第721页。
⑦ [清]董以宁:《蓉渡词话》,见朱崇才编《词话丛编续编》,人民文学出版社2010年版,第97页。

须"从追琢中来",都表达的是差不多的美学追求,即寻求一种追琢后的自然。其实,这也不难理解,唐宋词中的精品,其语言都具备这样的特点。即使像李煜、李清照这样看似纯用白描,清水出芙蓉天然去雕饰的词人,其作品语言也是经过提炼加工的,看似不费劲实则也蕴含着深厚的语言功力。不过,总体而言,五代及北宋词语言更贴近浑金璞玉之美,南宋词语言则多刻镂精雕之美,而从顺康雍乾时期词人的语言追求来看,其似乎有中和二者之美的趋势。

但也有清人认为,词的炼字炼句须合理,不能为了追求语句的新奇而损害了"理",所谓"理"就是事物发展的基本逻辑。李渔分别以张先的"云破月来花弄影"和宋祁的"红杏枝头春意闹"为例,论证"理"的重要性。他认为前者合"理",而后者不合"理"。在李渔看来,"'闹'字极粗极俗"①,此类字眼本就不宜入诗词之中。李渔的观点本身并无甚新奇,也基本正确,但他否定"红杏枝头春意闹"这一流传千古的名句的艺术价值,则不可谓不大胆。不过,其观点仍有值得商榷之处,毕竟艺术表达与现实中的逻辑不可等同视之。如文学作品都要用现实世界中的"理"来衡量和验证的话,那李白、李贺等浪漫主义诗人的天马行空,吴文英词的"七宝楼台"②、"空际转身"③都要否定,《西游记》等神魔小说也将没有立足之地,这是难以想象的。稍加体味就不难发现,"红杏枝头春意闹"一句本要表达的就是一种意境,"闹"字表现百花盛开、莺飞蝶舞的春意盎然景象,如果非要从事理的角度来深究,就脱离文学之本源了。

毛先舒也谈到了炼字炼句与平淡本色的关系,他认为应该把握好二者的尺度,太过于雕绘则显得生硬,太过于本色自然则近于缠令。他说一般而言,词中之上品,其语言"须有浅淡处、平处,忽着一二,乃佳耳"④。毛先舒以周邦彦的《华胥引·秋思》为例,指出词的创作应将本色语与炼字炼句的"警句"相结合,这也是很有见地的主张。

焦循《雕菰楼词话》则提到具体的长句和短句的创作方法,也很有借鉴意义。他认为词难的不是长调,而是长句;难的不是短小的小令,而是短句。词不

---

① [清]李渔:《窥词管见》,见唐圭璋编《词话丛编》,中华书局1986年版,第553页。
② [宋]张炎:《词源》,见唐圭璋编《词话丛编》,中华书局1986年版,第259页。
③ [清]周济:《介存斋论词杂著》,见唐圭璋编《词话丛编》,中华书局1986年版,第1633页。
④ [清]毛先舒:《词辩坻》,见朱崇才编纂《词话丛编续编》,人民文学出版社2010年版,第109页。

同于句式整饬的近体诗,一直以来就被称为长短句,其句式的长短由词调之格律决定。长句之长如《水调歌头》中的十一字句,最短如《归字谣》中的一字句。如何写出恰当且符合格律要求的长短之句,其实是词创作的基本功。焦循关于长句和短句的理论是其他人绝少论及的,也极具现实价值。他主张"长须不可界断,短须不致牵连"①,并认为长句的"不界断"比短句的"不牵连"更难。所谓"不界断",当指长句应该一气呵成;所谓短句"不牵连",当指短句虽短,也应独立成句,否则要么并入上句,要么并入下句,就没有独立成句的必要了。

清人这些关于词炼字炼句的理论具有较强的理论性、系统性和实践性,较之前人的论述更加全面、深入,无论是在当时还是21世纪的今天,都有其不可替代的借鉴意义。

二、韵味、情境与用典:艺术境界的营造

新颖的立意和恰当的结构,再加上精巧而自然的语言,对于一首好词来说是必不可少的,但仅能做到这些,还远远不够。好的词应该是能给人以启迪和回味的,让读者产生强烈的共鸣,这就需要词人善于营造意境。清人在阅读品味大量的唐宋词之后,在以下几方面也颇有心得:

(一)词宜蕴藉

一般而言,无论是唐诗还是宋词,都讲究蕴藉,不能一发无遗,清人在总结唐宋词的创作经验时曾多次提到这一点。比如沈谦曾云词"言情贵含蓄"②,并将词的含蓄比作"骄马弄衔而欲行",抑或是"粲女窥帘而未出",比喻不一定恰当,但突出了词应含蓄。贺裳在《皱水轩词筌》中也说"小词须风流蕴藉"③。云间词人取法南唐及"花间",也讲求含蓄不尽。陈子龙在《三子诗余·序》中就主张词以镂琼雕玉为美,然忌粗率,正所谓"警露已深,而意含未尽"④。类似的主张我们在其为王翃词所作序言中同样能看到,他认为词之题材与风格虽偏于艳丽婉媚,但不能流于秽亵及低俗,"实贵含蓄而有余不尽"⑤。同为云间词人代表的宋徵璧也有类似的说法,在宋徵璧看来,无论是词之"正"还是"变",也

---

① [清]焦循:《雕菰楼词话》,见唐圭璋编《词话丛编》,中华书局1986年版,第1491页。
② [清]沈谦:《填词杂说》,见唐圭璋编《词话丛编》,中华书局1986年版,第635页。
③ [清]贺裳:《皱水轩词筌》,见唐圭璋编《词话丛编》,中华书局1986年版,第711页。
④ [明]陈子龙:《三子诗余·序》,见陈子龙《安雅堂稿》卷三,明崇祯刻本。
⑤ [明]陈子龙:《王介人诗余·序》,见陈子龙《安雅堂稿》卷三,明崇祯刻本。

无论是何词学流派,"言简而味长""语近而指远"①都应该是其共同的追求。此外,清人聂先也强调词固以艳丽为其本色,但须做到"天然蕴藉"②。

顺康雍乾时期为什么会追求词之蕴藉?其理论来源和时代背景是什么?

其实追求"蕴藉"并非顺康雍乾时期词人的首创,前人也早有论述。早在南北朝时期,刘勰就提出,文章之主旨并非越显豁直白越好,而应"深文隐蔚,余味曲包"③。他主张文章之意蕴应该有让读者去挖掘和体味的空间,不能过于质实和空洞。南朝同时期的文学批评家钟嵘亦提出"文已尽而意有余"④之主张,表达的意思庶几。到了唐代,这种文学思想得以延续,著名诗僧皎然在其著作《诗式》中也提出"但见性情,不睹文字"⑤的说法,认为读者不能仅仅看到文字本身,还须通过其感受作者的性情和思想,文字之外的东西尤其需要读者去细细揣摩。晚唐时期的司空图在《二十四诗品》中更是明确提出"不著一字,尽得风流"⑥,这是对皎然理论的进一步阐释和升华,产生了深远的影响。到了宋代,严羽提出了著名的"羚羊挂角,无迹可寻"⑦的理论,他尤其欣赏盛唐诗人,认为只有他们的诗歌才真正做到了上述要求,可以作为后世学习的最高典范。及至明代,蕴藉说也不乏其人,胡应麟《诗薮》就云:诗"惟以神韵为主"⑧。诸如此类。

在词学领域,词宜蕴藉的说法也非清人首倡。早在宋代,黄昇在《花庵词选》中就引吴坦伯明为谢懋词所作之序,称其词"蕴藉风流"⑨。南宋词相对北宋而言,更加注重意境的营造,更讲求艺术表现力。南宋众多词人尤其是清雅

---

① [清]宋徵璧:《倡和诗余·序》,见陈子龙等著,陈立校点《云间三子新诗合稿·幽兰草·倡和诗余》,辽宁教育出版社2000年版,第2页。
② [清]聂先:《秋水词题词》,见冯乾编校《清词序跋汇编》,凤凰出版社2013年版,第61页。
③ [南朝]刘勰撰,王运熙、周锋译著:《文心雕龙译注》,上海古籍出版社2016年版,第401页。
④ [南朝]钟嵘:《诗品·序》,见何文焕辑《历代诗话》,中华书局1981年版,第3页。
⑤ [唐]皎然:《诗式》,见何文焕辑《历代诗话》,中华书局1981年版,第31页。
⑥ [唐]司空图撰,郭绍虞集解:《诗品集解》,人民文学出版社1981年版,第21页。
⑦ [宋]严羽:《沧浪诗话·诗辨》,见郭绍虞主编《历代文论》(一卷本),上海古籍出版社2001年版,第209页。
⑧ [明]胡应麟:《诗薮》,上海古籍出版社1958年版,第206页。
⑨ [宋]周密编,[清]厉鹗、查为仁笺:《绝妙好词笺》,世界书局1935年版,第12页。

一派词人的创作和理论都一再印证了这一点。张炎曾称许元好问词有"风流蕴藉"①之妙。到了明代,陈霆也用"语意蕴藉,殆不减宋人也"②来评价杨基之词。另外,明人杨慎也非常推崇词的含蓄蕴藉。

由此可见,顺康雍乾时期提出词宜蕴藉有着文学、诗学和词学的理论来源。但问题是前人有了理论,后人可以选择认可,亦可选择不认同,这个时期为什么会拥抱词宜蕴藉的理论呢?我们认为:其一,从唐宋词传播与接受角度来说,词宜蕴藉的提出背景与清人对明词浅薄、发露、俗化的不满有着直接关系。尽管明代一些词学名家也主张词要含蓄蕴藉,但并未改变整个明代词坛俗而浅的现状。清人重申词宜蕴藉,毫无疑问是希望能彻底肃清明词的影响。其二,从大的时代氛围来说,词宜蕴藉的提法也有其现实背景。提到蕴藉,就不得不提到神韵说的倡导者王士禛。其所谓神韵,最核心的观点仍是主张蕴藉。关于神韵说提出的背景,学者刘立介的观点很值得参考,他认为王士禛的"神韵说"是康熙王朝这一大一统盛世背景之下"最有利于封建统治者的艺术理论"③。表面上看,神韵说是纯粹的文学意境追求,与政治毫不相干,但其实也同样表现了封建统治者功利主义的艺术观。正如他所言,追求蕴藉和神韵,必然是鼓励人们追求虚无缥缈的艺术境界,躲进艺术的象牙塔内自娱自乐,这无疑是该时期康乾盛世文治的大势所趋。

与"蕴藉"相反的是"率""粗""豪"等,所以传统意义上的豪放词一般不符合这个审美要求。另外,清人还反对作词"浅"和"直","浅"指立意肤浅,不耐读,缺乏韵味;"直"指四平八稳,缺少起伏和新意,不能给读者以想象和回味。如刘体仁就批评晏几道"为少年湿了,鲛绡帕上"一句过于直白显豁,缺乏词应有的韵味和含蓄,并云"此词家最忌"④。这样的观点在顺康雍乾时期并非个案,实具有相当的普遍性。如贺裳也认为"词莫病于浅直"⑤,他以杜牧的诗歌《清明》与宋祁的词《锦缠道》做对比,认为前者蕴藉,而后者表达的内容与前者

---

① [宋]张炎:《词源》,见唐圭璋编《词话丛编》,中华书局1986年版,第267页。
② [明]陈霆:《渚山堂词话》,见唐圭璋编《词话丛编》,中华书局1986年版,第357页。
③ 刘立介:《论"神韵说"的渊源、背景和得失》,《湘潭师范学院学报(社会科学版)》1989年第2期。
④ [清]刘体仁:《七颂堂词绎》,见唐圭璋编《词话丛编》,中华书局1986年版,第618页。
⑤ [清]贺裳:《皱水轩词筌》,见唐圭璋编《词话丛编》,中华书局1986年版,第706页。

几乎一样,却用了更长的篇幅以敷衍。宋祁的创作方法其实就是檃栝,关于檃栝,后文会详细论述。总体而言,檃栝已经成名的佳作并超越原作,难度太大。因为,古典诗词最重要的特质就是凝练,一旦要展开,极易如贺裳所批评的那样浅而直,一览无遗,反而少了其应有的韵味。

不过,词的蕴藉并不等同于"多为可解不可解之语"①,用一些模棱两可、华而不实的语言表达似是而非的主旨。实际上,雍乾时期由于浙派的推崇,有些词人在"蕴藉"上走得太远,导致有些清词让人难以理解。我们必须承认,蕴藉是一种美,气势磅礴何尝不是另一种美?

(二)情景交融

情与景的处理是词创作的重要课题,全篇都用叙事、议论或是抒情,而不摹景,如此绝难写出好的作品。善词者必善写景,这几乎是定论。但在词中如何写景,如何把握写景与叙事、议论等其他表达方式之间的关系呢?李渔认为写词门径虽异,但"情"与"景"实为其枢纽和关键所在,在处理二者关系的时候,我们要始终做到情为主、景是客。② 写景的最终目的还是抒情,不能为了写景而写景。徐喈凤则认为,词中的情与景不可太分,应使二者巧妙地融为一体,你中有我,我中有你,正所谓深于言情者,正在善于写景。③ 的确如此,词中佳作往往能做到融情于景,景即是情,情即是景。正如沈谦所言,范仲淹《御街行》和《苏幕遮》两首词中的写景佳句,意境极美,语言洗练而素雅,"虽是赋景,情已跃然"④。同样地,在董以宁看来,景与情关系极微妙,善于写景而不知将情融于其中,单纯为写景而写景,实为不当;但只是一味抒情而不写景,"同是一病"⑤,亦为不妥。

综上不难看出,虽然他们的说法各异,但其实表达的观点殊途同归,都是强

---

① [清]郭麟:《灵芬馆词话》,见唐圭璋编《词话丛编》,中华书局1986年版,第1524页。
② [清]李渔:《窥词管见》,见唐圭璋编《词话丛编》,中华书局1986年版,第554页。
③ [清]田同之:《西圃词说》引,见唐圭璋编《词话丛编》,中华书局1986年版,第1455页。据李康化《田同之〈西圃词说〉考信》,该则材料实出自徐喈凤《词证》,参阅李康化《明清之际江南词学思想研究》,巴蜀书社2001年版,第357页。
④ [清]沈谦:《填词杂说》,见唐圭璋编《词话丛编》,中华书局1986年版,第630页。
⑤ [清]王又华:《古今词论》引,见唐圭璋编《词话丛编》,中华书局1986年版,第603页。

调景物描绘与情感抒发的一致性,正所谓"单情则露""独景则滞"①。词中不可无景,但写景不能太多以至于喧宾夺主。情感必须是主,是词的灵魂,写景须为抒情服务。感情要借助景物恰当抒发,情与景妙合无隙、水乳交融,方为佳作。

(三)用典允洽

使用典故也叫"用事",乃诗词创作过程中常用的手法。恰当使用典故,可以有效增加词的厚重感,提升词的文化内涵,丰富词的艺术表现力。关于词中用事,宋人张炎很早就提出,要在词中恰当用典使事并非易事,"要体认著题,融化不涩"②,要"不为事所使"。换言之,所用典故须与词的主题、思想相融合,不能为了用典而用典。在这一点上,清人基本接受了张炎的观点。贺裳也主张作词并非必须用典,若一定要用,"用之妥切,则语始有情",并以宋人刘镇词论证如何恰当使用典故:"刘叔安《水龙吟·立春怀内》曰:'双燕无凭,尺书难表,甚时回首。想画阑倚遍,闲负却、桃花咒。'此用樊夫人刘纲事,妙在与己姓暗合。若他人用之,虽亦好语,终减量矣。"③

关于词中使用典故的度,当年岳珂就曾批评辛弃疾词中用事稍多。④ 许昂霄在评价吴文英《高阳台·落梅》时也说"微嫌用事太多耳"⑤。过于频繁地使用典故,毫无疑问将会增加读者的阅读难度。辛弃疾词中所用典故,虽说多,但总体看是与整个词融为一体的。才气稍欠之人恐不易学,也难以达到这样的效果。因此,总体而言,清人反对用典过多,这几乎是共识。

三、用调与咏物:创作方法类型的归纳

以上是清人从立意、布局、语言、意境等方面概括词的一般创作过程,就不同类型的词而言,其创作方法也不尽相同,清人在这方面也从唐宋词中汲取了丰富的养料。

(一)小令、中调、长调的不同创作方法

宋人并无所谓小令、中调、长调的说法,该分类方法始见于明人。这种单纯依据文字字数多寡分类的方法,是词脱离音乐属性之后的理论产物,颇受后人

---

① [清]毛先舒:《致沈谦》,《倚声初集》卷二,顺治十七年(1660)刻本。
② [清]张炎:《词源》,见唐圭璋编《词话丛编》,中华书局1986年版,第261页。
③ [清]贺裳:《皱水轩词筌》,见唐圭璋编《词话丛编》,中华书局1986年版,第701页。
④ [宋]岳珂撰,吴敏霞校注:《桯史》,三秦出版社2004年版,第88页。
⑤ [清]许昂霄:《词综偶评》,见唐圭璋编《词话丛编》,中华书局1986年版,第1562页。

诟病,但因其直观而简易,也逐渐为大众所接受。针对各种不同调式词的创作方法,清代以前也有人提出过自己的意见。比如张炎《词源》卷下:

> 词之难于令曲,如诗之难于绝句,不过十数句,一句一字闲不得。末句最当留意,有有余不尽之意始佳。当以唐《花间集》中韦庄、温飞卿为则。又如冯延巳、贺方回、吴梦窗亦有妙处。至若陈简斋"杏花疏影里、吹笛到天明"之句,真是自然而然。①

张炎认为,词最难作的当属小令,就像诗歌中的绝句一样,因其小,故任何一个字都不能马虎。他最注重的是小令的结尾,认为应"有有余不尽之意始佳"。这是很有见地的,毕竟小令字数少,要写得有韵味才能扩大词的容量。

清人在关于小令的创作方法方面也有自己的感受和体会,但多承袭张炎看法,比如沈谦认为作小令须"言短意长,忌尖弱"②。邹祗谟称赞花间词以及北宋欧阳修、晏殊、秦观、黄庭坚等人的词,"一唱三叹,总以不尽为佳"③。沈谦说的"言短意长",邹祗谟提出的"总以不尽为佳",与张炎的"有有余不尽之意始佳"一脉相承。而且,他们都非常推崇花间派和北宋的小令,张炎推出的典范作家是温庭筠、韦庄、冯延巳、贺铸等人。邹祗谟推崇的是花间词,北宋词人中他更欣赏"欧、晏、秦、黄"等人。不同之处是,张炎还提到了南宋词人吴文英和南渡词人陈与义,相对来说,在推崇花间派和北宋的同时,也兼顾了南宋词人,视野就更为开阔。

一般而言,早期词以小令为主,主角多为绮筵公子、绣幌佳人,其于花前月下浅斟低唱,故而沈雄亦云"词贵柔情曼声,第宜于小令"④。在他的观点中,小令是最适合表现词体特色的调式。从传唱的角度而言,小令有其优势。刘尊明、王兆鹏在《唐宋词的定量分析》一书中统计宋代使用最广的词调,其中《浣溪沙》这个小令词调在所有的词调中独占鳌头,以847首排在首位。⑤ 这个数据极客观,也颇具说服力。但沈雄说词"第宜于小令"也不尽然,尤其是在词逐渐从歌舞传播转为印刷传播之后,小令的优势就不复存在。无论是何种调式,只要

---

① [宋]张炎:《词源》,见唐圭璋编《词话丛编》,中华书局1986年版,第265页。
② [清]沈谦:《填词杂说》,见唐圭璋编《词话丛编》,中华书局1986年版,第629页。
③ [清]邹祗谟:《远志斋词衷》,见唐圭璋编《词话丛编》,中华书局1986年版,第651页。
④ [清]沈雄:《古今词话》,见唐圭璋编《词话丛编》,中华书局1986年版,第837页。
⑤ 刘尊明、王兆鹏:《唐宋词的定量分析》,北京大学出版社2012年版,第118页。

写得好,都能够很好地展现词的"柔情曼声"。

当然,并非所有的词人都认为小令应该这样"柔情曼声",这样含蓄不尽。沈谦就对那些有雄浑排奡气概的小令也颇为赞许:"小令中调有排荡之势者,吴彦高之'南朝千古伤心事'、范希文之'塞下秋来风景异'是也。"①清代阳羡词派代表作家陈维崧的小令《点绛唇·夜宿临洺驿》也集中体现了这种不一样的美:"晴髻离离,太行山势如蝌蚪。稗花盈亩,一寸霜皮厚。赵魏燕韩,历历堪回首。悲风吼,临洺驿口,黄叶中原走。"②能将小令写得如此有气势,在整个词史上都是极其罕见的,无怪乎有人称赞曰:"触目萧瑟,意境苍凉,悲风怒号,大气磅礴,用笔可驱山走石。"③叶嘉莹先生也盛赞陈维崧"写出了这么雄伟的小令,写出了这么开阔的内容"④。

以上说的是小令。就长调而言,清人认为长调应连贯、自然,富于变化。刘体仁以画家作画为喻,认为写长调"须一气而成"⑤,其内在结构应紧凑而浑然一体,全词如行云流水,不能留下太多刻意的痕迹,否则就会显得生涩不通。彭孙遹在《金粟词话》中也说写长调比小令难的地方就在于其须"语气贯串,不冗不复"⑥,表达的意思差不多。

邹祗谟在强调长调须"气自流贯"的同时,还要求"曲折三致意"⑦。所谓"曲折三致意",当指长调的结构布局需要曲折,不能平铺直叙,过于呆板。词史上较早大量创作长调慢词的是柳永,其筚路蓝缕之功不可抹杀。但正因为当时的创作经验不足,致使柳永的大多数长调结构较为单一,缺少变化。其惯常的结构一般上阕写景,下阕言情。故而邹祗谟指出柳永其实是以短调之法行长调之制⑧,表面是作长调,实为拉长版的小令而已。邹祗谟所推崇的宋词长调名家

---

① [清]沈谦:《填词杂说》,见唐圭璋编《词话丛编》,中华书局1986年版,第630页。
② 程千帆主编:《全清词》(顺康卷),中华书局2002年版,第3890页。
③ 杨子才编著:《清三百家词笺释》,中国文史出版社2016年版,第50页。
④ 叶嘉莹:《清词选讲》,生活·读书·新知三联书店2016年版,第75页。
⑤ [清]刘体仁:《七颂堂词绎》,见唐圭璋编《词话丛编》,中华书局1986年版,第619页。
⑥ [清]彭孙遹:《金粟词话》,见唐圭璋编《词话丛编》,中华书局1986年版,第724页。
⑦ [清]邹祗谟:《远志斋词衷》,见唐圭璋编《词话丛编》,中华书局1986年版,第650页。
⑧ [清]邹祗谟:《远志斋词衷》,见唐圭璋编《词话丛编》,中华书局1986年版,第651页。

是史达祖、姜夔、蒋捷、吴文英等南宋词人,认为其词有"蛇灰蚓线之妙"。从实际情况来看,的确如此,南宋词人的长调创作方法较之北宋早期词人而言更为娴熟,更富于变化,其创作手法已臻于成熟和完善,真可谓丽情密藻,尽态极妍。

为了达到这样的效果,清人也指出了长调创作应该避免的一些误区。刘体仁认为长调不应"芜累""痴重""浅熟"①。所谓"芜累"和"痴重",表述内涵相差无几,当指长调不能写得太过散漫。主题不集中,语言不简洁,这是长调的大忌。曹贞吉亦云"长调最忌芜蔓"②,说的是同样的道理。长调也忌"浅熟",如果过于浅而直白,无异于有韵之散文,必然会导致缺乏韵味,也就失去了词的基本属性。贺裳在《皱水轩词筌》中也提出了关于长调创作的忌讳:

> 作长词最忌演凑,如苏养直"兽环半掩"前半皆景语也。至"渐迤逦、更催银箭,何处贪欢,犹系骄马。旋剪灯花,两点翠眉谁画。香灭羞回空帐里,月高犹在重帘下。恨疏狂,待归来、碎揉花打"则触景生情,复缘情布景,节节转换,秾丽周密,譬之织锦家,真窦氏回文梭。③

贺裳认为作长调最忌"演凑",所谓"演凑",当指结构不严谨,缺乏内在的联系和逻辑。贺裳同时举了苏庠的《倦寻芳》为例④,论证如何做到结构严谨不演凑。不难看出,这是一首典型的闺怨词,上阕写闺中所见之景,下阕"触景生情",表达对意中人的思念以及对意中人薄情的愠恨之情。但这种情感又非直抒胸臆,而是"缘情布景",借景抒情。整个词的立意谈不上新颖,但结构上的确是"节节转换""秾丽周密"。毛先舒则认为长调不宜"使气",他说:"填词长调难作,不下于诗之歌行长篇。然歌行犹可使气,词使气便非本色。"⑤所谓"使气"大概是指长调不能写得恣逞意气,太过于豪气外露,南宋辛派词人的词多有这方面的弊病。沈谦同样认为长调"忌粗率"⑥,所谓"粗率",与毛先舒所谓"使气"同是一病。

---

① [清]刘体仁:《七颂堂词绎》,见唐圭璋编《词话丛编》,中华书局1986年版,第621页。

② [清]曹贞吉等:《锦瑟词话》,见朱崇才编纂《词话丛编续编》,人民文学出版社2010年版,第120页。

③ [清]贺裳:《皱水轩词筌》,见唐圭璋编《词话丛编》,中华书局1986年版,第701页。

④ 按,唐圭璋编《全宋词》中将该词归在潘汾名下。

⑤ [清]毛先舒:《鸳情词话》,见《古今词汇初编》卷首,康熙十八年(1679)刻本。

⑥ [清]沈谦:《填词杂说》,见唐圭璋编《词话丛编》,中华书局1986年版,第629页。

关于中调的创作方法,清人较少论及。这是因为相对于小令和长调而言,中调的个性特征不明显,多几字就成长调,少几字就成小令。沈谦在《填词杂说》中专门论及,他认为作"中调要骨肉停匀,忌平板"①。"停匀",即匀称之意,但又不能过于平淡无奇。

以上是分别言之,还有人将不同调式放在一起做比较。比如张星耀云"短调须取意",所谓"取意"可理解为短调篇幅有限,须选取有代表性的意象,让人从有限的意象中去"寻绎无穷",给读者回味想象的空间;而"长调须取势",所谓"取势"可理解为长调须写得有气势,一气贯之,但又不能平铺直叙,而要"遇风生澜,随势转折"②。关于不同调式的学习接受对象,清人也有比较成熟的看法。总体而言,就是小令学五代及北宋,长调学南宋。清代较早提出这一说法的是朱彝尊,他在《渔计庄词序》中就明确提出:"小令宜师北宋,慢词宜师南宋。"③他在《水村琴趣序》中亦云:"予尝持论,谓小令当法汴京以前,慢词则取诸南渡。"④这种针对小令和长调采取不同接受学习对象的观点,在顺康雍乾时期影响深远,后来,有很多人表达了类似的看法。比如,楼俨《蜕兰绮语》引王昶语:"长调以南宋为极,中小令则南唐五代较胜。"⑤王昶作为浙派中期的代表,其词学思想毫无疑问是朱彝尊观点的继承和延续。

总体来看,历史车轮滚入清代之后,清人对于词的创作态度较之唐宋时期要更加认真而严谨,故而他们能以一种更为严谨和务实的精神总结不同调式的创作经验。更为重要的是,这个时期关于不同调式创作方法的经验总结大多能结合唐宋词的具体作品加以分析,这无疑是对唐宋词的很好接受。

(二)咏物词之创作方法

清人在咏物词上,表现了较高的热情。据统计,仅顺治和康熙两朝,"咏物

---

① [清]沈谦:《填词杂说》,见唐圭璋编《词话丛编》,中华书局1986年版,第629页。
② [清]张星耀:《词论》,见朱崇才编纂《词话丛编续编》,人民文学出版社2010年版,第197页。
③ [清]朱彝尊:《渔计庄词序》,见冯乾编校《清词序跋汇编》,凤凰出版社2013年版,第340页。
④ [清]朱彝尊:《水村琴趣序》,见孙克强、杨传庆、裴喆编著《清人词话》(上),南开大学出版社2012年版,第588页。
⑤ [清]楼俨:《蜕兰绮语自引》,见冯乾编校《清词序跋汇编》,凤凰出版社2013年版,第670页。

词已达七千六百余首"①。这个数字是非常惊人的,充分说明清人对咏物词的喜爱。尤其是宋代咏物词集《乐府补题》的发现,让咏物词的写作在清代掀起了一个小高潮。其中,朱彝尊赴京师考博学鸿辞时带去《乐府补题》引起的追和是第一次高潮;雍乾年间,在厉鹗等人倡导下的《拟乐府补题》唱和是第二次高潮。清人的咏物词相对前人而言,题材更丰富,"体物入微,穷形尽相"②,用典更自如。因此,在咏物词的创作方法上,清人也总结了一些可贵的创作经验。

彭孙遹认为要写好咏物词,须做到"字字刻画,字字天然"③。所谓"字字刻画"指的是咏物词须紧扣所咏之物,不能偏离主题。这是问题的一个方面,另一方面,又必须做到"字字自然",所谓自然,就是不能太过于雕琢。如果说"字字刻画"强调的是形似的话,那么"字字自然"强调的则是神似。作者还提到了咏物词中一个常用的手段,那就是用典。作者认为,"脱化无迹"才是最高境界。同时,在他看来,宋人中姜夔、史达祖的咏物词是典范,今人中只有邹祗谟、王士禛等人庶几可与之颉颃。姜夔的咏蟋蟀词、咏梅花词,史达祖的咏春雨词、咏双燕词的确是咏物词中的精品,历来受到人们推崇。

再看邹祗谟关于咏物词的论述,其云咏物词摹写对象,妙在似与不似之间。太过于执着外在形貌的描摹和亦步亦趋并不可取,充其量是一个好的字谜之谜面,作咏物词应做到"取形不如取神"④。彭孙遹也强调咏物词的"神似"比"形似"更重要,他说:"咏物诗词,贵在取意不取象,写神不写形。"⑤其实,邹祗谟和彭孙遹的理论来源应为张炎,张炎在《词源》中早就明确表示,要作好咏物词,既不能"体认稍真",亦忌"模写差远",把握好这个度是成功的关键所在。⑥ 只有真正做到收纵自如,不离不即,方为咏物词之上乘。不难看出,邹、彭的理论是张炎观点的进一步阐发。张炎所谓"体认稍真",即邹祗谟所谓"刻意太似";张炎所谓"模写差远",即邹祗谟所谓"不似"。他们都认为咏物贵在似与不似之

---

① 秦梦佳:《清初咏物词研究》,广西大学2018年硕士学位论文,第7页。
② 参阅张宏生:《清代词学的建构》,江苏古籍出版社1998年版,第48页。
③ [清]彭孙遹:《金粟词话》,见唐圭璋编《词话丛编》,中华书局1986年版,第725页。
④ [清]邹祗谟:《远志斋词衷》,见唐圭璋编《词话丛编》,中华书局1986年版,第651页。
⑤ [清]彭孙遹:《珂雪词评》,见朱崇才编纂《词话丛编续编》,人民文学出版社2010年版,第163页。
⑥ [宋]张炎:《词源》,见唐圭璋编《词话丛编》,中华书局1986年版,第261页。

间,而邹、彭更倾向于咏物的神似。先著亦是如此主张,他以姜夔《齐天乐·蟋蟀》和张炎《南浦·春水》为例,指出宋人咏物词之佳作往往能做到"着笔惟恐伤题,总不欲涉痕迹"①,其实也是更看重咏物词的神似。不可否认的是,这种理论也造成了一些不好的后果,像后来的一些浙派词人,过于追求所谓的神似,但才力又有所不及,故而导致其部分咏物词缥缈恍惚,不知所云。关于咏物词之用典,邹祗谟认为"用事不若用意",似乎不是很赞成在咏物词中用典,而张炎不反对用事,认为只要"合题"就行。这是邹祗谟与张炎的不同之处。但他们都把史达祖和姜夔视为咏物词的高手,这一点又是相同的。

此外,清人还强调,咏物词须寄托情感,不能为咏物而咏物。毛先舒云填词咏物须"神情离合"②;沈谦曾云苏轼《水龙吟·次韵章质夫〈杨花词〉》和宋徽宗《宴山亭·北行见杏花》两词,看似咏物,实则有所寄托,将人物的命运与所咏之物紧紧地交织于一起,"直是言情,非复赋物"③。夏承焘先生将宋代咏物词分为三类:第一类是偏于描摹咏物对象之外在形态;第二类则喜欢在词中搬弄典故,附庸风雅;第三类在咏物的同时寄托了词人的情感,这才是真正有价值的咏物词。④ 毋庸置疑,像苏轼咏杨花词和宋徽宗咏杏花词都可归为第三类。刘体仁也非常看重咏物词的寄托比兴,在他看来,久负盛名的姜夔的《疏影》咏梅之作亦是"费解",因为像"昭君不惯胡沙远"这样的句子实在让人难以与梅花联系起来。正如张炎所云,这大概属于"模写差远"之弊病了。而陆游的《朝中措·咏梅》则"全首比兴,乃更遒逸"⑤。不难看出,陆游所咏之物已经不再是单纯的植物学意义上的梅花了,词中"飘零身世"等字眼明显是寄寓了作者的情感。

关于咏物词的这种不可不似又不可太似的理念以及有寄托与无寄托,曹明升概括为"离合之法",并认为这种离合之法的提出背景是清人对科举时文手法

---

① [清]先著、程洪:《词洁辑评》,见唐圭璋编《词话丛编》,中华书局1986年版,第1354页。
② [清]毛先舒:《鸳情词话》,见《古今词汇初编》卷首,康熙十八年(1679)刻本。
③ [清]沈谦:《填词杂说》,见唐圭璋编《词话丛编》,中华书局1986年版,第631页。
④ 夏承焘等:《唐宋词欣赏》,北京出版社2014年版,第143页。
⑤ [清]刘体仁:《七颂堂词绎》,见唐圭璋编《词话丛编》,中华书局1986年版,第621页。

的借鉴。① 这个观点不无道理,但其实从唐宋词接受的角度而言,清人在这方面的经验总结是对张炎咏物词理论的赓续。不过,清人在咏物词的创作方面也形成了自己一些新的理论。遗憾的是,清人这些关于咏物词创作方法的理论总结,在具体的创作中,并未得到很好的贯彻和执行。在浙西词派学南宋雅词潮流的席卷下,清人咏物词大多徒有其表,缺乏深厚的思想意蕴。关于这一点,在下文中还会详细阐述。

余 论

关于唐宋词的创作经验与体会,清人还总结了很多,比如关于作词与读书的关系,清人也多有阐述。彭孙遹十分重视书本知识的积累,他认为作词"非多读书则不能工"②。毋庸置疑,他是主张多读书才能把词写好,而李渔则认为作词最忌"有书本气"③。客观地说,他们两人的主张都有可取处,但都有失偏颇。作词毫无疑问是需要知识储备的,没有一定的文化修养要想写出好词几乎是不可能的。但如果在词中"掉书袋",自矜腹笥,亦不可取。以上是就思想内容和艺术表现方面而言的,在词律方面,清人也有一些自己的收获与感想。李渔作为一名曲学家,在这方面颇有创获。他认为,在满足格律要求的前提下,一句之中如遇连续用仄声字的地方,"须以上声字间之","最忌连用数去声,或入声"。④ 否则即便合乎格律,也有碍于口诵,如同说话口吃结巴。这样的经验体会还是非常有现实意义的,非深谙音律者不能道也。

相对而言,关于填词的宜与忌,张星耀的观点最为中肯。他认为好词应做到"风流蕴藉而不入于淫亵,绵婉真致而不失之鄙俚,高凉雄爽而不近于激怒,自然流畅而不流于浅易"⑤。只有达到这样的要求,才是词之上品。其理论是

---

① 曹明升:《清代宋词学》,扬州大学 2006 年博士学位论文,第 111 页。
② [清]彭孙遹:《金粟词话》,见唐圭璋编《词话丛编》,中华书局 1986 年版,第 724 页。
③ [清]李渔:《窥词管见》,见唐圭璋编《词话丛编》,中华书局 1986 年版,第 553—554 页。
④ [清]李渔:《窥词管见》,见唐圭璋编《词话丛编》,中华书局 1986 年版,第 558 页。
⑤ [清]张星耀:《词论》,见朱崇才编纂《词话丛编续编》,人民文学出版社 2010 年版,第 199 页。

极有水平的,承认词题材内容和艺术风格的多样性,不厚此薄彼,同时又指出各种不同类型的词应注意避免的弊端,这样科学而实用的经验总结,放在任何时代都不过时。

要之,顺康雍乾时期清人在词的语言特色、结构布局、典故使用等不同方面总结了唐宋词的写作技法,从中汲取养分,并为自己的创作实践服务。虽然囿于种种主观和客观的因素,这种总结不一定完全正确,但总体看是符合唐宋词实际的。这种学习、总结无疑是一种对唐宋词最直接的接受。研究唐宋词在清代的传播与接受,不关注这方面的内容,无疑是不应该的。

本 章 小 结

词话也是唐宋词传播与接受的重要途径。从目前的统计数据来看,顺康雍乾时期词话中保存和传播的唐宋词数量较为可观,主要以品评、赏析、阐释、辨讹、述闻等方式呈现,具有小众化、碎片化、趣味化和深度化等独有的特色。就接受方面而言,清人在词话中通过研究具体的唐宋词作,学习唐宋人的写作技法,总结了许多行之有效的创作经验。比如词宜蕴藉,要有新意;小令须韵味悠长;长调忌芜蔓、浅熟、演凑、粗率;咏物词要脱化无迹,强调神似而非形似,须寄托情感;强调写词应情景交融,浑然一体;在语言方面追求一种锤炼后的自然传神;在谋篇布局方面主张要重视开头,而结尾须含蓄、动荡和迷离,让读者有回味与想象的空间。这些关于词创作技法和经验的总结,是我们研究清人对唐宋词接受的重要资料。

第四章 唐宋词在顺康雍乾时期的体认与论争

在清人心目中,唐宋词究竟是一个什么样的存在,这其实就是清人对唐宋词的体认。其至少关涉两个方面,一是清人对唐宋词词史地位的认定,二是清人对词与诗、曲等其他文体的区别与联系的认识。清人在词话中多有这方面的阐述,通过其表述,亦能一窥清人的唐宋词接受思想。另外,清人在各种词话、序跋中都表达了对不同类型唐宋词的好恶,引发了诸如南北宋、雅俗、本色、正变的论争,其在一定程度上直接表现了清人的接受观。所有这些,都是本章要研究的范畴。

第一节 顺康雍乾时期对唐宋词人及其作品的体认

清词号称中兴,但毫无疑问,清词的繁荣首先是建立在对唐宋词这座历史宝库的传承与接受的基础上的。翻阅顺康雍乾时期的相关文献,我们就会发现清人对唐宋词人及其作品的接受持一种非常积极而主动的态度,这种自觉而能动的接受是基于其对唐宋词的正确感知与体认而言的。

顺康雍乾时期是一段逐渐将唐宋词经典化的历程。我们在清人词话、词集序跋等各种文献中,几乎随处可见其对唐宋词地位的体认,把宋词视为词史上最为重要的一环。比如先著认为词"体备于宋人,极盛于宋之末"①,汪懋麟云"词莫盛于南北宋"②,谢良琦云"顾其体则始于唐而盛于宋"③,等等。关于这一点,田同之说得很明确,他指出:"本朝士夫,词笔风流,自彭、王、邹、董以及迦

---

① [清]先著、程洪:《词洁辑评》,见唐圭璋编《词话丛编》,中华书局1986年版,第1329页。
② [清]汪懋麟:《棠村词序》,见[清]梁清标撰《棠村词》,康熙留松阁刻本。
③ [清]谢良琦:《醉白堂诗余》,民国三十二年(1943)排印本,《广西乡贤遗著乙编》第一种。

陵、实庵、蛟门、方虎,并浙西六家,无不追宗两宋,掉鞅后先矣。"①正是因为他们在心中认可唐宋词尤其是宋词的崇高地位,才会自觉去学习和接受,这一点是显而易见的,但很多人却没有意识到。明人虽然也在一定程度上承认唐宋词的地位,比如杨慎就曾说:"宋之填词,犹晋之字,唐之诗,不必名家而皆可传也。"②但在明代将理学视为宋朝代表文体的也不乏其人。比如,明人叶子奇就说:"传世之盛,汉以文,晋以字,唐以诗,宋以理学。元之可传,独北乐府耳。"③不难看出,叶子奇所列举的不尽是文学之体式,还包括书法和哲学等其他艺术形式。但可以肯定的是,在他心目中,宋词肯定不能代表宋代。王思任则把"汉之策,晋之玄,唐之诗,宋之学,元之曲,明之小题"④作为历代艺术形式的代表。同样,他认为能代表宋代的也是理学,并非宋词。因此,词作为宋代文学代表的主流认识在明代并未完全形成。同时,由于种种原因,即便有人认可宋词的历史地位,他们也没有积极主动地去挖掘唐宋词这座巨大的历史宝库。

另外,清人在各种场合都会自觉或不自觉地将唐宋人作为自己学习、比较、接受的对象,这又可以分为以下几种情况:一是认为清人作词虽取得了一定成绩,但在某些方面还是不如宋人。比如厉鹗与陆培论及当时词坛诸家,谓其词虽清新绮丽,但缺乏一种深窈空凉之韵味,"终逊宋贤一筹"⑤。二是攀附唐宋词人。比如王士禛把陈维崧比作唐代的温庭筠:"其年,今之温八叉也。"⑥在宋代,张先因为在词中善用"影"字而被称为"张三影",李清照因为词中善用"瘦"字被誉为"李三瘦"。无独有偶,清代毛先舒也因为在词中善用"瘦"字而被称为"毛三瘦"。三是比肩唐宋词人。比如邹祗谟称赞朱彝尊才华横溢,诗文名播海内,尤其是"填词与柳七、黄九争胜"⑦。如邹祗谟评价钱琨的《满江红》(断圻

---

① [清]田同之:《西圃词说》,见唐圭璋编《词话丛编》,中华书局1986年版,第1473页。
② [清]况周颐:《历代词人考略》卷三十二,见朱崇才编纂《词话丛编续编》,人民文学出版社2010年版,第1993页。
③ [明]叶子奇:《草木子》,中华书局1983年版,第70页。
④ [明]王思任:《王季重十种》,浙江古籍出版社2010年版,第78页。
⑤ [清]厉鹗:《陆南香白蕉词序》,见厉鹗《樊榭山房文集》卷四,乾隆刻本。
⑥ [清]邹祗谟、王士禛选评:《倚声初集辑评》,见葛渭君编《词话丛编补编》,中华书局2013年版,第46页。
⑦ [清]冯金伯辑:《词苑萃编》,见唐圭璋编《词话丛编》,中华书局1986年版,第1941页。

平沙)"殆与白石、邦卿颉颃"①。李调元称彭孙遹词"率多悲壮,不减稼轩"②。四是赶超唐宋词人。清人在词方面不仅仅是把宋人及宋词作为学习的对象,甚至认为清词在某些方面足以超越古人。比如邹祇谟称赞王士禛和李清照词,芊绵婉逸,自出新意,"胜方千里之和清真也"③。江闿评价罗文颉《半山园词》"凌秦轹柳"④。虽然这些话多为帮他人词集所撰序跋中语,不无溢美之词,但清人将同时代人与唐宋人做比较,本就传递了一种对唐宋词接受的自觉性。

值得注意的是,清人虽然认同宋人的词学成就、认可宋词的历史地位,但并没有盲目崇拜,而是采取一种非常理性而审慎的态度。比如李渔在《窥词管见》中有一段话很耐人寻味:

> 词当取法于古是已。然古人佳处宜法,常有瑕瑜并见处,则当取瑜掷瑕。若谓古人在在堪师,语语足法,吾不信也。试举一二言之,唐人《菩萨蛮》云:"牡丹滴露真珠颗。佳人折向筵前过。含笑问檀郎。花强妾貌强。檀郎故相恼。只道花枝好。一面发娇嗔。碎挼花打人。"此词脍炙人口者素矣,予谓此戏场花面之态,非绣阁丽人之容。从来尤物,美不自知,知亦不肯自形于口,未有直夸其美,而谓我胜于花者。况揉碎花枝,是何等不韵之事,挼花打人,是何等暴戾之形,幽闲之义何居,温柔二字安在。李后主《一斛珠》之结句云:"绣床斜倚娇无那。烂嚼红绒,笑向檀郎唾。"此词亦为人所竞赏。予曰,此娼妇倚门腔,梨园献丑态也。嚼红绒以唾郎,与倚市门而大嚼,唾枣核瓜子以调路人者,其间不能以寸。优人演剧,每作此状,以发笑端,是深知其丑,而故意为之者也。不料填词之家,竟以此事谤美人,而后之读词者,又止重情趣,不问妍媸,复相传为韵事,谬乎不谬乎。无论情节难堪,即就字句之浅者论之,烂嚼打人诸腔口,几于俗杀,岂雅人词内所宜。后人作春绣绝句云:"闲情正在停针处,笑嚼红绒唾碧窗。"改烂嚼为笑嚼,易唾郎为唾窗,同一事也,辨在有意无意之间,不啻苏合蜣螂之别

---

① [清]邹祇谟、王士禛选评:《倚声初集辑评》,见葛渭君编《词话丛编补编》,中华书局2013年版,第619页。

② [清]李调元:《雨村词话》卷四,见唐圭璋编《词话丛编》,中华书局1986年版,第1436页。

③ [清]邹祇谟、王士禛选评:《倚声初集辑评》,见葛渭君编《词话丛编补编》,中华书局2013年版,第401页。

④ [清]江闿:《半山园词题词》,见[清]罗文颉撰《半山园词》,稿本。

矣。古词不尽可读,后人亦能胜前迹,此可概见矣。①

李渔认为,填词固应向古人学习,但古人之词也并不全是佳作,也是瑕瑜互见的。他说:"若谓古人在在堪师,语语足法,吾不信也。"在这里,李渔提出了一个非常重要的观点,即并非古人所有的词作都值得后人学习和接受,今人对待古词应该"取瑜掷瑕"。对待文学遗产,应取其精华去其糟粕,这样的观点不算新颖,但在词学领域明确提出来的,李渔尚属较早的一个。但他举的两个例证并不是非常恰当,唐代《菩萨蛮》(牡丹滴露真珠颗)一词,讴歌的是普通青年男女纯真的爱情,描写的是一对恩爱小夫妻日常生活中的一个画面,有着较为浓郁的生活气息和民歌风味。李渔站在封建正统礼教的角度来评价,自然难以得出客观而全面的结论。对李后主的《一斛珠》结句的评价也是如此。但无论如何,他的观点在顺康雍乾时期还是有振聋发聩之感。

清人在推崇、学习唐宋词的同时,客观地指出了它们存在的问题。如果说李渔提出的观点新颖,但举出的例子缺乏说服力的话,那先著和许昂霄等人则是切中肯綮的。先著在《词洁》中评价欧阳修《采桑子》词"始觉春空"一句语拙,并进一步指出:"宋人每以春字替人与事,用极不妥。"②正如杨海明先生所言,唐宋词中多"佳人伤春"与"男士悲秋"之作③,先著也指出了宋人在立意及用语上的烂熟问题。此外,在评论东坡《蝶恋花》(花褪残红青杏小)时,先著也指出,苏轼在写作诗词等有韵之文时,偶有率性而为,下笔偏于随意和放任,"多笔走不守之憾"④。这个评语更是一针见血地指出了苏东坡文学创作之问题所在。东坡自恃才高,自云"吾文如万斛泉涌,不择地皆可出"⑤,故而有时下笔不够审慎。先著认为其如能"少一停思,必无此矣"。相对于诗和文而言,其作词态度也不够严谨。虽说苏轼高超的文采能在一定程度上弥补这个缺憾,但也难以保证其词作俱佳。另外,许昂霄评价陆游《采桑子》一词的体格与花间词相

---

① [清]李渔:《窥词管见》,见唐圭璋编《词话丛编》,中华书局1986年版,第551页。
② [清]先著、程洪:《词洁辑评》,见唐圭璋编《词话丛编》,中华书局1986年版,第1345页。
③ 杨海明:《伤春与悲秋:唐宋词中流行的"季节病"——谈词中的"佳人伤春"和"男士悲秋"》,见杨海明《唐宋词纵横谈》,苏州大学出版社1994年版,第72—83页。
④ [清]先著、程洪:《词洁辑评》,见唐圭璋编《词话丛编》,中华书局1986年版,第1345页。
⑤ [宋]苏轼撰:《苏东坡全集》,北京燕山出版社2009年版,第3111页。

仿,但韵味不如花间词醇厚,并云"南宋小令佳者,大抵皆然"①。许氏指出了南宋小令的通病,即"味较薄",此亦可谓灼见。南宋小令之所以会有这个弊病,主要还是因为到了南宋后,宋词进入以"印刷为主的印本阶段"②,词人们更加注重词的艺术表现,或多或少地忽略了思想情感的表达。

综上可知,唐宋词在文学史上的地位在顺康雍乾时期得到了进一步的确认,清人对唐宋词采取了一种积极、主动、理性的学习态度。总体而言,这是一个既有膜拜传承又有开拓创新,既有学习借鉴又不乏理性批判的过程。清人对唐宋词的体认并在此基础上的学习和接受,是促进清词中兴一个不容忽视的因素。

第二节　词体观背景下的唐宋词接受

顺康雍乾时期词人对于词这种文体的认识,也能在一定程度上看出其对唐宋词的接受取向。在清人看来,词之文体最核心的特质和要义是什么?它与诗、曲有何相似之处,又有哪些不同?从相关文献来看,清人在这个问题上的看法比较复杂。一方面,清人试图极力保持词的独立性,主张词须"上脱香奁,下不落元曲"③,又云词"似曲不可,似诗仍复不佳"④;另一方面又认为词与诗、曲存在着千丝万缕的关系,认为词承担着"承诗启曲"的角色,又云"诗曲又俱可入词"⑤,关键看词人如何去使用。下面就词与诗之异同以及词与曲之异同分别论述之。

一、诗、词之异同

清人的词体观,谈论最多的是词与诗的不同之处,即强调词的独立性。清人在论及二者的差异时主要从两方面阐述:

---

① [清]许昂霄:《词综偶评》,见唐圭璋编《词话丛编》,中华书局1986年版,第1559页。
② 钱锡生:《不器斋词学论稿》,苏州大学出版社2015年版,第135页。
③ [清]刘体仁:《七颂堂词绎》,见唐圭璋编《词话丛编》,中华书局1986年版,第620页。
④ [清]董以宁:《蓉渡词话》,见朱崇才编《词话丛编续编》,人民文学出版社2010年版,第95页。
⑤ [清]沈谦:《填词杂说》,见唐圭璋编《词话丛编》,中华书局1986年版,第629页。

一是体性之异。明确词之文体特点不同于诗。比如先著云:"诗之道广,而词之体轻。"①他认为词的特点是"体轻",诗的特点是"道广"。所谓"道广"指的是诗的题材内容广泛,表现的社会生活面要比词深广;所谓"体轻"则指词为歌唱文体,适于花前月下浅斟低唱,多表现艳情,无论是主题还是风格都显单薄。曹尔堪云:"词之为体,如美人,而诗则壮士也;如春华,而诗则秋实也;如夭桃繁杏,而诗则劲松贞柏也。"②梁清标云:"诗尚沉雄,忌纤靡;词贵轻婉,戒浮腻。"③徐喈凤云:"诗贵庄而词不嫌佻,诗贵厚而词不嫌薄,诗贵含蓄而词不嫌流露。"④这些对于诗词之别直观而感性的阐述与把握很能说明二者的差异。从这些观点不难看出,顺康雍乾时期人对于词文体特点的体认延续了传统"诗庄词媚"的观点,将词视为一种偏于阴柔的女性文学。强化诗、词的这种文体差异,很大程度上是词体地位不彰的表现。

  李调元也谈到了词不同于诗的文体特点,但他不仅仅是从直观上形象感受,而是利用具体的例证予以比较辨析。他说:"词非诗比,诗忌尖刻,词则不然。魏承班《诉衷情》云:'皓月泻寒光,割人肠。'尖刻而不伤巧。词至唐末初盛,已有此体。如东坡'割愁还有剑铓山',巧矣,以之入诗,终嫌尖削。"⑤李调元认为词不同于诗的地方在于它不忌"尖刻",其所云"尖刻"当指词的艺术表现手法倾向于向狭而深的方向发展。正如王国维所云,词体最大的特质就是"要眇宜修"⑥,具有一种女性所特有的精致细腻之美,有些在诗中所难以准确表达的内容可以借助词之句式长短和韵律的变化精确地传达出来,这是词独有的优势。李调元并用魏承班的《诉衷情》词中"皓月泻寒光,割人肠"与苏轼的《白鹤峰新居欲成夜过西邻翟秀才》诗中"割愁还有剑铓山"为例,论述诗词之别,颇具说服力。"割"字用于词中,体现了主人公细腻而深刻的忧伤,也与词的

---

① [清]先著、程洪:《词洁辑评》,见唐圭璋编《词话丛编》,中华书局1986年版,第1327页。
② [清]曹尔堪:《峡流词序》,[清]徐喈凤《荫绿轩词》附《词征》引,光绪二十六年(1900)刻本。
③ [清]丁澎《菊庄词序》引梁清标语,见冯乾编校《清词序跋汇编》,凤凰出版社2013年版,第152页。
④ [清]徐喈凤:《荫绿轩词证》,见朱崇才编纂《词话丛编续编》,人民文学出版社2010年版,第105页。
⑤ [清]李调元:《雨村词话》,见唐圭璋编《词话丛编》,中华书局1986年版,第1390页。
⑥ 王国维:《人间词话》,见唐圭璋编《词话丛编》,中华书局1986年版,第4238页。

氛围相得益彰;用于诗中,终显小家子气。李调元还以梁武帝《冬歌》和汤惠休《白纻词》为例,说明像"卖眼""流目"这样的字眼"宜入词,不宜入诗"。①

王士禛则从"词人之词"与"诗人之词"之不同来间接探讨词与诗在文体上的差别。其在《倚声初集序》中云:"有诗人之词,有词人之词。诗人之词,自然胜引,托寄高旷,如虞山、曲周、吉水、兰阳、新建、益都诸公是也。词人之词,缠绵荡往,穷纤极隐,则凝父、遐周、莼僧、去矜诸君而外,此理正难简会。"②他认为诗人之词受到了诗的影响而兼具了诗之意境,其词题材更广,取径高雅持重;而"词人之词"是更纯粹的词,体现了词幽深而要眇的特点,更显"穷纤极隐"之美。此虽非正面论及词与诗之不同,然诗、词之别,昭然若揭。徐喈凤则是从情感的表达来说明词与诗的不同,他说:"从来诗词并称,余谓诗人之词,真多而假少,词人之词,假多而真少。如邶风《燕燕》《日月》《终风》等篇,实有其别离,实有其摈弃,所谓文生于情也。若词则男子而作闺音,其写景也,忽发离别之悲。咏物也,全寓弃捐之恨。无其事,有其情,令读者魂绝色飞,所谓情生于文也。此诗词之辨也。"③从徐喈凤的观点来看,严格来说,从其所举《诗经·邶风·燕燕》等篇目来看,其所云"诗人之词"并非词,实乃诗,与王士禛所言"诗人之词"并非同一概念。他认为诗歌所反映的内容和思想情感多"实有其别离,实有其摈弃",所以显得"真";而词是"男子而作闺音","无其事,有其情",故而显得"假"。徐喈凤的确认识到早期的唐五代乃至北宋部分词存在这个特点,即所谓的"代言体",作者与词中主人公并非同一体。不过,随着词与音乐关系的疏离,北宋中后期以后,词的题材逐渐丰富,表现的社会生活也越来越广泛,"自言体"逐渐取代"代言体"。换言之,徐喈凤所认识到的这种诗、词之别仅适用于早期的词。

二是格律之异。这其中论及最多的是词韵与诗韵的不同之处。清代较早提出这个问题的是毛奇龄,他认为:"词本无韵,故宋人不制韵,任意取押,虽与

---

① [清]李调元:《雨村词话补》,见葛渭君编《词话丛编补编》,中华书局2013年版,第893页。

② [清]王士禛:《倚声初集序》,见邹祗谟编《倚声初集》,《续修四库全书》第1729册,第164页。

③ [清]田同之:《西圃词说》,见唐圭璋编《词话丛编》,中华书局1986年版,第1449页。按,此则实出自徐喈凤《词证》,参考《田同之〈西圃词说〉考信》,李康化:《明清之际江南词学思想研究》,巴蜀书社2001年版,第357页。

第四章 唐宋词在顺康雍乾时期的体认与论争

诗韵相通不远,然要是无限度者。"①毛先舒发现,宋人填词当然也用韵,但其所用韵基本上是借用诗之韵,只不过比诗韵限制更少。邹祇谟亦云:"大约词韵宽于诗韵,合诸书参伍以尽变,则了如指掌矣。"②他们都指出词韵宽于诗韵,表达这种观点的在该时期还有不少人。如焦循同样认为:"词韵无善本,以《花间》《尊前》词核之,其韵通叶甚宽,盖寄情托兴,不比诗之严也。"③他通过认真研究唐五代文人词集《花间集》和北宋初年词集《尊前集》发现,唐宋词人在填词时用韵不如作诗严格。这样看来,词韵宽于诗韵、唐宋词并无明确的词韵,在顺康雍乾时期几乎是通论。另外,王士禛曾就苏轼的《古别离送苏伯固》做过辨析,认为其乃《生查子》词而非诗,这也是从格律的角度去分辨诗词。④ 尤侗也认为,词之所以与诗不同,并不是因其句式长短不齐,两者最大的差别在于"调之高下、音之清浊、风格之浅深浓淡"(《南耕词序》)。

严辨诗词之异,词史上其实早有其人。早在宋代,陈师道就不赞同苏轼将诗歌之题材和艺术表现手法引入填词领域,认为这样的词纵然再好,也犹如"教坊雷大使之舞",有不伦不类之嫌;晁无咎也批评黄庭坚之词并非纯粹的当行本色之词,更像是"著腔子唱好诗"⑤。两宋之交,李清照也指责欧阳修和苏东坡词乃"句读不葺之诗"⑥。她强调词有着不同于诗的特质,具体而言,包括词须分五声、辨六律、分五音等,词要高雅、浑成、讲究情致,总之要"别是一家"。他们都主张词有着与诗不一样的文体特征。到了明代,何良俊亦云词以"婉丽流畅"⑦为其当行之美,其实也是强调词的独立性。

---

① [清]毛奇龄:《西河词话》,见唐圭璋编《词话丛编》,中华书局1986年版,第568页。
② [清]邹祇谟:《远志斋词衷》,见唐圭璋编《词话丛编》,中华书局1986年版,第662页。
③ [清]焦循:《雕菰楼词话》,见唐圭璋编《词话丛编》,中华书局1986年版,第1492页。
④ [清]王士禛:《渔洋词话》,见葛渭君编《词话丛编补编》,中华书局2013年版,第731页。后吴衡照在《莲子居词话》卷二中也注意到了苏轼的这首作品,云其既"见东坡续集,又见东坡词中调寄《生查子》",见唐圭璋编《词话丛编》,中华书局1986年版,第2442页。但吴衡照仅据苏轼的自注就判定其为诗。
⑤ [宋]胡仔:《苕溪渔隐丛话》后集卷三十三,见孙克强编著《唐宋人词话》,河南文艺出版社1999年版,第281页。
⑥ [宋]李清照:《词论》,见李清照著,徐培均笺注《李清照集笺注》,上海古籍出版社2002年版,第267页。
⑦ [明]何良俊:《草堂诗余序》,见施蛰存主编《词籍序跋萃编》,中国社会科学出版社1994年版,第670页。

应该说,顺康雍乾时期关于诗词之异的观点是对前人的一种赓续和深化。他们同样认同词的文体特征是更讲求音律,风格更偏于柔婉,情感表达更细腻,等等。但该时期探究诗词之辨的人更夥,从遗民词人到云间词人,从阳羡词人到浙西词人,都有涉猎。他们在这方面的理论也更加成熟和完善,往往能结合具体的词作,从多方面、多个角度予以阐述。孙克强认为:"清初人探讨诗词之辨态度之认真,分析之深入都是前所未有的,某些论析还是后所不及的。"①

如果从唐宋词接受的角度来解读清人关于诗词之异的词体观,也能给我们以有益的启示。其实,通过以上资料不难发现,一般而言,强调词有着不同于诗的特点,努力维护词特有的文体特征,从一个侧面可以说明他们对于传统婉约绮丽风格的词会更青睐,比如花间、北宋词等,而对于豪放扬厉风格的词可能会比较抵触并予以排斥。我们从上述持这种严辨诗词之别的清代词人的词学理念及其作品也可以一定程度上验证这一点。

当然,清人不仅认识到了词和诗的不同之处,还意识到了二者的相通或相似之处。这些相通或相似之处至少表现在以下三个方面:

一是外在形式相似。词被称为"长短句",但也有一些词句式整饬,保留了与诗相同或相近的形式。邹祗谟在《远志斋词衷》中就指出:"词之《纥那曲》《长相思》,五言绝句也(俱载《尊前集》)。《柳枝》《竹枝》《清平调引》《小秦王》《阳关曲》《八拍蛮》《浪淘沙》,七言绝句也。《阿那曲》《鸡叫子》,仄韵七言绝句也(《花间集》中多收诸体)。《瑞鹧鸪》,七言律诗也(载《草堂集》)。《钦残红》,五言古诗也(杨用修体)。体裁易混,征选实繁,故当稍别之,以存诗词之辨。"②邹祗谟注意到很多词的外在形式与诗歌中的五言绝句、五言律诗、七言绝句、七言律诗、五言古体诗等非常相似。李渔在《窥词管见》中也注意到了这个问题,他说:"词之关键,首在有别于诗固已。但有名则为词,而考其体段,按其声律,则又俨然一诗,觅相去之垠而不得者。如《生查子》前后二段,与两首五言绝句何异?《竹枝》第二体、《柳枝》第一体、《小秦王》《清平调》《八拍蛮》《阿那曲》,与一首七言绝句何异?《玉楼春》《采莲子》,与两首七言绝句何异?《字字双》亦与七言绝同,只有每句叠一字之别。《瑞鹧鸪》即七言律,《鹧鸪天》亦

---

① 孙克强:《清代词学批评史论》,上海古籍出版社2008年版,第104页。
② [清]邹祗谟:《远志斋词衷》,见唐圭璋编《词话丛编》,中华书局1986年版,第654页。

即七言律,惟减第五句之一字。"①李渔注意到《生查子》与两首五言绝句无异;《柳枝》第一体、《竹枝》第二体、《八拍蛮》《小秦王》《清平调》《阿那曲》等词调相当于一首七言绝句;《玉楼春》《采莲子》则相当于两首七言绝句;而《瑞鹧鸪》即俨然一首七律。沈雄《古今词话》中有"别见之五言诗"和"别见之七言诗",也都是从外在形式上区别诗与词。②

二是性情抒写之同。从外观上探讨词与诗的相似之处,这样的认识终显肤浅。刘体仁则从"义"上辨析二者的联系:

> 词有与古诗同义者,"潇潇雨歇",易水之歌也。"同是天涯",麦秀之诗也。"又是羊车过也",团扇之辞也。"夜夜岳阳楼中",日出当心之志也。"已失了春风一半",鲵居之讽也。"琼楼玉宇",天问之遗也。词有与古诗同妙者,如"问甚时同赋,三十六陂秋色",即灞岸之兴也。"关河冷落,残照当楼",即敕勒之歌也。"危楼云雨上,其下水扶天",即明月积雪之句也。"燕子楼空,佳人何在,空锁楼中燕",即平生少年之篇也。③

刘体仁不厌其烦地列举具体的词句,并将其与相应的诗句相类比,非常直观而感性地阐述了词与诗的相通之处。比如他认为柳永《八声甘州》的上阕与荆轲《易水歌》表达的同为惜别之意;黄昇《清平乐·宫怨》中关于宫中女人失宠后落寞与孤寂的描写,与王昌龄《长信秋词》如出一辙;苏轼《水调歌头》中关于天上宫阙今夕何夕的疑问与屈原《天问》又何其相似。毋庸置疑,刘体仁关于词与诗相似之处的论述较之李渔和邹祗谟等人仅从外观上阐释二者的相似之处更为高明,他认为词所表现的社会生活内容、抒发的性情及其所营造的艺术氛围都与诗歌有相通之处。徐士俊在《荫绿轩词序》中亦认为词与诗虽体格不一样,但"其为摅写性情,标举景物,一也"④。朱彝尊也表达了类似的观点,他说:"窃谓词之与诗,体格虽别,而兴会所发,庸讵有异乎?奈之何歧之为二也。"⑤

---

① [清]李渔:《窥词管见》,见唐圭璋编《词话丛编》,中华书局1986年版,第549—550页。
② [清]沈雄:《古今词话》,见唐圭璋编《词话丛编》,中华书局1986年版,第744-745页。
③ [清]刘体仁:《七颂堂词绎》,见唐圭璋编《词话丛编》,中华书局1986年版,第617页。
④ [清]徐士俊:《荫绿轩词序》,徐喈凤《荫绿轩词》,光绪二十六年(1900)刻本。
⑤ [清]朱彝尊:《百名家词钞·艺香词》评语,清康熙绿荫堂刻本。

他们都认为诗与词的体制虽不同,但都是"摅写性情""兴会所发",同为书写情怀的途径。这其实涉及一个非常重要的课题,即词的诗化问题。王兆鹏在《从诗词的离合看唐宋词的演进》一文中详细论述了词与诗的离合关系,认为到了南宋时期,诗词处于深度融合的状态,词已经完全诗化。①

三是互借互通。除此之外,清人还认识到,一些词作会借用诗中好句,这样的论述在顺康雍乾时期的文献中屡见不鲜,不胜枚举。王士禛就指出:"词中佳语,多从诗出。如顾太尉'蝉吟人静,斜日傍小窗明',毛司徒'夕阳低映小窗明',皆本黄奴'夕阳如有意,偏傍小窗明'。若苏东坡之'与客携壶上翠微'(《定风波》),贺东山之'秋尽江南草未凋'(《太平时》),皆文人偶然游戏,非向樊川集中作贼(二诗皆杜牧之)。"②他发现五代词人顾夐《临江仙》和毛文锡《虞美人》中关于小窗的语句都出自陈叔宝(小名黄奴)《小窗诗》。这些其实就是唐宋词对前人或同时期诗歌的接受问题,前人多有论述,此处不再赘述。③ 不过,诗对词的接受却少有人论及,贺裳就注意到了这个问题:"词家多翻诗意入词,虽名流不免。吾常爱李后主《一斛珠》末句云:'绣床斜凭娇无那。烂嚼红绒,笑向檀郎唾。'杨孟载《春绣》绝句云:'闲情正在停针处,笑嚼红绒唾碧窗。'此却翻词入诗,尔子瑕竟效颦于南子。"④贺裳发现,明人杨基七言绝句《春绣》中最后两句实出自李后主词《一斛珠》,此正所谓"翻词入诗"也。由此不难看出,实际上,无论是词对诗的化用还是诗对词的接受,都说明了词与诗的鸿沟不是那么大,它们之间存在太多的相似相通之处。

在词史上强调诗词同一性的其实也不乏其人,并非顺康雍乾时期才出现。早在宋代,苏轼就用实际创作诠释了诗词的同一性,被人们称为"以诗为词",不过其词作却遭人诟病,认为非本色之属。东坡之后,词的诗化现象越来越明显。晏几道作词亦被称为"寓以诗人之句法"⑤。到了南宋,王灼也明确提出:"诗与乐府同出,岂当分异?"⑥其所谓"乐府"就是词,在王灼看来,词与诗同源共祖,

---

① 王兆鹏:《从诗词的离合看唐宋词的演进》,《中国社会科学》2005 年第 1 期。
② [清]王士禛:《花草蒙拾》,见唐圭璋编《词话丛编》,中华书局 1986 年版,第 675 页。
③ 参阅钱锡生主编《化古为新——唐宋词对前人诗歌的接受》,光明日报出版社 2019 年版。
④ [清]贺裳:《皱水轩词筌》,见唐圭璋编《词话丛编》,中华书局 1986 年版,第 696 页。
⑤ [宋]黄庭坚:《小山词序》,见《百家词》,第 296 页。
⑥ [宋]王灼:《碧鸡漫志》,见唐圭璋编《词话丛编》,中华书局 1986 年版,第 83 页。

本为一家。与王灼同时的郑刚中就干脆直言:"长短句亦诗也。"①南宋末年的林景熙也赞同诗词的同一性,他说词本就是从诗歌发展而来的,既然诗歌可以兴、观、群、怨,可以表情达意,当其演变为词后,"乃遽与诗异哉"②? 主张诗词之同的词学观与强调诗词之异的词学观长期以来并行不悖。但相对来说,强调诗词之异的势力要大于强调诗词之同的势力,这也正是这么多年来,词的地位始终难以和诗抗衡的原因。

实际上,随着词歌唱属性的丧失,词的诗化几乎是必然的选择,顺康雍乾时期尤其如此。从唐宋词接受的角度来看,强调诗词之同,是清人尊体的一种表现,是为了提高词的地位,这无形中也让唐宋词在清人心目中的地位更高了,对于唐宋词的传播与接受无疑是大有裨益的。进一步而言,从唐宋词的历史分期来说,唐宋词的诗词初步融合阶段约出现在北宋中后期,深度融合阶段则是在南宋时期。③ 因而,主张诗词之同的清人对南宋词也许会更偏爱。

其实,无论是强调诗词之同,抑或是主张诗词之异,都或多或少地不无偏颇,只有辩证地看待并处理二者的关系,才是正确的选择。清人查礼关于诗、词关系的论述就极具思辨色彩,为该时期纷纷扰扰的诗、词之辨画上了一个圆满的句号。他说:"词不同乎诗而后佳,然词不离乎诗方能雅。"④在查礼看来,既要让词保持不同于诗的独立性,又须把握词与诗的相通之处,唯有如此,方能写出本色且又不失雅正的好词。的确,词要想获得恒久的生命力,就应主动向诗借鉴其语言和意境之美。因为诗歌的发展历程更长,相对于词来说,其创作手法和经验更为成熟和完备。但另一方面,词又应保持自身幽深要眇的特质,发挥其句式灵活、表达更细腻入微的优势。过分强调诗词之同,无疑会泯灭词的个性,使词沦为长短之诗;过于主张诗词之异,则可能让词在幽深狭窄的小路上举步维艰,最终丧失活力。无数事实表明,这两者都是不可取的。

二、词、曲之异同

除了探讨词与诗的异同外,词与曲的异同也是该时期清人关注的议题。这

---

① [宋]郑刚中:《乌有编序》,见《北山集》卷十三,文渊阁四库全书本。
② [宋]林景熙:《胡汲古乐府序》,见《霁山文集》卷五,文渊阁四库全书本。
③ 王兆鹏:《从诗词的离合看唐宋词的演进》,《中国社会科学》2005 年第 1 期。
④ [清]查礼:《铜鼓书堂词话》,见唐圭璋编《词话丛编》,中华书局 1986 年版,第 1482 页。

首先源于词与曲同为歌唱文体,它们之间的界限不是非常清晰。明人在词与曲的关系方面处理不够妥当,尽管也有人主张"诗不可如词,词不可如曲"①,但实际上,这种观点并未产生多少实质性的影响。明词的"散曲化""民歌化"现象较为突出②,"词体混淆于曲体"③。因此,清人在处理词与曲的关系上也较明人更为理性和自觉。

首先来看清人是如何阐述词、曲之异的。邹祗谟在《远志斋词衷》中引用明人沈际飞和胡应麟的论述:

> 沈天羽云:词名多本乐府,然去乐府远矣。南北剧名,又本填词来,去填词更远矣。按南北剧与填词同者,《青杏儿》(中调)即北剧小石调。《忆王孙》(小令)即北剧仙吕调。小令之《捣练子》《生查子》《点绛唇》《霜天晓角》《卜算子》《谒金门》《忆秦娥》《海棠春》《秋蕊香》《燕归梁》《浪淘沙》《鹧鸪天》《虞美人》《步蟾宫》《鹊桥仙》《夜行船》《梅花引》,中调之《唐多令》《一剪梅》《破阵子》《行香子》《青玉案》《天仙子》《传言玉女》《风入松》《剔银灯》《祝英台近》《满路花》《恋芳春》《意难忘》,长调之《满江红》《尾犯》《满庭芳》《烛影摇红》《绛都春》《念奴娇》《高阳台》《喜迁莺》《东风第一枝》《真珠帘》《齐天乐》《二郎神》《花心动》《宝鼎现》,皆南剧之引子。小令之《柳梢青》《贺圣朝》,中调之《醉春风》《红林檎近》《蓦山溪》,长调之《声声慢》《八声甘州》《桂枝香》《永遇乐》《解连环》《沁园春》《贺新郎》《集贤宾》《哨遍》,皆南剧慢词。外此鲜有相同者。更有南北曲与诗余同名,而调实不同者,又不能尽数。胡元瑞云:宋人《黄莺儿》《桂枝香》《二郎神》《高阳台》《好事近》《醉花阴》《八声甘州》之类,与元人毫无相似。若《菩萨蛮》《西江月》《鹧鸪天》《一剪梅》,元人虽用,悉不可按腔矣。愚按,此等九宫谱中悉载,然有全体俱似者,又有不用换头者。至词曲之界,本有畦畛,不得谓调同而词意悉同,竟至儒墨无辨也。④

---

① [明]谭元春:《辛稼轩长短句序》,见孙克强编《唐宋人词话》,南开大学出版社2012年版,第776页。
② 参阅张仲谋:《明词史》(修订本),人民文学出版社2015年第2版,第27—28页。
③ 肖鹏:《群体的选择——唐宋人词选与词人群通论》,凤凰出版社2009年版,第398—399页。
④ [清]邹祗谟:《远志斋词衷》,见唐圭璋编《词话丛编》,中华书局1986年版,第650页。

在这段文字中，邹祗谟引用了两位明人的话，意在严格区分词与曲。沈际飞提到了词与曲调名同而体异的情况，他不惮繁复地列举南剧中引子、慢词有哪些调名与词相同，但实际上是两种完全不同的东西。胡应麟则注意到了一些词牌名字虽与曲牌相同，但又"与元人毫无相似"，还有些词牌，元曲中虽仍在用，却"悉不可按腔矣"。邹祗谟则进一步补充说，有些词牌与曲全体俱似，但"又有不用换头者"。这其实都是在提醒我们应该注意词牌与曲牌的异同，是从格律及形式上探讨词、曲的联系与不同。

除邹祗谟外，清人沈雄也认识到了词、曲之别："《唐词纪》为郭茂倩所辑，杨璠、董御，多收伪词以广之，有以其名同而滥收之者。今取刘禹锡《纥那曲》云：'踏曲兴无穷。调同词不同。愿郎千万寿，长作主人翁。'按词品《阿那》《纥那》，皆当时曲名。"①沈雄也是从调名、体式等外在形式上阐述词、曲之别。他发现，《唐词纪》中多收有伪词，也有因为调名相同而误收入的。沈雄认为，刘禹锡的《纥那曲》（踏曲兴无穷）不能认定为词，此为当时的曲名。值得注意的是，沈雄此处所云"曲"，与严格意义上的元"曲"不是同一个概念。沈雄所谓"曲"当指唐代的地方民歌。沈雄认为《唐词纪》把刘禹锡的《纥那曲》收作词不恰当。其实，当时词尚处于发轫阶段，很多词都未定型，有些词牌名来自民歌也是非常正常的。沈雄以此来严格区分词、曲是不够恰当的。但他注意到了词体的独立性，强调词应与曲严分畛畦，是值得肯定的。

相较于邹祗谟和沈雄等人从外在体式上区分词、曲，李渔从语言方面阐述二者之异就更为深入。他说：

> 有同一字义，而可词可曲者。有止宜在曲，断断不可混用于词者。试举一二言之，如闺人口中之自呼为妾，呼婿为郎，此可词可曲之称也。若稍异其文，而自呼为奴家，呼婿为夫君，则止宜在曲，断断不可混用于词矣。如称彼此二处为这厢、那厢，此可词可曲之文也。若略换一字，为这里、那里，亦止宜在曲，断断不可混用于词矣。大率如尔我之称者，奴字、你字，不宜多用。呼物之名者，猫儿、狗儿诸儿字，不宜多用。用作尾句者，罢了、来了，诸了字，不宜多用。诸如此类，实难枚举，仅可举一概百。②

李渔是著名的曲学家，在词方面也有一定的成就，因而其关于词、曲语言异

---

① [清]沈雄：《古今词话》，见唐圭璋编《词话丛编》，中华书局1986年版，第744页。
② [清]李渔：《窥词管见》，见唐圭璋编《词话丛编》，中华书局1986年版，第550页。

同的理论就更能搔到痒处。在李渔看来,有些词语既可用于词中,又可用于曲中,比如"妾""郎""这厢""那厢"等;而有些词语宜用于曲中,"断断不可混用于词者",比如称自己为"奴家",称呼丈夫为"夫君",以及表示方位的指示代词"这里""那里"等;还有的词语在词中应尽量少用,比如人称代词"奴""你"等,称呼动物的名词"猫儿""狗儿"等,句尾语气词"罢了""来了"等。李渔的论述浅显易懂,且用详细例证,具有非常强的指导性。李渔生于明末清初,对于明词曲化现象当深有感触,因此他的论述就有很强的针对性。不过,李渔关于词、曲语言的适用性理论也非尽善尽美,比如他认为"这厢""那厢"这两个指示方位的词语也可用于词中是明显不妥的。人称代词"妾"和"郎"也不宜用于词中,而李渔把它们归为可词可曲的范畴。换言之,李渔虽极力强调词、曲之异,但其实其区分的标准仍较为宽泛,词、曲语言仍有混同现象。这大概源于其词学家和曲学家的双重身份,李渔在阐述词学理论时,其曲学背景往往会在不经意间流露。从其词的实际创作来看,清人也多评价为"词曲尖巧"①、"词多近俚"②、"间有草率语"③等,也印证了这一点。

顺康雍乾时期像这样强调词、曲之间鸿沟的大有人在。胡应宸在《兰皋明词汇选》中说:"良以词之视曲,其道甚远,词之去曲,其界甚微,又不能不为词家守壁耳。"④他认为词看起来与曲是两种不同的文体,但二者的界限又不是很明显,须守住词之本位,不可逾越。卓长龄则重点论述了词中虚字的用度,以严分词、曲。他指出:"用虚字呼唤,有勾魂摄魄之妙。玉田论之详矣。然一阕中亦不宜数用,恐过多则易邻于曲。"⑤他认为词中的虚字不可多用,否则就有可能近似于曲了,这也是极有创见的。相对来说,沈雄的观点则更通达,他认为,从

---

① [清]袁枚:《随园诗话》,见孙克强、杨传庆、裴喆编著《清人词话》,南开大学出版社2012年版,第54页。
② [清]查礼:《榕巢词话》,见孙克强、杨传庆、裴喆编著《清人词话》,南开大学出版社2012年版,第54页。
③ [清]高旭:《愿无尽庐诗话》,见孙克强、杨传庆、裴喆编著《清人词话》,南开大学出版社2012年版,第55页。
④ [明]胡应宸:《兰皋明词汇选序》,见孙克强、岳淑珍编《金元明人词话》,南开大学出版社2012年版,第631页。
⑤ [清]卓长龄:《羡门臆说》,见孙克强《清代词学批评史论》"清代佚失词话辑考"引,上海古籍出版社2008年版,第338页。

前人的创作实践来看,以词入曲一般问题不大,但"断不可以曲而作词"①。这就比有些人机械地把词与曲截然分开要好一些。不过,词中一些过于文雅的语句在曲中恐怕会水土不服,因为曲毕竟离普通百姓更近,听曲的人文化素养一般不会太高,通俗浅显才真正适合舞台,为大众喜闻乐见。

相对来说,强调词曲之同的人较少。清人顾彩云:"词者,诗之余。曲者,词之变体。日益近声日益靡。以词曲而上溯风雅流派远矣,然其为有韵同也。古者三百篇皆可弦歌之;汉魏乐府亦皆奏之郊庙以叶宫商;唐之盛也,旗亭诸伶人以能歌名人诗句者为高下;宋人则歌词;元人则歌曲。然则凡有韵者皆可以歌。"②顾彩认为词和曲有着相似的地方,比如它们都有韵脚,都可以弦歌之。

但值得我们注意的是,即使像顾彩这样认识到了词与曲之间的相通或相似之处,其亦始终不赞同词的曲化。换言之,认识到词曲之间有共性与打通词曲之间的文体界限并主张词的曲化是两回事。综上不难发现,清人对明词普遍不满,邹祗谟、沈雄等人严辨词、曲,对于清初词风的转变产生了积极的影响。与诗词之辨既强调二者差异又注重其联系不同的是,清人词曲之辨较多的是强化二者的界限与鸿沟,而较少论及其"同",强烈反对词的曲化。从表面上看,清人是在论述词曲之别,实际上也深刻传达了清人对于唐宋词的接受指向。其所青睐的绝非通俗化和曲化倾向明显的元、明词,而是充满神韵的五代北宋词或是清雅洗练的南宋词。

第三节 词史观背景下的唐宋词接受

本书所谓词史,指的是词自身发展演变进程,正如尤侗所言:"诗既有史,词独无史哉?"③而非周济所言"诗有史,词亦有史"④,亦非陈维崧所言"存经存

---

① [清]沈雄:《古今词话》,见唐圭璋《词话丛编》,中华书局1986年版,第848页。
② [清]顾彩:《清涛词序》,见孙克强、杨传庆、裴喆编著《清人词话》,南开大学出版社2012年版,第767页。
③ [清]尤侗:《词苑丛谈序》,见[清]徐釚编著,王百里校笺《词苑丛谈校笺》,人民文学出版社1988年版,第3页。
④ [清]周济:《介存斋论词杂著》,见唐圭璋编《词话丛编》,中华书局1986年版,第1630页。

史"(《词选序》)中的"史",他们所说的"史"是指用词记录和反映社会历史生活。唐宋词是如何发展演变的,顺康雍乾时期清人如何建构其心目中的唐宋词史,也能在一定程度上看出其接受取向。因为词史的梳理与建构离不开对词作思想艺术特色、词人成就及历史地位的评骘,所有这一切无不映射出清人对唐宋词的接受思想和观念。

清人的词史建构,一个非常重要的特点就是将词史与唐代诗史相比附。比如尤侗在《词苑丛谈序》中就明确提出:"词之系宋,犹诗之系唐也。唐诗有初、盛、中、晚,宋词亦有之。唐之诗,由六朝乐府而变;宋之词,由五代长短句而变。约而次之,小山、安陆,其词之初乎;淮海、清真,其词之盛乎;石帚、梦窗,似得其中;碧山、玉田,风斯晚矣。"①在他看来,以词喻诗,晏几道、张先相当于初唐诗人;秦观、周邦彦相当于盛唐诗人;姜夔、吴文英相当于中唐诗人;王沂孙、张炎则相当于晚唐诗人。不难看出,尤侗的词史观呈现出明显的局限性,因为他忽略了苏轼和辛弃疾这两位在宋词史上不可或缺的大家,而他们则通常被认为是豪放词派的代表人物。苏轼首开豪放之风,"一洗绮罗香泽之态"②,扩大了词的表现题材,丰富了词的表现魅力;而辛弃疾作为"词中之龙"③,其词包罗万象、风格多样,尤其是其爱国词"横绝六合,扫空万古"④,代表了南宋爱国词的最高成就。建构宋词史,忽略了这两人,是不应该的。但这也恰恰体现了尤侗的词学接受思想可能是偏好婉丽词风的。尤侗还忽视了宋初一个非常重要的词人柳永,谈及宋词早期的代表,柳永是不能被忽视的,他在慢词的创作、都市与羁旅行役题材的开拓等方面都有所建树。但柳永词的俗而艳也让很多人不满,从尤侗的词史观来看,他是不怎么看重柳永的。

同样是将诗史与词史比附,刘体仁所建构的词史与尤侗不太一致。其在《七颂堂词绎》中云:"词亦有初盛中晚,不以代也。牛峤、和凝、张泌、欧阳炯、韩

---

① [清]尤侗:《词苑丛谈序》,见[清]徐釚编著,王百里校笺《词苑丛谈校笺》,人民文学出版社1988年版,第3页。
② [宋]胡寅:《酒边词序》,见施蛰存主编《词籍序跋萃编》,中国社会科学出版社1994年版,第168—169页。
③ [清]陈廷焯:《白雨斋词话》卷一,见唐圭璋编《词话丛编》,中华书局1986年版,第3791页。
④ [宋]刘克庄:《辛稼轩集序》,见施蛰存主编《词籍序跋萃编》,中国社会科学出版社1994年版,第200页。

偓、鹿虔扆辈,不离唐绝句,如唐之初未脱隋调也,然皆小令耳。至宋则极盛,周、张、柳、康,蔚然大家。至姜白石、史邦卿,则如唐之中。而明初比唐晚,盖非不欲胜前人,而中实枵然,取给而已,于神味处,全未梦见。"①从这段话可以看出,刘体仁所建构的词史是唐五代至明初的整个词史。他把唐五代的牛峤、和凝、张泌、欧阳炯、韩偓、鹿虔扆等人视为词的初期代表,相当于初唐诗人;而周邦彦、张先、柳永、康与之等人是"盛唐"代表;姜夔、史达祖等人是"中唐"代表;而明初词人则是"晚唐"代表。他所列举的各个时期的代表词人同样也值得我们注意。"初唐词人"代表中没有我们所熟稔的温庭筠、李煜、韦庄、冯延巳等人。与尤侗一样,苏、辛等豪放词人也未提及。他所认同的"大家"是周邦彦、张先、柳永、康与之。总体来看,刘体仁的词史观还是显得很粗糙,忽略了很多重要的词人,也同样是重婉约轻豪放,但基本符合词史的全貌。

如果说尤侗和刘体仁是按照时间给词分期的话,那先著、程洪则是以词人为参照建构词史:"美成如杜,白石兼王、孟、韦、柳之长。与白石并有中原者,后起之玉田也。梅溪、梦窗、竹山皆自成家,逊于白石,而优于诸人。草窗诸家,密丽芊绵,如温、李一派。玉台沿至于宋初,而宋词亦以是终焉。以诗譬词,亦可聊得其仿佛。"②他把周邦彦比作杜甫,而姜夔则兼具王维、孟浩然、韦应物、柳宗元的长处,张炎则是与姜夔齐名的后起之秀。史达祖、吴文英、蒋捷也是当时的大家,但比姜夔稍逊一筹。而周密等人则相当于晚唐的温庭筠、李商隐一派。从先著、程洪的词史观来看,其与尤侗和刘体仁不一样。他所推崇的是周邦彦、姜夔、张炎等词人,他所列举的词人几乎都是南宋清雅词人,没有提及以俗闻名的柳永,也未提及苏、辛。由此可见,他受浙西词派尊南宋、尚醇雅的影响很大。

此外,清人邹祗谟的词史观则显得与众不同。他在《远志斋词衷》中说:"余昔序阮亭词,略云:尝论前代诸家,文成之于元献,犹兰亭之似梓泽也。新都之于庐陵,犹宏治之似伯玉也。琅琊之于眉山,犹小令之似大令也。公谨之于幼安,犹宣武之似司空也。逮黄门舍人之于屯田、待制,直如曹、刘之于苏、李,遂

---

① [清]刘体仁:《七颂堂词绎》,见唐圭璋编《词话丛编》,中华书局1986年版,第618页。
② [清]先著、程洪:《词洁辑评》,见唐圭璋编《词话丛编》,中华书局1986年版,第1367页。

觉后来益工,然未有如吾阮亭者也。世有解人,应不河汉余言。"①他列举了很多词人,将其与之前的词人做一比较,最终得出一个结论,"遂觉后来益工"。换言之,邹祗谟认为后人成就胜过前人,这无疑是对清初词人创作成就的一种极大肯定。虽然他是为王士禛词集作序时所言,难免会对王氏有过誉之处。但他提出的观点也具有一定的价值,正如赵翼所言:"江山代有才人出,各领风骚数百年。"但这种观点的局限性也是显而易见的,后人的文学成就是否一定超越前人,不能一言以蔽之。如果我们把邹祗谟的观点认为是其对明人盲目拟古思潮的否定以及对清初词成就的肯定,也许更符合其实质。

同样是肯定清词的成就,鲁超的观点则更具思辨色彩。康熙中期,鲁超为《今词初集》作序云:"余惟诗以苏、李为宗,自曹、刘迄鲍、谢,盛极而衰,至隋时风格一变,此有唐之正始所自开也。词以温、韦为则,自欧、秦迄姜、史,亦盛极而衰,至明末才情复畅,此昭代之大雅所由振也。词在今日,犹诗之在初盛唐。"②他没有机械地认为词的发展是后代胜于前代,而是认为词的发展是波浪式前进、螺旋式上升。他认为词到了"姜、史",趋于极盛,这以后词就陷入低潮,而到了清初,词学又复兴。这比较接近我们所认可的真实词史。值得注意的是,鲁超所认可的宋词顶峰极盛时期的代表是姜夔和史达祖,换言之,他所认可接受的宋人的典范也是以姜、史为代表的南宋清雅词人。这与康熙中期以来浙派的影响不无关系。

综上所述,顺康雍乾时期清人或以时代为线索,或以词人为参照,建构其心中认可之词史。不难看出,他们所建构的词史具有较大的局限性,有意无意地忽略了传统豪放词人。这说明,顺康雍乾时期,豪放词人的接受度远不如婉约词人。而南宋清雅词人则往往被认为代表了词史的高峰。对以姜、张为代表的南宋清雅词人之推崇和鼓吹,从大的社会背景来说是康熙中叶以降政权稳固、人心大定的必然产物,从词史的自身发展来说,是对明词"淫哇""芜累"的一种拨乱反正。清人在构建词史时,这种对南宋清雅词的接受倾向必然会有所体现。

---

① [清]邹祗谟:《远志斋词衷》,见唐圭璋编《词话丛编》,中华书局1986年版,第661页。

② [清]鲁超:《绝妙近词题辞》,见冯乾编校《清词序跋汇编》,凤凰出版社2013年版,第180页。按,冯乾编校《清词序跋汇编》中将鲁超误作鲁超升。

其实,从广义上说,清人的词史观不仅体现在对词史的梳理上,还包括很多其他的方面,其中就包括对唐宋词话的搜集和整理。该时期出现了众多汇编性质的词话,如王奕清编《历代词话》、沈雄编《古今词话》、冯金伯编《词苑萃编》等。正如有学者所言:"这些词话、本事已不是仅供茶余饭后消遣而用的谈资,而是极其重要的词史之'传'。"①任何"史"的搭建都需要以文学史料为基础,这些词话无疑是我们构建唐宋词史的重要材料。另外,为唐宋词人立传、编纂唐宋词选等,也是清人词史观的体现,都在一定程度上透露出清人的唐宋词接受理念。如果没有这种"词史"观念的植入,而仅仅像宋人一样视词为"聊佐清欢"的工具,甚至像和凝一样功成名就之后将自己年少时所写小词"专托人收拾焚毁不暇"②,那我们今天所看到的唐宋词数量将大打折扣。

第四节 顺康雍乾时期关于唐宋词接受的论争

清人关于唐宋词的接受因人而异、因时而异,他们所认可的唐宋词典范存在较大差异,也必将会引起相应的论争。③ 这些论争涉及很多方面,下面试就顺康雍乾时期出现的论争做一简要分析。

一、南北宋之争

北宋词和南宋词的差别还是较为明显的。一般而言,唐五代词与北宋词多属于歌舞传播,多小令,语言更浅近自然,少雕琢;而南宋词逐渐脱离了音乐属性,更倾向于书面文本属性,与诗的距离更近,因而更加追求文采,语言上精雕细刻,注重艺术表现力。顺康雍乾时期很多人认识到了北宋词与南宋词之间的这种差异,因而在学习接受唐宋词时也存在学北宋还是学南宋的论争。总体来看,该时期的南北宋之争大体走过了一条由"北"入"南"之路。

明末清初,受明词流风所及,词坛上"北"风压过"南"风。彼时词坛最重要

---

① 曹明升:《论清人的宋词史研究》,《浙江社会科学》2010年第3期。
② [五代]孙光宪:《北梦琐言》,中华书局1960年版,第51页。
③ 关于唐宋词论争的研究主要有:陈水云《唐宋词在明末清初的传播与接受》中篇第五章《关于唐宋词接受的理论论争》,涉及"复古"、婉约与豪放、艳词、"本色"、《花》《草》的接受等方面。孙克强的《清代词学》第九章,华东师大孔哲2017年博士学位论文《清代宋词学研究》第三章都涉及清代词坛的"南北宋之争"。

的代表是云间词派。云间词派最主要的词学接受取向就是尊唐、五代、北宋,黜南宋。陈子龙在《幽兰草序》中说:

> 晚唐语多俊巧,而意鲜深至,比之于诗,犹齐梁对偶之开律也。自金陵二主,以至靖康,代有作者,或秾纤婉丽,极哀艳之情;或流畅澹逸,穷盼倩之趣。然皆境由情生,辞随意启,天机偶发,元音自成,繁促之中尚存高浑,斯为最盛也。南渡以还,此声遂渺,寄慨者亢率而近于伧武,谐俗者鄙浅而入于优伶。以视周、李诸君,即有彼都人士之叹。元滥填词,兹无论焉。明兴以来,才人辈出,文宗两汉,诗俪开元,独斯小道,有惭宋辙。①

不难看出,陈子龙欣赏的是南渡以前的词,认为唐五代词、北宋词感情真挚,率性自然,神秀天成,境界高浑,"斯为最盛也";而对南宋词评价不高,认为其有"亢率"和"鄙浅"之弊病。同为云间词派的宋徵璧,在《倡和诗余序》中列举了他所认同的宋词名家是欧阳修、苏轼、秦观、张先、贺铸、晏几道、李清照,并分别以秀逸、放诞、清华、娟洁、新鲜、聪俊、妍婉称誉之。② 他列举的这七个词人中,除了李清照是南渡词人外,其余全部是北宋人。而李清照之所以入选,其实也主要是因为她的词完全合乎云间词派的要求。另外,他还指出,"词至南宋而繁,亦至南宋而敝"③,对南宋词颇有不满。显而易见,他的观点和陈子龙非常相似,但接受视野要稍宽一些。

之后的西陵词人群和广陵词人群基本延续了云间词人尊北黜南的思想,毛先舒云:"北宋,词之盛也。"④谢章铤也说陈子龙等云间词人,作词以温庭筠、韦庄等花间词人为宗,后学之士从吴伟业到王士禛等人,无不追随其后,翕然从之,正所谓"当其时无人不晚唐"⑤。但这种赓续也同时酝酿着新变,对于云间词派的尊北黜南,王士禛就提出了不同的观点,他认为云间诸子作诗拘于格律,

---

① [明]陈子龙:《幽兰草序》,见冯乾编校《清词序跋汇编》,凤凰出版社2013年版,第1页。
② [清]宋徵璧:《倡和诗余序》,见陈子龙等著,陈立校点《云间三子新诗合稿·幽兰草·倡和诗余》,辽宁教育出版社2000年版,第2页。
③ [清]宋徵璧:《倡和诗余序》,见陈子龙等著,陈立校点《云间三子新诗合稿·幽兰草·倡和诗余》,辽宁教育出版社2000年版,第2页。
④ [清]冯煦:《蒿庵论词》,见唐圭璋编《词话丛编》,中华书局1986年版,第3588页。
⑤ [清]谢章铤:《赌棋山庄词话》,见唐圭璋编《词话丛编》,中华书局1986年版,第3530页。

崇尚自然神韵之最高境界,但格局太小,眼界不宽。在词方面也是如此,"亦不欲涉南宋一笔"①。王士禛认为,这是其佳处,亦为其短处所在。相反,他认为,宋南渡以后,姜夔等清雅词人之作"极妍尽态,反有秦、李未到者"②。很明显,王士禛反对云间词派一味专主五代及北宋,认为南宋词亦有其优势与长处。这是清代词坛由"北"入"南"的征兆。

清初较早明确提出尊南宋的是朱彝尊,他在不同的场合都表达了这样的观点。他在《词综·发凡》中表示:"世人言词,必称北宋。然词至南宋,始极其工,至宋季而始极其变,姜尧章氏最为杰出。"③汪森在《词综·序》中也鲜明地提出了尊南宋的口号:

> 西蜀、南唐而后,作者日盛。宣和君臣,转相矜尚。曲调愈多,流派因之亦别。短长互见,言情者或失之俚,使事者或失之伉。鄱阳姜夔出,句琢字炼,归于醇雅。于是史达祖、高观国羽翼之,张辑、吴文英师之于前,赵以夫、蒋捷、周密、陈允衡、王沂孙、张炎、张翥效之于后。譬之于乐,舞《箾》至于九变,而词之能事毕矣。世之论词者,惟《草堂》是规,白石、梅溪诸家,或未窥其集,辄高自矜诩。予尝病焉,顾未有以夺之也。④

不难看出,汪森提出的词学接受对象皆为南宋人,其尊南宋的意图和朱彝尊是一样的。雍乾年间,厉鹗成为新的词坛领袖,其词学思想基本延续了早期浙派词人尊南宋的传统,"长短句权舆于唐,盛于北宋,至南渡而极工"⑤。朱彝尊、汪森、厉鹗等浙派词人在康熙前中期提出的尊南宋的主张在清代前中期产生了重要的影响。不过,其所谓的南宋,主要是指南宋清雅词人,并不包括辛弃疾等南宋爱国词人。

从上面的梳理不难看出,综观顺康雍乾时期词坛的南北宋之争,总体而言,清初更倾向于"北",康熙中期以后逐渐尚"南",尤其是浙派末流"不肯进入北宋人一步"⑥。词学接受思想由"北"向"南"的转变,是清代词史上的一件大事,

---

① [清]王士禛:《花草蒙拾》,见唐圭璋编《词话丛编》,中华书局1986年版,第685页。
② [清]王士禛:《花草蒙拾》,见唐圭璋编《词话丛编》,中华书局1986年版,第682页。
③ [清]朱彝尊:《词综·发凡》,见《词综》,中华书局1975年版,第8页。
④ [清]汪森:《词综·序》,见《词综》,中华书局1975年版,第2页。
⑤ [清]厉鹗:《半缘词跋》,见[清]查学《半缘词》,清刻本。
⑥ [清]蒋敦复:《芬陀利室词话》,见唐圭璋编《词话丛编》,中华书局1986年版,第3636页。

对该时期词坛产生了较大影响。清词更加注重艺术表现力，调式也由清初尚小令转为后来尚长调，但也导致部分清词形式化倾向明显，同时忽视思想内容的表达及情感的抒发。

不过，虽说浙西词派所倡导的尊南宋潮流在康熙中期以后逐渐成为词坛主流接受倾向，但同样有人表示怀疑。先著就曾云南宋词虽工巧，精于造语，音律谐婉，但也存在细碎、不够"浑化融洽"的缺点，缺乏花间、北宋词的醇厚，并云"今多谓北不逮南，非笃论也"①。先著还进一步指出，南宋词中长调虽然出色，但小令不如北宋词好。他说南宋诸家词人，其长调创作手法娴熟，艺术表现力强，但"小调不能不敛手"②，原因是南宋人的小令往往把注意力放在字词句的雕镂之上。这样的论述无疑也是符合实际的。众所周知，北宋词距离唐五代很近，尚处于词的发展期，早期的词以小令为主，北宋人在小令上倾注的精力更多，故而小令成就也更高。南宋人把词更多地作为一种抒情体的文本来书写，小令篇幅太短，难以充分展示其才气，故而在长调上有更大的作为。

陈昌强认为："尽管南北宋之争是浙西词派建构体系时提出的观点，但在整个清代词学建构中，几乎每一个流派或群体都无法轻易绕开，因而也成为考察清代词学的一个关键。"③实际上，清人提出尊"南"抑或是尊"北"，在很多时候是源于觉察之前尊"南"或尊"北"的弊病，进而以相反的词学宗尚补救之，在很多时候的确起到了振衰起颓、匡救时弊的作用，对于促进词坛始终向着良好方向发展有一定意义。只不过有的时候难免过犹不及，往往由一个极端走向另一个极端。

其实，从上面的分析不难看出，北宋词和南宋词各自都有自身的优势，不应妄加轩轾。这个时期就有很多有识之士认识到了这一点，表现出较为宏通的视野，这其中就包括同为浙西词派的沈皞日。他在《瓜庐词序》中云："勉强求南，

---

① [清]先著、程洪：《词洁辑评》，见唐圭璋编《词话丛编》，中华书局1986年版，第1348页。
② [清]先著、程洪：《词洁辑评》，见唐圭璋编《词话丛编》，中华书局1986年版，第1344页。
③ 陈昌强：《南北宋之争与清代浙西词派的发展演进》，《南京大学学报（哲学·人文科学·社会科学）》2014年第4期。

勉强求北,余则未之敢信而何以信于人。"①他认为学词不必拘泥于学南宋还是学北宋,只要"有感于中"就行。阳羡词派的后起之秀蒋景祁亦云,当世词人往往热衷于把自己置身于学南宋还是学北宋的阵营当中,乐此不疲,但其实从词之本质属性来说,无论是南宋词还是北宋词,"鲜不殊途同轨也"②。顾贞观也持同样的观点,他高度赞扬侯文灿在编选《十名家词》时"不执己,不徇人,不强分时代"③。这些人都主张不应强分南北,要兼收并蓄,不过很可惜,他们的观点在顺康雍乾时期并未产生太大的影响,以至于康熙中期以后,南宋之风越刮越劲,弊端也越来越明显。所以才会有嘉庆年间的张惠言重新以"北宋"来匡救之。历史就是这样惊人地不断循环着。

二、正变之论

早在《诗经》《毛诗序》中就出现了"变风""变雅"的说法,但其"变"的含义,并非后人所谓的文学理论正体之反面"变体",而更多的是指作品产生的年代处于乱世。后来,人们将正、变理论运用于诗文中。在词方面,宋人在论词方面也多蕴含了"正""变"的理念。比如有人评价苏轼作词,是把诗歌的创作手法、诗歌的题材移植于词中,"虽极天下之工,要非本色"④,实际上就是指出苏轼词非正宗之属。明人张綖明确提出了以婉约为宗、以豪放为变体的观念。王世贞在《艺苑卮言》中也阐述了他心目中的正变观:"言其业,李氏、晏氏父子、耆卿、子野、美成、少游、易安至矣,词之正宗也。温韦艳而促,黄九精而险,长公丽而壮,幼安辨而奇,又其次也,词之变体也。"⑤不难看出,王世贞作为当时的文坛领袖,其词学正变观与传统的正变观并无二致,只不过将温庭筠与韦庄视为变体多少让人有点意外。其理由是温韦词"艳而促",也让人费解,因为温词和韦庄词一浓一淡,颇不相同,"艳而促"亦无法涵盖二人作品的特色。

故而到了清初,王士禛就对其正变观做了适当的补充和修正。在《倚声初

---

① [清]沈皞日:《瓜庐词序》,见[清]金人望《瓜庐词》,清康熙三十六年(1697)刻本,第87页。
② [清]蒋景祁:《刻瑶华集述》,见蒋景祁编《瑶华集》,中华书局1982年版,第1页。
③ [清]顾贞观:《十名家词序》,见[清]况周颐《蕙风词话》续编卷1,《蕙风词话辑注》,江西人民出版社2000年版,第283页。
④ [宋]陈师道:《后山诗话》,见何文焕辑《历代诗话》(上册),中华书局2004年第2版,第309页。
⑤ [明]王世贞:《艺苑卮言》,见唐圭璋编《词话丛编》,中华书局1986年版,第385页。

集序》中,王士禛梳理了"正""变"词人代表作家及其发展演变历程。他认为"语其正",则南唐二主毫无疑问是"正"之祖,李清照、秦观等人代表"极盛"时期,高观国、史达祖等人则代表正体之尾声;"语其变",苏轼为其源头,陆游、辛弃疾等人将其发展壮大,陈亮、刘克庄、刘过等人乃其余波。① 王士禛同时驳斥上文王世贞关于正变的言论,他认为王世贞将东坡、山谷、稼轩等人之词视为变体没有问题,但把温庭筠和韦庄词也视同变体就缺乏说服力。因此,王士禛将王世贞原先归之为变体的温、韦纳入正体的版图,并且强调温、韦乃晏、李、秦、周等传统"正体"词人的先祖,"谓之变体则不可"②。众所周知,从词史发展进程而言,温、韦为唐五代词人,晏、李、秦、周为北宋词人。应该说王士禛关于正变词人的划分更符合实际。持同样观点的还有先著,他曾说:"词家正宗,则秦少游、周美成。"③不难看出,他推出的词家正宗典范是秦观和周邦彦,与前述观点基本一致。黄澂之在《南浦词引》中也说:"填词以婉丽情至为宗。"④

毛奇龄关于正变的观点略有差异,他在评价张鹤门词时,就称许其词长调学柳永和周邦彦等宋人,虽然还有辛弃疾、蒋捷的痕迹和影子在里面,"然亦不习辛、蒋,此正宗也"⑤。换言之,他认为张鹤门填词原先受过辛弃疾和蒋捷的影响,但现在主观上已经不再学习辛、蒋了。言下之意不难看出,他认为周邦彦、柳永乃词人之正宗,而辛弃疾、蒋捷之词则为变体。这里值得注意的是,辛弃疾词被视为变体,人们多半能理解,但蒋捷一般不被称为变体词人。上文也提到了,在《词综·序》中,汪森是把蒋捷作为姜、张一派的重要成员来看待的。其实,蒋捷词的风格也较为多样,汪森和毛奇龄或许都只看到了其词的某一个方面。实际上,蒋捷词中也有口语化和俗语化的一面,近乎俗而俚。周济曾云:

---

① [清]王士禛:《倚声初集序》,《续修四库全书》第1729册,上海古籍出版社2003年版,第438页。
② [清]王士禛:《花草蒙拾》,见唐圭璋编《词话丛编》,中华书局1986年版,第673页。
③ [清]先著、程洪:《词洁辑评》,见唐圭璋编《词话丛编》,中华书局1986年版,第1356页。
④ [清]黄澂之:《南浦词引》,见冯乾校《清词序跋汇编》,凤凰出版社2013年版,第110页。
⑤ [清]毛奇龄:《西河词话》,见唐圭璋编《词话丛编》,中华书局1986年版,第579页。

"竹山有俗骨"①,陈廷焯亦云蒋捷有些词"实形粗鲁者"②,连歌者都说他的词有"口俚碍吟叹者"③。因此,毛奇龄所言词之变体,不仅仅是豪放之词,也包含了粗俗鄙俚的一面,这是值得研究者注意的地方。

综上分析不难发现,虽略有差异,但这个时期的正变观基本延续了前人的观点,大体将合乎音律、风格柔婉绮丽的唐宋词视为正宗,而将豪放排奡、粗陋鄙俗之作视为变体,这是其与前代正变观一致之处。但顺康雍乾时期的正变观也悄然发生了一些新变,呈现出与前代不完全一样的特点:

首先是对"变"的辩证阐释。比如杨希闵在《词轨》中就表达了不同的正变观,他虽也认同词"以温、韦、二晏、秦、贺为正宗",但关于"变"体,他则提出了较为新颖的观点。他认为欧阳修、苏轼、黄庭坚等人的词"跌宕潇洒,轩豁雄奇",乃是"正变而正"④。所谓"正变而正",正如有学者所言"'变'不是衰变,而是创新"⑤,这种"变"在词史上具有扭转萎靡词风的重要作用,已经转化为一种新的"正"了。这是一种极有思辨色彩的正变观。

其次是对以"雅"为正的探讨。顺康雍乾时期词坛影响最大的唐宋词人当属去留无迹、清空骚雅的姜夔词,姜夔词的清雅特色毫无疑问在很多清人心目中属于"正"的范畴。以"雅"为正,也是该时期正变观一个较大的特色。早期浙派词人领袖朱彝尊就指出:"昔贤论词,必出于雅正。"⑥他认为正是由于北宋时期部分词作龉龊从俗,人们对其多有不满和诟病,于是到了南宋以后,才会出现诸如《乐府雅词》和《复雅歌词》这样反俗崇雅的词选。后来张炎更是旗帜鲜明地提出了雅正的口号。只不过到了元、明两代,雅正之声渐弱。直到这个时期,雅正才重新成为词坛的风向标,以雅为正才获得了较为广泛的认可。

顺康雍乾时期所谓"雅正",在很大程度上指的是词之内容须雅而正,要为

---

① [清]周济:《宋四家词选目录序论》,见唐圭璋编《词话丛编》,中华书局1986年版,第1644页。
② [清]陈廷焯:《白雨斋词话》,见唐圭璋编《词话丛编》,中华书局1986年版,第3898—3899页。
③ [清]毛奇龄:《西河词话》,见唐圭璋编《词话丛编》,中华书局1986年版,第565页。
④ [清]杨希闵:《词轨》,见孙克强编《唐宋人词话》,河南文艺出版社1999年版,第26页。
⑤ 胡建次:《承传与融通:古典词学批评中的正变论》,《社会科学研究》2007年第3期。
⑥ [清]朱彝尊:《群雅集序》,见《曝书亭集》卷四十,《四部丛刊》本。

封建统治服务。当然,雅正应该也包括形式上的雅正,比如合乎音律,语言之雅洁等。浙派中期词人代表厉鹗也主张"以雅为正",他在《群雅词集序》中说:"词之为体,委曲啴缓,非纬之以雅,鲜有不与波俱靡而失其正者矣。"①由于词长期以来形成的附着于其上的女性化和艳丽化特色,很容易滑向低俗和靡丽的深渊,厉鹗主张用雅正来补苴。这样,无形中就以"雅"为正体,以"俗"为变体了。除了朱彝尊和厉鹗外,还有很多人谈及了雅,这种以"雅"为正风尚的出现有着深刻的原因。一方面是源于清王朝统治在全国的逐渐稳固,三藩平定,台湾收复,人们从内心深处逐渐接受了清朝的统治。清王朝在政治和军事领域取得节节胜利之后,转而加强对文化领域的控制。词虽为小道,同样也在文治的范畴中,对词作的"雅正"追求也就不难理解了。另一方面,词体的雅正也是对明词浅俗、鄙俚的一种拨乱反正。

但我们也必须承认姜夔词与正统的婉约词还是不一样,呈现出"变雄健为清刚,变驰骤为疏宕"②的特色,正所谓健笔写柔情。因此,也有人把姜夔词视为变体。沈德潜在《碧箫词序》中就说:"夫词之为道,其辞微,其旨远。诗所难于达者,假闺房儿女子之言,长短其句,而以委曲通之,准诸《离骚》二十五之义,往往相合。前人之体制,不可逾也;一定之律吕,不可混也。宋代以来,并推周、柳。苏端明、辛稼轩以浩气行之,姜白石以清才矫之,别开面目,风格故高,然终非词之本旨矣。"③沈德潜虽肯定姜夔词的"别开生面"和"风格故高",并肯定白石词的清刚疏宕对于当时词坛盛行周、柳绮丽烂熟词风的扭转廓清之功,但还是把它和豪放的稼轩词一并视为词之变调,云其词"终非词之本旨矣"。

孙克强在谈到清词的正变之争时说:"清代的正变论大体经过了以婉丽为正、以清雅为正和以风雅为正三个阶段。这三个阶段实与清代词学流派的更替相对应。"④就顺康雍乾时期而言,云间词派及其后学主要以婉丽为正,浙西词

---

① [清]厉鹗:《群雅词集序》,见《樊榭山房集》文集卷四,上海古籍出版社1992年版,第755页。

② [清]周济:《宋四家词选目录序论》,见唐圭璋编《词话丛编》,中华书局1986年版,第1644页。

③ [清]沈德潜:《碧箫词序》,见孙克强、杨传庆、裴喆编著《清人词话》(中),南开大学出版社2012年版,第906页。

④ 孙克强:《清代词学批评史论》,上海古籍出版社2008年版,第161页。

派以清雅为正。虽然王士禛说只"当分正变,不当分优劣"①,但实际上,就唐宋词的传播与接受而言,正变之争就是选择接纳何种类型唐宋词的终极问题。一定程度上而言,在对待唐宋词的态度上,该时期选择了婉约清雅的唐宋词,而摒弃了通俗、豪放的唐宋词。

三、本色论

"本色"一词可能最早见于刘勰的《文心雕龙·通变》:"青生于蓝,绛生于蒨,虽逾本色,不能复化。"②"本色"原指物体本来的颜色,用于文学批评领域后,含义指诗词应有的本来面目,即该文体所特有的艺术风格。一直以来,"本色"一语在诗文的评述当中用得较多。在词领域,宋人较早用"本色"谈论词的是陈师道,他批评苏轼在词中寓以诗之题材和艺术手法,"虽极天下之工,要非本色"③。很明显,陈师道所谓的"本色",当指词有着与诗不一样的特色,而他所推崇的本色词人的代表是秦观和黄庭坚。另外,从他用"教坊雷大使之舞"来形容苏轼的词,不难看出,陈师道所认同的本色词无疑是偏于婉约的,而豪放风格是不属于本色范畴的,其所谓本色还包括词要协律。宋代另一个著名词人张炎也谈到了词的本色,他在《词源》中说:"句法中有字面,盖词中一个生硬字用不得。须是深加锻炼,字字敲打得响,歌诵妥溜,方为本色语。如贺方回、吴梦窗,皆善于炼字面,多于温庭筠、李长吉诗中来。字面亦词中之起眼处,不可不留意也。"④但其所谓"本色"更多是就词的语言而言的,他认为词的语言应该自然精练,"字字敲打得响,歌诵妥溜",这才可称得上是本色之语。明人杨慎也认为词需保持自己的本色,他所说的词之本色是指词应该保持自己的独立性,他在《词品》中就说:"宋人长短句虽盛,而其下者,有曲诗、曲论之弊,终非词之本色。"⑤

因此,综观清以前关于词"本色"的言论,不难看出,他们所理解的词之"本

---

① [清]王士禛:《渔洋词话》,见葛渭君编《词话丛编补编》,中华书局2013年版,第744页。
② [南朝]刘勰著,庄适、司马朝军注:《文心雕龙》,崇文书局2014年版,第28页。
③ [宋]陈师道:《后山诗话》,见何文焕辑《历代诗话》(上册),中华书局2004年第2版,第309页。
④ [宋]张炎:《词源》,见唐圭璋编《词话丛编》,中华书局1986年版,第259页。
⑤ [明]杨慎:《词品》,见唐圭璋编《词话丛编》,中华书局1986年版,第425页。

色",其内涵和外延并不完全一致。① 但总体来看,所谓"本色"是指词应该有自己不同于诗和曲的独立文体特征,而这个特征主要偏向于柔婉绮丽、合乎音律、便于吟唱等方面。

那么,顺康雍乾时期词人对"本色"的理解是什么呢?一方面,他们继承了前人关于"本色"的理论,主张词应该运用自己特有的语言。譬如,刘体仁在《七颂堂词绎》中表示,辛弃疾的《沁园春》(杯汝前来)类似于韩愈的散文《毛颖传》,而《贺新郎·别茂嘉十二弟》这类词则存在用赋体手法填词的痕迹。在刘体仁看来,辛弃疾用散文和赋体的手法写词,"皆非词家本色"②。刘体仁虽没有明确提出什么样的词的语言才是本色的,但他认为用散文体和赋体入词,肯定非本色,实际上就强调了词的语言应该有韵味,言近旨远。除了认为词的散文化和赋化非本色外,清人还认为"尖颖""俳狎"都不符合"本色"的标准。如刘体仁就批评柳永词"最尖颖,时有俳狎"③。所谓"尖颖"当指柳永有些词过分追求新奇,为夺人眼球而不惜使用一些生僻字眼或民间方言;"俳狎"中"俳"是指滑稽戏,"狎"有猥琐而不庄重之意,同样是批评柳永词中的一些低俗甚至色情和插科打诨之语。他同时指出,黄庭坚的词也存在同样的问题。刘体仁认为,这样的词都非本色之属。先著也认为词中出现"俚语"不符合本色的要求,他批评黄庭坚词"多作俚语""非其本色"④。

由此不难看出,清人所认同的本色,当指词之语言具有清雅洗练、蕴藉悠长之特质,尤其反对词的散文化、俚语化、口语化以及低俗色情化。在清人看来,这些都不是本色之词。实际上,这恰恰是词脱离了音乐属性,沦为上层文人案头文学样式的必然结果,也在一定程度上反映了词与底层大众渐行渐远了。

另一方面,清人所认可的"本色"尚有自然、不假雕饰之意。比如沈谦《填词

---

① 岳淑珍认为唐宋词学批评中的本色论经历了四个发展阶段:一是晚唐五代到北宋前期的理论构建与巩固时期;二是北宋中后期本色理论的丰富与发展时期;三是南宋前期对传统本色理论的反动时期;四是南宋后期本色理论的深化时期。参阅岳淑珍《唐宋词学批评中的本色论》,《中州学刊》2015年第11期。

② [清]刘体仁:《七颂堂词绎》,见唐圭璋编《词话丛编》,中华书局1986年版,第619页。

③ [清]刘体仁:《七颂堂词绎》,见唐圭璋编《词话丛编》,中华书局1986年版,第622页。

④ [清]先著、程洪:《词洁辑评》,见唐圭璋编《词话丛编》,中华书局1986年版,第1353页。

杂说》云:"秦少游'一向沉吟久',大类山谷《归田乐引》,铲尽浮词,直抒本色。而浅人常以雕绘傲之。此等词极难作,然亦不可多作。"①沈谦以秦观《满园花》(一向沉吟久)为例,认为该词"铲尽浮词,直抒本色",没有矫揉造作,没有刻意的结构组织安排和字句上的精雕细刻,这样的词才是本色之作。实际上,这首词全为方言俗语,表达的是下层女子的闺怨之情。其所谓"本色"更多地表现为感情的率真和语言的俏皮,颇具民歌特色。沈际飞曾以"语不经,却津津然"②形容之。贺裳在《皱水轩词筌》中也表达了同样的观点:

> 词虽以险丽为工,实不及本色语之妙。如李易安"眼波才动被人猜",萧淑兰"去也不教知,怕人留恋伊",魏夫人"为报归期须及早,休误妾、一身闲",孙光宪"留不得、留得也应无益",严次山"一春不忍上高楼,为怕见、分携处",观此种句,觉红杏枝头春意闹尚书,安排一个字,费许大气力。③

他以李清照《浣溪沙》、萧淑兰《菩萨蛮》、魏夫人《江城子》、孙光宪《谒金门》、严仁《一落索》等词中佳句为例展开阐述,认为只有这样的词句才是满心而发,肆口而成,具有自然本色之美。而像宋祁《玉楼春》"红杏枝头春意闹"此类句子,尤其是其中的"闹"字也有大费周折、刻意安排的痕迹,"实不及本色语之妙"。由此不难看出,贺裳所理解的"本色"指的也是感情抒发真挚、不扭捏作态,词言自然神韵、通俗易懂,不过于追求语言的雕琢。但总体而言,清人所说的"本色",更多是讨论什么样的词才合乎规范,才符合词固有的特点。在这一点上,清人总体上还是认为词以艳丽婉约为本色,比如彭孙遹就明确表达了这样的观点:

> 词以艳丽为本色,要是体制使然。如韩魏公、寇莱公、赵忠简,非不冰心铁骨,勋德才望,照映千古。而所作小词,有"人远波空翠""柔情不断如春水""梦回鸳帐余香嫩"等语,皆极有情致,尽态穷妍。乃知广平梅花,政自无碍。竖儒辄以为怪事耳。司马温公亦有"宝髻松"一阕,姜明叔力辨其非,此岂足以诬温公,真赝要可不论也。④

---

① [清]沈谦:《填词杂说》,见唐圭璋编《词话丛编》,中华书局1986年版,第631页。
② [宋]秦观撰,徐培均、罗立刚编著:《秦观词新释辑评》,中国书店2003年版,第106页。
③ [清]贺裳:《皱水轩词筌》,见唐圭璋编《词话丛编》,中华书局1986年版,第716页。
④ [清]彭孙遹:《金粟词话》,见唐圭璋编《词话丛编》,中华书局1986年版,第723页。

彭孙遹明确表达了"词以艳丽为本色"的鲜明观点,他认为这是由词特有的体制所决定的。彭孙遹以寇准、韩琦等人为例,认为即使像这样"冰心铁骨""勋德才望"的老夫子作出的词也是香艳绮丽的,说明词之本色就该如此,他们以德高望重的老臣身份写出这样的词无可厚非,也无须为他们辩护。

此类观点在这个时期具有一定的普遍性,曹尔堪说"词尚艳冶"①,王士禄也说词之题材虽多为言情,然"尤须蕴藉,始号当行"②。既然词以艳丽为本色,就必然将豪放词视为异类。刘体仁就指出,辛弃疾在词史上虽占据重要地位,能够独辟蹊径,开疆拓土,"但是散仙入圣,非正法眼藏"③。他把辛弃疾视为"散仙",既然是"散仙",则难以入正统仙班,"非正法眼藏",不符合传统词的规范。同时,他将刘过也归入这一非本色、非正统的行列。毛先舒也说:"长调使气,便非本色。"④所谓"使气",指的也是豪放激荡、慷慨激昂之作。在这样的"本色"论背景下,清人所推崇的本色词人之代表往往是"男中李后主,女中李易安"⑤这样的婉约词人。无独有偶,王士禛也把秦观和李清照等婉约词人视为本色代表词人,他在评论曹贞吉的《添字渔家傲》(初秋相思)一词时就说:"已近秦、李,此是当行本色。"⑥

不过,还是有一些人表达了不一样的观点,他们认为,豪放也是一种本色。邹祗谟就说辛弃疾词"雄深雅健,自是本色"⑦。张杞园认为世人皆以柳永、李清照等人之词为当行之属,实际上,苏轼、辛弃疾这样的英雄之词"慷慨雄放,为

---

① [清]曹尔堪:《春芜词题词》,见冯乾编校《清词序跋汇编》,凤凰出版社2013年版,第39页。
② [清]王士禄:《锦瑟词话》,见朱崇才编《词话丛编续编》,人民文学出版社2010年版,第118页。
③ [清]刘体仁:《七颂堂词绎》,见唐圭璋编《词话丛编》,中华书局1986年版,第620页。
④ [清]毛先舒:《鸳情词话》,见《古今词汇初编》卷首,康熙十八年(1679)刻本。
⑤ [清]沈谦:《填词杂说》,见唐圭璋编《词话丛编》,中华书局1986年版,第631页。
⑥ [清]王士禛:《珂雪词评》,见朱崇才编纂《词话丛编续编》,人民文学出版社2010年版,第161页。
⑦ [清]邹祗谟:《远志斋词衷》,见唐圭璋编《词话丛编》,中华书局1986年版,第652页。

不失丈夫本色"①。先著也对辛弃疾词评价不低,云"稼轩本色自见,亦足赏心"②。他们都认为辛弃疾的"雄深雅健"也未尝不是本色之词。王士禛的词虽以婉丽为主,但他对豪放词也同样欣赏,显示了较为宏通的视野。他认为所谓的当行本色,本就应该包括婉约与豪放两种类型。他以东坡书法为例,认为其书法潇洒遒劲,有海上波涛汹涌之势,东坡词亦当如是观。如果世人只知将其与柳永这类只会咿咿呀呀浅斟低唱,作妇人之词的词人做比较、争高低,"无乃为髯公所笑"③。徐𬱟凤在《词证》中也认为婉约之词自当为本色,但"豪放亦未尝非本色也"④。他们都表示,填词之首要在于世事的书写和性情的抒发,词人性情的差异决定了词之本色也会有差异,无须厚此薄彼。

  应该说王士禛和徐𬱟凤这样开明的接受观点是清代以前很少有人提及的,宋代胡寅、王灼等人虽然也欣赏苏轼的词新天下之耳目,但他们是在否定传统艳词的基础上推举豪放词,无形中走了另一个极端,那就是推举豪放词而打压有着更广泛群体基础的婉约词。这样做,一方面缺乏足够的说服力,另一方面也会招致更多人的反对。而王士禛和徐𬱟凤等人在肯定豪放作为词之本色的同时,并未彻底否定婉约词,这样的本色论更容易为词坛所接受。

  综上,本色的内涵其实包含词的体性与风格两个方面⑤,本色之争在顺康雍乾时期也是一个重要而复杂的话题。本色范畴和正变之争中的"正"有交叉和重复的地方,即婉约绮丽、要眇宜修。但同时,清人关于本色的论述又有着与"正"不一样的含义,比如直抒胸臆、不假雕饰等。总体来看,清人的本色观较之前人更理性、更先进,更符合词体的本源。他们没有囿于一隅,有人主张艳丽为本色,有人主张豪放为本色,更有人主张二者皆可为本色。正是由于这样包容开放的接受思想,才促成了清词复兴第一次高潮的到来。

---

  ① [清]张杞园:《珂雪词》评论,见朱崇才编纂《词话丛编续编》,人民文学出版社2010年版,第147页。
  ② [清]先著、程洪辑,刘崇德、徐文武点校:《词洁》,河北大学出版社2010年版,第15页。
  ③ [清]王士禛:《花草蒙拾》,见唐圭璋编《词话丛编》,中华书局1986年版,第681页。
  ④ [清]田同之:《西圃词说》,见唐圭璋编《词话丛编》,中华书局1986年版,第1449页。按,此则实出自徐𬱟凤《词证》,参考《田同之〈西圃词说〉考信》,李康化:《明清之际江南词学思想研究》,巴蜀书社2001年版,第365页。
  ⑤ 参阅胡建次、叶国云《中国传统词学的四大批评观念》,《山西师大学报(社会科学版)》2017年第2期。

四、雅俗之辨

雅俗之辨在词史上一直都存在。词在发轫之初,根基在民间,风格更近于俗。敦煌曲子词在20世纪初才重见天日,其中绝大多数为民间词,清新质朴。早期的文人如刘禹锡、白居易等人也多从民间音乐中汲取养料,其词也呈现出民歌的风味,因此,世俗化在所难免。五代十国时期,填词之风日炽,当时词之创作中心为西蜀和南唐,其中西蜀更盛,也更多地呈现出俗而艳的特色;南唐词虽士大夫化的意味更浓,但语言也不事雕琢,清新隽永。因此整个唐五代的词更倾向于俗。

到了北宋初年,受五代词风的影响,词与音乐的关系更加紧密,主要是作为一种歌唱文体盛行。因此,词也不可能过于文雅,否则也不宜传唱,其中尤以柳永词为代表。到了北宋中后期,在苏轼等人的推动下,词的士大夫化和诗化更明显,在这种背景之下,词逐步雅化。到了南宋,词已经几乎完全雅化,题材更加丰富,更加注重词的艺术表现力,词句也更加镂玉雕琼。元明时期,词又滑向了俗的方向,受新兴文学的影响,词的曲化现象也更突出。

到底词应该俗还是应该雅,几百年来争论不休。由于敦煌词是在20世纪初才被发现,人们很长一段时间内根本不知道有这样一个词作群体存在,因此,后人评词也少了一个重要的参照物。当年柳永词虽流传甚广,影响直达域外,正所谓"凡有井水处皆能歌柳词",但也因其词"骫骳从俗"(《后山诗话》),让当时及后来许多正统文人诟病不已。南宋以降,词坛上复雅之风日炽,《乐府雅词》《复雅歌词》等带有鲜明崇雅色彩的词选先后出现。到了宋末,张炎就明确提出:"词欲雅而正,志之所之,一为情所役,则失其雅正之音。"①然而,到了明代之后,在"雅"与"俗"的抉择中,明人却坚定地拥抱了后者。作为文坛领袖的王世贞在谈及词之创作时就曾明确表示:"宁为大雅罪人,勿儒冠而胡服也。"②他旗帜鲜明地表达了对于浅至儇俏之俗词的青睐。俞彦《爱园词话》亦云:"(词)古拙而今佻,古朴而今俚,古浑涵而今率露也。"③

关于清代的雅俗之辨,孙克强先生曾云:"清代有关词学雅俗的讨论,既是

---

① [宋]张炎:《词源》,见唐圭璋编《词话丛编》,中华书局1986年版,第266页。
② [明]王世贞:《艺苑卮言》,见唐圭璋编《词话丛编》,中华书局1986年版,第385页。
③ [明]俞彦:《爱园词话》,见唐圭璋编《词话丛编》,中华书局1986年版,第399页。

第四章 唐宋词在顺康雍乾时期的体认与论争

宋代雅俗之辨的继续,又是对明代尚俗思潮的反拨。"①清代初年,受明代词论的影响,"花""草"之风盛行,实际上还是倾向于俗的一面。彭孙遹自名词集曰《延露词》,"延露"一词的本义即为鄙陋之词,虽有自谦之意,但从其词作实际来看,也能在一定程度上代表其词集特色。在追求俗方面表现得最明显的是李渔,其在《窥词管见》中强调词"先要使人可解"②,"词之最忌者有道学气,有书本气,有禅和子气"③。李渔作为戏曲家,主要是从传唱的角度对词提出要求,因此强调或追求词的通俗也就不难理解了。

但其实,这种追求俗的风气在清代并未延续太长时期,在词学理论上也没有产生太大的反响。也许是因为明词之萎靡不振,入清之后,人们对明代词风之俗极其不满,迫切地想要改变这种状况。因此,雅俗之争在这个时期远不如正变之争、南北宋之争和本色之争那么复杂,追求俗的声音和力量远远不能与追求雅的力量相抗衡。其实,在浙西词派之前,就已经有很多人表示了对"雅"的追求。比如张祖望云:"词虽小道,第一要辨雅俗。"④还有一些人表达了对明词"俗"的批判,彭孙贻云:"明人词好亦似曲,求其辞不伤雅,调不落卑,无雕巧之痕,无叫嚣之习,茗斋而外,盖鲜其俦。"⑤彭孙遹虽被认为是广陵词人群的代表,作词以《花间》《草堂》为宗,但他同样表达了对"雅"的追求,其在《旷庵词序》即宣扬:"填词之道,以雅正为宗,不以冶淫为诲,譬犹声之有雅正,色之有尹、邢,雅俗顿殊,天人自别,政非徒于闺襜巾帼之余,一味儇俏无赖,遂窃窃光草兰苓之目也。"⑥贺裳在《皱水轩词筌》中也提出:"词虽宜于艳冶,亦不可流于秽亵。"⑦"词不嫌秾丽,须要雅洁。"⑧对雅的追求必然会对那些俗词名家予以批评:"黄九时出俚语,如'口不能言,心下快活',可谓伧父之甚。"⑨彭孙遹亦云:

---

① 孙克强:《清代词学的雅俗之辨》,《学术月刊》2000年第6期。
② [清]李渔:《窥词管见》,见唐圭璋编《词话丛编》,中华书局1986年版,第554页。
③ [清]李渔:《窥词管见》,见唐圭璋编《词话丛编》,中华书局1986年版,第553页。
④ [清]王又华:《古今词话》,见唐圭璋编《词话丛编》,中华书局1986年版,第605页。
⑤ [清]吴衡照:《莲子居词话》卷三引,见唐圭璋编《词话丛编》,中华书局1986年版,第2463页。
⑥ [清]彭孙遹:《旷庵词序》,见叶庆炳、吴宏一编《清代文学批评资料汇编》(上),成文出版社1979年版,第275页。
⑦ [清]贺裳:《皱水轩词筌》,见唐圭璋编《词话丛编》,中华书局1986年版,第698页。
⑧ [清]贺裳:《皱水轩词筌》,见唐圭璋编《词话丛编》,中华书局1986年版,第708页。
⑨ [清]贺裳:《皱水轩词筌》,见唐圭璋编《词话丛编》,中华书局1986年版,第696页。

"山谷'女边着子,门里安心',鄙俚不堪入诵。如齐梁乐府'雾露隐芙蓉,明灯照空局',何蕴藉,乃沿为如此语乎!"①

追求雅正在康熙中期浙西词派登上历史舞台之后,就成为词坛最主要的潮流与风尚。无论是早期的朱彝尊、中期的厉鹗还是晚期的王昶等人,都以"雅"为号召。朱彝尊一再主张:"念倚声虽小道,当其为之,必崇尔雅,斥淫哇,极其能事,则亦以宣昭六义,鼓吹元音必崇尔雅,斥淫哇。"②厉鹗则认为词应"去卑而就高,避缛而趋洁,远流俗而向雅正"③。王昶论词同样讲求雅正,称许赵升之词"清虚骚雅"④,又云陶凫乡之词"幽洁妍靓"⑤。清初与浙西词派分庭抗礼的阳羡词派,亦表达了类似的主张。陈维崧对当时词坛"极意《花间》,学步《兰畹》"⑥的词风极为不满,予以猛烈抨击。阳羡词派的另一个重要的词人史惟圆同样也对软艳而缺乏"志意"的词风表达不满,认为这种"家温、韦而户周、秦"⑦的现象看似词坛非常兴盛,但实际上不利于词的健康长久发展。

从中不难看出,清代在康熙中期以后,崇雅的口号和风尚占据了词坛的主流。这种风尚出现的原因,前文已经论述,此不赘述。如何看待这种追求"醇雅""骚雅""清雅"的风尚呢?这种尊雅崇雅的风尚的确让词坛出现了一股清流,少了很多靡靡之音,但也让词与音乐的关系进一步疏离,使其与民间的距离更远了,成为高高在上的庙堂文学。尤其是一些浙派末流,往往更关注词的艺术表现形式,而缺乏充沛的感情和深广的内容。郭麐曾予以了尖锐的批评,云其表面上是宗尚清雅之词,但更多是故作高深、附庸风雅。他们"借面装头,口

---

① [清]彭孙遹:《金粟词话》,见唐圭璋编《词话丛编》,中华书局1986年版,第722页。
② [清]朱彝尊:《静惕堂词序》,见施蛰存编《词籍序跋萃编》,中国社会科学出版社1994年版,第543页。
③ [清]厉鹗:《群雅集序》,见施蛰存编《词籍序跋萃编》,中国社会科学出版社1994年版,第558页。
④ [清]王昶《海月词序》,见施蛰存编《词籍序跋萃编》,中国社会科学出版社1994年版,第567页。
⑤ [清]王昶《海月词序》,见施蛰存编《词籍序跋萃编》,中国社会科学出版社1994年版,第567页。
⑥ [清]陈维崧:《词选序》,陈维崧《陈迦陵散体文集》卷二,见《陈维崧集》,上海古籍出版社2010年版,第54页。
⑦ 参阅陈维崧《蝶庵词序》,见施蛰存编《词籍序跋萃编》,中国社会科学出版社1994年版,第562页。

吟舌言"①,斤斤计较于字面、音律等外在形式,对于主旨阐发和情感表达等文学创作之核心要义则弃之不顾,这无疑是舍本逐末之举。

综上所述,顺康雍乾时期虽然也有所谓雅俗之争,但其实雅的力量要远大于俗的力量,在浙西词派的推动下,俗几乎没有了容身之地。但物极必反,这种做法本身是为挽救明词之俗,但"家祝姜(夔)、张(炎);户尸朱(彝尊)、厉(鹗)"②的崇雅之举让部分清词徒有华丽的外衣,埋下了清词盛极而衰的伏笔,这也同样值得我们深思。

本 章 小 结

从诸多文献不难看出,大多数清人认同宋代是词的高峰时期,这种观点是明代词学接受观的一种赓续,同时更是一种强化。清人正是有了这种认同感,才会去认真学习和接受唐宋词,而不是接受时代距他们更近的元、明词。另外,清人认为词有着与诗、曲不一样的特质,延续了传统"诗庄词媚"的理论阐发,主张词须幽深而要眇,尤其反对词的曲化和俗化;另一方面,清人也认识到了词与其他文体在抒写性情、标举景物方面的相通之处。表面上看,这是在阐述词的文体特点,其实也从侧面透露了清人认同并学习何种唐宋词的接受思想。就词史观而言,顺康雍乾时期学人构建其心目中的词史时,几乎都忽略了豪放词人,而其列举的各个时期的代表词人往往以南宋清雅词人居多。从顺康雍乾时期关于唐宋词的论争来看,一般而言,清初以学五代、北宋居多,康熙中叶以降,南宋之风愈炽。正变之论和本色之争基本延续了传统的观点,但强调豪放亦为本色或只可论正变而不可论短长的观点亦不乏其人,反映了清人较为宏通的接受观;而雅俗之争基本上呈现一边倒的倾向,崇雅是这个时期最主要的特色。

---

① [清]郭麐:《灵芬馆词话》,见唐圭璋编《词话丛编》,中华书局1986年版,第1524页。
② [清]顾翰:《寒松阁词题评》,见冯乾编校《清词序跋汇编》,凤凰出版社2013年版,第1197页。

第五章　从唐宋词接受看顺康雍乾时期词风之演变

相较于词集和词论,清词的创作更能在直观上显现唐宋词传播及接受效应。清词号称中兴,前人多从政治、经济、文化等外部因素探寻其原因①,有学者虽注意到了清词创作与唐宋词接受之间的联系,但更倾向于个案研究,而较少从"史"的角度宏观梳理与把握。② 毫无疑问,清词的繁荣首先是建立在对唐宋词这座历史宝库的传承与接受的基础上的。明末清初至乾隆末年是清王朝从动荡走向平稳进而迈向鼎盛又盛极转衰的时期。"文变染乎世情,兴废系乎时序",清人对唐宋词的接受与传承也经历了较大变化。这种变化体现在哪里,为什么会有这种变化?这种演变又给予了清词怎样的影响?本章将以时间为序,从唐宋词接受的角度初步解读顺康雍乾时期清词发展演变的历程。

第一节　明末至顺治初期
——宗花间、南唐、北宋与清词的小令化、艳情化

"《草堂》之草,岁岁吹青;《花间》之花,年年逞艳"③是明代词坛的真实写照。这股"花""草"之风在晚明时期仍然有强烈的影响,陈耀文明末编选《花草粹编》,虽其选择视野有所开拓,但仍是以《花间集》和《草堂诗余》为基础。在《清十一家词选·自序》中,王煜就明确指出,清初受明词影响很大,词坛风气

---

① 参阅周绚隆《论清词中兴的原因》,《东岳论丛》1997年第6期;邱阳《清词中兴原因再探》,《哈尔滨学院学报》2007年第10期。
② 参阅陈水云等《唐宋词在明末清初的传播与接受》,中国社会科学出版社2010年版;孙克强《清代词学》第一章第四节,中国社会科学出版社2004年版。
③ [清]冯金伯:《词苑萃编》卷八,见唐圭璋编《词话丛编》,中华书局1986年版,第1940页。

"未离《花》《草》"①。但值得注意的是,虽说明代"花""草"并行,但人们对"草"的兴趣要高于"花"。吴承恩在《花草新编序》中就曾云当时的明代词坛"《草堂》大行,而《花间》不显"②。其实不仅仅是吴承恩生活的明嘉靖和万历年间,就是在整个明代,《草堂诗余》也要比《花间集》更受欢迎。据李一泯统计,明代的各种《花间集》版本约有 12 种(含抄本);而据刘少雄等人的统计,光是流传至今的《草堂诗余》明代刻本就达 35 种之多。

不过到了明末清初,词人们更偏爱花间词。如果说花间词风代表的是"艳",那么草堂代表的就是"俗",虽说"俗"和"艳"难以截然分开,但毕竟还是有差异的。翻阅顺康雍乾时期相关文献,不难看出,清人对艳词尚能容忍,甚至认为词为艳体是合乎情理的。但对于"俗",清人则几乎一边倒地予以口诛笔伐。在清初,我们发现除了李渔表达了词应该尚俗、"先要使人可解"③的观点外,极少有人对俗词表示喜好。正如曹尔堪所说的那样:"词尚艳冶,亦忌秽恶。"④其实,这也不难理解,早期的词主要用于应歌,为了让大众能听得懂,追求通俗易懂也是应该的。但到了清代,词几乎已经完全演变为案头文学,词作者多为才子、学人,他们致力于推尊词体,因此反对词的俗几乎是必然的选择。虽说在明代词也不应歌,但词的"曲化"非常严重,世俗文学非常发达,加之词体不振,俗词也就能大行其道了。

云间词派乃明末清初词坛执牛耳者,其主要的活动时间大概是明崇祯初年至清顺治初年。陈子龙最心仪的是晚唐至宋室南渡之前的词,而对南宋词则颇多微词。具体来说,他论词主张"天机偶发,元音自成",他非常看重南唐北宋词的自然、浑成、本色之美。在《王介人诗余序》中,陈子龙提出了填词的"四难",即"用意难""铸词难""设色难"以及"命篇难"。⑤ 其核心观点仍然是用浅显而含蓄有韵味的语言表达"沉至之思",再次强调了"天机所启,若出自然"。以陈子龙的《醉落魄·春闺风雨》为例:

---

① [清]王煜:《清十一家词选·自序》,见《清十一家词选》,台北正中书局 1936 年版。
② [明]吴承恩撰,刘修业辑校,刘怀玉笺校:《吴承恩诗文集笺校》,上海古籍出版社 1991 年版,第 118 页。
③ [清]李渔:《窥词管见》,见唐圭璋编《词话丛编》,中华书局 1986 年版,第 553 页。
④ [清]曹尔堪:《春芜词题词》,见[清]江闿《春芜词》,《黔南丛书》本。
⑤ [明]陈子龙:《王介人诗余序》,见陈子龙《安雅堂稿》卷三,明崇祯刻本。

花娇玉暖,镜台晓拂双蛾展。一天风雨青楼断,斜倚栏干,帘幕重重掩。

红酥轻点樱桃浅,碧纱半挂芙蓉卷。真珠细滴金杯软。几曲屏山,镇日飘香篆。①

这首词写的是闺中少妇独守空房,时值春季又遇风雨,更加百无聊赖。起始两句写清晨起床,临镜梳洗。次句写天气,从"帘幕重重掩"等语句可以看到一位闺中少妇的孤寂与落寞。"红酥"二句写女子化妆打扮,"真珠"句极言闺房之华美。尤其是最后的结尾很见功力,以景结尾,给人以含蓄不尽之美。读这首词很容易让人想起温庭筠的名作《菩萨蛮》(小山重叠金明灭),无论是立意、题材还是艺术表现,二者都有异曲同工之妙。

除了云间词派,其他词人也深受这种唐宋词接受观点的影响。陈维崧作为阳羡词派宗主,其词给人以踔厉骏发、纵横恣肆之感,学的是苏、辛一派。其实陈维崧早年词作多学"花间",无论是题材还是艺术风格,都打下了较深的"花间"痕迹,邹祗谟就以"矫丽"②二字评价之。后来王士禛也认为陈维崧(字其年)追步"花间",认为学陈子龙能真正做到登堂入室的"今惟子山、其年"③。如陈维崧早期作品《红窗睡·夏闺》:

记得年时,面药唇珠,菡萏舫偷消长夏。睡痕一缕蔷薇下。捉迷藏耍者。

半迭红笺难道假。如今怎花开花落将人抛舍。玉郎一去,又看看秋也。④

不难看出,该词采用的是花间艳词常见的代言体,写的也是艳词中最常见的闺情。前面几句回忆闺中人与情郎在一起时的甜蜜场景:盛夏时节两个人划着画舫在水中徜徉,接天莲叶,映日荷花,卿卿我我,你侬我侬。正午时分,美人在蔷薇藤下小睡。有多少次与心上人快乐地捉迷藏,纵情嬉戏,其情其景,宛如昨日,历历在目。往昔越是快乐与美好,越能反衬出现在之愁苦。后面几句笔

---

① [明]陈子龙:《陈子龙诗集》,上海古籍出版社2006年版,第609页。
② [清]邹祗谟:《远志斋词衷》,见唐圭璋编《词话丛编》,中华书局1986年版,第659页。
③ [清]邹祗谟:《远志斋词衷》,见唐圭璋编《词话丛编》,中华书局1986年版,第651页。
④ 程千帆主编:《全清词》(顺康卷),中华书局2002年版,第4289页。

锋一转,书写离别之苦,花开花落,年复一年,闺中人在热切地盼望情郎能再次回来,与自己团聚,可是转眼又是一年秋来到,心上人却杳无踪迹。陈维崧早期的这些艳词,语言、结构都打下了较深的花间印记,与其后期词迥异。

但值得我们注意的是,从清初如日中天的云间词派提倡的花间、南唐、北宋,到浙西词派专学南宋,清人的接受取向似乎走了两个极端,但这两个极端之间相隔也不过三十多年的时间,这个"乾坤大挪移"似乎有些太突兀了。但其实我们仔细研究就会发现,这种转变在明清之际就有了一些征兆。对于明代"花""草"风行,艳词大行其道,在晚明时期就有一些人表示过担忧与不满。毛晋作为明末著名的词学出版家,他在《花间集跋》中就曾言:"近来填词家辄效柳屯田作闺帏秽媒之语,无论笔墨劝淫,应堕犁舌地狱;于纸窗竹屋间,令人掩鼻而过,不惭惶无地邪?"①毛晋对当时词人多"效柳屯田作闺帏秽媒之语"深为厌恶,予以猛烈抨击。卓人月等人编选《古今词统》,所选唐宋词不再局限于《花间集》和《草堂诗余》,而是把选录重心放在了南宋。这些都透露出了词学接受转向南宋的端倪。

即使在主学南唐、花间、北宋的云间词人身上,也能发现一些词风转变的蛛丝马迹。以陈子龙为例,陈氏对南宋词并非全无好感,其对南宋的《乐府补题》评价就颇高。陈子龙对唐玉潜与林景熙等宋末遗民词人将杨琏真伽发掘宋帝六陵时所遗弃骸骨收集并下葬之义举,深表钦佩,并云其咏莼、莲、蝉等词作,"巧夺天工,亦宋人所未有"②。对于宋徵璧的"词至南宋而繁,亦至南宋而敝"的论断,我们很多人往往关注的是后半句,认为其意是极力贬斥南宋词,而对于前半句"词至南宋而繁",往往置而不谈。其实前半句恰恰是对南宋词的一个肯定,他充分认识到词至南宋就到了极盛时期。实际上,宋徵璧在《倡和诗余序》中对姜白石(姜夔)、蒋竹山(蒋捷)、史邦卿(史达祖)、黄花庵(黄昇)等人也不无赞许之意。另外,明清之际,云间词人虽然没有提出"雅"的号召,但他们的词学主张其实是蕴含了"雅"的内涵的,因为无论是表达"沉至之思"还是"不藉粉泽";无论是追求"含蓄有余不尽"还是"工练",无形中都包含了"雅"的意蕴于其中。类似的表述在明清之际的其他词人中也能看到,比如清初词人李起元在

---

① [明]毛晋:《花间集跋》,汲古阁《词苑英华》本。
② [清]王奕清编:《历代词话》,见唐圭璋编《词话丛编》,中华书局1986年版,第1260页。

《董澹子诗余小序》中云,词以婉丽为特色,宜于言情。他认为词之用字有"雅"和"丽"之分,而"字雅为最,丽则亚之"①。这样看来,李起元也明确地表达了"雅"的主张。因此,我们认为,康熙中期浙西词派的宗南宋、尚醇雅在明清之际就埋下了伏笔。

明末清初词坛的这种风尚,首先无疑是对明代后期词风的一种赓续。但是必须承认,云间词派的理论和创作实践,和传统意义上的明词又有很大的不同。实际上,云间词派是以一种对明词振衰起颓的姿态登上历史舞台的。陈子龙对明词是不满的,他在《王介人诗余序》中,对明词的名家诸如刘伯温、杨慎、王世贞等人的评价不高,遑论其他人。云间诸子虽然学南唐花间,但不能简单地认为这是一种复古的行为,因为云间词人认为古人风骚之旨,多借香草美人言之,他们主张词应"托贞心于妍貌,隐挚念于佻言"②。从实际情况来看,云间词人在亡国之后所写的词,的确体现了寓国恨家仇于艳词之中的理念。以李雯的《风流子·送春》为例:

> 谁教春去也?人间恨、何处问斜阳?见花褪残红,莺捎浓绿,思量往事,尘海茫茫。芳心谢,锦梭停旧织,麝月懒新妆。杜宇数声,觉余惊梦;碧栏三尺,空倚愁肠。
>
> 东君抛人易,回头处、犹是昔日池塘。留下长杨紫陌,付与谁行?想折柳声中,吹来不尽;落花影里,舞去还香。难把一樽轻送,多少暄凉。③

李雯在明末清初享有盛名,为著名的"云间三子"之一,但后来迫于生计而仕清,因此其词中不时流露出对故国的怀念和自己委身变节的羞愧之感。但这种复杂而敏感的情感在当时的社会背景之下,又不能过于袒露,因此,只能利用其所擅长的花草艳词委婉而含蓄地表达之。这首《风流子》应该是写于甲申之变后,"斜阳""花褪残红"暗喻国破家亡之惨状,"芳心谢""懒新妆"等语句表达对新王朝的抵触而又无可奈何之情绪,"昔日池塘"表达对故国的眷恋。种种思量,万般情愫,皆借花红柳绿、莺声燕语曲折映射,全词写得"幽约怨悱""缠绵感

---

① [清]李起元:《董澹子诗余小序》,见[清]董守正《诗余花戏》,顺治刻本。
② [明]陈子龙:《三子诗余序》,见陈子龙《安雅堂稿》卷三,崇祯刻本。
③ 程千帆主编:《全清词》(顺康卷),中华书局2002年版,第353页。

人"①。毫无疑问,这些艳词与传统意义上的艳词还是有区别的,这无形中提升了词的地位,从某种意义上说是对明词的一种自我救赎。这与后来朱彝尊用南宋的骚雅词来抵御明词的俗艳是殊途同归的。

受这种接受取向的影响,明清之际的词也深深地打上了花间、南唐、北宋词的烙印:

一是题材的艳情化。总体来看,虽然说清初遗民词人也有一些词反映了那段刀光剑影、风雨如晦的惨痛历史,比如金堡和徐籀的词;也有少数词反映了民生疾苦,比如汪价的词,但这类词在明末清初并不占多大比例。受明代词风的影响,清初题材还是偏于传统的闺襜言情之作。云间词派虽然以挽救明词的姿态登上历史舞台,主张以南唐和北宋词救明词的芜陋,但从云间词派的实际创作来看,其题材以闺情、咏物及个人感怀为主。陈子龙在明亡以后的某些词真正具备了南唐词的自然神韵之美,但他早期的词大都是走花间老路。《幽兰草》中共收录陈子龙词55首,其题材也多偏于香艳,与花间词极为相似。

二是调式的小令化。词在兴起之际,以小令居多,花间和南唐词也多为小令。云间词派主张复古,词学晚唐。蒋平阶说要"专意小令",邹祗谟也认为,"今则短调,必推云间"②。从云间词人的创作来看,以小令为主。田茂遇也指出,云间诸子论词"以花间为宗,几置长调不作"(《清平词选后集序》)。此外,《倚声初集》选录明万历至清顺治年间的词共1914首,其中小令206体1116首,中调102体364首,长调165体434首,分别占比58%、19%和23%。云间词派的陈子龙今存词79首,其中小令55首;《支机集》收词242首,全部为小令。由此可见,小令在明末清初占了绝对的优势。

三是艺术风格的婉丽化。明词将豪放词风视为变体,而视婉约为正宗,云间词人在这一点上完全继承了明词的传统。毋庸讳言,题材的女性化和闺阁化,必然导致词风的婉丽。关于这一点,陈子龙在《三子诗余序》中说得很清楚:"思极于追琢,而纤刻之辞来;情深于柔靡,而婉娈之趣合;志溺于燕婧,而妍绮

---

① 叶嘉莹、舒湮:《李雯〈风流子〉赏析》,见钱仲联编《元明清词鉴赏辞典》,上海辞书出版社2017年版,第457页。
② [清]邹祗谟:《远志斋词衷》,见唐圭璋编《词话丛编》,中华书局1986年版,第653页。

之境出;态趋于荡逸,而流畅之调生。"①其中"纤刻""婉娈""妍绮""流畅"等词语都是说词在艺术风格上应该要婉约妍丽。实际上,这样的词学观点在当时具有极大的代表性,不仅是在云间词人中,就是在明末清初整个词坛的创作实践中都得到了很好的贯彻。

第二节　顺治中期至康熙中期
——多元化接受与清词题材及风格的多样化

顺治四年(1647),随着陈子龙抗清失败,投水而死,云间词派影响式微,词坛进入群雄逐鹿、百家争鸣的时代。清人对唐宋词的接受取向也呈现出明显的多元化趋势,这种多元化的接受对于该时期清词的发展产生了深远的影响。

一、风云变幻的唐宋词多元接受

(一)"花""草"艳情

这个时期承续"花""草"之风写艳情词最重要的基地有两个,一个是西陵词人群,一个是广陵词人群。如前所述,西陵词人虽然出自大樽(陈子龙)门下,但其论词还是更倾向于接受艳词。沈谦曾在《填词杂说》中为黄庭坚好作艳曲而辩护,认为山谷所作不过花前月下之浅斟低唱,表达个人的闲情逸致而已,"吾不知以何罪待谗诐之辈"②。而广陵词人群主要代表人物是王士禛、邹祗谟、彭孙遹、董以宁等人。广陵词人群脱胎于云间词派,但已经逐渐跳出云间词派的藩篱。他们的词学主张虽然看起来比云间词派更先进,接受唐宋词的范围似乎更广,但其念念不忘难以割舍的仍是花间及北宋艳词。王士禛亦云:"或问《花间》之妙,曰蹙金结绣,而无痕迹;问《草堂》之妙,曰采采流水,蓬蓬远春。"③五代时王定保《唐摭言》记载,赵牧效仿李贺作诗,可谓"蹙金结绣,而无痕迹"④,形容文章结构严密,也显富丽精工之妙。王士禛以之品评花间,足见其对花间词的喜爱。彭孙遹更是认为,词以艳丽为本色,实乃体制使然。

---

① [明]陈子龙:《三子诗余序》,见陈子龙《安雅堂稿》卷三,明崇祯刻本。
② [清]沈谦:《填词杂说》,见唐圭璋编《词话丛编》,中华书局1986年版,第634页。
③ [清]王士禛:《花草蒙拾》,见唐圭璋编《词话丛编》,中华书局1986年版,第675页。
④ [五代]王定保:《唐摭言》,古典文学出版社1957年版,第109页。

王士禛《衍波词》中多有描写男女之情的艳词,但总体看,其词显得轻快疏朗,艳而清丽,有些词偏于民歌风味。正如薛祥生、丁纪闽比较其词与温庭筠词风格异同时所云:"他扬弃了温词秾丽的一面,继承并发展了其清新疏淡的一面。"①以其《浣溪沙》为例:

奁畔豪犀间玉梳,新妆才罢晓寒初,曲栏花日影扶疏。

金鸭暖香消桂蠹,夜蝉轻翅上桃苏,问郎曾解画眉无。②

题材即为传统闺情词,与众多花间词几乎别无二致。从闺房内的梳妆镜、妆奁,写到金鸭、暖香,配以"曲栏花日影扶疏"的外景。只不过结尾一句"问郎曾解画眉无"较之花间词更显生活情趣。如果说王士禛的词是清艳的话,那么董以宁的词则更艳而近乎亵了,他的《醉公子·重来》云:

乍握纤纤手,侬意他知否?莫便使他知,教他归去思。

重来花下见,红晕潮生面。纤手只微笼,多时露玉葱。③

词写的是男女幽会的场景,"红晕潮生面"如果说还稍有含蓄的话,"纤手只微笼,多时露玉葱"则不仅仅是香而艳能涵盖的了。郭麟言董以宁的词"淫言媟语"④,从这首词便可见一斑。

(二)南唐遗韵

南唐词在该时期也有一定的受众。其实在一定程度上,清初较好地继承了云间词派陈子龙词学精髓的是纳兰性德。他在《渌水亭杂识》中对花间词和两宋词都有所挑剔摘疵,唯独对南唐词人李煜赞赏有加,云其词兼有花间和宋人词之美,而"更饶烟水迷离之致"⑤。实际上,他是清初学南唐最成功的。郭麟亦云其"专学南唐五代"⑥。比如他那首脍炙人口的《浣溪沙》:

谁念西风独自凉?萧萧黄叶闭疏窗。沉思往事立残阳。

---

① 薛祥生、丁纪闽:《略论王渔洋词的风格特征》,见孔繁信、邱少华主编《王渔洋研究论集》,山东文艺出版社1991年版,第309页。
② 程千帆主编:《全清词》(顺康卷),中华书局2002年版,第6549页。
③ 程千帆主编:《全清词》(顺康卷),中华书局2002年版,第5183页。
④ [清]郭麟:《灵芬馆词话》,见唐圭璋编《词话丛编》,中华书局1986年版,第1534页。
⑤ [清]纳兰性德:《渌水亭杂识》卷四,见《通志堂集》卷十八,华东师范大学出版社2008年版。
⑥ [清]郭麟:《灵芬馆词话》,见唐圭璋编《词话丛编》,中华书局1986年版,第1504页。

被酒莫惊春睡重,赌书消得泼茶香。当时只道是寻常。①

该词为纳兰悼念亡妻之作,白描写景,选取往日夫妻生活中的一些片段,"语淡而情深"②,娓娓道来,但感情真挚浓烈。尤其是结句丝毫不见斧凿痕迹,平平常常的一句大白话却胜过千言万语,平淡随意却自见功力。他没有用文人惯常的讨巧的方式——以景结尾,而只是用了一句近乎家常的口语。全词言近旨远,让人不觉潸然泪下。陈维崧曾云纳兰词"得南唐二主之遗"③,是非常有见地的。纳兰性德的好友顾贞观,虽然从未明确标榜自己学南唐,但从他的创作实践来看,其词自然清新,不事雕琢,感情真挚,也深得南唐词风之神韵。

(三)北宋本色

北宋词和晚唐五代词关系紧密,北宋词的自然本色、婉丽流畅正是来自晚唐五代,因此,学晚唐五代必然会兼及北宋,这几乎是难以避免的。这个时期,论词宗北宋的也不乏其人。比如毛先舒就曾说,北宋词的精髓"不在豪快,而在高健。不在艳亵,而在幽咽"④。其所云"高健",当指词之风骨高,有意境和韵味,而与之相对应的则是"豪快",当指南宋辛派末流词的叫嚣与剑拔弩张。而其所谓"幽咽",则在于情感表达的含蓄蕴藉,而不是赤裸裸地写"艳亵"之词。

清初顾贞观也曾表示:"南宋词虽工,然逊于北。"⑤朱彝尊的词学活动大概始于顺治中期,其论词主张并非一开始就是宗南宋、尚醇雅、慕姜张的。比如他在《碧巢词》所附评语中就曾说,词源于唐而盛于北宋,而南渡以后,词作渐事雕琢。很难想象这样的话出自朱彝尊这位浙派宗主之口,但细加探究亦不难理解,朱彝尊早期也曾追随过云间词派。

(四)稼轩豪情

唐宋词接受在该时期一个很重要的特色就是稼轩风的回归。稼轩词风的回归和阳羡词派的努力是分不开的。"阳羡派是 17 世纪下半叶最具影响力的

---

① 程千帆主编:《全清词》(顺康卷),中华书局 2002 年版,第 9555 页。
② 贺新辉评纳兰语,见贺新辉主编《清词鉴赏辞典》,北京燕山出版社 2006 年版,第 617 页。
③ [清]江顺诒:《词学集成》,见唐圭璋编《词话丛编》,中华书局 1986 年版,第 3270 页。
④ [清]王又华:《古今词论》引,见唐圭璋编《词话丛编》,中华书局 1986 年版,第 607 页。
⑤ [清]李渔:《李渔全集》卷二,浙江古籍出版社 1992 年版,第 510 页。

词派。"①阳羡词派一开始就是以反对《花间》《草堂》闺襜靡曼之音的姿态登上历史舞台的。陈维崧早年师事陈子龙,词风较为艳丽,但后期已经完全走出了明词和云间词派的藩篱。他在诗中就直言"烦君铁绰板,一为洗蓁芜"②,明确表达了同过去香艳词风做一了断的决心。

陈维崧后期词内容之丰富,风格之恣肆,用调之繁多,用情之沉挚,都说明了他已经不屑于香软词风,而是更多地学习接受苏、辛豪放词风,用追魂沥魄之笔描绘清初广阔的社会生活画卷。如其《夜游宫·秋怀》《点绛唇·夜宿临洺驿》等词都鲜明地反映了这种转变。试以陈维崧的《水龙吟·寿尤悔庵六十,用辛稼轩寿韩南涧原韵》为例,将其与辛弃疾的《水龙吟·甲辰岁寿韩南涧尚书》做一比较,就能明显感受到二者的渊源关系:

水龙吟·寿尤悔庵六十,用辛稼轩寿韩南涧原韵

陈维崧

曾经天语怜才,如今老却凌云手。开元鹤发,茂陵铅泪,海天非旧。长乐笙箫,连昌花竹,可堪回首。算软裘快马,呼鹰继犬,当时事,还能否?

摘尽瑶台星斗,水哉轩、夜明如昼。《离骚》一曲,《清平》三调,小盘珠走。汉殿唐宫,能消几度,花阴杯酒。闹筝琵腰鼓,红樱紫笋,上先生寿。③

水龙吟·甲辰岁寿韩南涧尚书

辛弃疾

渡江天马南来,几人真是经纶手。长安父老,新亭风景,可怜依旧。夷甫诸人,神州沉陆,几曾回首。算平戎万里,功名本是,真儒事、君知否。

况有文章山斗。对桐阴、满庭清昼。当年堕地,而今试看,风云奔走。绿野风烟,平泉草木,东山歌酒。待他年,整顿乾坤事了,为先生寿。

从题材来看,两首词同为祝寿词,却丝毫不显俗气,反而都有一种浓浓的家国情怀。辛词的祝寿对象为韩元吉,表达的是渴望收复中原的雄心壮志;陈词的祝寿对象为尤侗,字里行间也流露出对故国家园的留恋。从艺术手法来看,无论是意境的营造还是雄起奔放、豪迈不羁、天马行空的风格,二者都有异曲同

---

① 陈水云等:《唐宋词在明末清初的传播与接受》,中国社会科学出版社2010年版,第296页。
② [清]陈维崧:《荔裳先生韵亦得十有二首》之六,见《湖海楼诗集》,《四部丛刊》本。
③ 程千帆主编:《全清词》(顺康卷),中华书局2002年版,第4142页。

工之妙。更难能可贵的是,前人多认为陈维崧词"豪纵有余,深厚不足"①,叶嘉莹先生也说他的词有"不耐人吟味"②处。但从陈维崧的这首词来看,豪放中又不乏低回婉转之妙,并非喷薄而出一发不可收,颇有稼轩风之神韵。除阳羡词人外,吴琦、冒襄、余怀、尤侗等人都在一定程度上学辛。康熙十年(1671),在周在浚和龚鼎孳等人的推动下,稼轩词风随着"秋水轩唱和"而吹遍大江南北。③

(五)姜张清雅

康熙中后期是姜、张风初起与清词逐步雅化的时期。这个时期,清词处于一个承前启后的发展阶段,一方面,以稼轩风为主的清初多样词风由于种种原因逐渐淡出历史舞台;另一方面,浙西词派横空出世,宗南宋、学姜张、尚醇雅的风气日渐占据词坛的主流。这个时期,浙西词派正式登上历史舞台,但阳羡词派的影响并未消退。实际上,阳羡词人的词集《荆溪词初集》在康熙十七年(1678)付梓,蒋景祁编选的《瑶华集》于康熙二十五年(1686)刊行,万树的《词律》在康熙二十六年(1687)刊行,陈维崧的《湖海楼词集》在康熙二十八年(1689)刊行。这些都说明,这个时期阳羡词派所主张的雄起阔大、风格多样的稼轩词风仍有相当影响。另外,词宗南唐的另一位清初大家纳兰性德于康熙二十四年(1685)去世,与他词风相仿的顾贞观到康熙五十三年(1714)才去世,他们所倡导的独抒性灵词风在这段时期内的影响也不可小觑。而善写艳词的彭孙遹是在康熙三十九年(1700)去世的,"花""草"余波仍是不绝如缕。但整体来看,该时期以稼轩风为代表的多样唐宋词风日渐隐退,时代呼唤新的词坛潮流。

康熙十七年(1678),朱彝尊、汪森主编的《词综》刊刻;康熙十八年(1679),浙西主将龚翔麟主编的《浙西六家词》在南京刊行;不久后,由朱彝尊携至京师的《乐府补题》由蒋景祁出资刊行。所有这一切都昭示着浙西词派正式成立。浙西词人高举姜、张大旗,推举南宋骚雅格律词风,意在用南宋姜、张的立意骚雅肃清明代词风的"软、艳、俗"在清初的影响。浙西词派的论词主张在《词综·序》中鲜明地提了出来,汪森在这篇著名的序言中至少阐明了两个观点,一是推

---

① 郑骞编注:《续词选》,中国文化大学出版部1982年版,第88页。
② 叶嘉莹:《清词选讲》,生活·读书·新知三联书店2016年版,第76页。
③ 关于稼轩风在清初回归的阐述,可参阅陈水云等《唐宋词在明末清初的传播与接受》,中国社会科学出版社2010年版,第241—258页。

尊词体,把词的历史上溯至《诗经》,并认为词并非"诗之余",而是一种可与诗并驾齐驱的文体。这就大大提升了词的地位,试图极力扭转人们长期以来对词的偏见。二是在对待唐宋词的接受和继承上,汪森鲜明地提出尊姜张、尚醇雅的主张。他以"句琢字炼,归于醇雅"①高度评价白石词,后来在给周笃谷的信中甚至称赞姜夔是"南渡以还,一人而已"②。汪森对于与姜夔词风类似的张炎、史达祖等人也推崇备至。朱彝尊在不同的场合都表达了类似的观点,在《词综·发凡》中说"姜尧章氏最为杰出"③,在《黑蝶斋词序》中说"词莫善于姜夔"④,在《静惕堂词序》中又说填词"必崇尔雅,斥淫哇"⑤。

浙西词人的这些主张在他们的词创作中都有所体现,以朱彝尊为例,其《摸鱼子》云:

粉墙青、虬檐百尺,一条天色催暮。洛妃偶值无人见,相送袜尘微步。教且住,携玉手、潜行莫惹冰苔仆。芳心暗诉。认香雾鬟边,好风衣上,分付断魂语。

双栖燕,岁岁花时飞度。阿谁花底催去?十年镜里樊川雪,空袅茶烟千缕。离梦苦,浑不省、锁香金箧归何处。小池枯树。算只有当时,一丸冷月,犹照夜深路。⑥

从词意来看,这首词当写其与妻妹冯寿常幽会的场景,但丝毫不见淫亵,男女之情也是点到即止,表达含蓄而委婉,情感真挚,意境清雅脱俗。陈廷焯云朱彝尊表现个人爱情的词成就极高,与传统意义上的艳词迥然不同,能"摆脱绮罗香泽之态"⑦。朱彝尊《江湖载酒集》也是独具机杼,力排陈词滥调,表达其个人多年宦海沉浮、四处旅食的真实遭际与感受。在音律方面,朱彝尊同样是一丝不苟,精益求精。其《卖花声·雨花台》云:

衰柳白门湾,潮打城还。小长干接大长干。歌板酒旗零落尽,剩有渔竿。

---

① [清]汪森:《词综·序》,见《词综》,中华书局1975年版,第2页。
② [清]汪森:《与周笃谷》,《小方壶文钞》卷五,康熙五十六年(1717)刻本。
③ [清]朱彝尊:《词综·发凡》,见《词综》,中华书局1975年版,第8页。
④ [清]朱彝尊:《黑蝶斋词序》,见[清]沈岸登《黑蝶词》,《浙西六家词》本。
⑤ [清]朱彝尊:《静惕堂词序》,见[清]曹溶《静惕堂词》,康熙刻本。
⑥ 程千帆主编:《全清词》(顺康卷),中华书局2002年版,第5302页。
⑦ [清]陈廷焯:《白雨斋词话》,见唐圭璋编《词话丛编》,中华书局1986年版,3836页。

秋草六朝寒,花雨空坛。更无人处一凭栏。燕子斜阳来又去,如此江山。①

词之上阕写登雨花台所见之景,六朝繁华尽随流水,而今只有钓鱼老翁茕茕孑立。下阕写雨花台,时节正是秋天,烟雨迷离,雨花台冷冷清清,更无昔日喧哗。夕阳西下,燕子来去。全词写景萧瑟悲凉,充满了历史沧桑,同时寄寓了作者的身世之感。艺术上句琢字炼,清醇高雅,含蓄轻灵。与辛弃疾的怀古词相比,朱彝尊的词同样不乏历史的厚重感,但不显剑拔弩张与金刚怒目,不掉书袋,注重声律,讲求炼字炼句,又注重清空骚雅艺术境界的营造,更倾向于姜夔和张炎一派。谭献用"声可裂竹"②来评价似乎并不是很恰当。

其他浙派词人如李良年、李符、沈皞日、沈岸登、龚翔麟等人受朱彝尊影响,虽然具体的学习接受对象有差异,词学理论也不尽相同,但都有学南宋崇骚雅的倾向。李良年云:"宋固多专于词者,至南宋而盛,白石、玉田、梦草二窗极专家之能事矣。"③其兄弟李符也说:"词至晚宋极变而工。"④《词洁》的辑录者先著在康熙三十一年(1692)所作的《词洁·序》中也强调,给自己所编词选命名为《词洁》,也是出于崇雅的目的,"恐词之或即于淫鄙秽杂"⑤。他最心仪的宋代词人是周邦彦和姜夔,和浙西词人也很相似。后来,康熙四十六年(1707)编定的《御选历代诗余》也赓续了这种词学接受倾向。在他们的推动和倡导之下,"四方承学之士,从风附响"⑥,学南宋雅词的风尚影响了之后清代词坛一百多年。

南宋骚雅词风的崛起,有着深刻的社会背景,前人多有阐释⑦,此处不再赘述。值得注意的是,从词的发展来看,这种词坛接受风气的形成,其实也是有渊

---

① 程千帆主编:《全清词》(顺康卷),中华书局2002年版,第5254页。
② [清]沈辰垣等编:《御选历代诗余》(附《箧中词》《广箧中词》),浙江古籍出版社1998年版,第542页。
③ [清]李良年:《钱鱼山词序》,见《秋锦山房集》卷15,上海古籍出版社2011年版,第461页。
④ [清]李符:《红藕庄词序》,见[清]龚翔麟《红藕庄词》,《清名家词》,上海书店1982年版。
⑤ [清]先著:《词洁·序》,见[清]先著、程洪辑,刘崇德、徐文武点校《词洁》,河北大学出版社2010年版,第1页。
⑥ [清]陈皋:《押帘词序》,见[清]查为仁《押帘词》,《蔗塘未定稿》。
⑦ 参阅严迪昌《清词史》,人民文学出版社2011年版,第232—235页。

源的。清初词坛接受格局呈现出百花齐放的特色，但在抵御明词的浅而俗、追求雅正上，各种不同流派的词人在某种程度上都达成了一致。比如西陵词人沈谦就曾说词"立意贵新，设色贵雅"①；贺裳在《皱水轩词筌》中也说词"不嫌秾丽，须要雅洁耳"②；广陵词人彭孙遹虽以艳词闻名，但主张艳而不俗，认为"填词之道，以雅正为宗"③。要追求雅正，自然就会想到南宋词人。以广陵词人群为例，其词学观也是较为宏通的，虽然总体上仍以艳词为尚，但对于南宋词同样不无赞美之言。以王士禛为例，他说南宋词人如史达祖、姜夔、高观国等，其词"极妍尽态，反有秦、李未到者"④。彭孙遹对史达祖评价尤高，他认为在诸位南宋名家中，"当以史邦卿为第一"⑤。因此，李康化说"清初阳羡词派推崇辛弃疾，浙西词派推崇姜夔，无不与广陵词坛有关"⑥是有道理的。

二、多元接受背景下的清初词坛

综上可知，该时期的唐宋词接受呈现出多元化态势，这种多元化不仅表现在不同词派各自的主流接受取向不同，还表现在同一词派或群体内部接受取向也不尽相同。比如同为西陵词人，沈谦学柳永，毛先舒则认为"柳不足为足下师也"⑦。广陵词人中，相对来说，王士禛、彭孙遹、吴绮等人虽然都倾向于接受唐宋艳词，但对于苏、辛豪放词也并不排斥，而董以宁则在专主艳情的路上渐行渐远。再以阳羡词人群为例，陈维崧主要学苏、辛，而史惟圆则更多地学习北宋诸家，他曾与陈维崧言："譬之子，子学庄，余学屈焉。"⑧而蒋景祁在学辛的同时对同乡蒋捷更为推崇。这种多元化还体现在同一词人对不同类型的唐宋词表现出来的宽容态度。比如毛先舒在写给沈谦的信中就说："词句参差，本便旖旎，然雄放磊落，亦属伟观。"⑨吴绮在《范汝受十山楼词序》中也同样表达了非常宽泛的接受视野，他认为词之所以会在两宋时期臻于极盛，就是因为彼时词坛异

---

① [清]沈谦：《填词杂说》，见唐圭璋编《词话丛编》，中华书局1986年版，第635页。
② [清]贺裳：《皱水轩词筌》，见唐圭璋编《词话丛编》，中华书局1986年版，第708页。
③ [清]彭孙遹：《松桂堂全集》卷三十七，台湾商务印书馆，1986年版。
④ [清]王士禛：《花草蒙拾》，见唐圭璋编《词话丛编》，中华书局1986年版，第682页。
⑤ [清]彭孙遹：《金粟词话》，见唐圭璋编《词话丛编》，中华书局1986年版，第722页。
⑥ 李康化：《明清之际江南词学思想研究》，巴蜀书社2001年版，第212页。
⑦ [清]毛先舒：《致沈谦》，《倚声初集》卷二，顺治十七年（1660）刻本。
⑧ 转引自[清]陈维崧《蝶庵词序》，参阅冯乾校《清词序跋汇编》，凤凰出版社2013年版，第137页。
⑨ [清]毛先舒：《致沈谦》，《倚声初集》卷二，顺治十七年（1660）刻本。

彩纷呈,各种风格的词作争奇斗艳、百花齐放,才能造就万紫千红的春天。清代词坛亦是如此,绝不可"右周、柳而左苏、辛"①,唯有如此,才能看到清词中兴繁盛的希望。其实,就是浙派宗主朱彝尊的词学理论也并不像人们所理解的那样只学南宋姜、张一派。他所倡导的"小令宜师北宋,慢词宜师南宋"②的理念,从某种意义上说,也反映了其接受思想也是一分为二的。

不过,这种多元化并非雨露均沾的多元化,在这些纷繁复杂的接受取向中,艳词和苏、辛豪放词风仍是主流。曹贞吉在康熙初年为《罗裙草》所作的题词中就指出:"今天下言词者,非辛、苏则秦、柳。"③究其原因,艳词的影响主要还是明词的流风所及,虽然清初词人对明词的纤而艳多有打压,但百足之虫死而不僵,由于传统观念的束缚,赋词尚艳的思想深入人心,要想在短时间内改变不太现实。即使后来浙西派乃至常州词派全盛的时期,艳词仍有相当的市场。而豪放词风则主要是由于阳羡词派的鼓吹。毋庸置疑,阳羡词派是该时期影响最大的词派,其成员之众,作品之富,足以笑傲群雄。

总体来看,这一时期清词呈现出以下特色:

一是题材丰富。在这个时期,我们既能看到西陵词人和广陵词人于花前月下,诗酒流连,也能看到遗民词人对社会民生、百姓冷暖的关注与哀叹;既能看到《静志居琴趣》和《饮水词》中对真挚爱情的讴歌和怀念,也能感受到《乌丝词》及《江湖载酒集》中所表达的个人漂泊、居无定所的无助与天涯倦旅的彷徨;既有对故国的怀恋,也有对新政权的畏惧以及投身新政权后的些许羞愧和纠结;有笑傲烟霞的自得其乐,也有咏物题画的穷形极相、寄托遥深;甚至还有传统词题材绝少涉猎的边塞行吟词。这样丰富的题材和深广的内容,是历史上其他时期难以比拟的。

二是艺术风格多姿。总体而言,西陵词人的特点是绮艳,广陵词人的特点是婉丽,但我们从王士禛、彭孙遹的词中也能发现不少金刚怒目、骏发踔厉的作品。阳羡词人虽以豪放为主,但同样也难以完全涵盖其全部面貌。蒋景祁评陈维崧的词就说:"故读先生之词,以为苏辛可,以为周秦可,以为温韦可,以为左

---

① [清]吴绮:《范汝受十山楼词序》,见冯乾编校《清词序跋汇编》,凤凰出版社2013年版,第42页。
② [清]朱彝尊:《鱼计庄词序》,见《曝书亭集》卷四十,《四部丛刊》本。
③ [清]曹贞吉:《罗裙草题辞》,见[清]高不骞撰《罗裙草》,康熙刻本。

国史、汉唐宋诸家之文亦可。"①另外,遗民词人中反映社会疾苦词的苍凉雄浑,浙西词人崭露头角的清空骚雅,纳兰容若爱情词的清新婉丽、哀感顽艳,边塞词的苍凉清怨,都让人耳目一新。

三是调式多样。题材内容和艺术风格的多样化,必然会导致词调形式的多样。彭孙遹就曾说:"今人作词,中小调独多,长调寥寥不概见,当由兴寄所成,非专诣耳。唯龚中丞芊绵温丽,无美不臻,直夺宋人之席。熊侍郎之清绮,吴祭酒之高旷,曹学士之恬雅,皆卓然名家,照耀一代,长调之妙,斯叹观止矣。"②龚鼎孳的词集内长调达到了 98 首,占其全部 203 首词作的 48.3%。邹祗谟《丽农词》长调 63 首,占其词总数的 39.9%。陈维崧《乌丝词》266 首,其中长调 132 首,在其词中占比 49.6%。相较于明清之际,长调的比例有所增加,调式更丰富多样。

要之,这个时期的清代词坛风起云涌,各种词学观念碰撞激荡,对宋词的接受和传承也更显包容和开放,清初词思想内容之丰富、艺术风格之多样、总体成就之高,令人赞叹。

第三节 康熙后期至乾隆后期
——姜张独尊与清词内容的贫弱及风格的单一

康熙后期至乾隆末期这段时间,清代词坛基本是浙派的天下。但这段时期又可以分为两个阶段:第一阶段是以厉鹗为代表的康熙后期至乾隆前期;第二阶段为以王昶为代表的乾隆中期至乾隆后期。总体而言,以姜、张为代表的南宋清雅词在这个时期获得了最广泛的传播与接受,而这种姜、张独尊的接受倾向也在一定程度上导致了清词由盛转衰。

一、从厉鹗到王昶:对姜张的坚守与新变

康熙三十一年(1692)后,朱彝尊把重心放在经史的考证上,很少再填词了,他的追随者们往往"竞为涩体""抄撮堆砌"③,在字句格律上逞才使气,词坛逐

---

① [清]蒋景祁:《陈检讨词集序》,见《陈检讨词》,天藜阁康熙二十三年(1684)刻本。
② [清]彭孙遹:《金粟词话》,见唐圭璋编《词话丛编》,中华书局 1986 年版,第 725 页。
③ [清]储国钧:《小眠斋词序》,见清刻本《史位存著书》六种本《小眠斋词》。

渐陷入沉寂。以黄子隽的《翠楼吟·魂》为例：

> 月魄荒唐，花灵仿佛。相携最无人处。栏杆芳草外，忽惊转、几声啼宇。飘零何许？似一缕游丝，因风吹去。浑无据。想应凄断，路旁酸雨。
>
> 日暮。渺渺愁予。觉黯然销者，别情离绪。春阴楼外远，入烟柳、和莺私语。连江暝树。愿打点幽香，随郎黏住。能留否，只愁轻绝，化为飞絮。①

黄子隽（1668—1748），江苏华亭（今上海市松江区）人，戏曲家，有杂剧《四才子》传世，曾参与修《明史》和《江南通志》。著有《瘖堂集》，词二卷。该首《翠楼吟》吟咏对象为"魂"。"魂"为何物？看不见、摸不着，难以言说。词写了几个有关魂的典故，从"飘零何许""化为飞絮"等字眼来看，应该还是有所情感寄寓。但如果不看题目，很难看出其所咏为何物。黄子隽还有两首《翠楼吟》，一咏"梦"，一咏"想"，都是若即若离，不知所云。最重要的是几乎看不出词人究竟想表现什么思想内容，更谈不上情感的寄托。当时的清代词坛，这样的词并不在少数。正如郭麐所云，浙派末流之词作，如猿啸于三峡之中，如蝉鸣于高柳丛中，听起来抑扬顿挫，倍感凄楚，然"问其何语，卒不能明"②，可谓一语中的。

直到厉鹗的出现，情况才有所改观。厉鹗在这个时期很有影响，在钱塘时，当时与之交往密切的浙派词人有陆培、徐逢吉、吴焯、张云锦、张奕枢等人，"转相倡酬，纸墨遂多"③。后来厉鹗又来到扬州，马曰琯、马曰璐、江昱、江昉、张四科等人与之相互唱和，"以倚声倡，从而和者数家"④，声势浩大，影响一时无二。厉鹗还与查为仁共同笺注《绝妙好词》，借助这部最能代表南宋格律骚雅词风的词选之影响，浙派更是如日中天。

厉鹗的词学主张与朱彝尊一脉相承，比如他们都要求推尊词体，尊姜、张。厉鹗曾云"旧时月色最清妍"，又云"玉田秀笔溯清空"。⑤ 厉鹗同样追求醇雅，

---

① 张宏生主编：《全清词》（雍乾卷），南京大学出版社2012年版，第7页。
② [清]郭麐：《梅边笛谱序》，见[清]李堂《梅边笛谱》，嘉庆刻本。
③ [清]厉鹗：《张今涪红螺词序》，见《樊榭山房集》卷4，上海古籍出版社2012年版，第753页。
④ [清]王昶：《江宾谷梅鹤词序》，见《春融堂集》卷41，上海文化出版社2013年版，第737页。
⑤ [清]厉鹗：《论词绝句》，见张璋、职承让、张骅、张博宁编纂《历代词话》，大象出版社2002年版，第1264页。

认为诗词应该"远流俗而向雅正"①。朱彝尊的词学思想深深地影响了厉鹗,厉鹗曾明确表示:"心折小长芦钓师。"②他在《论词绝句》中虽然列举了很多自己喜好的词人,但唯独对姜夔用了一个"最"字,这个细节是值得我们注意的。他虽然也推崇周邦彦,但从实际创作情况来看,其词深谙"清空骚雅"之精髓,而受周邦彦的影响较少。以其《百字令》为例:

> 秋光今夜,向桐江,为写当年高躅。风露皆非人世有,自坐船头吹竹。万籁生山,一星在水,鹤梦疑重续。挐音遥去,西岩渔父初宿。
>
> 心忆汐社沉埋,清狂不见,使我形容独。寂寂冷萤三四点,穿破前湾茅屋。林净藏烟,峰危限月,帆影摇空绿。随流飘荡,白云还卧深谷。③

厉鹗自言"平生淡泊怀,荣利非所嗜"④,其人性好读书著说,不善钻营亦不孜孜以求仕进,故而一生贫困潦倒。厉鹗喜山水,朱文藻曾说他"遇一胜境,则必鼓棹而登"⑤,并行诸吟咏。词中小序交代称该词乃"月夜过七里滩"而作。七里滩为富春江流经浙江桐庐之上游,山高峡陡,水流湍急,有"富春江小三峡"之美誉。江边有东汉名臣严光隐居于此时所建垂钓台,还有据传为南宋遗民词人谢翱哭文天祥之所在。据《厉樊榭年谱》,该词当作于康熙六十年(1721)秋季。全词情景交融,"万籁生山,一星在水""林净藏烟,峰危限月"等语句营造的是何等清幽景致。表达的情思同样清雅,"清狂不见,使我形容独"点出词眼。词中出现的历史人物如严光、谢翱等人同样有着清雅的情操。真可谓胸中有烟霞,下笔无点尘。无怪乎陈廷焯在《白雨斋词话》中称之曰:"炼字炼句,归于纯雅。"⑥这种清绝幽艳的境界,就是与白石和玉田词相较,亦不遑多让,"可称开拓词的美学领域之作"⑦。

---

① [清]厉鹗:《群雅集序》,见施蛰存编《词籍序跋萃编》,中国社会科学出版社1994年版,第558页。
② [清]厉鹗:《论词绝句》,见张璋、职承让、张骅、张博宁编纂《历代词话》,大象出版社2002年版,第1265页。
③ 张宏生主编:《全清词》(雍乾卷),南京大学出版社2012年版,第242页。
④ [清]厉鹗撰,罗仲鼎、俞浣萍点校:《厉鹗集》,浙江古籍出版社2016年版,第44页。
⑤ 陆谦祉:《厉樊榭年谱》,商务印书馆1936年版,第10—11页。
⑥ [清]陈廷焯:《白雨斋词话》,见唐圭璋编《词话丛编》,中华书局1986年版,第3848页。
⑦ 上海辞书出版社文学鉴赏辞典编纂中心编:《元明清词三百首鉴赏辞典》(文通版),上海辞书出版社2017年版,第379页。

不过,对于姜、张词的接受,此时期与清初朱彝尊领导词坛时也不完全一样。厉鹗曾云:"两宋词派,推吾乡周清真,婉约隐秀,律吕谐协,为倚声家所宗。""尝以词譬之画,画家以南宗胜北宗。稼轩、后村诸人,词之北宗也;清真、白石诸人,词之南宗也。"①不难看出,厉鹗的取径范围较清初有所拓宽,他将绘画和作词做一类比,在绘画领域南宗成就要高于北宗,宋代词坛亦当如是观。他认为周邦彦、姜夔等人可称为南宗,辛弃疾、刘克庄等人可称为北宗。厉鹗用南北宗的说法取代南北宋,这样就把本在北宋的周邦彦也纳入了其学习接受的范围。其实这也不难理解,传统浙派人一直高喊宗南宋的口号,其实其所谓"南宋",主要是南宋清雅词人,而南宋清雅词派的鼻祖可追溯至周邦彦,可周邦彦是北宋人。同样地,辛弃疾、刘克庄等人皆为南宋人,而他们显然不在浙派词人的接受视野之中。这样一来,就与浙派宗南宋的核心理论相悖。为了解决这个矛盾,厉鹗才会煞费苦心地提出南北宗的理论,巧妙地化解了这种尴尬。

另外,厉鹗曾云"颇爱花间肠断句",又云"小山小令擅清歌"。② 换言之,他对于花间和北宋词人并无偏见。另外,姜、张词的核心是"骚雅清空",朱崇才在《词话史》中研究发现,朱彝尊论词绝少谈及"清空",倒是厉鹗在不同的场合提起过"清空"。③ 比如,他评价张龙威词云"清婉深秀"④,评陆南香词云"清丽闲婉"⑤,批评当时浙派众人的词"大都新绮有余,而深窈空凉之旨,终逊宋贤一等"⑥。所有这些都可以看出,厉鹗对于"清"和"空"更看重。从其创作实践来看,其词也的确有南宋词之"清空"神韵。

此外,作为一个身份低微的教师,厉鹗的遭际比朱彝尊更贴近姜夔。朱氏早年虽也曾侘傺,但后来中博学鸿辞科,康熙帝甚至允许他在紫禁城骑马,实现

---

① [清]厉鹗:《红螺词序》,见施蛰存编《词集序跋萃编》,中国社会科学出版社1994年版,第556页。

② [清]厉鹗:《论词绝句》,见张璋、职承让、张骅、张博宁编纂《历代词话》,大象出版社2002年版,第1264页。

③ 参阅朱崇才《词话史》,中华书局2006年版,第253—254页。

④ [清]厉鹗:《红兰阁词序》,见施蛰存编《词籍序跋萃编》,中国社会科学出版社1994年版,第557页。

⑤ [清]厉鹗:《红兰阁词序》,见施蛰存编《词籍序跋萃编》,中国社会科学出版社1994年版,第557页。

⑥ [清]厉鹗:《红兰阁词序》,见施蛰存编《词籍序跋萃编》,中国社会科学出版社1994年版,第558页。

了作为读书人的最高梦想。所以,后来功成名就之后的朱彝尊才会公然宣称"词则宜于宴嬉逸乐,以歌咏太平"①。而厉鹗则只是于康熙五十九年(1720)中了举人,此后十年间两次考进士未中,乾隆元年(1736)荐博学鸿辞试,又因故放弃,此后就靠坐馆授徒为业。他也许更能领会同样沉沦下僚、终身布衣的姜夔词中的"意"。如果说浙派末流们只是学到了姜夔词的"句酌字炼",那么厉鹗词中多少接受了一些姜夔词中的"归于醇雅"。

如果说厉鹗所表现的是浙派在野或民间的势力,那么王昶则是浙派在上层的代表。王昶的词学思想和朱彝尊很相似,他在为江昱《梅鹤词》所作的序中就说,姜夔、周密等人,以博雅闻名,清高狷介,不汲汲于富贵,"其词冠于南宋,非北宋之所能及"②。他论词同样讲求雅正,评赵升之词曰"清虚骚雅",评孙鉴之海月词"清新婉丽"③,称赞陶鼎乡词"幽洁妍靓"④。但就"骚雅"而言,王昶所谓的骚雅与姜夔的雅是不一样的。姜夔的雅带有下层知识分子的一种孤傲,而王昶于乾隆十九年(1754)中进士,后又跟随阿桂进入军营,平定大小金川,曾官至刑部右侍郎,为著名的"吴中七子"之一。王昶晚年身居高位,他理解的雅更多时候表现为"一种清闲幽雅的情趣"⑤。如其所作《丁香结》:

丛桂团圞,双桐初引。前后帘波相映,好绿阴满径。尘不到、芳草丛苔俱净。湘帘时半卷,就芸架、图书清整。只闻枝上,幺鸟似伴,几番清咏。

遥应。又吟罢微行,阑外踏残花影。短彴斜通,蘋丝莲叶,小池如镜。何人更共弦诵,置茗炉香鼎。试笔床翡翠,坐到日斜梧井。⑥

词前有小序云:"双桐书屋,本叶氏废园,今借为学舍。前松桂读书堂墙下有小桥曲水,颇幽寂。"据《珠里小志》记载:"双桐书屋,在蓝坊场,掌秤司叶务

---

① [清]朱彝尊:《紫云词序》,见《曝书亭集》卷四十,《四部丛刊》本。
② [清]王昶《梅鹤词序》,见施蛰存编《词籍序跋萃编》,中国社会科学出版社1994年版,第565页。
③ [清]王昶《海月词序》,见施蛰存编《词籍序跋萃编》,中国社会科学出版社1994年版,第567页。
④ [清]王昶《海月词序》,见施蛰存编《词籍序跋萃编》,中国社会科学出版社1994年版,第567页。
⑤ 朱惠国:《从王昶词学思想看中期浙派的新变》,见张宏生编《传承与创新——清词研究论文集》,南京大学出版社2014年版,第322页。
⑥ [清]王昶撰,陈明洁、朱惠国、裴风顺点校:《春融堂集》(上),上海文化出版社2013年版,第507页。

滋所居,内有丛桂、读书堂、得月亭、皆可斋、小桥、曲水诸胜。"①词上阕写双桐书屋清幽雅静的环境,桂树飘香,桐荫满仁,芳草绿茵。屋内窗明几净,纤尘不染,满架图书沁人心脾,更有窗外啾啾鸟鸣,伴着琅琅书声。下阕写书屋中人之清雅脱俗,信步徜徉,踏着花影吟诗作赋,有人焚香抚琴,低声吟哦。这种雅趣与厉鹗带有狷介个性的雅不一样,是一种带有清贵气息的雅。

另外,王昶认识到南宋词真正突出之处,在于其"多黍离麦秀之悲"②,这是北宋词所不具备的。不得不说,王昶在这一点上比其他浙派人都要高明。要让大家接受"南宋"词,首先就要抬高南宋词的地位。之前的浙派人包括朱彝尊和厉鹗在内都是从艺术形式上来美化南宋词,而王昶则看到了南宋词作思想内容中的"家国之念和经济之怀"③,这无疑会大大提升南宋词在世人心目中的地位。还有一点需要注意的是,王昶所接受的南宋词人中是不包括史达祖的。④他认为史氏游走于权贵之门,助纣为虐,汲汲于富贵功名,品格低下。而朱彝尊是把史达祖作为姜夔的重要羽翼而推崇的。由此可以看出,王昶较之传统浙派人士更看重词人之品格和词作的思想内容,这是其进步之处。但王昶在词创作上的成绩有限,其成就主要在于词集的编选上,借助词选来表达对姜、张词的学习与接受观念。

二、姜、张词风笼罩下的其他类型唐宋词接受

受浙派的影响,"北宋词高未极工,渡江白石启江东"⑤的词学接受思想在该时期具有相当的代表性。许昂霄把姜夔比作散文领域中的韩愈。李调元说:"鄱阳姜尧章郁为词宗,一归醇正。"⑥人们用"一从白石箫声断,谁倚琼楼最上

---

① [清]周郁滨纂,戴扬本整理:《珠里小志》,上海社会科学院出版社2005年版,第106页。

② [清]许宗彦:《莲子居词话序》引王昶语,见唐圭璋编《词话丛编》,中华书局1986年版,第2388页。

③ 吴熊和:《唐宋词通论》,浙江古籍出版社1989年版,第290页。

④ 参阅王昶《梅鹤词序》,见施蛰存编《词籍序跋萃编》,中国社会科学出版社1994年版,第565页。

⑤ [清]王时翔:《酬姚鲁思太史枉题中州所制〈青绡乐府〉四绝句次原韵》,《小山诗续稿》卷四,乾隆十一年(1746)刻本。

⑥ [清]李调元《雨村词话序》,见唐圭璋编《词话丛编》,中华书局1986年版,第1377页。

层"①、"千秋白石压词坛"②等语言来形容和概括白石在词史上的地位。对于张炎,时人也引为大家,江昱把张炎视为姜夔之后的词坛大宗,并云其词"用意之密,适肖题分,尤称极诣"③。四库馆臣在《四库全书总目提要》中称张炎"接武姜夔,居然后劲"④。毫无疑问,他们都是把张炎当作姜夔的重要羽翼与后劲来定位的。除了姜、张之外,其他南宋清雅格律派词人也备受推崇。词坛上基本都恪守浙派的宗旨,姜、张一派词成为词坛接受的主流,谢章铤曾用"家白石而户梅溪"⑤来形容雍乾时期的词坛。但问题是这一时期除了南宋格律词派之外,清人对于其他类型的唐宋词是否就不屑一顾呢?下面我们以苏辛豪放词人、北宋通俗词人以及周邦彦为例,考察当时清人对他们的接受态度。

尽管仍有不少人视苏轼和辛弃疾之词为"变调",非本色和正宗之属,但该时期清人对于苏、辛词的评价还是较高。柯煜在《东斋词序》中把辛弃疾与姜、张并称,认为他们"皆词苑第一流也"⑥,在浙派内部能有此创见实为不易。浙派中人楼俨则称赞苏轼才华天纵,其词清新飘逸,"能一洗绮罗香泽之态也"⑦。对于另一位重量级的豪放派词人辛弃疾,四库馆臣也认为其于填词一道,或为变调,但在南宋词坛亦属大家,称其在一片莺莺燕燕、香艳绮靡的传统词坛上,能异军突起,"屹然别立一宗"⑧。当然,清人肯定苏、辛,并非要摒弃姜、张,这是要分清的,而是认为要"一陶并铸、双峡分流"⑨。还有一点值得注意的是,清

---

① [清]汪筠:《读〈词综〉书后二十首》之十一,见孙克强编著《唐宋人词话》(增订本),南开大学出版社2012年版,第873页。
② [清]章恺:《论词绝句八首》其五,参阅孙克强编著《唐宋人词话》(增订本),南开大学出版社2012年版,第874页。
③ [清]江昱:《山中白云词疏证序》,参阅孙克强编著《唐宋人词话》(增订本),南开大学出版社2012年版,第1187页。
④ [清]永瑢等:《四库全书总目》,中华书局1965年版,第1822页。
⑤ [清]谢章铤:《赌棋山庄词话》卷八,见唐圭璋编《词话丛编》,中华书局1986年版,第3458页。
⑥ [清]柯煜:《东斋词序》,见冯乾编校《清词序跋汇编》,凤凰出版社2013年版,第395页。
⑦ 《词林纪事》引楼俨语,参阅孙克强编著《唐宋人词话》(增订本),南开大学出版社2012年版,第329页。
⑧ 《稼轩词提要》,见[清]纪昀等《钦定四库全书总目》(整理本),中华书局1997年版,第2798页。
⑨ [清]吴锡麒:《董琴南楚香山馆词钞序》,见《有正味斋骈体文》卷八,清嘉庆十三年(1808)刻本。

人对于苏轼和辛弃疾外的其他豪放词人比如刘过、刘克庄等人则评价不高。这与该时期推崇姜、张但同时对吴文英、周密、史达祖、王沂孙等其他南宋格律派词人赞赏有加形成鲜明对比。该时期也出现了一些宗尚苏、辛词风的词人,如郑燮、蒋士铨、黄景仁、姚椿、史承谦、洪亮吉等,以黄景仁的《凤凰台上忆吹箫·秋感》为例:

  试望平原,悲哉气也,人间无处宜秋。被几番哀乐,白了人头。休道虎头燕颔,谁曾望、万里封侯。空惹下、一天憔悴,半世恩仇。

  漂流,殊自悼尔,叹人皆欲杀,我定何尤。只风声鹤唳,听也都愁。堪笑百年终尽,瀛州远、大药难求。聊自广、逍遥齐物,随化悠悠。①

黄景仁曾师事王昶,但他的词与王昶显然不太一样。总体而言,其词更为疏朗,少雕饰,多直抒胸臆,这首词亦是如此。时值秋日,远眺平原,想到自己半生坎坷,功业无成,不免悲从中来。末句虽以庄子的逍遥齐物为自己开脱,使得整首词没有一味地陷入叹老嗟卑的低落情绪中,但略显牵强。有苏、辛的狂放,但缺乏其内在的张力和沉郁之感,这是清代众多词人学苏、辛的通病。

至于北宋通俗词人,清人的观点颇为复杂。对于俚而俗的黄庭坚词意见较为统一,几乎一致予以口诛笔伐。田同之云:"黄山谷时出俚语,未免伧父。"②许田在《屏山词话》中也说:"山谷率皆俚语,全无意味。"③该时期清人对柳永的评价也不高,认为其"淫哇""俗而腻"④,这与浙西词派高举醇雅大旗的大环境有很大关系。但作为官方代表的四库馆臣却肯定了其"所作旖旎近情,故使人易入"⑤,并非全然否定柳永。该时期清人对其他北宋通俗词人比如李清照、秦观等人,则总体评价都不低,李调元甚至说李清照"词无一首不工"⑥,说秦观的

---

① [清]黄景仁撰,李国章标点:《两当轩集》,上海古籍出版社1983年版,第412页。
② [清]田同之:《西圃词说》,参阅孙克强编著《唐宋人词话》(增订本),南开大学出版社2012年版,第406页。
③ [清]许田:《屏山词话》,参阅孙克强编著《唐宋人词话》(增订本),南开大学出版社2012年版,第406页。
④ [清]田同之:《西圃词说》,参阅孙克强编著《唐宋人词话》(增订本),南开大学出版社2012年版,第331页。
⑤《乐章集提要》,见[清]纪昀等《钦定四库全书总目》(整理本),中华书局1997年版,第2780页。
⑥ [清]李调元:《雨村词话》卷三,见唐圭璋编《词话丛编》,中华书局1986年版,第1431页。

词"首首珠玑"①,这都是极高的评价。王初桐《小嫏嬛词话》也极为赞赏李清照《永遇乐》(落日熔金)和《声声慢》(寻寻觅觅)等名作,并由衷地慨叹曰:"妇人有此奇笔,殆间气也。"②汪筠也称赞"漱玉天才韵最娇"③,楼俨认为淮海词"风骨自高""能以韵胜"④。

如果说该时期清人对于北宋通俗词人的评价是有褒有贬的话,那对于周邦彦的评价则几乎没有异议,更多地予以褒扬。无论是许孙荃的"周、秦为最"⑤,还是厉鹗的"南宋词派,推吾乡周清真"⑥;无论是江昱的"词坛领袖"⑦,还是四库馆臣的"词家之冠"⑧,都把周邦彦的地位推到了无以复加的地步。他们认为清真最"识曲"、能"知音"。其实,这也不难理解,浙派虽然推崇姜、张,但我们多认为,姜、张一派的鼻祖就是周邦彦。正如江昱所云:"南渡诸贤更青出,却亏蓝本在钱塘。"⑨

从上可知,虽说这时期浙派如日中天,姜、张一派词是当时词坛接受的主流,但从实际来看,清人对于其他类型的唐宋词并没有一笔抹杀。至少在乾隆中后期,"家白石而户梅溪"的说法是值得商榷的。分析其原因,一方面南宋格律派词在很多优秀的方面与其他类型的唐宋词有相通的地方。正如王鸣盛所言,文章是否能流传后世,关键在于其是否表现了真实的情感,是否能够打动

---

① 参阅孙克强编著《唐宋人词话》(增订本),南开大学出版社2012年版,第408页。
② [清]王初桐:《小嫏嬛词话》,参阅孙克强编著《唐宋人词话》(增订本),南开大学出版社2012年版,第611页。
③ [清]汪筠:《书〈词综〉后二十首》之一,参阅孙克强编著《唐宋人词话》(增订本),南开大学出版社2012年版,第610页。
④ [清]张宗橚:《词林纪事》引楼俨语,参阅孙克强编著《唐宋人词话》(增订本),南开大学出版社2012年版,第405页。
⑤ [清]许孙荃:《芳草词序》,见冯乾编校《清词序跋汇编》,凤凰出版社2013年版,第379页。
⑥ [清]厉鹗撰,罗仲鼎、俞浣萍点校:《厉鹗集》,浙江古籍出版社2016年版,第547页。
⑦ [清]江昱:《论词十八首》其六,参阅孙克强、裴喆编著《论词绝句二千首》,南开大学出版社2014年版,第87页。
⑧ 《片玉词提要》,见[清]纪昀等《钦定四库全书总目》(整理本),中华书局1997年版,第2798页。
⑨ [清]江昱:《论词十八首》其六,参阅孙克强、裴喆编著《论词绝句二千首》,南开大学出版社2014年版,第87页。

人,又"何必争洗艳粉香脂与铜琶铁板乎"①?另一方面,独尊姜、张的确产生了很多弊病,这一点,无论是浙派内部还是外部,都已经有了初步的认识,从别的唐宋词中汲取养分来补苴填罅无疑是较好的选择。还有一点不得不提,那就是浙派自厉鹗去世以后,缺少真正有创作实绩的大家,号召力有所减弱。因而,独尊姜、张就缺乏足够的信服力。

三、姜张独尊下的雍乾词坛

受唐宋词接受倾向的影响,这个时期清代词坛总的现状是百川归海,姜、张独尊。清人对于其他类型的唐宋词虽然并未全然抛弃,对于专学姜、张的弊端也有所反思,但总体来看,以姜夔和张炎为代表的南宋清雅词是该时期词坛接受的主流。这种局面对于清词来说不是一件好事,清初百家争鸣、千帆竞发的局面不复存在,词坛陷入了低潮:

首先是思想内容的贫弱。这段时期,清王朝的统治达到鼎盛,"河清海晏"的所谓"康乾盛世"已经来临,政治的稳定、经济的发展并没有带来清词创作的繁荣。很多浙派词人徒具精致的外壳,而缺乏深广的内容和真挚的情思。他们写了大量的咏物词和题画词,被谢章铤斥之为"方物略"和"群芳谱"。② 这些词虽然雅致,但有真情实感的不多。

其次是艺术风格的清雅化。他们大都恪守浙派的宗旨,追求醇雅和清空,清雅成为词坛上的主旋律。应该说,厉鹗的词很好地体现了姜、张的清空骚雅。然而,当时能达到如厉鹗这种境界和水平的太少。姜夔和张炎词中的雅和清空是有一定生活遭际积淀的,姜夔终身布衣,天壤间漂泊,张炎也曾北游。而雍乾年间的太平盛世让很多词人只能埋头故纸堆,这样往往只能学到姜、张词的貌而无法得其神。所以,很多时候我们只能从其词中看到堆砌典故,在音律上锱铢必较,乾隆中后期编选的《钦定词谱》让这种趋势更加明显。他们更热衷于在词句上字酌句炼,追求无聊的文字游戏并故作高深地附庸风雅。虽然说郑燮等人的词表现了不一样的风貌,但影响有限。

最后就是长调慢词的兴盛。南宋词人中的大家几乎都是以慢词长调取胜。

---

① [清]王鸣盛:《评王初桐罨鳌山人词集》,参阅孙克强编著《唐宋人词话》(增订本),南开大学出版社 2012 年版,第 786 页。

② [清]谢章铤:《赌棋山庄词话》卷七,见唐圭璋编《词话丛编》,中华书局 1986 年版,第 3415 页。

爱屋及乌,浙西词人学南宋,推尊姜、张词,就必然会偏爱长调。笔者曾就《全清词》(雍乾卷)中所有的追和唐宋词做了一个初步的统计,发现明确可考的追和词总数约有1086首,而其中长调约有642首,占比约为59.1%,超过了小令和中调的总和。虽然说统计的是追和词,但窥一斑而见全豹,长调在清中期的确占了更大的比重。这与清初偏好小令形成了鲜明的对比。

本 章 小 结

对前代文学的传承与接受在历朝历代都是一个客观的存在,也必然会影响当代的文学。从明清之际的学花间、南唐、北宋到清初的百花齐放,再到清中期的姜、张独尊,大体而言顺康雍乾时期的唐宋词接受实现了一个由多元接受到单一接受进而又试图拓展的转捩。与之相应,清词创作由重性情的抒发到重艺术手法的锤炼,词风追求由以婉丽为宗到以清雅为宗,调式的选择由好小令到好长调,清词也大体走过了一段由复兴到繁荣最后又趋于沉寂的历程。虽说清词的发展演变是一段极其复杂的进程,涉及方方面面的因素,但通过上面的分析,纵观顺康雍乾时期近200年的历史,唐宋词的接受的确在一定程度上影响了清词的创作。所谓清词的中兴,严格意义上来说,在顺治中期至康熙中期这段时间才是清词真正意义上的第一次高峰。毋庸置疑,这个高峰的出现与其接受视野的开阔息息相关。而雍乾时期清词的渐次衰微,固然与政治环境的高压、汉学的兴盛、科举的导向有很大关系,但对以姜、张为首的南宋骚雅词的偏嗜也难辞其咎。

第六章 从追和看唐宋词在顺康雍乾时期的传播与接受

上一章是以时间为序,纵向考察清词发展演变与唐宋词接受的关系,本章将进一步深入审视清词的具体创作与唐宋词接受的关系。但这个问题相对复杂,因为清人在创作上有可能在题材选择、字面择取、结构安排、意境营造、情感抒发等各个方面对唐宋词有所接受,但这些都是难以精确衡量的。其中清人对唐宋词的追和,是在创作方面对唐宋词的一种显性而主动的接受,对于考察清人的接受取向很有意义。因此,本章将以清人对唐宋词的追和①这一特殊的学习接受方式为中心,进一步探究清词创作与唐宋词接受的关系。本章主要研究清人追和唐宋词的形式及其特点,统计顺康雍乾时期追和唐宋词的数量并从中分析清人的接受指向,最后阐述追和词兴盛的原因以及追和对清代词坛的影响。

第一节 顺康雍乾时期追和唐宋词的形式

清人追和唐宋词形式多样,有的在词题或词序中明确标明,有的虽未标明但通过其用韵还是能看出来。据笔者统计,清代顺康雍乾时期共有583位词人参与追和唐宋词(其中顺康时期371人,雍乾时期212人),共创作追和词3648首(其中顺康时期2449首,雍乾时期1199首),共追和唐宋词人167人。其中以和韵形式出现的追和词约有2724首,占比约为74.7%,其数量最多,对于考察清人对唐宋词的接受取向价值最高。此外,我们把与之相关的效体、櫽栝、集句等也纳入广义追和词的统计范围,其中集句469首,占比12.8%;效体428

---

① 本书所谓"追和"是广泛意义上的追和,即不仅包括次韵、用韵、依韵等通常意义上的唱和,还包括集句、效体、櫽栝等形式的追和。

首,占比11.7%;次韵兼效体20首,占比0.5%;檃栝7首,占比0.1%。这类追和虽然数量不算多,但也能看出清人对唐宋词的学习和接受是全方位的。现分别阐述之。

一、和韵

和韵是最常见的追和方式,占比也最大。一般而言,和韵又包括依韵、次韵及用韵等不同形式。其中次韵也叫步韵,难度最大,因为其所用韵脚之字不但要与原词一致,而且在词中出现的次序也须完全一样。而依韵其韵脚只要与原词使用同一韵部的韵字即可,所用韵字可以不一样。用韵则须用原词的韵字但先后顺序可以不一样。此外,还有一些追和词,所用韵字与原作完全没有关系,只是在题材上相似,词调相同,这就是所谓的"和意"。

对于和韵,张炎很早就在《词源》中表明了态度:"词不宜强和人韵,若倡者之曲韵宽平,庶可赓歌;倘韵险,又为人所先,则必牵强赓和,句意安能融贯。徒费苦思,未见有全章妥溜者。"①他认为,如果原词所用之韵宽而平还好,若其所用为罕见险韵,后之和者将难以施展拳脚。即使勉强和韵,也难有佳作。陈廷焯也对叠韵甚为厌恶:"回文、集句、叠韵之类,皆是词中下乘。有志于古者,断不可以此眩奇。一染其习,终身不可语于大雅矣。若友朋唱和,各言性情,各出机杼可也,亦不必以叠韵为能事。(就中叠韵尚可偶一为之,次则集句,最下莫如回文,断不可效尤也。)古人为词,兴寄无端。行止开合,实有自然而然。一经做作,便失古意。世人好为叠韵,强己就人,必竟出工巧以求胜,争奇斗巧,乃词中下品,余所深恶者也。作诗亦然。"②

但也有人持不同意见,况周颐云:"初学作词,最宜联句、和韵。始作,取办而已,毋存藏拙嗜胜之见。久之,灵源日濬,机括日熟,名章俊语纷交,衡有进益于不自觉者矣。手生重理旧弹者亦然。离群索居,日对古人,研精覃思,宁无心得,未若取径乎此之捷而适也。"③他认为只要正确认识和对待和韵这种方式,不存"藏拙嗜胜"之心,大家欢聚一堂,相互切磋,天长日久必将有助于词人写作水平的提高。就顺康雍乾时期而言,邹祗谟的观点较为通达,他说:"张玉田谓

---

① [宋]张炎:《词源》,见唐圭璋编《词话丛编》,中华书局1986年版,第265页。
② [清]陈廷焯:《白雨斋词话》,见唐圭璋编《词话丛编》,中华书局1986年版,第3893页。
③ [清]况周颐:《蕙风词话》,见唐圭璋编《词话丛编》,中华书局1986年版,第4414页。

词不宜和韵,盖词语句参错,复格以成韵,支分驱染,欲合得离。能如李长沙所谓善用韵者,虽和犹如自作,乃为妙协。近则龚中丞《绮谶》诸集,半用宋韵。阮亭称其与和杜诸作,同为天才,不可学。其余名手,多喜为此,如和坡公杨花诸阕,各出新意,篇篇可诵。但不可如方千里之和《片玉》,张杞之和《花间》,首首强叶。纵极意求肖,能如新丰鸡犬,尽得故乎处?"①邹祗谟认为和韵应该量力而行,不宜过多过滥,尤其不赞成像方千里和张杞那样,"首首强叶",这不可取也无必要。总体来看,清人对于和韵的态度较为审慎。追和作为唱和词中的一种,也体现了这样的思想。以黄传祖的《声声慢·和漱玉词》为例:

  长思短忆,骤热还寒,欲言不语若失。残霁曲栏凭后,睫痕多湿。从教笔墨宛转,注不明、断肠图式。室则迹,诉谁来?除是芳魂相值。

  红蓼白蘋风景,检点起、别是一番萧戚。病骨支床,无计咒将月黑。渐看烬销铜鸭,又挠人、冷蛩四壁。这憔悴,有曩昔、衾裯解得。②

黄传祖,无锡人,字心甫,编有《诗古文选》《明文小品》等。《声声慢》(寻寻觅觅)为李清照名作,"最为婉妙"③,表达的是国破家亡夫死之后的哀痛。该词在艺术上也很有创意,一连用十四个叠字,"气机流动,前无古人,后无来者"④;语言洗尽铅华,不假雕饰,千百年来打动了无数人。从所用韵字来看,黄传祖的和词当属于"依韵"的范畴,其表达的主题也是别离之苦,而语言略显生硬。语词有雕琢的一面,但也有学易安口语化的一面,比如"无计咒将月黑"等。总体看,和词没有生搬硬套李清照的叠词用法,感情表达也较为自然。

陈沆的《南浦》(波意绿油油)次韵的是张炎的《南浦·春水》:

  波意绿油油,正晴空,一片春江初晓。净展镜奁平,浮岚外,遥映蛾眉新扫。紫蓝皱碧,縠纹吹出东风小。燕影低飞,斜剪破,又掠满滩烟草。

  怜他弱柳丝垂,尽三眠乱拂,芳塘未了。路转小桥横,溪痕暖,依旧落红流到。渔歌杳渺,问津何处桃源悄。刚说归舟,天际也,人倚画楼多少。⑤

张炎的《南浦·春水》一词,名满天下,"绝唱古今"(邓牧《张叔夏词集

---

① [清]邹祗谟:《远志斋词衷》,见唐圭璋编《词话丛编》,中华书局1986年版,第653页。
② 程千帆主编:《全清词》(顺康卷),中华书局2002年版,第2402页。
③ [明]杨慎:《词品》,见唐圭璋编《词话丛编》,中华书局1986年版,第450页。
④ [清]陆莹:《问花楼词话》,见唐圭璋编《词话丛编》,中华书局1986年版,第2545页。
⑤ 张宏生主编:《全清词》(雍乾卷),南京大学出版社2012年版,第622—623页。

序》),张炎也因此被称为"张春水"①。杨海明先生称该词"不粘不脱,活灵活现,文辞既美,词风又雅"②。要和这样的名篇,无疑具有较大的压力。陈沆的和词是次韵,不但要求所用韵字一样,且顺序要一致,无疑具有更大的难度。就该词来看,上片摹景,下片情景交融。写景不可谓不出彩,但情感较为单薄,仍是传统的相思别离之情,走的是花间艳情的老路子,且为代言体,表达的并非词人自身的真实情感,这一点就与原作相去甚远。张炎的原作虽为咏物,但写的是西湖的实景,表达的也是一种物是人非的沧桑之感,情与景交融于一体。而和词则仅仅是在语言和结构上接受了原词,缺乏内在感情的纽带和衔接,这是雍乾以降很多词人的通病。

在这几类和韵词中,次韵的数量更多,彰显了清人的自信。另外,清人在关于和韵的措辞用语上,并不是非常严谨,比如周铭的《双双燕》的标题为"双燕雪中来,用史邦卿咏燕韵"③,看似为"用韵",但其实是严格的"次韵"。盛禾的《蝶恋花》标题为"用坡公韵"④,其实也是"次韵"。类似的情形在《全清词》中屡见不鲜。在所有的清代追和唐宋词的形式中,和韵无论是在数量还是质量上,都遥遥领先于其他类型的追和词。相较于和韵,集句、效体、檃栝的文字游戏的意味更浓,受到的限制也更多。换言之,和韵比其他类型的追和词更自由,更有利于表达主题。实际上,狭义的追和词指的就是这类词,而不包括集句、效体、檃栝等词体。

二、集句

集句是一种较为特殊的创作方式,首先是在诗中出现。晋人傅咸曾作《七经诗》,分别选取七部儒家经典著作中的成句或稍加改动而成诗。《七经诗》现存11首,其中包括《毛诗诗》《论语诗》等。元人陈绎曾《诗谱》中就载有其《毛诗诗》全文⑤,此或集句诗之始。到了宋代,集句诗的数量开始逐渐增加。就词

---

① 参阅张炎《词源》附录,见唐圭璋编《词话丛编》,中华书局1986年版,第271页。
② 杨海明评语,见《宋词鉴赏辞典》,上海辞书出版社1999年版,第797页。
③ 程千帆主编:《全清词》(顺康卷),中华书局2002年版,第8014页。
④ 程千帆主编:《全清词》(顺康卷),中华书局2002年版,第10959页。
⑤ [元]陈绎曾:《诗谱》,见丁福保辑《历代诗话续编》,中华书局2006年版,第623页。

而言,宋代较早作集句词的是王安石①,《能改斋词话》卷二记载:

> 王荆公筑草堂于半山,引八功德水,作小港其上,叠石作桥,为集句填《菩萨蛮》云:"数间茅屋闲临水,窄衫短帽垂杨里。花是去年红,吹开一夜风。柳梢新月偃,午醉醒来晚。何物最关情,黄鹂三两声。"其后豫章戏效其体云:"半烟半雨溪桥畔。渔翁醉着无人唤。疏懒意何长,春风花草香。江山如有待,此意陶潜解。问我去何之,君行到自知。"②

王安石集句词《菩萨蛮》,全词集取几首古诗中的成句拼凑而成。这些诗句分别来自刘禹锡《送曹璩归越中旧隐诗》、殷益《看牡丹》、方棫《小窗诗》③、曾几《三衢道中》等。后来黄庭坚亦效仿之,集句填《菩萨蛮》,其所集诗句分别出自郑谷的《柳》、韩偓的《醉着》以及杜甫的《西郊》《后游》《可惜》等。

其后,苏轼、秦观、辛弃疾等人都曾尝试作集句词。不过人们历来对于集句这一形式评价不高,苏轼就曾讥讽集句曰:"天边鸿鹄不易得,便令作对随家鸡。"④黄庭坚虽然也写集句诗词,但他自己也表示并不喜欢这种文学创作方式,偶尔为之,也是以戏谑态度出之,"目为百家衣,且曰正堪一笑"⑤。他们说的虽是集句诗,道理一样适用于词。清人同样对集句词评价不高,邹祗谟说:"贺黄公云:生平不喜集句诗,以佳则仅一斑斓衣,不佳且百补破衲也。至词则尤难神合。曩惟仲茅,今则文友、阮亭,称为老手并驱,然此体正不必多作。"⑥贺裳认为,即使好的集句诗亦不过是颜色杂乱、缺乏自然整体和谐之美的"斑斓衣"而已,如作得不好,更像是一件打满补丁的破棉袄,而对于集句词来说,"则尤难神合"。清人蒋景祁也持同样的观点,他在编选《瑶华集》时对集句词极少

---

① 据宗廷虎、李金苓《中国集句史》,山东文艺出版社 2009 年版,第 67—68 页。从现有资料看,最早的集句词是宋祁的《鹧鸪天》(画毂雕鞍狭路逢)。但该词并不全是集句,其中有改动的部分。王安石则是较早和较多创作集句词的人。
② [宋]吴曾:《能改斋词话》,见唐圭璋编《词话丛编》,中华书局 1986 年版,第 145 页。
③ 原诗无题,一作陈叔宝诗。
④ [宋]苏轼:《次韵孔毅甫集古人句见赠五首》之一,见李之亮笺注《苏轼文集编年笺注》(诗词附),巴蜀书社 2011 年版,第 228 页。
⑤ [金]王若虚:《滹南诗话》卷二,见赵永纪编《古代诗话精要》,天津古籍出版社 1989 年版,第 665 页。
⑥ [清]邹祗谟:《远志斋词衷》,见唐圭璋编《词话丛编》,中华书局 1986 年版,第 653 页。

选录,并云"集句必不宜入选"①。其理由为集句词无非把一些不相干的句子凑在一起,极易造成支离破碎、割裂文意的弊端,纵然有精于裁剪者,也难以做到浑然一体、天衣无缝。

但顺康雍乾时期词人对集句词的创作保持了较为高涨的热情,据曹明升《清代中期集句词研究》一文,清初的集句词多为集唐诗,而到了清中期以后,集句的范围更大,集唐宋词的数量也非常多。"从现存的清代集句词文献来看,集句词的别集数量就有几十种之多。"②据笔者统计,顺康雍乾时期明确可考的集唐宋词成词的约有469首,涉及的唐宋词人词作众多。该时期集句词的形式也有很多,有专集一代者,也有集历代者;有集数人者,也有专集一人词者(如江昉的《集山中白云词句》)等。

集句的词句都是前人之作,而要找到既合乎格律又契合词意的唐宋词句,并将其合并串联成一首新词,殊为不易。因此,集句词是一种艺术再创造,要求作者必须博闻强记,从中也能看出清代词人对唐宋词人及其作品的熟悉程度。集句的难点是有严重的制约,前人云:"集句有六难,属对一也,协韵二也,不失粘三也,切题意四也,情思联续五也,句句精美六也。……余更增其一难,曰打成一片。"③以万树的《江城子·旅怀集句》为例:

> 醉来扶上木兰舟(张元干《踏莎行》)。大江流(唐庚《诉衷情》),去难留(周邦彦《早梅芳》)。阔甚吴天(史达祖《玲珑四犯》),极浦几回头(孙光宪《菩萨蛮》)。寒食清明都过了(吕渭老《极相思》),又重午(刘克庄《贺新郎》),又中秋(刘过《唐多令》)。
>
> 芳尘满目总悠悠(蒋捷《高阳台》)。倚危楼(辛弃疾《归朝欢》),雨初收(欧阳修《芳草渡》)。天气凄凉(程垓《蝶恋花》),冉冉物华休(柳永《八声甘州》)。水面霜花匀似剪(秦观《玉楼春》),剪不断(孟昶《乌夜啼》),那些愁(毛滂《更漏子》)。④

这首集句词共集了张元干、唐庚、周邦彦、史达祖、孙光宪、吕渭老、刘克庄、

---

① [清]蒋景祁:《瑶华集词话》,见朱崇才编纂《词话丛编续编》,人民文学出版社2010年版,第605页。
② 曹明升:《论清代中期的集句词》,《文学遗产》2016年第5期。
③ [清]沈雄《古今词话》,见唐圭璋编《词话丛编》,中华书局1986年版,第843页。
④ 程千帆主编:《全清词》(顺康卷),中华书局2002年版,第5548页。

刘过、蒋捷、辛弃疾、欧阳修、程垓、柳永、秦观、孟昶①、毛滂等 16 位唐宋人的词。这首词写的是旅怀,从整首词来看,虽是集句,然庶几可表达完整的思想内容和情感。上阕写送别时的场景,"大江流""阔甚吴天"等语句描绘了词人与佳人离别时的景色,"极浦几回头""去难留"等语句是直抒胸臆,依依惜别之境跃然纸上。后面的"又重午""又中秋"尤妙,把两句表示时间的词句集在一起,表达了分别后时间的流逝。下阕当为虚写,从佳人角度,拟想心上人与自己分别后忧伤惆怅的场景。佳人站在高楼上凝望,时近秋凉,又逢雨后,更渲染了思念远行人的氛围。结尾三句同样精彩,三句话分别出自三首不同的词,却浑然一体,无论是意境还是语意,真可谓裁云缝月,敲金戛玉。值得注意的是,这首词不但集中了众多唐宋词人的名句,还在结构和立意上很明显地借鉴了柳永名作《八声甘州》(对潇潇暮雨洒江天)。从实际效果来看,的确是做到了沈雄所谓的"打成一片"。

我们再来看雍乾时期王沼的一首《西江月·观梅怀林处士》:

  玉骨那愁瘴雾(苏轼),画堂别是风光(苏轼)。寒花只作去年香(陈师道),曾伴先生蕙帐(侯寘)。

  一片孤山细雨(吴文英),十分冷淡心肠(陆游)。幽姿不入少年场(陆游),自是白衣卿相(柳永)。②

王沼,江苏太仓人,字涵碧,约生于乾隆十一年(1746),嘉庆二年(1797)仍在世。其词集名为《分秀阁集句诗余》,所收皆为集句词,殊为罕见。③ 这首《西江月》题为"观梅怀林处士",林处士当为北宋著名隐士林逋,性好梅和鹤,有"梅妻鹤子"之称。该词主要集了苏轼、吴文英、陆游、柳永等人咏梅词句,作者只是把他们凑在一起,"一片"和"十分"两句对仗也算工稳,"白衣卿相""冷淡心肠"语句也庶几能表达对林逋的欣赏,但整个词拼凑的痕迹还是比较明显。

因此,总体来看,顺康雍乾时期清人对集句词有着较高的热情,作品也较多。就词作其本身而言,没有多大的价值,内容比较贫乏,情感苍白,更像是一种争奇斗艳、矜奇嗜博的文字游戏。这与雍乾年间汉学的兴起和文字狱的高压

---

① 《乌夜啼》(无言独上西楼)的作者存疑,曾昭岷等编《全唐五代词》于孟昶和李煜名下两存之,见《全唐五代词》第 768 页。
② 张宏生主编:《全清词》(雍乾卷),南京大学出版社 2012 年版,第 6699 页。
③ 参阅张宏生主编《全清词》(雍乾卷),南京大学出版社 2012 年版,第 6699 页。

有着较大的关系。关于集句,张曜孙曾云:"苟非沉思邃虑,熟复诸家,融于心而注于手,能若是之适然无间乎?以此叹文心之变不可胜穷,而作者工力之深纯,于一端可见全体。后有作者,其能继此而争胜乎?吾恐并世才人,咸谢未能矣。"①张曜孙认为,集句体需要作者对存世的诗文非常熟悉,同时也要求作者有敏捷的文思和非凡的才学,唯有如此,方能得心应手,运用自如,写出好的集句体诗词。

从唐宋词传播与接受的角度来看,集句词仍有其特有的价值,这种集句的方式,无疑让一些唐宋词名句得到了更大范围的传播。集句词也能让我们在一定程度上认识唐宋词在顺康雍乾时期的接受状况,据曹明升《论清代中期的集句词》研究,清代中期被集最多的唐宋词人是周邦彦。张炎、苏轼、辛弃疾、姜夔、欧阳修、柳永等人的词也被集较多,尤其是江昉专集张炎词。这些都有助于我们认识唐宋词在清中期的接受情形。

三、效体

效体也是一种特殊的追和方式,效体最早也是在诗中出现,后来才有人用到词中。广义上的效体可以追溯到先秦时期,像屈原对《诗经》比兴手法的学习等。严格意义上的效体诗最早可能出现在西晋时期。② 效体一般会在题中或小序中以"效××体""仿××体"或"拟××"等字样明示。就词而言,宋代就已经有效体出现了,据笔者统计,《全宋词》中明确可考的效体词约有13首。③ 其中留存至今最早明确用效体的可能是北宋郭祥正的《醉翁操·效东坡》,这也是北宋时期留存下来的唯一一首效仿唐宋词的效体词。南渡时期,侯寘有一首《眼儿媚·效易安体》流传至今。到了南宋,效体词数量有所增加,吕胜己有《长相思·效南唐体》,辛弃疾有《河传·效花间集》和《玉楼春·效乐天体》,刘学箕和刘克庄各有《松江哨遍·效东坡哨遍体》一首,周密有"拟稼轩""拟蒲江""拟东泽""拟梦窗"各一首,仇远有"效柳体"一首,蒋捷有"效稼轩体"一首。这些是明确可考的,还有一些实际上效仿,但未明言的。从上可知,宋代被效仿的词体主要有苏轼的东坡体、柳永的柳体、李清照的易安体、辛弃疾的稼轩体等。

---

① [清]张曜孙:《百衲琴言序》,见冯乾编校《清词序跋汇编》,凤凰出版社2013年版,第1380页。
② 叶汝骏:《"效体"诗原论》,《北京社会科学》2017年第2期。
③ 本书所谓效体词,其效仿的对象是唐宋词。效仿诗歌、散文的不是本书考察的对象。

这些被效仿的词人一般有着自己鲜明的个性特征。金代,王寂有效东坡词 2 首,赵秉文有拟东坡作 1 首,元好问有效花间体、东坡体、朱敦儒词各 1 首。元代,张野有效稼轩体 1 首。明代这类效体词约有 89 首,被效体较多的词人有辛弃疾(21 首)、冯延巳(10 首)、孙光宪(10 首)、苏轼(8 首)、温庭筠(5 首)、蒋捷(3 首)。

到了清代,效体词的数量有了大幅提高。就顺康雍乾时期而言,明确可考的效体词至少有 449 首(其中包括效体兼次韵 20 首)。① 共有 59 位唐宋词人被效体,其中被效仿较多的是朱敦儒(50 首)、苏轼(48 首)、辛弃疾(38 首)、欧阳修(27 首)、柳永(22 首)、姜夔(18 首)、黄庭坚(15 首)。辛弃疾和苏轼在顺康时期被效仿最多,而在雍乾时期,姜夔被效仿最多。

值得注意的是,清人效仿的这些唐宋词作,并不一定都是被效仿者的经典代表作,而是其较有特色的词。无论是稼轩体还是东坡体,都不能简单地等同于辛弃疾和苏轼词的整体风貌,而只是他们词中比较有特色的方面。以辛稼轩为例,其词题材广泛,包罗万象,艺术风格也是"不主故常""随所变态"②,但清人的效体更多地效仿其豪放或散文化的一面,以邹祗谟的《六州歌头·戏作简僮约,效稼轩体》为例:

僮来语汝,约法告而曹。吾所命,只数事,汝毋嚣。记来朝。红药栏干畔,缚棕帚,摩苔石,除菊蠹,移兰盎,早须浇。庭际几头丹鲫,戏蘋藻、粉饵时调。便闲将短竹,扶植美人蕉。弹雀驱枭,莫逍遥。

宜勤应答,捷趋走,护书筐,整诗瓢。燕几侧,博山内,水沉烧,火毋焦。煮茶铛频熟,便蟹眼,听松涛。吾无事,痛饮酒,读《离骚》。若有客来时候,须涤盏、频进香醪。且抱琴吹笛,长醉侣渔樵。门掩无敲。③

这首词不由得让我们想起辛弃疾的《最高楼》(吾衰矣)和《沁园春》(杯汝来前)等散文化的词。整首词都是词人对书童的告诫和嘱咐,叮嘱他平时应该做哪些家务活,如何待客,也算别开生面,饶有生活趣味。但这样的词毕竟还是缺乏词的基本韵味,这样的效体词无法代表稼轩真正的特色和水平。

---

① 笔者依据《全清词》(顺康卷含补编)以及《全清词》(雍乾卷)统计。
② [宋]范开:《稼轩词序》,见吴熊和主编《唐宋词汇评》,浙江教育出版社 2004 年版,第 2306 页。
③ 程千帆主编:《全清词》(顺康卷),中华书局 2002 年版,第 3024 页。

第六章 从追和看唐宋词在顺康雍乾时期的传播与接受

苏轼词的风格也是多样的,这个时期的效仿苏轼词中,词人多效仿的是其博大的胸襟和随缘自适的情怀。而像《念奴娇·赤壁怀古》和《江城子·密州出猎》这样雄奇豪壮之词,却很少有人效仿,这是很值得我们玩味的。其实在宋代,仅有的几首效体苏轼词,也不是效仿其豪放词。元代和明代也是如此。虽然效体的数量在历代都很少,不具有很大的参考价值,但至少也说明,豪放词在历朝历代都未进入主流的学习接受视野之中。顺康雍乾时期效仿最多的是苏轼的《哨遍》《洞仙歌》等较有特色的词,但这并非苏轼写得最好的词。我们先来看徐旭旦的《哨遍·春日泓潭寺看菜花,用苏东坡春情哨遍体》:

何处嬉春,挑菜踏青,萧寺南地。过危桥,夕照恰当门,乱拥入群峰螺髻。郁坡陀,嫩绿粘天芳草,粼粼十亩澄潭水。看遍地黄金,祇园金粟,香气氤氲无际。却原来、端的菜花黄已。仿佛蟾宫折桂枝。蝶闹蜂猜,带雨拖烟,殢人情思。

是选佛莲台,世界万象含生气。忘机鱼鸟,穿林唼影任游戏。更菜甲排云,花香作雾,东风一剪琼瑶碎。元圃诗篇,旃檀词话,点缀仙源佳丽。羡士夫雅兴,须常滋味。映掬月池边溯涟洏。只不愿、黎民色意。喜得半日余闲,小驻东华骑。新柳垂丝,夭桃逞艳,尤与菜花争美。年年渲染费春工,且自与人同乐耳。①

苏轼原词表达的主题是人生苦短,应及时行乐,"要适情耳"②。徐旭旦的这首效仿之词表达的意思亦庶几,上片写泓潭寺的春景,下片写游乐的场景。与苏轼原词相比,效体词多了些世俗喧闹之气,少了一分恬淡从容。再看李调元的《临江仙·送岳梅巢之任山左参军,仿东坡体》:

管鲍只今君第一,一言九鼎谁同。人生真是马牛风。去来都是走,顺逆总难逢。

此去青齐烟九点,大明绿树濛濛。劝君一饮拼千钟。先生真醉也,唤取密云龙。③

李调元的这首词倒是有几分东坡身处逆境仍豁达开朗的意味,虽是与好友分别,却未过分渲染悲凉的气氛,而是将人生的别离看作是一种人生的常态,抒

---

① 程千帆主编:《全清词》(顺康卷),中华书局 2002 年版,第 1883 页。
② [宋]苏轼:《苏东坡全集》,北京燕山出版社 2009 年版,第 1166 页。
③ 张宏生主编:《全清词》(雍乾卷),南京大学出版社 2012 年版,第 1992 页。

情中蕴含人生的哲理。

再比如,黄庭坚的词也不尽是俚俗的,但清人则往往把俚俗词视为山谷体,心摹手追的也多是这类风格的词。比如狄循厚的《离鸾·效黄山谷体》:

> 我当初见你、情美意美。错认是、一双好对。睡里梦里。不想道生生地。把团圆镜儿扑碎。
>
> 到如今隔着、千里万里。便信也、没人稍寄。想你一会,却就似见你。一会要不想怎不想你。①

这首词之俚与俗,相较于山谷词中最俗者也是有过之而无不及,这无形中放大了黄庭坚词的缺点。

被清人反复提到的还有朱敦儒的"希真体"。值得注意的是,朱敦儒是顺康雍乾时期被效体最多的词人,共有 50 首词效仿其作品。何谓"希真体"?姚逸超在《从效体角度探究"希真体"之内涵》一文总结出"希真体"的内涵是:"宋室南渡的国家剧变与麋鹿之性的生命本色是构成'希真体'内涵的两大支点;家国之悲、身世之慨及晚年隐居时期的旷达闲适是'希真体'的构成内容;清隽谐婉,以口语、俗语入词是'希真体'的语言风格。"②不过,在顺康雍乾时期,清人效仿的主要是朱敦儒晚年隐居时期的潇洒出尘,而非早期的家国经济之怀;在风格上效仿的是其清隽谐婉,较少学习其口语和俗语的一面。从实际的创作来看,除了朱中楣的一首《西江月》外,其余都是《好事近》和《钓船笛》,而《钓船笛》其实就是《好事近》的别称,效仿的皆为朱敦儒的六首《好事近·渔父词》。朱敦儒通过这组词来吟咏自己山林隐逸的闲适生活,表达对自由闲散生活的向往与追求。而清人的效体词也表现得高度一致,无论是题材选择、性情抒写还是艺术风格都与之相仿。以傅燮詷的《钓船笛·读朱希真渔父词,拟十有六解》其一为例:

> 宛转碧溪流,万树桃花沿岸。撑到合江之际,载满船红片。
>
> 谁停舴艋绿杨天,却是向来伴。欲觅芳村沽酒,约将鱼相换。③

这首词同样写的是渔夫的生活。前四句写景,描绘的是渔夫日常所见之

---

① 程千帆主编:《全清词》(顺康卷),中华书局 2002 年版,第 2491 页。
② 姚逸超:《从效体角度探究"希真体"之内涵》,《河南科技大学学报(社会科学版)》2015 年第 2 期。
③ 程千帆主编:《全清词》(顺康卷),中华书局 2002 年版,第 8263 页。

景。溪流宛转,夹岸桃花盛开,片片花瓣随风飘落,铺满了渔船。后四句写渔夫的日常生活,用自己所打之鱼换取酒喝,美化了渔夫的生活。相较于朱敦儒的原词而言,效体词则多了一些市井生活气息,少了一些文人的清高雅致。

除此之外,被模仿较多的人还有欧阳修、姜夔、柳永等。如前所述,从这些效体词来看,无论是效仿哪位唐宋词人,都不是该词人词作的全貌,而只是其整体风貌中的一个方面,有的甚至只是效仿具体某一首词。效体词在整个追和词中所占比例不大,但集中表现了清人对唐宋词一种直接的学习态度。尽管其效仿的不一定是唐宋词人最优秀的一面,有的甚至专门效仿其中的糟粕,比如黄庭坚的俚俗词,但总体而言,其学习的词人和词作俱为一流。效体进一步加速了宋词的经典化进程,也加深了后人对于唐宋词个性特征的体认。

四、檃栝

檃栝也作"檃括""隐括",是一种特殊的木材加工方式,其本义是借助工具将原先弯曲的枸木矫正,使之变直,正所谓"枸木必将待檃栝烝矫然后直"①。文学领域中的檃栝是对原有的作品加以剪裁、改写。② 就词而言,檃栝体词在宋代首先出现,檃栝的对象可以是诗、词、曲、散文等。对于檃栝,清人的热情并不高,评价也较低。刘体仁云:"檃栝体不可作也。"③他认为即使才高如东坡,其《醉翁操》词檃栝欧阳修散文《醉翁亭记》和《水调歌头》(昵昵儿女语),檃栝韩愈《听颖师弹琴》,也难以让人满意,遑论其他人。贺裳亦认为苏轼和黄庭坚的檃栝词,"皆堕恶趣"④。

本书所谓"檃栝",其改写对象是唐宋词,檃栝唐宋词仅仅是檃栝体词中很小的一部分。顺康雍乾时期只有苏轼、范仲淹、黄庭坚、王仲甫等少数几人的词作被檃栝,在所有的追和词中数量最少。其实这也不难理解,一首唐宋词本就

---

① [清]王先谦:《荀子集解》,见《新编诸子集成》,中华书局1988年版,第435页。
② 关于檃栝的界定,学界并无统一的标准。内山精也在《两宋隐括词考》(《传媒与真相——苏轼及其周围士大夫的文学》,上海古籍出版社2013年版,第409页)一文中指出檃栝词有狭义和广义之分,广义是指一切用前人语句加工入词的词作,狭义指把某一篇具体的文学作品改写成词。罗忼烈在《宋词杂体》(参阅罗忼烈著《罗忼烈杂著集》,上海古籍出版社2010年版,第292页)一文中对檃栝的界定基本等同于内山精也所谓的狭义檃栝词。本书所谓"檃栝词"也持狭义,并专指以唐宋词为对象的檃栝词。
③ [清]刘体仁:《七颂堂词绎》,见唐圭璋编《词话丛编》,中华书局1986年版,第623页。
④ [清]贺裳:《皱水轩词筌》,见唐圭璋编《词话丛编》,中华书局1986年版,第710页。

是一首成熟的作品,要在这个基础上再大展拳脚是很困难的。试以魏际瑞的《满庭芳·用范文正公〈渔家傲〉》与范仲淹的原调做一比较:

渔家傲

范仲淹

塞下秋来风景异,衡阳雁去无留意。四面边声连角起,千嶂里,长烟落日孤城闭。

浊酒一杯家万里,燕然未勒归无计。羌管悠悠霜满地,人不寐,将军白发征夫泪。

满庭芳·用范文正公《渔家傲》

魏际瑞

塞下秋来,衡阳雁去,呜呜残角边声。烟横千嶂,寒日闭孤城。最是斜阳古戍,高楼上、眇眇如星。凭栏处,天低云合,遥认汉家营。

别家乡万里,一杯浊酒,独自频倾。想燕然未勒,安问归程。听彻悠悠羌管,霜华重、满地澄清。人不寐,将军发白,滴泪想南征。①

魏际瑞(1622—1677),江西宁都人,著有《伯子诗余》。魏际瑞是清代檃栝唐宋词较多的词人,除了这首檃栝范仲淹《渔家傲》的词之外,还檃栝苏轼《西江月》②及《水调歌头》(明月几时有)等词。这些词和檃栝《渔家傲》一样,都是对原词做一个简单的"拉伸",无论是意境,还是结构、语言,都没有太大的创新性,仅仅是更详瞻而已。但实际上,诗词的可贵之处恰恰在于其语言的精练性,这样的檃栝没有多少艺术感染力。不过,就魏际瑞的这首檃栝范仲淹《渔家傲》的词而言,也有学者认为:"《满庭芳》句式参差、押平声韵、较为舒徐平缓、清新洒脱,用这个词调来表现原词的内容与情感,不够顿挫有力,但对词的檃栝却体现了词人对词体形式的把握能力。"③从思想内容层面而言,这样的檃栝词几乎毫无价值可言,很容易沦为无聊的文字游戏。但从唐宋词接受的角度而言,也有其特定的认识价值。张宏生先生曾云:"檃栝词所追求的是同一题材在两种文体类型之间的转换,对于作者来说,挑战非常大,是测试其语言敏感度、语言重

---

① 程千帆主编:《全清词》(顺康卷),中华书局2002年版,第2099页。
② 按,《全宋词》中收有苏轼《西江月》三首,魏际瑞的《满庭芳·用子瞻〈西江月〉》很难看出是檃栝其中的哪一首,疑有误。
③ 李睿:《论清代的檃栝体词》,《中国韵文学刊》2016年第3期。

组能力的重要指标。在这个意义上,清人进一步展开隐栝词的创作,实际上也是对词体文学的边界的某种探索。"①张宏生先生是就整个清代隐栝词而言的,其实就隐栝唐宋词的清词而言,虽然数量少,但也有助于我们全方位、多角度考察清人对唐宋词的接受方式。

第二节　追和词的计量及其接受意蕴

前人对于唐宋词在清代的追和方面的研究,多从文本出发,或从词人出发,定性分析较多,定量分析较少。刘尊明、王兆鹏的《唐宋词定量分析》选取了苏轼、周邦彦、辛弃疾等大家作为研究对象,用数据分析的方法考察了历代词人唱和这些宋代单个词人的基本情况,使这一研究向前推进了一大步。② 本书采用定量分析的方法,从词调、词人和词作三个方面统计顺康雍乾时期追和唐宋词的相关数据③,借以考察唐宋词在该时期的接受。

一、顺康雍乾时期追和唐宋词用调排行及分析

填词,首先要根据实际情况择调,如择调不当,"或声、文乖戾,或有误美听,或不合曲名与传统作法,都将妨碍内容与形式的完美结合"④。清人追和唐宋词选用何种词调,当然首先取决于原作,但同样也与清人自身的喜好和当时词坛风气不无关系。我们通过统计清人追和唐宋词时所选词调及其调式、每个词调的追和次数,并把这些统计结果与唐五代人和宋人的选词择调情况进行比较,从中可以在一定程度上考察清词对唐宋词的接受状况。

---

① 张宏生:《阅读与重构——论清代的隐栝词》,《北京大学学报(哲学社会科学版)》2018年第4期。
② 参阅刘尊明、王兆鹏《唐宋词的定量分析》,北京大学出版社2012年版,第278—380页。
③ 文中"追和"是广泛意义上的追和,即不仅包括次韵、用韵、依韵等通常意义上的唱和,还包括集句、效体、隐栝等形式的追和。统计追和词的范围根据《全清词·顺康卷》及其补编、《全清词·雍乾卷》,判断追和词的标准主要依据词的题序,并参考一些词作的韵脚。
④ 吴熊和:《唐宋词通论》,浙江古籍出版社1989年版,第118页。

表 6-1　顺康雍乾时期追和唐宋词用调排行及分析表①

词调	追和次数	调式	唐五代排名	宋代排名	追和排名	词调	追和次数	调式	唐五代排名	宋代排名	追和排名
念奴娇	214	长调		4	1	虞美人	19	小令	12	19	33
满江红	138	长调		6	2	绮罗香	17	长调		161	34
贺新郎	114	长调		12	3	踏莎行	16	小令		26	35
水龙吟	101	长调		17	4	扫花游	16	长调		122	35
蝶恋花	80	小令	16	7	5	南歌子	16	小令	10	21	35
菩萨蛮	79	小令	3	5	6	兰陵王	16	长调		92	35
南浦	67	长调		7	7	一剪梅	15	中调		66	36
渔家傲	61	中调		8	8	女冠子	15	小令	13		36
水调歌头	61	长调		5	8	桂枝香	15	中调		96	36
卜算子	58	小令		23	9	祝英台近	14	中调		58	37
南乡子	56	小令	9	27	10	忆江南	14	小令	1	25	37
沁园春	55	长调		10	11	诉衷情	14	小令	28	39	37
好事近	52	小令		20	12	瑞鹤仙	14	长调		45	37
声声慢	45	长调		57	13	鹊桥仙	14	小令		33	37
齐天乐	44	长调		47	14	汉宫春	14	长调		60	37
疏影	43	长调		127	15	醉太平	13	小令		162	38
万年欢	41	长调		98	16	怨王孙	13	小令		76	38
采桑子	40	小令	16	36	17	渔歌子	13	小令	8	53	38
浪淘沙	39	小令	15	32	18	忆秦娥	13	小令	80	41	38
凤凰台上忆吹箫	37	长调		150	19	苏幕遮	13	中调	24	95	38
点绛唇	36	小令	31	13	20	生查子	13	小令		35	38
满庭芳	35	长调		15	21	三姝媚	13	长调		180	38
洞仙歌	34	中调	29	38	22	江城子	13	小令	18	29	38

① 表中唐五代词调排名数据出自刘尊明、李志丽《唐五代词调和用调的统计与分析》，《黄冈师范学院学报》2011年第4期。宋代词调排名数据出自刘尊明、范晓燕《宋代词调及用调的统计与分析》，《齐鲁学刊》2012年第4期。

续表 6-1

词调	追和次数	调式	唐五代排名	宋代排名	追和排名	词调	追和次数	调式	唐五代排名	宋代排名	追和排名
青玉案	33	中调		43	23	武陵春	12	小令		73	39
如梦令	31	小令	27	28	24	减字木兰花	12	小令		11	39
摸鱼儿	31	小令	7	9	24	忆王孙	11	小令		76	40
醉花阴	30	小令		83	25	双双燕	11	长调			40
朝中措	29	小令		22	6	瑞龙吟	11	长调		189	40
玉楼春	28	小令	21	16	27	清平乐	11	小令		14	40
临江仙	28	小令	7	9	27	柳梢青	11	小令		31	40
阮郎归	26	小令	28	34	28	更漏子	11	小令		67	40
河传	26	小令	14	112	28	望海潮	10	长调		82	41
暗香	26	长调		167	28	蓦山溪	10	中调		30	41
千秋岁	25	中调		63	29	满路花	10	中调			41
荷叶杯	25	小令	23		29	六幺令	10	长调		137	41
哨遍	23	长调		143	30	柳枝	10	小令	3	128	41
东风第一枝	23	长调		157	30	玲珑四犯	10	长调			41
长亭怨慢	23	长调			30	金蕉叶	10	小令			41
八声甘州	22	长调		44	31	花心动	10	长调		86	41
永遇乐	21	长调		61	32	高阳台	10	长调		101	41

关于表 6-1 中数据的几点说明：一、词调数为合并同调异名后的数字。二、表中涉及这一项如为空白，说明该词调的唐宋词存词数量很少，未排名。三、限于篇幅，文中统计为追和次数在 10 次以上词调的排名。如追和次数相同，则排名亦相同。

（一）追和用调数据基本分析

据刘尊明、王兆鹏《唐宋词的定量分析》一书统计，唐五代词共用调 176 个，合并用调 150 个；两宋词共用调 1490 个，合并用调 844 个。① 据田玉琪《词调

---

① 刘尊明、王兆鹏：《唐宋词的定量分析》，北京大学出版社 2012 年版，第 59 页，第 117 页。

史》统计,唐五代词调入宋以后仍在使用的有 74 个。① 这样算来,唐宋词的总用调量在 920 个左右。经笔者初步统计,清代顺康雍乾时期追和唐宋词所用词调 520 个,合并用调 475 个,占唐宋词调总数的 51.7%,占据了唐宋词调的半壁江山。用调的繁多与不拘一格,在一定程度上反映了清词创作的繁荣。从追和次数来看,被追和 100 次以上的词调有 4 个,占 0.8%;50—99 次的 10 个,占 2.1%;20—49 次的 29 个,占 6.1%;10—19 次的 39 个,占 8.2%;6—9 次的 43 个,占 9.1%;2—5 次的 171 个,占 36%;仅仅被追和 1 首的有 179 个,占 37.7%。从中可知,清人在追和唐宋词时对唐宋词调的接受和继承较为广泛。

按照小令 58 字以内,中调 59—91 字,长调 92 字以上来计算,清人追和唐宋词所选词调中,长调 220 个,占比 46.3%;中调 101 个,占比 21.3%;小令 154 个,占比 32.4%。从追和词的数量来看,长调 1744 次,中调 487 次,小令 1417 次,分别占比 47.8%、13.4%、38.9%。这些数据说明清人追和唐宋词时对长调更为偏好。

(二)追和十大词调

从表 6-1 中可知,顺康雍乾时期,清人追和唐宋词十大词调依次是:《念奴娇》《满江红》《贺新郎》《水龙吟》《蝶恋花》《菩萨蛮》《南浦》《渔家傲》《水调歌头》《卜算子》。如果我们把这十大词调与宋词和唐五代词的"十大金曲"做一比较,就会发现,清人追和唐宋词所用词调与宋词的常用词调关系较为紧密。比如排名第一的《念奴娇》在宋代常用词调中排名第四;排名第二的《满江红》在宋代常用词调中排第六;排名第五的《蝶恋花》在宋代常用词调中排名第七;排名第九的《水调歌头》在宋代常用词调中排名第二。在追和排名前 40 位的词调中,仍有 23 调排在宋词常用调的前 40 位。但唐五代词调中只有 25 个进入了顺康雍乾时期追和唐宋词用调排行榜的前 78 名(含并列排名),其中 3 个词调进入了排行榜的前 10 位。虽然说唐五代词从词调总量上来说本就不及宋词,但这个统计结果还是能在一定程度上说明:清人在追和唐宋词选调时与宋代更接近,与唐五代更疏远。换言之,在顺康雍乾时期,相较于唐五代词,清人更倾向于接受宋词。

另外,追和排名前十位的词调中,有 6 个是长调,排名前四位的《念奴娇》

---

① 田玉琪:《词调史研究》,人民出版社 2012 年版,第 174—175 页。

《满江红》《贺新郎》《水龙吟》都是长调。而宋词的"十大金曲"长调只有4个,小令占了6个。① 唐五代的"十大金曲",全部为小令。② 这一结果与我们统计的清人追和唐宋词用调情况不太一致。分析其原因,首先,唐五代的"十大金曲"都为小令不难理解,因为彼时词尚处于发轫期,小令本就占绝大多数,慢词是直到北宋中期数量才逐渐增多的。但为什么宋代"十大金曲"中小令依然占了多数呢?其实,从传唱的角度来说,小令有其短小精悍的优势,既方便创作,也利于传播与接受,其成为"金曲"的可能性更大。而追和往往更带有案头文学的特点,更倾向于逞才斗学的意味,或许选择长调更能显示其才学。在不少文人看来,词越长,韵越险,和韵的难度也越大,也就越能显出自己的才华。清人仲恒就曾言,前人俱云诗词不可和韵,并不是说一定不能和,这只是才短者怕显拙的一种说辞罢了。真正有才之士,"正于盘错以别利器,奚和韵之足云"③。另一方面,清人追和更喜用长调恐怕还和该时期的词坛风尚有关,经过统计我们发现,顺康雍乾时期,词人追和较多的是苏、辛豪放词和姜、张骚雅词,而他们的典范之作多为长调。

(三)追和词调与声情

龙榆生曾云,词为倚声之学,"凡句度之长短、协韵之疏密,与夫四声轻重,错综配合之故,皆与曲中所表之情,有莫大关系"④,然而随着时间的推移,词与音乐的关系渐行渐远。从传播方式来看,词到了北宋中叶以后,已经逐步由唱本传播为主变为以写本传播为主,而到了南宋则主要靠印本传播。⑤ 到了清代,词几乎已经成为案头文学。虽然说词调的选择与声情的表现已经没有必然联系,但通过追和词调的选择还是或多或少能看出清词的基本面貌。从被追和的十大词调来看,排名前四的词调《念奴娇》《满江红》《贺新郎》《水龙吟》都是适

---

① 参阅刘尊明、范晓燕《宋代词调及用调的统计与分析》,《齐鲁学刊》2012年第4期。
② 参阅刘尊明、李志丽《唐五代词调和用调的统计与分析》,《黄冈师范学院学报》2011年第4期。
③ [清]王又华:《古今词论》,见唐圭璋编《词话丛编》,中华书局1986年版,第611页。
④ 龙榆生:《填词与选调》,《龙榆生词学论文集》,上海古籍出版社2009年版,第195页。
⑤ 参阅钱锡生《传播方式的改变与唐宋词的演进》,《文艺理论研究》2011年第2期。

合表现"激越奔放""慷慨悲凉"①之情的,"世人恒用以抒写豪壮之情"②。此外,排名第八的《渔家傲》是"行云初遏"③的高调,排名第九的《水调歌头》也"当是个高亢而悠扬的曼声长调"④。这一现象值得我们思考,说明清人对慷慨激昂、遒劲苍凉的词风有一定偏好。但根据田玉琪《词调史》中有关词调与声情的关系研究,这类词调在榜单中占比只有20%左右,被追和次数占榜单的40%左右,似乎占比并不高,不过也不算低。榜单中60%左右的还是婉转妩媚、清丽幽雅的词调。尽管目前我们关于词调和声情的关系了解并不多,但从榜单中依然能看出,清人追和所用词调风格多样,冶荡之音很少,说明顺康雍乾时期词风整体呈现健康向上风貌。

(四)追和词调选用与原作及词坛风尚关系

应该说,清人在追和唐宋词时选用词调与原作有很大关系。比如,在所有被追和的词调中,《念奴娇》一枝独秀,这和苏轼的名作《念奴娇》(大江东去)被广泛唱和有关。排名第二的《满江红》和岳飞的名作深入人心分不开。排名第四的《水龙吟》也与苏轼和章楶关于杨花的经典酬唱有较大关系。同样的道理,《南浦》《长亭怨慢》在唐宋词调中比较"冷门",词作数都少于10首而未进入前206位,但在追和词调中排名却很靠前。这种情形的出现,主要是因为张炎的《南浦·春水》和姜夔的《长亭怨慢》(渐吹尽)的名作效应,加之这个时期浙西词派对姜、张词风的鼓吹,因而追和之作较多。这两个词调在宋代用的人不多,但在清代却分别得到了67首和23首的追和,排名第7和第30,这恰恰说明了当时浙西词派姜、张词风在这一时期的如日中天。由此可知清人在追和唐宋词时选词择调与宋词原作的成就和知名度有较高的一致性,也与清人的词学风尚有密切的关系。

二、顺康雍乾时期追和唐宋词人排行及分析

顺康雍乾时期共有哪些唐宋词作者被追和,哪些人被追和次数较多,这无疑是考察唐宋词在该时期接受情况重要的参考依据。据统计,新编《全唐五代

---

① 吴熊和:《唐宋词通论》,浙江古籍出版社1989年版,第126页。
② 龙榆生:《填词与选调》,《龙榆生词学论文集》,上海古籍出版社2009年版,第202页。
③ 吴熊和:《唐宋词通论》,浙江古籍出版社1989年版,第122页。
④ 吴熊和:《唐宋词通论》,浙江古籍出版社1989年版,第123页。

词》之《正编》收词作者 91 人,《全宋词》共有词作者 1504 人。① 篇幅所限,表 6-2 列出顺康雍乾时期被追和最多的前 30 位唐宋词人,表中排名主要依据追和篇数多少,追和篇数相同则再按追和人数多少排名。

表 6-2 顺康雍乾时期追和唐宋词人排行榜

唐宋词人	所属时期	顺康时期					雍乾时期					追和总篇数	总排名
		追和人数	用调	原唱篇数	追和篇数	排名	追和人数	用调	原唱篇数	追和篇数	排名		
苏轼	北宋	129	44	91	289	2	52	25	62	141	2	430	1
辛弃疾	南宋	100	57	135	326	1	31	22	36	73	5	399	2
姜夔	南宋	32	15	15	60	10	47	39	49	154	1	214	3
李清照	南宋	52	12	15	120	4	30	13	16	76	4	196	4
张炎	南宋	48	26	20	86	8	30	28	18	86	3	172	5
周邦彦	北宋	64	55	61	128	3	22	17	27	41	9	169	6
欧阳修	北宋	48	17	37	101	5	14	24	44	48	6	149	7
史达祖	南宋	45	25	31	87	7	26	17	21	45	8	132	8
柳永	北宋	56	39	47	88	6	18	25	30	37	10	125	9
秦观	北宋	46	25	34	71	9	10	12	13	27	13	98	10
朱敦儒	南宋	18	9	9	59	11	5	9	9	15	19	74	11
吴文英	南宋	20	22	32	26	18	31	29	35	47	7	73	12
蒋捷	南宋	27	15	19	46	12	5	11	13	16	17	62	13
黄庭坚	北宋	26	20	23	38	14	8	11	17	17	16	55	14
刘克庄	南宋	19	10	16	40	13	5	4	11	13	22	53	15
陆游	南宋	26	25	30	35	15	11	13	14	16	18	51	16
岳飞	南宋	26	1	1	34	16	11	11	1	14	20	48	17
贺铸	北宋	22	6	9	26	17	16	10	17	20	14	46	18
周密	南宋	11	11	11	13	21	22	19	26	30	12	43	19
晏殊	北宋	6	6	6	8	32	8	10	28	31	11	39	20

---

① 参阅刘尊明、王兆鹏《唐宋词的定量分析》,北京大学出版社 2012 年版,第 28、104 页。

续表6-2

唐宋词人	所属时期	顺康时期					雍乾时期					追和总篇数	总排名
		追和人数	用调	原唱篇数	追和篇数	排名	追和人数	用调	原唱篇数	追和篇数	排名		
晏几道	北宋	19	13	16	25	19	7	7	9	11	23	36	21
王沂孙	南宋	9	5	5	12	24	12	12	13	18	15	30	22
李煜	五代	15	12	12	22	20	6	4	4	6	27	28	23
张先	北宋	8	6	6	9	31	9	5	9	14	20	22	24
康与之	南宋	10	8	8	12	23	3	7	7	8	25	20	25
章楶	北宋	7	1	9	13	22	5	1	1	6	28	19	26
温庭筠	晚唐	7	5	6	10	30	3	2	2	3	33	13	27
王安石	北宋	10	4	4	10	28	4	3	3	6	28	16	28
范仲淹	北宋	10	3	3	11	26	2	2	2	4	32	15	29
刘过	南宋	5	5	6	7	33	5	5	6	7	26	14	30

表6-2中数据值得我们关注的有以下几点：

（一）追和次数及所属时代分布

唐宋词人被追和100次以上的有9人，占5.4%；被追和50—99次的有7人，占4.2%；被追和20—49次的有9人，占5.4%；被追和10—19次的有12人，占7.2%；被追和6—9次的有16人，占9.6%；被追和2—5次的有45人，占26.9%；只被追和1次的有69人，占30.3%。从统计来看，被追和5次及以下的有114人，占被追和总人数的68.3%，但追和次数却只有205次，占比5.6%；而被追和100次以上的虽然只有9人，占被追和总人数的5.4%，追和次数却达到了1887次，占比高达51.7%。也就是说，顺康雍乾时期追和唐宋词人具有高度的集中性。

经笔者初步统计，该时期明确可考的共有167位唐宋词人被追和，其中唐五代25人，占14.9%；北宋59人，占35.3%；南宋78人，占46.7%；年代不详者5人，占3.0%。从被追和唐宋词人的年代分布来看，北宋和南宋较均等，唐五代被追和的人数也不算少，似乎相差不大。但从被追和的次数来看，却相差悬殊：南宋词人被追和1915次，占52.5%；北宋词人被追和1366次，占37.4%；唐五代词人被追和367次，占10.1%。从中可以看出，南宋词人还是更受清朝前中期词人的喜爱,被追和次数比北宋词人多了 549 次,也遥遥领先于唐五代的 367 次。这与明人更爱追和北宋词人迥异。① 分析其原因,主要还是当时受浙西词派的影响,清人对南宋词青睐有加。浙派领袖朱彝尊曾云"词至南宋始极其工"②,在他的鼓吹之下,加上《词综》的编纂发行,词坛上南宋之风愈刮愈烈。后来的厉鹗、王昶、吴锡麒等人紧随其后,推波助澜。正如谢章铤在论及顺康雍乾时期的词坛风尚演变时所云:"当其时亦无人不南宋。"③

(二)追和十大词人

从统计结果来看,顺康雍乾时期被追和最多的十大词人依次是:苏轼、辛弃疾、姜夔、李清照、张炎、周邦彦、欧阳修、史达祖、柳永、秦观。从所属朝代来看,南宋和北宋各有 5 人,无唐五代词人;从风格流派上粗略划分,苏、辛豪放词风 2 人,通俗婉丽词风 4 人,骚雅格律词风 4 人。刘尊明、王兆鹏在《唐宋词的定量分析》一书中评定出来的宋代最著名的十大词人,依次是辛弃疾、苏轼、周邦彦、姜夔、秦观、柳永、欧阳修、吴文英、李清照、晏几道。④ 这个结果和我们统计出来的顺康雍乾时期被追和的十大词人高度近似,宋代十大著名词人中只有吴文英和晏几道没有进入被追和的前十,但名次也比较靠前,吴文英排第 12,晏几道排第 21。如果把比较范围扩大,宋代 30 位大词人中,有 23 位进入了清代追和的前 30 位。这说明清人追和的绝大部分词人是唐宋词的大家和名家,正所谓取法乎上,这也从一个侧面说明了清词中兴的原因。

(三)顺康和雍乾时期追和差异分析

从数量上来看,清顺康时期有 371 人创作追和词 2449 首,雍乾时期有 212 人创作追和词 1199 首。顺康时期的追和词数量是雍乾时期的两倍多。无怪乎李一氓云:"清顺康间,词风大盛……故作者数量既多,词作亦五花八门,蔚为一时之盛。论清词而不崇顺康,则有清一代为无词。"⑤另外,从表 6-2 来看,清代顺康时期和雍乾时期被追和的唐宋词人排名是有变化的,雍乾时期排名上升较大的有张炎、姜夔、贺铸、吴文英、周密、王沂孙等人,排名下降较大的有辛弃疾、

---

① 参阅顾宝林《明人和宋词刍议》,《中国社会科学院研究生院学报》2012 年第 2 期。
② [清]朱彝尊:《词综·发凡》,见《词综》,上海古籍出版社 1978 年版,第 10 页。
③ [清]谢章铤:《赌棋山庄词话续编》,见唐圭璋编《词话丛编》,中华书局 1986 年版,第 3530 页。
④ 刘尊明、王兆鹏:《唐宋词的定量分析》,北京大学出版社 2012 年版,第 140—141 页。
⑤ 李一氓:《一氓题跋》,生活·读书·新知三联书店 1981 年版,第 192 页。

周邦彦、柳永、秦观、朱敦儒、刘克庄、岳飞、李煜、晏几道、章楶等人。苏轼、李清照、欧阳修、史达祖、黄庭坚、陆游等人的排位变化不大。仲殊、范仲淹、毛滂、谢逸、温庭筠等人在顺康时期进入了前30位，但在雍乾时期则跌出了前30；而晏殊、张元干、刘过、张孝祥、叶梦得等人在顺康时期未进入前30位，但在雍乾时期却挤入前30位。粗略而言，唐五代和北宋词人的排名在顺康时期比在雍乾时期似乎更靠前，而南宋词人的排名在雍乾时期比在顺康时期排名更靠前。换言之，顺康时期，清人更倾向于追和唐五代和北宋词人，而在雍乾时期更倾向于追和南宋词人。

（四）稼轩词风在清前期全面回归

从表6-2中可以看出，在顺康时期，辛弃疾被追和的次数达到了惊人的326次，排在第一位，超过了苏轼，也遥遥领先于其他人。据笔者粗略统计，辛弃疾在宋代被12人追和25次，排名第4；在金元时期，被3人追和4次，排名第4；在明代被34人追和114次，排名第2。虽然辛弃疾的追和排名一直很靠前，但只有到了清顺康时期，才一举超越此前一直排名榜首的苏轼，这不能不说是稼轩词风在清代前期回暖的最直观的证据。稼轩词风在南宋中后期大炽，但明代词风萎靡，苏、辛豪放词风遇冷。据陈水云统计，明代前中期辛弃疾词入选词选的数量要少于婉约派的柳永、秦观。① 明末清初，在傅世垚、金堡等人的努力下，稼轩词风初现回归迹象。康熙九年（1670），曹贞吉、龚鼎孳等人在京师赋词题赠民间说唱艺人柳敬亭，这就是所谓的"赠柳词唱和"②。康熙十年（1671），周亮工之子周在浚寓居于京师秋水轩，后来龚鼎孳、纪映钟等人与其酬唱，形成了声势浩大的"秋水轩唱和"活动。再加上此前西陵词人的"满江红"唱和，所有这些都预示着苏、辛词风的全面回归。苏、辛词的回归，是词体本身发展演进的结果，但最重要的原因还在于明末清初的社会背景。由于明朝的灭亡，取而代之的是所谓的"异邦"，人们在内心深处还难以接受，清初江南地区的"奏销案"和"科场案"也让文人们战战兢兢，对新王朝有一定的抵触倾向。"词人遭际身世的悲苦心境是'香奁艳情'所难承载的。这正是时代精神促使词人在创作中

---

① 陈水云等：《唐宋词在明末清初的传播与接受》，中国社会科学出版社2010年版，第243页。

② 葛恒刚：《"赠柳词唱和"与清初稼轩词风的演变》，见张宏生主编《传承与新创——清词研究论文集》，南京大学出版社2014年，第211页。

超越词'别是一家'的藩篱,以悲凉之调、高亢之音抒发胸中'悲歌侘傺之响'。"①人们怀念具有爱国倾向、一生以收复失地为己任的辛弃疾,应该说是理所当然的,稼轩词风的全面回归,也就不难理解了。

(五)康熙中期姜、张词风全面崛起

从表6-2中我们发现,顺康时期到雍乾时期排名上升较大、排名较靠前的人当中,南宋词人占了大多数,尤其是姜、张一派词人的崛起非常明显。姜夔力压苏轼和辛弃疾,从第10位上升到第1位。吴文英从第18位上升到第7位,周密从第21位上升到第12位,王沂孙从第24位上升至第15位,上升势头非常迅猛。如果我们进一步把顺康雍乾时期追和唐宋词人排行榜和明代追和唐宋词人排行榜做一对比就会发现,姜、张词风的突起也是显而易见的。据笔者统计,姜夔在明代共有2人追和6首,排名第18位;张炎则只有1人追和1首,排名第24位,应该说是很靠后的。与他们词风近似的如史达祖也只有6首追和,排名第15位。更令人惊奇的是,南宋名家吴文英和周密在明代居然无人追和。明代追和唐宋词人排行榜中无一人是南宋骚雅格律派词人,而在清顺康雍乾时期,姜夔、张炎、史达祖分别排名第3、5、8位。在雍乾时期,更有4人入选前10,姜夔高居榜首,张炎排第3,吴文英排第7,史达祖排第8。从上可知,顺康雍乾时期尤其是雍乾时期,清代词坛受姜、张词风的影响更大。"家白石而户玉田"②在这里得到了生动的诠释。

清王朝在全国的统治稳固下来之后,随后在文化上也加强了控制。康熙组织文臣编选《御选历代诗余》,在词坛倡导他们所需要的主流词风。无论自觉与否,文人们如果继续吟唱故国之思和家国之恨已经不合时宜,更不被允许。从表中可知,稼轩风词人被追和的次数从顺康时期到雍乾时期是有明显下降的,譬如,辛弃疾从第1位下降为第5位,与他词风相近的词人刘克庄从第13位下降到第22位,岳飞从第16位下降到第20位。伴随着稼轩词风的衰落,则是姜、张词风的崛起。朱彝尊所云"吾最爱姜史,君亦厌辛刘"③就是对这种情形的最好写照。当然,另一方面,从词的发展来看,浙西词派字琢句炼、归于醇雅的主

---

① 周焕卿:《清初遗民词人群体研究》,上海古籍出版社2008年版,第334页。
② [清]朱彝尊:《静惕堂词序》,见孙克强、杨传庆、裴喆编著《清人词话》,南开大学出版社2012年版,第61页。
③ 程千帆主编:《全清词》(顺康卷),中华书局2002年版,第5275页。

张也未尝不是对明代萎靡词风的矫正。

三、顺康雍乾时期追和唐宋词作排行及分析

清人追和词,当然离不开唐宋词原作。通过对清人追和唐宋词热点作品的统计与分析,可以在一定程度上窥探唐宋词在清代传播与接受的具体状况。王兆鹏先生认为名作越是有名,追随唱和者就越多。后人和韵、次韵之作的多少,可以从一个侧面反映出原作的知名度。①

篇幅所限,表6-3所列为顺康雍乾时期被追和最"热"的40首唐宋词。表中空白部分表示该时期无人追和该作品,故未排名。排名主要依据追和篇数多少,若追和篇数相同,则再依据追和人数之多少排名;若追和篇数和追和人数都相同,则排名也相同。

表6-3 顺康雍乾时期清人追和唐宋词作排行榜

序号	作者	调名	首句	顺康追和人数	顺康追和篇数	顺康排名	雍乾追和人数	雍乾追和篇数	雍乾排名	合计	综合排名
1	苏轼	念奴娇	大江东去	49	75	1	27	50	1	125	1
2	苏轼	水调歌头	明月几时有	19	21	7	14	33	2	54	2
3	张炎	南浦	波暖绿粼粼	17	24	8	24	29	3	53	3
4	辛弃疾	贺新郎	把酒长亭说	19	44	2	2	5	27	49	4
5	岳飞	满江红	怒发冲冠	27	30	3	11	13	8	43	5
6	李清照	声声慢	寻寻觅觅	20	23	6	12	13	7	36	6
7	苏轼	水龙吟	似花还似非花	23	26	5	7	7	18	33	7
8	李清照	凤凰台上忆吹箫	香冷金猊	19	19	10	14	14	6	33	8
9	姜夔	疏影	苔枝缀玉	11	11	20	19	21	4	32	9
10	欧阳修	朝中措	平山阑槛倚晴空	25	26	4	1	1	28	27	10
11	李清照	念奴娇	萧条庭院	14	15	12	8	9	14	24	11
12	李清照	醉花阴	薄雾浓云愁永昼	14	15	12	8	9	13	24	12
13	苏轼	洞仙歌	冰肌玉骨	8	13	18	1	11	10	24	13

---

① 王兆鹏:《"名作"与"和作"》,见《学林漫录:十四集》,中华书局1999年版,第167页。

续表6-3

序号	作者	调名	首句	顺康追和人数	顺康追和篇数	顺康排名	雍乾追和人数	雍乾追和篇数	雍乾排名	合计	综合排名
14	姜夔	暗香	旧时月色	8	8	23	15	16	5	24	14
15	姜夔	长亭怨慢	渐吹尽、枝头香絮	9	17	11	4	5	22	22	15
16	辛弃疾	满江红	过眼溪山	5	21	9	0	0		21	16
17	贺铸	青玉案	凌波不过横塘路	12	12	19	8	8	15	20	17
18	辛弃疾	沁园春	三径初成	12	15	14	3	3	26	18	18
19	史达祖	东风第一枝	巧沁兰心	14	14	15	4	4	24	18	19
20	秦观	千秋岁	水边沙外	13	14	16	3	4	25	18	20
21	辛弃疾	永遇乐	千古江山	6	7	25	8	11	9	18	21
22	辛弃疾	卜算子	百郡怯登车	5	6	27	2	10	12	16	22
23	史达祖	万年欢	两袖梅风	7	14	17	1	1	28	15	23
24	李清照	蝶恋花	暖日晴风初破冻	6	6	26	7	7	17	13	24
25	刘克庄	贺新郎	深院榴花吐	6	11	21	1	1	28	12	25
26	张炎	绮罗香	万里飞霜	2	2		7	10	11	12	26
27	蒋捷	金蕉叶	云寨翠幕	2	9	23	2	2	27	11	27
28	柳永	八声甘州	对潇潇暮雨洒江天	7	7	24	4	4	24	11	28
29	李清照	如梦令	昨夜雨疏风骤	5	6	27	5	5	21	11	29
30	蒋捷	女冠子	蕙花香也	10	10	22	0	0		10	30
31	王安石	桂枝香	登临送目	6	6	25	3	4	25	10	31
32	姜夔	念奴娇	闹红一舸	0	0		7	10	11	10	32
33	秦观	满庭芳	山抹微云	4	4	29	6	6	18	10	33
34	周邦彦	瑞龙吟	章台路	6	6	26	4	4	24	10	34
35	王沂孙	南浦	柳下碧粼粼	5	6	26	3	3	26	9	35
36	范仲淹	苏幕遮	碧云天	5	5	28	4	4	25	9	36
37	柳永	雨霖铃	寒蝉凄切	7	7	24	1	1	28	8	37
38	周邦彦	兰陵王	柳阴直	7	7	24	1	1	27	8	38
39	姜夔	凄凉犯	绿杨巷陌	0	0		7	8	16	8	39
40	史达祖	绮罗香	做冷欺花	3	3	30	5	5	21	8	40

通过表6-3中数据,可以做以下几点分析:

(一)被追和热点作品排行比较

顺康雍乾时期被追和最多的40首词分属于17人,其中李清照6首,辛弃疾5首,姜夔5首,苏轼4首,史达祖3首,张炎、蒋捷、周邦彦、秦观、柳永各2首,欧阳修、贺铸、王沂孙、岳飞、王安石、范仲淹、刘克庄各1首。李清照、辛弃疾、姜夔、苏轼四人的词作总数达到了20首,占榜单的一半。将表6-3和"宋词经典名篇"①排行榜做一比较,就会发现,宋词经典名篇的前40首中,有20首入选了清人追和排行榜的前40位;这40首词作所属的词人当中,除岳飞和范仲淹外,其他15人全都入选"宋代著名词人综合名次排行榜"的前30名。从上可知,清人所追和的词人和词作多为宋代的名家名作。

而我们把这个数据和明代追和唐宋词排行做一个比较,就会发现其中的巨大差异。据王靖懿、钱锡生在《明代追和词的文化意味》一文统计②,明代追和的热点作品35首中,苏轼6首、辛弃疾4首,还算比较"正常"。秦观《千秋岁》(水边沙外)、李清照《声声慢》(寻寻觅觅)虽然也入选,但排名都很靠后,与他们在词史上的地位和影响颇不相称。而崔与之、朱敦儒、孙光宪、皇甫松、李存勖、陈与义、王齐愈、李邴、顾夐、文天祥等人入选的词作实在算不上名篇。明人大量追和这些作品,从中或许可以一窥明代词风的不振与"明词芜陋"③的原因,也可反衬出清代词坛的繁荣。

值得我们注意的是,姜夔、张炎、史达祖、王沂孙等南宋清雅词人的词作在明代无一首入选排行榜,而在顺康雍乾时期,尤其是雍乾时期,这些词人的词作被大量追和。从统计表可以看出,在排名前40位的作品中,追和姜夔5首、张炎2首、史达祖3首、蒋捷2首,南宋骚雅格律派词人的作品达到了12首,占到榜单的30%,如果再加上姜、张词风之主要渊薮周邦彦的2首,这个比例会更大。阳羡词人虽说并不专学苏、辛,但毫无疑问,苏、辛对他们的影响是很大的,榜单中苏轼有4首词入选,辛弃疾有5首入选,刘克庄也有1首入选,苏、辛词风作品有10首入选,占榜单的25%。换言之,苏、辛词和南宋骚雅格律一派之词在顺康雍乾时期占据了榜单的半壁江山。如再分析,就会发现,苏、辛词风在顺

---

① 王兆鹏、郁玉英:《宋词经典名篇的定量考察》,《文学评论》2008年第6期。
② 王靖懿、钱锡生:《明代追和词的文化意味》,《文艺理论研究》2014年第4期。
③ 吴梅:《词学通论》,华东师范大学出版社1996年版,第139页。

康时期被追和较多,而姜、张词风在雍乾时期被追和较多。

(二)被追和热点作品的词调、题材和风格比较

从所用词调来看,40 首被追和最多的唐宋词中,长调 28 首、中调 5 首、小令 7 首,长调占比高达 70%,这也再次验证了清人追和唐宋词时对长调的偏好。从题材内容大致来分,表达个人遭际(包括羁旅行役、思乡、叹老嗟卑、功业无成等)的约 17 首,占比约 42.5%;表现男女恋情、离别相思的约 15 首,占比约 37.5%;表现家国之恨的约 6 首,占比 15%;其他(包括闲情、怀古等)2 首。

男女恋情本是词的传统题材,从《花间集》以来就是词中表现最多的内容,所谓"逐弦吹之音,为侧艳之词"(《旧唐书·温庭筠传》)。但随着北宋中叶以后苏轼等人的不断努力,词的题材不断拓展、内容不断丰富。清人在此基础上不断丰富词的功能,进一步推进词题材的多元化和社会化。从表 6-3 可知,在清人追和最多的 40 首宋词中,表达个人遭际的占比达 42.5%,表现家国之恨的占比 15%,而男女恋情词所占的比重不到 40%,这不能不说是清人"破体"意识和推尊词体观念增强的直接表现。另外,被追和排名前 40 位的有 9 首是咏物词,占比达 22.5%,这也值得我们注意。除了苏轼《水龙吟》咏杨花词外,其他都是南宋词作,且都是姜、张一派词作。这也从另一个方面说明了姜、张词风在该时期的影响。

从艺术风格来看,排名前十的作品中,倾向于豪放风格的有 4 首,占比 40%,占比不算小。但从整个榜单来看,豪放风格的作品只有 10 首左右,占比 25%,其余的都是本色的婉约词。这说明清人一方面在"破体",努力开拓词的表现领域;另一方面也在"辨体",努力保持词的本来面目。他们同时在理论上为词"正名"。任绳隗在《学文堂诗余序》中说:"诗之为骚,骚之为乐府,乐府之为长短歌、为五七言古、为律、为绝,而至于为诗余。"①他是把词的源头一直追溯到了"诗",所谓"诗"即中国文学的源头《诗经》,是儒家经典之一。王昶的观点与他几乎如出一辙,他说:"词之所以贵者,盖诗三百之遗也。"②很明显,他们都试图为词找到一个高贵的"出身"。毛先舒则是从名称上为词正名,他认为,

---

① [清]任绳隗:《学文堂诗余序》,见陈良运主编《中国历代词学论著选》,百花洲文艺出版社 1998 年版,第 377 页。
② [清]王昶:《姚苾汀词雅序》,见《春融堂集》卷四十一,《续修四库全书》本第 1438 册,第 89 页。

词是一种独立的文体,"不得名诗余"①。"诗余"两字本就带有余力作词、诗人之余事等含义在内,把词称为"诗余"是一种歧视性的称呼。但无论是"破"还是"辨",目的都是推尊词体。

(三)顺康时期与雍乾时期被追和热点作品之比较

追和词在顺康时期和雍乾时期的排名也是有一定起伏的,考虑到这种起伏有一定的偶然性,我们仅就排名前20位的词做一个比较。排名上升较多的有苏轼的《水调歌头》和《洞仙歌》、张炎的《南浦》、李清照的《凤凰台上忆吹箫》等。下降较多的是辛弃疾的《贺新郎》《满江红》《沁园春》、岳飞的《满江红》、苏轼的《水龙吟》、欧阳修的《朝中措》、姜夔的《长亭怨慢》、贺铸的《青玉案》、史达祖的《东风第一枝》、秦观的《千秋岁》等,其余的基本持平。从统计来看,苏轼和李清照的词作排名变化不大,且一直是被追和的热点。苏轼的《念奴娇·赤壁怀古》被追和的次数最多,但我们要注意,该词不仅在清代一枝独秀,在历代都是独占鳌头,这其实是一种名作的光环效应,抑或是对苏轼本人的崇敬和膜拜。清代参与追和该词的76位词人当中,人员构成非常复杂和广泛。辛弃疾、岳飞的作品总体来看,被追和排名下降较大,说明稼轩词风在雍乾时期的回落。姜夔的3首有2首上升、1首下降,张炎1首上升,史达祖1首下降,但总体呈上升趋势,北宋词人如欧阳修、贺铸、秦观的作品排名都有所下降。数据显示,顺康时期,北宋词及苏、辛词风作品更受欢迎;雍乾时期,南宋词尤其是姜、张一派词被追和更多。

(四)被追和热点作品所属时代比较

从被追和作品所属年代来看,北宋14首,南宋26首,唐五代无1首入榜。统计结果再次说明了清人对南宋词的偏爱。榜单中无唐五代作品,这也值得我们关注。唐五代词作其实主要就是花间词和南唐词。从表6-2可知,唐五代被追和最多的是李煜28次,其次是温庭筠13次,分别排第23位和第27位,都没有进入前20位。他们在一定程度上分别代表了南唐词风和花间词风在顺康雍乾时期的接受程度。需要注意的是,李煜的28次当中,有22次是在顺康时期;温庭筠的13次中,有10次是在顺康时期。也就是说,南唐词风和花间词风在顺康时期尤其是清初比在雍乾时期更受清人青睐。

---

① [清]谢章铤:《赌棋山庄词话》,见唐圭璋编《词话丛编》,中华书局1986年版,第3422页。

明末清初,受明词的影响,花间词风的影响其实还是相当大的,陈维崧《词选序》云清初词人多"极意《花间》,学步《兰畹》"①。近人吴梅也指出,清代乃词学大盛时期,各方面成就斐然,但在清初仍"以花草为宗"②。云间词派既学花间,也学南唐,纳兰性德也深得南唐神韵。他们所揭橥的词作理论和创作实践,在明末清初也产生了较为广泛的影响。但社会的急剧动荡,使得这种风尚不可能持续太长时间,清初顾贞观就说:"自国初辇毂诸公,尊前酒边,借长短句以吐其胸中,始而微有寄托,久则务为谐畅。"③

众所周知,清初词人心中并未接受和认可清朝的统治,李煜伤怀故国的词更能激起人们的共鸣。等到清王朝的统治逐渐稳固下来,无论是大环境使然,还是文人内心深处对新朝的接受使然,追和人数的减少当是不难理解的。而温庭筠所代表的花间词风只是在明末清初由于受到明代词坛的流风所及而有一定影响,后来随着阳羡词派尤其是浙西词派的崛起,花间词风的受阻也就顺理成章了。

第三节 追和词兴盛的原因及其对顺康雍乾词坛的影响

追和唐宋词是顺康雍乾时期词坛一个客观存在的现象,如前所述,该时期追和唐宋词的数量达到了3648首之多,是明代追和词总数的两倍多。④ 无论是规模还是质量,清人对唐宋词的追和都是空前的。我们不禁要问,这个时期为什么会出现如此多的追和唐宋词?追和给清代词坛又带来了哪些影响?下面就相关问题做一阐述。

一、追和词兴盛原因探究

顺康雍乾时期追和唐宋词的兴盛是一个复杂的文学现象,与当时的社会文

---

① [清]陈维崧:《词选序》,陈维崧《陈迦陵散体文集》卷二,见《陈维崧集》,上海古籍出版社2010年版,第54页。
② 吴梅:《词学通论》,华东师范大学出版社1996年版,第152页。
③ [清]况周颐:《蕙风词话续编》,见唐圭璋编《词话丛编》,中华书局1986年版,第4561页。
④ 明代追和唐宋词的数量为1501首,据王靖懿、钱锡生《明代追和词的文化意味》,《文艺理论研究》2014年第4期。

化背景、词学文献的储备以及词人创作追和词的契机和心态等各个方面都有着密切的关系。

(一)时代背景

首先可以肯定的是该时期追和唐宋词的兴盛是清词中兴繁荣的产物。如前所述,由于清初复杂动荡的社会现实、实学和汉学的兴起、出版业的繁荣、词体的推尊等种种原因,顺康雍乾时期词学极为昌盛,词人数量和词作数量都极为惊人。而追和词作为清词创作的一种特殊方式,也必定迎来兴盛。换言之,清词创作的繁荣促进了唱和词的繁荣,唱和词的繁荣又促进了追和唐宋词的繁荣;反过来,追和词的繁荣又进一步推进了清词的兴盛。这是一个良性循环。

其次,追和词的兴盛还与清代词社活动关系密切。清代词社数量众多,据万柳《清代词社研究》,清代历史上先后出现的词社达几百个之多。① 这些词社一般有相对固定的成员,定期不定期地举办活动,成员之间相互品评词作,探讨词学问题,利用词进行唱和活动,而追和唐宋词也是其中的重要内容。还有很多词社将社友词作结集出版。清初比较有影响的词社活动有万寿祺等人参与的遁渚唱和、云间词人参与的倡和诗余活动、广陵词人的红桥唱和、冒襄等人参与的水绘园唱和等,中期的词社主要有韩江吟社、燕市联吟等。这些词社的活动,让追和唐宋词的规模和数量都显著提高。还有些临时集结的唱和活动规模也不小,同样也创作了很多作品,产生了较大的影响。其中康熙四年(1665)的江村唱和、康熙九年(1670)的"赠柳词"唱和以及康熙十年(1671)的秋水轩唱和活动,其主要效仿对象是辛弃疾的雄奇豪放的稼轩风;康熙十八年(1679)朱彝尊等人的追和《乐府补题》活动以及乾隆初年厉鹗等人的《拟乐府补题》唱和活动,其学习对象主要是南宋清雅词人的咏物词法。

(二)文献基础

追和唐宋词是需要文献基础的,这个基础至少包括词律著作和唐宋词集两个方面。词律方面的文献保证了词人知道如何去追和唐宋词,这是追和的知识储备;唐宋词集方面的文献则保证了清人拥有可以用来追和的唐宋词作,这是追和的文本源头。

该时期在词律方面的文献极为丰富。据统计,清代的词韵之书不下 22 种,

---

① 万柳:《清代词社研究》,南开大学 2010 年博士学位论文,第 19 页。

其中顺康雍乾时期有 12 种。① 词谱方面的文献不少于 56 种,属于顺康雍乾时期的约为 33 种②,其中尤以万树《词律》成就最高。该书补明代词谱之漏,订诸家词谱之舛误,后来的《钦定词谱》就是在此书基础上再次修订而成的。词律之学的兴盛为追和唐宋词打下了技术基础。填词是专门之学,追和更需要词人对词谱、词韵有较深的了解。当年朱彝尊就批评明人填词"排之以硬语,每与调乖;窜之以新腔,难与谱合"③,说的就是明人在词律方面做得不够严谨。正因为如此,清人在这方面才有更多的创获。

就追和所需唐宋词文本的获取方面,清人更是有着得天独厚的文献优势。上文提到,顺康雍乾时期词集文献丰富,新编唐宋词选众多,尤其是康熙一朝,在整个封建王朝都首屈一指。数量繁多的唐宋词集为清人的追和打下了较好的文献基础。先有唐宋词才会有追和词,只有清人能接触、阅读到大量唐宋词,才有追和行为的发生,这是显而易见的。像王士禛当年之所以能尽和李清照词,是因为他手上有一本《漱玉词》,"藏之文笥,珍惜逾恒"④。还有上文提到的集句词的创作,如果没有唐宋词集文献的支撑,光靠词人的记忆,是难以做到的。

(三)追和心态

清人是基于一种什么样的心理追和唐宋词?这同样影响到追和词的兴盛与否。顺康雍乾时期追和唐宋词的心态与其他朝代相比有其相同之处,但也有自己独有的特色。了解其心态,同样有助于我们探究追和兴盛的原因。

一是追慕先贤,学习揣摩。喜欢某位唐宋词人的词作,进而才会去追和他的作品,这是不言而喻的,这类追和在所有的追和词中所占比重最大。比如余怀在《四十九岁感遇词六首》中云:"每爱宋诸公词,倚而和之。"⑤他先后追和了六首宋词,分别是王安石的《桂枝香》、苏轼的《念奴娇》、陆游的《水龙吟》、辛弃疾的《永遇乐》和《摸鱼儿》、刘过的《沁园春》等。又如窦遴奇阅读宋词,看到欧

---

① 江合友:《明清词谱史》,上海古籍出版社 2008 年版,第 333—353 页。
② 江合友:《明清词谱史》,上海古籍出版社 2008 年版,第 298—333 页。
③ [清]朱彝尊:《水村词序》,见《曝书亭集》卷四十,《四部丛刊》本。
④ [清]王士禛:《阮亭诗余自序》,见李少雍整理《衍波词》附录,广东人民出版社 1986 年版,第 147 页。
⑤ 程千帆主编:《全清词》(顺康卷),中华书局 2002 年版,第 1226 页。

阳修有《渔家傲》十二首,"余读而爱之"①,遂模仿其体制,亦成同类型的词十二阕。从中不难看出,正是这种对宋人的仰慕、对宋词的喜爱,才让很多清人投身于追和活动之中。上文提到的苏轼、辛弃疾、姜夔、张炎等人的词在顺康雍乾时期被大量追和,很重要的原因就是人们对其人其词的仰慕与喜爱,这是毋庸置疑的。

二是逞才使气,赶超古人。清人沈雄曾用骑马驾车"躐骤于巉崖峭壁"②之上来形容和韵之难。从实际创作来看也的确如此,和韵这种创作形式本就面临着用韵、立意、造语等多方面的束缚和限制,犹如戴着脚镣跳舞。更何况,追和前人成名的佳作压力更大,要想超越难度非常大,甚至要做到与之比肩都甚为不易。如果追和之作不如原作,又可能会遭人耻笑。因此,追和唐宋词需要一定的勇气和足够的才气。这时期众多追和词的出现,也反映了清人在词创作上有足够的自信,认为自己的才能足以抗衡唐宋词人,相信自己的词作能与唐宋词人并立千古,所以才愿意和唐宋词人争奇斗胜。虽然追和词中的集句体、效福唐体、效回文体,都带有一定程度的文字游戏成分,更像在炫耀自己腹笥渊博,然既是追和,就是竞争,这对于提高其词作水平有促进作用。

三是遭际相似,感同身受。如明末清初之所以会有大量词人追和岳飞和辛弃疾,正是因为明末清初的社会现实和岳飞、辛弃疾所处的南宋极为相似,都是国家处于风雨飘摇的境地,面临着异族的入侵。所以当龚鼎孳、董元恺等人拜谒岳飞墓时,自然会有追和《满江红》之作。同样的道理,苏轼《水调歌头》(明月几时有)是中秋之夜怀念兄弟苏辙之作,所以后来,当清人周在浚、尤珍等人在中秋之夜同样也与兄弟不能团聚之时,追和《水调歌头》几乎是不二的选择。尤珍为清初著名学者尤侗之子,曾出任《明史》纂修官,其和东坡中秋词序云:"月下对酒,兼怀诸弟,和东坡韵。"③由此不难发现,相似的遭遇和人生体验会让千百年后的清人产生追和的冲动。

四是流派意识,群体效应。严迪昌在《清词选注·序》中云:"清代词在演化史程中,流派的、风格的自觉倾向日趋强化,随之而排他性趋势亦愈烈。"④风格

---

① 张宏生主编:《全清词》(顺康卷补编),南京大学出版社 2008 年版,第 602 页。
② [清]沈雄:《古今词话》,见唐圭璋编《词话丛编》,中华书局 1986 年版,第 846 页。
③ 程千帆主编:《全清词》(顺康卷),中华书局 2002 年版,第 8515 页。
④ 严迪昌:《严迪昌自选论文集》,中国书店 2005 年版,第 362 页。

流派是由一批思想倾向、艺术追求、创作方法相似或相近的词人们所形成的艺术派别。比如阳羡词派，虽然其内部成员的词学思想不完全一致，陈维崧自身的词作风格也是多样，但总体而言，其更青睐雄浑排奡、悲慨健举的苏、辛词。在陈维崧的周围，聚集了一大批词人，与之声气相应。他们追和苏、辛，畅谈古今，指点江山，豪气干云，形成了一定的声势；同样的情形在浙西词派表现得更明显，前面我们提到的两次《乐府补题》追和，都是浙西词人的重要群体活动。要之，正是因为他们有着相似的词学追求，才会聚在一起，参与共同的流派活动，追和共同的唐宋词人及词作。

二、追和对于顺康雍乾词坛的影响和意义

清人的追和对于唐宋词在清代的传播与接受产生了积极的影响，对于清词的发展也具有一定的价值和意义。郭英德先生在论及两宋唱和词的价值时曾云："酬和词与文人士大夫的日常生活，特别是日常的文学交往活动关系如此密切，那么，它在文人士大夫的心灵世界中就不是一种无足轻重的东西。"①郭英德先生主要是从社会文化方面探讨唱和词的价值，关于清代追和唐宋词在文学史方面的意义，我们可以从以下几个方面来理解：

首先，追和词进一步实现了唐宋词的经典化。当然这与词选的编纂、词话的编著是一个同步和动态的过程。表6-3我们列举出来顺康雍乾时期被追和最多的40首作品，其中大多数是现在耳熟能详的经典作品。尤其是排名第一的《念奴娇》（大江东去），苏轼的这首词表达了一种时光飞逝和功业无成之间的矛盾，豪迈飘逸中略带沉郁，但并不颓废，表现了他在历经仕途挫折后依然昂扬的人生态度，无怪乎元好问称其为"乐府绝唱"②。据郁玉英《宋词经典的生成及嬗变》，《念奴娇》（大江东去）在历代都高居第一，是名副其实的千古第一名篇。③ 这个时期，虽说浙西词派推举南宋清雅词人，但人们对苏轼的评价并不低，沈谦称赞苏轼的《念奴娇·赤壁怀古》与柳永《八声甘州》（对潇潇）两词虽

---

① 郭英德：《两宋酬和词述略》，《中国文学研究》1992年第1期。
② ［金］元好问：《题闲闲书赤壁赋后》，见吴熊和主编《唐宋词汇评》（两宋卷），浙江教育出版社2004年版，第425页。
③ 郁玉英：《宋词经典的生成及嬗变》，中国社会科学出版社2016年版，270页。

然风格各异,同为"文之至也"①。先著、程洪亦用"脍炙千古"②来形容该词。但促成该词成为第一经典更重要的原因还在于追和,从上文可知,苏轼的《念奴娇》(大江东去)在顺康雍乾时期获得了76人125次的追和。《水调歌头》(明月几时有)共有33人54次追和,排名第二。词中优雅的意境、灵动的笔触以及豁达的人生感悟都让千百年来的读者感同身受,产生强烈的艺术共鸣,其成为经典也是必然。

如果说苏轼上述两首词是中国词史上光耀千古的永恒经典,在该时期只是进一步得到强化的话,那么张炎的《南浦》(波暖绿粼粼)的经典地位则主要赖清人的追和得以确立。据郁玉英《宋词经典的生成及嬗变》,清代新建构的宋词经典中,辛弃疾6首,周邦彦5首,张炎4首,苏轼、王沂孙、吴文英各2首,范仲淹、孙夫人、周密、史达祖等人各1首。③ 张炎的《南浦》一词"深情绵邈,意余于言"④,人云张炎"春水一词,绝唱今古"⑤。而据郁玉英的统计,张炎的这首咏春水的《南浦》在宋金时期未进入"宋金百首名篇"的榜单,在元明时期也未进入"元明的宋词经典名篇"榜单。而到了清代,该词终于一举成为"清代百首宋词经典名篇"之一,排在第13位。这其中,顺康雍乾时期词人对该词的大量追和功不可没,共有41人53次追和,高居第3位。从郁玉英的统计不难发现,该词的"清选"8次,"清评"7次,"清和"15次,其中"清选"和"清评"的排名都不是很突出,唯独"清和"的排名很靠前。因此,我们不难得出结论:张炎的这首《南浦》在清代进入经典名篇的行列,清人的追和居功至伟。

另外,还有一些宋词依靠清人的大量追和维持经典名篇的地位,比如欧阳修的《朝中措》(平山阑槛倚晴空)、苏轼的《水龙吟》(似花还似非花)、岳飞的《满江红》(怒发冲冠)以及李清照的《声声慢》(寻寻觅觅)和《凤凰台上忆吹箫》(香冷金猊)等。这些词都有一个共同的特点,就是在顺康雍乾时期词选的

---

① [清]沈谦:《填词杂说》,见唐圭璋编《词话丛编》,中华书局1986年版,第629页。
② [清]先著、程洪:《词洁辑评》,见唐圭璋编《词话丛编》,中华书局1986年版,第1363页。
③ 郁玉英:《宋词经典的生成及嬗变》,中国社会科学出版社2016年版,第218页。
④ [清]陈廷焯:《白雨斋词话》,见唐圭璋编《词话丛编》,中华书局1986年版,第3815页。
⑤ [清]冯金伯辑:《词苑萃编》引邓牧《伯牙琴》语,见唐圭璋编《词话丛编》,中华书局1986年版,1885页。

入选率和评论都不高,唯独追和词作多,才进入了清代经典作品的行列。以岳飞的《满江红》(怒发冲冠)为例,其在该时期被48人次追和43次,排名第5。其实岳飞并不以词闻名,他以军事家和抗金名将而名垂史册。《全宋词》中只收录他的3首词,甚至有人质疑《满江红》一词并非岳飞所作。① 但该词所表现出来的那种同仇敌忾、誓死报国的精神在历代都能激起无数仁人志士的共鸣,"忠义奋发,读之足以起顽振懦"②。清代众多词人的追和,进一步加速了该词的经典化进程。

其次,追和词确立和巩固了唐宋词人的历史地位。张宏生曾指出:"清代是把唐宋词不断经典化的过程,唐宋词中许多作家的地位都是在清代得以确立的。"③如果说苏轼和辛弃疾在词史上的地位是在清人的追和中得到了巩固和提升的话,那么李清照作为婉约词人翘楚的名望则是在清代得以确立。其实,李清照在宋代是诗名高于词名的。④ 另外,作为一名女性,李清照敢于在词中大胆袒露个人情愫,这就招致不少非议。宋人王灼虽称李清照"才力华赡",却说:"自古缙绅之家能文妇女,未见如此无顾忌也。"⑤李清照词在宋代被和5次,在元代被追和1次,在明代被追和26次,但到了清代,仅顺康和雍乾时期就被追和196次,排名第4,无论是追和次数还是追和排名都有了大幅提高。在这个过程中,王士禛的功劳很大,他以文坛盟主的身份遍和《漱玉词》,正是在他的影响下,更多的人追和李清照,最终使李清照作为婉约词代表的历史地位得以确立。姜夔、张炎、吴文英、史达祖、蒋捷等人在词史上的地位也是在清代巩固和确立起来的。前面我们提到,在元明时期,南宋清雅词人备受冷落,追和人数很少,甚至无人追和,他们在词史上自然声名不显、地位不高。顺康雍乾时期,以浙西词派为主的文人大力标举骚雅词风,独尊姜、张。在被追和较多的词人排行中,姜夔排第3,张炎排第5,史达祖排第8。正是因为清人的大量唱和,才使得他们的创作成就和历史地位更为引人关注。

---

① 余嘉锡先生认为该词系明人伪托岳飞所作,见余嘉锡著《四库提要辨证》,中华书局1980年版,第1447—1454页。夏承焘先生在《岳飞〈满江红〉词考辨》一文中亦持这一观点,见《月轮山词论集》,中华书局1979年版,第171—179页。
② 唐圭璋:《唐宋词简释》,上海古籍出版社1981年版,第158页。
③ 张宏生:《近百年清词研究的历史回顾》,《文学评论》2007年第1期。
④ 参阅谭新红《李清照词的经典化历程》,《长江学术》2006年第2期。
⑤ [宋]王灼:《碧鸡漫志》,见唐圭璋编《词话丛编》,中华书局1986年版,第88页。

再次,追和词在一定程度上加速了清词"中兴"的步伐。清人追和的唐宋词人,有很多是"大家"或"名家",在词创作方面成就斐然。清人无论出于何种初衷,其追和都能在一定程度上促进自身词创作水平的提高。同时,清人通过共同追和某些词人词作,形成一个个自觉或不自觉的创作群体,他们声气相应、争强好胜,其创作具有规模效应,这对于清词的繁荣无疑具有重要的意义。毫无疑问,浙西词派是顺康雍乾时期影响最为深远的词派。但值得学界注意的是,浙西词派的崛起和中兴都与追和唐宋词有重要关联。例如,康熙十八年(1679)左右,朱彝尊把南宋遗民词人的《乐府补题》携至京师,随后引起了当时同在京师准备参加博学鸿辞科考试的文人的关注和广泛追和。据严迪昌先生说,从康熙十年(1671)至康熙二十年(1681),"拟《补题》五咏的词家即有近百人之多"①。清初的这次《乐府补题》追和活动是浙西词派成立的重要契机,这一点,学界早有共识。无独有偶,当朱彝尊金盆洗手,几乎不再创作词,浙派势力有所减弱的时候,厉鹗适时地站了出来,接过朱彝尊的大旗。而他让浙西词派再次绽放光芒的一个重要举措就是主持《拟乐府补题》唱和,这虽不是严格意义上的对《乐府补题》的和韵,但所用词牌与《乐府补题》完全一样,其创作手法也多有借鉴。无论是唱和活动名称还是所用形式,都完全可以看作是宋代咏物集《乐府补题》唱和活动的赓续。这次唱和活动在一定程度上让浙派重振声威,扩大了其影响力。同样,对苏、辛词人的追和也让稼轩风在清初回归,越来越多的人卷入其中,使得清初词不再是香软的"花""草"之词一家独大,清词类型和风格更多样化。而词作数量的增多和风格的多样恰恰是一个时期词学中兴的重要标志。

但为什么同样是追和,明人的追和就没有促成明词的中兴呢?其一,从统计数字来看,明代追和词约有1501首,约占24334首明词总数的6%,这个比例是要高于顺康雍乾时期的。但是,明代词人创作态度并不严谨,其追和词数量虽然不少,但质量并不高。另外,明人追和唐宋词的取径不够高,其追和的唐宋词名家名作不多,却花了大量精力追和那些名不见经传的词作,屋下架屋,愈见其小。这样的追和对于提升明词的成就也就很有限了。其二,从追和的规模和数量来看,明代要远低于清顺康雍乾时期。从统计数字来看,明代参与追和唐

---

① 严迪昌:《乐府补题与清初词风》,《词学》第八辑,华东师范大学出版社1990年版。

宋词的词人大约是263人,而顺康雍乾时期是583人;明代的追和词总数大约是1501首,而顺康雍乾时期是3648首。只有更多的词人参与到追和中来,并创作出有影响的作品,才能形成规模效应,对词坛产生重要影响。从这个意义上来说,明代追和词显然没有达到这个要求。

本 章 小 结

追和是清人对唐宋词一种积极主动的学习和接受。顺康雍乾时期追和唐宋词的形式多样,主要包括和韵、集句、效体、檃栝等。从词调来看,清人追和唐宋词时对长调更偏好;从词人和词作来看,清人追和唐宋词人和词作表现出高度的集中性,追和对象多为唐宋名家名作,对南宋词作尤为青睐,追和词的思想内容和艺术风格多样,在一定程度上反映了清人推尊词体观念的加强;在时间分布上,明末清初时期,南唐和花间词有少量追和,顺康时期苏、辛词被追和较多,雍乾时期姜、张词被广泛追和。顺康雍乾时期追和词的兴盛与当时的社会文化背景、词学文献的储备以及词人创作追和词的契机和心态等各个方面都有着密切的关系。清人的追和在一定程度上使唐宋词进一步经典化,使李清照、姜夔、张炎等人在词史上的地位得以确立,而追和活动所形成的群体效应在一定程度上加速了清词中兴的步伐。

结　语

　　20世纪中叶,美国著名政治学家哈罗德·拉斯韦尔(Harold Lasswell)在其《传播在社会中的结构与功能》一文中,用著名的"5W"模式,即用5个问题的回答来描述传播行为,分别是谁(who),说了什么(says what),通过什么渠道(in which channel),对谁(to whom),取得了什么效果(with what effect)。后来的学者虽也有不同意见,但基本未突破拉斯韦尔的理论框架。因此,一般的传播接受研究大体涵盖五个方面的内容,即传播主体、传播内容、传播媒介、传播受众、传播效果。研究唐宋词在清代顺康雍乾时期的传播与接受也可以从以上几个方面展开。

　　传播主体就是信息的传播者,即谁在传播唐宋词。就顺康雍乾时期而言,唐宋词的传播主体主要有官刻机构、坊刻机构和私人。其中官刻机构包括中央官刻和地方官刻系统,中央官刻系统以武英殿修书处为代表,地方官刻有金陵官书局、浙江官书局、四川官书局、安徽敷文书局、山西官书局、山东官书局、直隶官书局等。就坊刻而言,毛晋、毛扆、鲍廷博等人都为唐宋词的传播与接受做出了重要贡献。除此以外,就是私人的藏书、抄书、刻书活动,藏书家们利用自身的政治地位或文坛影响力,也在客观上传播了唐宋词,钱曾、季振宜、徐乾学、朱彝尊、张宗橚、黄丕烈都是其中的代表。本书重点论述了其所收藏的唐宋词集,尤其是宋刻唐宋词集。传播者是传播活动的执行者,他们在传播过程中负责搜集、整理、选择、处理、加工和传播信息。因此,传播者决定了传播什么样的唐宋词。基于以上考虑,本书在第一章中还论及了他们对传播信息——唐宋词的加工与处理,即对唐宋词校勘、评点、笺注等。本书在第二章中重点论述了传播者对唐宋词的另外一种加工,即清人对唐宋词的选编重组。除此之外,关于传播主体的研究还应包括国家的政治、经济、文化等外部因素对传播的影响,本书在绪论以及部分正文中也论及了相关内容。

　　传播内容是由一组有意义的符号组成的信息组合。就唐宋词而言,传播内容主要包括唐宋词作本身以及唐宋人关于词的相关理论。因此,本书在第一章和第二章主要考察唐宋词作的传播。顺康雍乾时期究竟有哪些唐宋词在流传,这是唐宋词传播与接受的文献基础。笔者主要从书目著录、唐宋人词别集和选集在清代的重刻、重抄以及清人新编唐宋词选等方面予以考察。不过,从传播学的角度来看,单以目录、刊刻来论述传播与接受尚有一定的局限性。因为一种版本的传播与接受,与印数、阅读人数和使用时间长度都有密切的关系。只可惜这些重要的信息,由于历史的久远和文献的匮乏,难以获取。唐宋词传播的另一个重要内容就是词学理论。本书在第三章中重点论述了清人对唐宋人词学理论的学习与接受,以及清人依据唐宋人词作总结的填词技巧和方法等。第四章则梳理了清人关于唐宋词南北宋、正变、本色、雅俗方面的论争。此外,传播内容与传播者的关系也应当是学者关注的内容,即通过传播内容来判断传播者的意图、主张。本书在行文中对于这方面的内容也有所涉猎,比如浙西词派对南宋清雅词大力播扬的背景和原因分析等。

传播媒介是传播学的核心因素之一,人类的传播史大体经过了口头传播、手抄传播、印刷传播、电子传播、网络传播等不同阶段。唐宋词在顺康雍乾时期的传播方式主要是印刷传播,其次是手抄传播。由于时间和精力方面的原因,本书只重点关注了印刷传播和手抄传播中的词集和词话等书册传播方式。实际上,唐宋词的传播方式还有很多,钱锡生老师在其《唐宋词传播方式研究》一书中有过详细阐述。就顺康雍乾时期而言,除了词选和词话,词谱、戏曲、小说、方志等其他书册媒介也在一定程度上传播了唐宋词。如谢永芳的《略论宋词的小说传播及其价值》一文初步梳理了明清小说中引用宋词的概况,随后分析了其传播价值、文献价值以及批评价值,可资参考。[①] 除了书册传播外,石刻、书画、器物等媒介都在客观上传播了唐宋词。另外,词到了清代已经不再主要靠口头传播,基本沦为案头文学。但问题是清人真的没有口头传播唐宋词吗? 事实恐怕并非如此。我们从《西河词话》等文献中还是能够看到一些关于唐宋词吟唱传播方面的记载。[②] 当今华语歌坛仍有不少唐宋词被配上现代音乐而获得

[①] 谢永芳:《略论宋词的小说传播及其价值》,《明清小说研究》2016 年第 2 期。
[②] 如毛奇龄《西河词话》卷一记载:"崇祯甲寅,京师梨园有南迁者,自诉能弦旧词。试其技,促弹而曼吟,极类搊筝家法,然调不类筝。坐客授蒋竹山长调令弦,辄辞曰,口俚碍吟叹何也。时徐仲山贻九日倡和词至,诵而授之,歌裁数过,指爪融畅。询其故,云:'吾所传者,无调而有词,无宫徵而有音声,词雅则音谐,音谐则弦调。'由是推之,世之傚辛、蒋者可返已。菊庄者,吴江徐子电发也。"该琴师虽然最后吟唱的是清词,而非宋词,但其自诉能弦旧词,庶几可证唐宋词在清代仍有借助歌舞传播。见唐圭璋编《词话丛编》,中华书局 1986 年版,第 565 页。

广泛传播。可以想见,顺康雍乾时期近两百年的时间肯定也有不少唐宋词被配上清代的音乐而传播。只可惜这种口耳相传的资料因为缺乏相应的音像存储设备而未被保存下来。这些传播媒介的影响力与词选及词话相比虽不可同日而语,但不应被完全忽视。

传播受众是传播活动指向的对象,没有受众,传播活动就不能实现。唐宋词传播的受众是谁,理论上说,该时期所有阅读欣赏唐宋词作及其相关理论的人都是受众。但实际上,由于种种原因,我们目前能关注的只是清代的词作者以及词学批评家,从他们的词作和词学理论等书面文献,我们才有可能考察唐宋词在清代的传播与接受情形。一方面是看清人的词学理论,他们在词学论著中会阐述其认可何种唐宋词,这往往可以一目了然地看出其接受理念。另一方面是看他们的词创作,探究其词受哪位(哪些)唐宋词人的影响最大。这个问题相对复杂,因为这种创作上对唐宋词的接受往往是难以精确坐实的。但关于这个问题的讨论还不能回避,因为所有关于唐宋词在顺康雍乾时期的传播与接受,其最终的效果还是得落实到清词创作中去。故而本书第五章和第六章都有相关论述。其实就唐宋词传播的受众而言,普通大众也不应被遗忘。只是芸芸众生人数虽多,但关于他们生活的记载本就少之又少,更遑论其与唐宋词的关系。

传播效果是传播者发出的传播信息经媒介到达受众之后,受众因此而发生的思想观念、行为方式等方面的改变。清人阅读唐宋词后,受到了怎样的熏陶、洗礼与教育,他们的生活和工作因为唐宋词发生了哪些改变,这无疑是唐宋词在清代传播与接受效应的重要体现。然而,要想去研究这方面的内容无疑具有巨大的难度和挑战。因此,本书更多的是关注唐宋词的传播与接受对于顺康雍乾时期词坛究竟带来了什么样的影响。本书第一章论述了重要的唐宋词集对清代词坛的影响;第二章论述了清人新编的唐宋词选与清词发展的关系;第五章以时间为序,纵向梳理了唐宋词接受及其对清词的影响;第六章简要论述了追和给清词带来的改变。不过值得注意的是,清词的发展演变虽与唐宋词的传播有着较为密切的关系,但唐宋词的传播与接受并非影响清词发展的唯一因素。实际上,清代的政治、经济、文化、思想等都在一定程度上左右了清词的发展走向。另外,清代词人个体的差异,其家世背景、受教育程度、人生履历都有可能对其词之创作产生作用,进而影响清词发展。

结　语

　　以上是就传统的传播五要素回顾唐宋词在顺康雍乾时期的传播与接受情形，但在实际的研究中难以在这五个方面做到面面俱到。此外，在很多情况下，这五个要素也不是彼此完全独立、泾渭分明的，其外延也会有交叉与重叠。比如传播者有时也是受众，受众有时也会在适当的契机下变为传播者。同样的道理，对传播效果的研究也要从受众的角度展开。传播内容对受众会产生影响，进而形成传播效果。反过来，传播受众和传播效果也会反作用于传播者和传播内容。譬如，传播与接受确立了很多唐宋词人的历史地位，加速了唐宋词的经典化进程。

　　其实，本书最重要的研究目的就是探究在顺康雍乾时期究竟有哪些唐宋词在流布，清人在不同的时间段选择和拥抱了何种类型的唐宋词及其原因分析，他们从唐宋词中汲取了哪些养分，唐宋词的传播给清代词坛带了怎样的影响。在这样一种考量之下，本书对于传播者的研究投入相对较少，对于词选及词话外的其他传播媒介未予论及，对于清代词作者以外的传播受众阐述不多。一方面是因其与本书的研究目的关系不是异常紧密，另一方面也源于相关文献资料的获取有较大难度。如以后时间及精力允许可做进一步的相关研究。唐宋词是词史高峰，清代又是词学复兴的重要时期，而我的研究又是这两个伟大时代的隔空对话。四年的研究历程一直不敢有丝毫懈怠，甚至有如履薄冰之感，生怕辜负了这样好的一个课题。但由于本人天资愚钝，学术根基差，恐怕只能是抛砖引玉了。

　　最后有必要谈谈本书的研究方法。本书在很多章节运用了计量统计的方法。关于这种方法在文学研究中的运用，一直都是众说纷纭，褒贬不一，比如统计数据样本来源的可靠性、统计数据的准确性、统计方法的有效性、统计结果的适用性等。实际上，任何一种研究方法都有其长处，也有其弊端，这是毋庸置疑的，定量分析也不例外。没有必要过分拔高文学计量统计方法的功用，更不应将其长处一概抹杀。定性分析注重材料和逻辑，然有时不免存在主观武断之弊。而定量分析可在一定程度上弥补这个缺憾，它是对定性分析的印证、补益、完善，甚至还有发疑。更重要的是在我之前，已经有许多学界前辈在这个领域做了可贵的探索，比如罗忼烈、王兆鹏、刘尊明、郁玉英等，在他们的不断努力下，文学计量统计的方法渐趋合理和成熟。本书在计量统计方法的使用上，对其经验和做法多有借鉴和开拓。文学研究中定量分析一定要与定性分析相结合，相互参照，相得益彰，而不是陷入非此即彼的极端，这是学界的共识，我也一直这样要求自己。

附　　录

附录一　唐宋词在顺康雍乾时期的传播与接受大事记

顺治五年(1648)
宋徵璧编成《唐宋词选》。
沈谦作《词韵》。

顺治七年(1650)
毛先舒作《与沈去矜论填词书》,沈谦作《答毛稚黄论填词书》。
宋徵璧序《唱和诗余》。
贺裳《皱水轩词筌》刊行。

康熙元年(1662)
程明善《啸余谱》重刊。

康熙四年(1665)
曹尔堪、宋琬、王士禄在杭州以《满江红》相唱和。

康熙九年(1670)
周铭编成《林下词选》十卷。
徐石麒编《坦庵订正词韵》四卷成。
曹贞吉、龚鼎孳等人在京师参与"赠柳词唱和"活动。

康熙十年(1671)
曹尔堪、龚鼎孳、周在浚等人在京师秋水轩以《贺新郎》唱和。

康熙十二年(1673)
顾璟芳编成《唐词蓉城汇选》四卷。

康熙十四年(1675)
陆次云、章眳编成《见山亭古今词选》三卷。

康熙十七年(1678)
朱彝尊、汪森等辑《词综》二十六卷刊行。
卓回选编《古今词汇》刊行,卓回作《古今词汇缘起》。

康熙十八年(1679)
朱彝尊携《乐府补题》入京师,引起清人大量追和,蒋景祁为之刊行。
查继超编成《词学全书》刊行。

康熙二十年(1681)
朱彝尊为《尊前集》作记。

康熙二十二年(1683)
万树纂《词律》二十卷。
蒋景祁刻所编《瑶华集》二十二卷。

康熙二十三年(1684)
金昌天禄阁刊印《草堂诗余》,用明顾从敬本。

康熙二十四年(1685)
柯崇朴刊《绝妙好词》七卷,又与柯炳同校归淑芬编《古今名媛百花诗余》四卷刊行。

康熙二十五年(1686)
吴绮、程洪合辑《记红集》刊行。

康熙二十六年(1687)

万树《词律》刊行。

康熙二十七年(1688)

沈雄《古今词话》刊行,并作《凡例》。

徐釚《词苑丛谈》刊行,丁炜为之序。

项以淳编成《清啸集》二卷。

康熙二十八年(1689)

高邮学正余恭、训导毛之鹏补刻秦观《淮海集》。

侯文灿辑《十名家词集》刊行,顾贞观作序。

康熙三十年(1691)

汪森裘杼堂刻《词综》三十六卷。

康熙三十一年(1692)

先著、程洪选成《词洁》六卷。先著作序。

康熙三十五年(1696)

沈时栋辑成《古今词选》十二卷。

康熙三十七年(1698)

高士奇重刻《绝妙好词》。

康熙四十三年(1704)

毛宸校订毛晋《诗词杂俎》。

康熙四十四年(1705)

孙致弥刊其所编《词鹄初编》十五卷。

康熙四十五年(1706)

沈辰垣奉旨编成《历代诗余》一百二十卷,次年刊行。康熙帝作序。

康熙四十六年(1707)

龚翔麟刊刻张炎《山中白云词》。

康熙四十八年(1709)

赵式《古今别肠词选》刊行。

康熙四十九年(1710)

诸锦本《白石道人歌曲》刊行。

清康熙五十三年(1714)

陈撰刻姜夔诗词合集一卷本。

康熙五十四年(1715)

《钦定词谱》四十卷刊行。

康熙五十五年(1716)

沈时栋《古今词选》十二卷刊行。

康熙五十七年(1718)

曾时灿本《白石道人歌曲》刊行。

康熙六十年(1721)

扫叶山房石印本《绝妙好词》刊行。

康熙六十一年(1722)

《绝妙好词》重新刊行。

雍正三年(1725)
项绚重刻《绝妙好词》。

雍正四年(1726)
曹炳曾重刻《山中白云词》。

雍正五年(1727)
洪正治改窜陈刻本《白石道人歌曲》刊行。

雍正九年(1731)
汪莘《方壶诗余》一卷本刊行。

雍正十年(1732)
厉鹗作《论词绝句》十二首。

乾隆初年
陈大经刻姜夔诗词合集词一卷本《白石道人歌曲》。

乾隆元年(1736)
赵昱重印上海曹氏本《山中白云词》八卷。
宝书堂翻龚刻赵印本《山中白云词》八卷。

乾隆四年(1739)
江昱作《蘋洲渔笛谱疏证》。

乾隆八年(1743)
陆钟辉刻姜夔诗词合集歌曲四卷别集一卷本《白石道人歌曲》。

乾隆十一年(1746)
查培继《词学全书》重刊,并作序。

乾隆十三年(1748)

厉鹗、查为仁撰《绝妙好词笺》。

厉鹗等中期浙派词人参与《拟乐府补题》唱和活动。

乾隆十四年(1749)

张奕枢刻六卷别集一卷本《白石道人歌曲》。

乾隆十五年(1750)

厉鹗、查为仁所撰《绝妙好词笺》刊刻。

乾隆十六年(1751)

夏秉衡选编《清绮轩历朝词选》刊行,夏秉衡作《发凡》并序,沈德潜作序。

汪焱重刻《山中白云词》。

乾隆十七年(1752)

洪振珂重刊毛晋《词苑英华》。

乾隆十八年(1753)

江昱作《山中白云词疏证》。

乾隆二十一年(1756)

姜文龙刻诗词合集歌曲四卷别集一卷本《白石道人歌曲》。

乾隆三十年(1765)

吴烺等作《学宋斋词韵》刊行。

乾隆三十一年(1766)

曹寅于扬州刊刻《群贤梅苑》。

乾隆三十二年(1767)

何廷模复刻康熙余本《淮海后集长短句》。

乾隆三十六年(1771)
江春刻补遗附陆本《白石道人歌曲》。

乾隆三十八年(1773)
陆昶刻所编《历朝名媛诗词》十二卷。
许宝善翻刻家藏宋椠四卷别集一卷本《白石道人歌曲》。

乾隆四十二年(1777)
方成培《香居研词麈》刊行,程瑶田、方成培作序。
许昂霄《词综偶评》刊行。

乾隆四十三年(1778)
张宗橚《词林纪事》成书,陆以谦作序,次年刊行。

乾隆四十八年(1783)
赖以邠《填词图谱》六卷刊行。

乾隆四十九年(1784)
李调元《雨村词话》四卷刊行。

乾隆五十一年(1786)
江恂于新安郡斋刊刻《蘋洲渔笛谱疏证》三卷。

乾隆五十三年(1788)
查礼《铜鼓书堂词话》刊行。

附录二 顺康雍乾时期清人追和张炎统计表[①]

序号	清人	词牌	调式	首句	形式	原唱词人	版本	页码
1	曹鉴冰	南浦	长调	书屋正临溪	和韵	张炎	顺康卷	1363
2	曹溶	华胥引	中调	徐熙妙腕	和韵	张炎	顺康卷	814
3	曹溶	南浦	长调	庭下结芳心	效体	张炎	顺康卷	836
4	曹贞吉	南浦	长调	新涨碧于天	和韵	张炎	顺康卷	6508
5	曹贞吉	南浦	长调	片月映寒汀	和韵	张炎	顺康卷	6509
6	查慎行	南浦	长调	风澹日浓时	和韵	张炎	顺康卷	9100
7	查慎行	绮罗香	长调	丛菊篱荒	和韵	张炎	顺康卷	9119
8	查慎行	疏影	长调	便娟秀月	和韵	张炎	顺康卷	9107
9	查慎行	新雁过妆楼	长调	留取瓦盆兼客土	和韵	张炎	顺康卷	9119
10	陈皋	绮罗香	长调	乱阴庭梧	和韵	张炎	雍乾卷	1390
11	陈沆	南浦	长调	波意绿油油	和韵	张炎	雍乾卷	622
12	陈沆	清波引	中调	语溪何许	和韵	张炎	雍乾卷	621
13	陈朗	柳梢青	小令	月没参横	和韵	张炎	雍乾卷	4353
14	陈朗	南歌子	小令	江月初三五	和韵	张炎	雍乾卷	4370
15	陈维崧	长亭怨	长调	有墙外	和韵	张炎	顺康卷	4077
16	程瑜	南浦	长调	风送约蘋舟	和韵	张炎	雍乾卷	6655
17	仇梦岩	八声甘州	长调	好林泉	集句	张炎	雍乾卷	5909
18	仇梦岩	渡江云	长调	碧天秋浩渺	集句	张炎	雍乾卷	5913
19	仇梦岩	高阳台	长调	黄叶风潇	和韵	张炎	雍乾卷	5925
20	仇梦岩	解连环	长调	世尘空扰	集句	张炎	雍乾卷	5909
21	仇梦岩	浪淘沙	小令	歌扇锦连枝	集句	张炎	雍乾卷	5910
22	仇梦岩	浪淘沙	小令	零落一身秋	集句	张炎	雍乾卷	5910

[①] 统计数据来源于程千帆主编《全清词》(顺康卷),中华书局 2002 年版;张宏生主编《全清词》(顺康卷补编),南京大学出版社 2008 年版;张宏生主编《全清词》(雍乾卷),南京大学出版社 2012 年版。

续表

序号	清人	词牌	调式	首句	形式	原唱词人	版本	页码
23	仇梦岩	浪淘沙	小令	流水自泠泠	集句	张炎	雍乾卷	5910
24	仇梦岩	浪淘沙	小令	潮拥渡头沙	集句	张炎	雍乾卷	5910
25	仇梦岩	摸鱼子	长调	这些儿	集句	张炎	雍乾卷	5908
26	仇梦岩	南乡子	小令	都是可怜时	集句	张炎	雍乾卷	5909
27	仇梦岩	三姝媚	长调	一帘鸠外雨	集句	张炎	雍乾卷	5912
28	仇梦岩	偷声木兰花	小令	西湖见说鸥飞去	集句	张炎	雍乾卷	5909
29	仇梦岩	月下笛	长调	再舣鸥波	集句	张炎	雍乾卷	5911
30	仇梦岩	醉花阴	小令	卜隐青门真得趣	集句	张炎	雍乾卷	5910
31	丁炜	琐窗寒	长调	疏榭窥红	和韵	张炎	顺康卷	6196
32	方成培	八声甘州	长调	问东风竹外几吹香	和韵	张炎	雍乾卷	1726
33	方成培	渡江云	长调	山春青欲滴	和韵	张炎	雍乾卷	1792
34	方成培	南浦	长调	香约半池风	和韵	张炎	雍乾卷	1790
35	方成培	南浦	长调	青镜写长天	和韵	张炎	雍乾卷	1791
36	方成培	生查子	小令	丘壑伴云烟	集句	张炎	雍乾卷	1734
37	傅燮詷	南浦	长调	暖入浪翻冰	和韵	张炎	顺康卷	8246
38	傅燮詷	南浦	长调	潦尽碧潭澄	和韵	张炎	顺康卷	8257
39	傅燮詷	真珠帘	长调	危楼连汉千余尺	和韵	张炎	顺康卷	8247
40	高不骞	南浦	长调	十亩白鸥池	和韵	张炎	顺康卷	9708
41	高不骞	南浦	长调	岚翠欲沾衣	和韵	张炎	顺康卷	9709
42	龚翔麟	南浦	长调	人柳乍三眠	和韵	张炎	顺康卷	10131
43	何采	烛影摇红	长调	戏玉飞琼	和韵	张炎	顺康卷	4674
44	江炳炎	南浦	长调	隔树漏空明	和韵	张炎	雍乾卷	2673
45	江立	高阳台	长调	花外歌声	和韵	张炎	雍乾卷	5034
46	江立	绮罗香	长调	尽扫枝头	和韵	张炎	雍乾卷	5030
47	江昱	南浦	长调	遥白淡黏天	和韵	张炎	雍乾卷	3228
48	姜藻	南浦	长调	凉露散遥川	和韵	张炎	雍乾卷	4545
49	姜藻	珍珠令	长调	归田平子冥鸿杳	和韵	张炎	雍乾卷	4548
50	姜藻	珍珠令	长调	玉田风调仙云杳	和韵	张炎	雍乾卷	4548

续表

序号	清人	词牌	调式	首句	形式	原唱词人	版本	页码
51	焦袁熹	梅子黄时雨	长调	眼底心酸	和韵	张炎	顺康卷	10605
52	孔继涵	南浦	长调	草色绣方塘	和韵	张炎	雍乾卷	5487
53	李符	南浦	长调	社雨儿番过	和韵	张炎	顺康卷	7513
54	李翮	南浦	长调	遥浦碧连天	和韵	张炎	雍乾卷	2450
55	李怀	南浦	长调	门外绕清流	和韵	张炎	顺康卷	1361
56	李澧	芙蓉曲	小令	黄金手散一囊空	和韵	张炎	雍乾卷	6487
57	李汝章	南浦	长调	新绿澹生烟	和韵	张炎	雍乾卷	2160
58	李汝章	南浦	长调	潭影冷涵秋	和韵	张炎	雍乾卷	2160
59	李葂	南浦	长调	羡煞浣纱人	和韵	张炎	雍乾卷	4511
60	李应机	南浦	长调	黄菊绕疏篱	和韵	张炎	顺康卷补编	1409
61	林企忠	南浦	长调	远浦急春潮	和韵	张炎	顺康卷	9799
62	刘锡勇	南浦	长调	柳外短长亭	和韵	张炎	顺康卷	11391
63	楼俨	大江东去	长调	两江倦旅	和韵	张炎	顺康卷	11487
64	楼俨	大江东去	长调	昨来分手	和韵	张炎	顺康卷	11488
65	楼俨	大江东去	长调	客窗无绪	和韵	张炎	顺康卷	11488
66	楼俨	南浦	长调	一幅旧吟帆	和韵	张炎	顺康卷	11462
67	楼俨	南浦	长调	低唱望江南	和韵	张炎	顺康卷	11462
68	楼俨	醉落魄	小令	月侵山角	和韵	张炎	顺康卷	11482
69	楼俨	醉落魄	小令	柳梢楼角	和韵	张炎	顺康卷	11485
70	楼俨	醉落魄	小令	眼梢眉角	和韵	张炎	顺康卷	11485
71	陆大复	南浦	长调	分手路三千	和韵	张炎	雍乾卷	8702
72	陆培	南浦	长调	酒醑泻如渑	和韵	张炎	雍乾卷	166
73	陆文蔚	南浦	长调	楼外白鸥飞	和韵	张炎	雍乾卷	4739
74	谬谟	南浦	长调	冰泮一痕沙	和韵	张炎	顺康卷	11235
75	潘允喆	八声甘州	长调	趁晴宵凉月照清游	和韵	张炎	雍乾卷	6244
76	钱芳标	渡江云	长调	烟霞人境外	和韵	张炎	顺康卷	7609
77	钱芳标	梅子黄时雨	长调	红绽才肥	效体	张炎	顺康卷	7612
78	屈为章	南浦	长调	听雨小楼眠	和韵	张炎	雍乾卷	7177

续表

序号	清人	词牌	调式	首句	形式	原唱词人	版本	页码
79	邵瑸	红情	长调	汀洲花色	和韵	张炎	顺康卷	9319
80	邵瑸	绿意	长调	团栾自洁	和韵	张炎	顺康卷	9319
81	邵瑸	木兰花慢	长调	把笺消暑味	和韵	张炎	顺康卷	9335
82	邵瑸	南浦	长调	碧色映柴扉	和韵	张炎	顺康卷	9307
83	邵瑸	声声慢	长调	人家四五	效体	张炎	顺康卷	9353
84	邵瑸	渔歌子	小令	结屋晴湖绿树间	和韵	张炎	顺康卷	9321
85	邵瑸	渔歌子	小令	西风挽不住东流	和韵	张炎	顺康卷	9322
86	邵瑸	渔歌子	小令	玲珑残雪钓矶多	和韵	张炎	顺康卷	9322
87	邵瑸	渔歌子	小令	也插枫杉也种梅	和韵	张炎	顺康卷	9322
88	邵瑸	渔歌子	小令	酒赋琴歌同不同	和韵	张炎	顺康卷	9322
89	邵瑸	渔歌子	小令	河鲀上后买鲥鱼	和韵	张炎	顺康卷	9322
90	邵瑸	渔歌子	小令	科头那用结冠缨	和韵	张炎	顺康卷	9322
91	邵瑸	渔歌子	小令	截竹编扉三两家	和韵	张炎	顺康卷	9322
92	邵瑸	渔歌子	小令	便应白发老江村	和韵	张炎	顺康卷	9322
93	邵瑸	渔歌子	小令	急鼓应官似酒酣	和韵	张炎	顺康卷	9323
94	沈皞日	解连环	长调	断蛩吟晚	和韵	张炎	顺康卷	7955
95	沈皞日	南浦	长调	新雨涨汀沙	和韵	张炎	顺康卷	7944
96	沈皞日	庆清朝	长调	柳暗莺帘	和韵	张炎	顺康卷	7950
97	沈皞日	醉落拓	小令	月沉楼角	和韵	张炎	顺康卷	7951
98	沈起凤	绮罗香	长调	借艳招寒	和韵	张炎	雍乾卷	2276
99	沈廷陛	南浦	长调	岩桂欲留香	和韵	张炎	雍乾卷	8639
100	史蟠	高阳台	长调	语短更长	和韵	张炎	雍乾卷	8461
101	史蟠	南浦	长调	一幅研光罗	和韵	张炎	雍乾卷	8463
102	史蟠	南浦	长调	梦断楚江遥	和韵	张炎	雍乾卷	8464
103	宋荦	高阳台	长调	远水拖蓝	和韵	张炎	顺康卷	6576
104	孙鼎煊	绮罗香	长调	露浥枫林	和韵	张炎	雍乾卷	2932
105	孙鼎煊	疏影	长调	霜林皓月	和韵	张炎	雍乾卷	2875
106	孙鼎煊	珍珠帘	长调	簪花小字题琼宇	和韵	张炎	雍乾卷	2883

续表

序号	清人	词牌	调式	首句	形式	原唱词人	版本	页码
107	孙致弥	解语花	长调	月地留春	和韵	张炎	顺康卷	8159
108	孙致弥	瑶台聚八仙	长调	虹浦西湾	和韵	张炎	顺康卷	8151
109	谈九叙	解语花	长调	蝶衣分絮	和韵	张炎	顺康卷	10479
110	谈九叙	念奴娇	长调	嫩凉时候	和韵	张炎	顺康卷	10478
111	谈九叙	念奴娇	长调	今朝南舍	和韵	张炎	顺康卷	10478
112	谈九叙	念奴娇	长调	冥鸿何意	和韵	张炎	顺康卷	10479
113	谈九叙	念奴娇	长调	高朋胜地	和韵	张炎	顺康卷	10479
114	王启曾	南浦	长调	轻漾縠纹生	和韵	张炎	雍乾卷	6714
115	王汝璧	梅子黄时雨	长调	香土红尘	和韵	张炎	雍乾卷	2311
116	王汝璧	疏影	长调	疏篱淡月	和韵	张炎	雍乾卷	2289
117	王又曾	台城路	长调	雪残古岸霜初晓	和韵	张炎	雍乾卷	679
118	王又曾	忆旧游	长调	甚饧第一缕	和韵	张炎	雍乾卷	664
119	王韵梅	南浦	长调	枫冷落吴江	和韵	张炎	雍乾卷	5833
120	魏晋锡	台城路	长调	碧云扬子怀人渡	和韵	张炎	雍乾卷	5845
121	吴陈琰	绮罗春	长调	冷占山村	和韵	张炎	顺康卷补编	1063
122	吴陈琰	探芳信	长调	趁晴昼	和韵	张炎	顺康卷补编	1054
123	吴陈琰	月下笛	长调	秋色平分	效体	张炎	顺康卷补编	1062
124	吴贯勉	台城路	长调	古城一道围山寺	和韵	张炎	顺康卷	10035
125	吴钧	疏影	长调	田田水际	和韵	张炎	雍乾卷	5324
126	吴钧	疏影	长调	分秧雨际	和韵	张炎	雍乾卷	5325
127	吴烺	绮罗香	长调	槲叶霜清	和韵	张炎	雍乾卷	1024
128	吴省钦	南浦	长调	新涨渌盈盈	和韵	张炎	雍乾卷	1698
129	吴锡麒	高阳台	长调	絮絮无言	和韵	张炎	雍乾卷	6501
130	吴锡麒	南浦	长调	溪口夜来生	和韵	张炎	雍乾卷	6565
131	吴展成	南浦	长调	膏雨翠痕浮	和韵	张炎	雍乾卷	6331
132	先著	甘州	小令	放寒霜一点透绨衣	和韵	张炎	顺康卷	7244

续表

序号	清人	词牌	调式	首句	形式	原唱词人	版本	页码
133	先著	南浦	长调	埋宝起雄城	和韵	张炎	顺康卷	7245
134	徐志鼎	高阳台	长调	月影欺窗	和韵	张炎	雍乾卷	2120
135	徐志鼎	南浦	长调	新柳锁银塘	和韵	张炎	雍乾卷	2121
136	徐志鼎	月下笛	长调	紫桂迎飙	效体	张炎	雍乾卷	2141
137	杨抡	惜红衣	中调	嫩绿烟笼	和韵	张炎	雍乾卷	5869
138	杨抡	杏花天	小令	轻罗巧剪双鸾尾	和韵	张炎	雍乾卷	5869
139	叶之溶	南浦	长调	文馆记摩娑	和韵	张炎	雍乾卷	118
140	殷如梅	南浦	长调	波暖荻牙肥	和韵	张炎	雍乾卷	7483
141	余光耿	扫花游	长调	并郊带郭	和韵	张炎	顺康卷	9169
142	俞玉海	绮罗香	长调	金井寒轻	和韵	张炎	雍乾卷	5295
143	詹肇堂	八声甘州	长调	甚出门西笑向长安	和韵	张炎	雍乾卷	1958
144	詹肇堂	探芳信	长调	宴清昼	和韵	张炎	雍乾卷	1937
145	张梁	大圣乐	长调	贤相园林	和韵	张炎	顺康卷	9965
146	张梁	大圣乐	长调	城市山林	和韵	张炎	顺康卷	9965
147	张梁	桂枝香	中调	江空海阔	和韵	张炎	顺康卷	9990
148	张梁	南浦	长调	冻解縠纹	和韵	张炎	顺康卷	9968
149	张梁	瑶台聚八仙	长调	薇露娟娟	和韵	张炎	顺康卷	9986
150	张四科	西江月	小令	丁字沽涵林月	效体	张炎	雍乾卷	738
151	张奕枢	台城路	长调	一壶烟雨成幽绿	和韵	张炎	雍乾卷	2954
152	张奕枢	台城路	长调	清斋旧是风流地	和韵	张炎	雍乾卷	2955
153	张宗松	疏影	长调	低檐漏月	和韵	张炎	雍乾卷	2862
154	郑沄	壶中天	长调	车尘初洗	和韵	张炎	雍乾卷	5349
155	郑沄	疏影	长调	冰崖冻结	和韵	张炎	雍乾卷	5331
156	周暟	南浦	长调	风定縠纹平	和韵	张炎	雍乾卷	5389
157	周暟	疏影	长调	涂云抹月	和韵	张炎	雍乾卷	5400
158	周斯盛	八声甘州	长调	对云涛万里卷西风	和韵	张炎	顺康卷	6990
159	周斯盛	南浦	长调	城阙古台平	和韵	张炎	顺康卷	6992
160	周赟	青玉案	中调	西溪折向潆洄处	和韵	张炎	顺康卷	3484

续表

序号	清人	词牌	调式	首句	形式	原唱词人	版本	页码
161	周笵	青玉案	中调	临溪倚杖清吟处	和韵	张炎	顺康卷	3484
162	周笵	青玉案	中调	人踪稀少盘栖处	和韵	张炎	顺康卷	3484
163	周笵	青玉案	中调	虹霓千尺消何处	和韵	张炎	顺康卷	3484
164	周笵	青玉案	中调	孤村足有流连处	和韵	张炎	顺康卷	3485
165	周笵	青玉案	中调	梅根种向无人处	和韵	张炎	顺康卷	3485
166	周笵	青玉案	中调	出门自计无行处	和韵	张炎	顺康卷	3485
167	周笵	青玉案	中调	瓜牛早逐焦先处	和韵	张炎	顺康卷	3485
168	周笵	青玉案	中调	晴沙爱着眠鸥处	和韵	张炎	顺康卷	3485
169	周笵	青玉案	中调	家人生产无营处	和韵	张炎	顺康卷	3486
170	朱昂	南浦	长调	花雾黯霏霏	和韵	张炎	雍乾卷	1315
171	朱泽生	南浦	长调	疏雨歇蘋洲	和韵	张炎	雍乾卷	4768
172	邹稷	西湖	小令	春正盛	和韵	张炎	雍乾卷	3270

附录三　顺康雍乾时期清人追和姜夔统计表[①]

序号	清人	词牌	调式	首句	形式	原唱词人	版本	页码
1	鲍份	琵琶仙	长调	冰雪成花	效体	姜夔	雍乾卷	8154
2	曹三选	水龙吟	长调	十年一梦江湖远	效体	姜夔	雍乾卷	8970
3	陈皋	满江红	长调	孤峤凌空	效体	姜夔	雍乾卷	1369
4	陈皋	鹧鸪天	小令	市口红灯簇簇喧	和韵	姜夔	雍乾卷	1368
5	陈朗	卜算子	小令	春色犯寒来	和韵	姜夔	雍乾卷	4353
6	陈朗	卜算子	小令	春望上春台	和韵	姜夔	雍乾卷	4353
7	陈朗	卜算子	小令	水绿晚苔生	和韵	姜夔	雍乾卷	4353
8	陈朗	卜算子	小令	转侧被风吹	和韵	姜夔	雍乾卷	4354
9	陈朗	满江红	长调	满挂蒲帆	效体	姜夔	雍乾卷	4326
10	陈朗	少年游	小令	寥寥远迈	和韵	姜夔	雍乾卷	4363
11	陈朗	莺声绕红楼	小令	好鸟和鸣枝上飞	和韵	姜夔	雍乾卷	4370
12	陈维崧	琵琶仙	长调	暝色官桥	和韵	姜夔	顺康卷	4127
13	程梦星	惜红衣	中调	雨暗虹桥	和韵	姜夔	顺康卷补编	2182
14	丁炜	暗香	长调	粉朱弄色	和韵	姜夔	顺康卷	6230
15	丁炜	探春慢	长调	迟日融冰	和韵	姜夔	顺康卷	6200
16	方成培	卜算子	小令	梅蕊笑幽人	和韵	姜夔	雍乾卷	1721
17	方成培	卜算子	小令	月白角声寒	和韵	姜夔	雍乾卷	1721
18	方成培	卜算子	小令	山石不妨花	和韵	姜夔	雍乾卷	1721
19	方成培	卜算子	小令	留取马城春	和韵	姜夔	雍乾卷	1722
20	方成培	卜算子	小令	萝径露将生	和韵	姜夔	雍乾卷	1722
21	方成培	卜算子	小令	烟草满西村	和韵	姜夔	雍乾卷	1722

[①] 统计数据来源于程千帆主编《全清词》(顺康卷)，中华书局 2002 年版；张宏生主编《全清词》(顺康卷补编)，南京大学出版社 2008 年版；张宏生主编《全清词》(雍乾卷)，南京大学出版社 2012 年版。

续表

序号	清人	词牌	调式	首句	形式	原唱词人	版本	页码
22	方成培	卜算子	小令	竹径带香行	和韵	姜夔	雍乾卷	1722
23	方成培	卜算子	小令	闻道宋园官	和韵	姜夔	雍乾卷	1722
24	方成培	卜算子	小令	深林深更深	和韵	姜夔	雍乾卷	1731
25	方成培	卜算子	小令	黯淡紫茎深	和韵	姜夔	雍乾卷	1731
26	方成培	卜算子	小令	爱惜护芳芽	和韵	姜夔	雍乾卷	1732
27	方成培	卜算子	小令	花韵远如山	和韵	姜夔	雍乾卷	1732
28	方成培	卜算子	小令	众草自萋萋	和韵	姜夔	雍乾卷	1732
29	方成培	卜算子	小令	淡淡夕阳红	和韵	姜夔	雍乾卷	1732
30	方成培	卜算子	小令	文露浣香稀	和韵	姜夔	雍乾卷	1732
31	方成培	卜算子	小令	修竹受风微	和韵	姜夔	雍乾卷	1732
32	费承勋	百字令	长调	香含画省	和韵	姜夔	雍乾卷	4556
33	费承勋	齐天乐	中调	洗车雨过云成阵	效体	姜夔	雍乾卷	4573
34	胡成浚	暗香	长调	一溪冻玉	和韵	姜夔	雍乾卷	8414
35	胡成浚	满江红	长调	何处祠堂	和韵	姜夔	雍乾卷	8411
36	胡成浚	疏影	长调	溪流漱玉	和韵	姜夔	雍乾卷	8413
37	施朝干	念奴娇	长调	绿阴几日	和韵	姜夔	雍乾卷	1908
38	黄泰来	惜红衣	中调	凉露沾红	和韵	姜夔	顺康卷	8547
39	江炳炎	摸鱼儿	长调	把荆扉	和韵	姜夔	雍乾卷	2695
40	金兆燕	秋宵吟	长调	日全沉	和韵	姜夔	雍乾卷	974
41	李佩金	庆宫春	长调	花净春波	和韵	姜夔	雍乾卷	8594
42	李汝章	扬州慢	长调	奔走风尘	和韵	姜夔	雍乾卷	2152
43	邵瑸	侧犯	中调	春情未去	和韵	姜夔	顺康卷	9306
44	李应机	暗香	长调	不须借色	和韵	姜夔	顺康卷补编	1413
45	李应机	疏影	长调	暖香净玉	和韵	姜夔	顺康卷补编	1413
46	厉鹗	角招	长调	话离索	效体	姜夔	雍乾卷	263
47	厉鹗	念奴娇	长调	孤舟入画	和韵	姜夔	雍乾卷	251
48	林企忠	扬州慢	长调	江水流残	和韵	姜夔	顺康卷	9795

续表

序号	清人	词牌	调式	首句	形式	原唱词人	版本	页码
49	林企忠	扬州慢	长调	愁住谁方	和韵	姜夔	顺康卷	9795
50	凌廷堪	摸鱼儿	长调	费东君	效体	姜夔	雍乾卷	7821
51	凌廷堪	霓裳中序第一	长调	湖山自秀极	和韵	姜夔	雍乾卷	7837
52	凌廷堪	秋宵吟	长调	冷霜凝	和韵	姜夔	雍乾卷	7810
53	凌廷堪	杏花天影	小令	绣春园畔花低亚	和韵	姜夔	雍乾卷	7813
54	凌廷堪	一萼红	长调	晚云阴	和韵	姜夔	雍乾卷	7811
55	楼俨	侧犯	中调	越江客去	和韵	姜夔	顺康卷	11453
56	楼俨	侧犯	中调	两江别去	效体	姜夔	顺康卷	11454
57	楼俨	侧犯	中调	岭南客去	和韵	姜夔	顺康卷	11454
58	楼俨	侧犯	中调	不如且去	和韵	姜夔	顺康卷	11454
59	楼俨	侧犯	中调	酒阑欲去	和韵	姜夔	顺康卷	11454
60	楼俨	侧犯	中调	郁金北去	和韵	姜夔	顺康卷	11455
61	楼俨	玲珑四犯	长调	两岸绿阴	效体	姜夔	顺康卷	11452
62	陆瑶林	长亭怨慢	长调	揽词格	和韵	姜夔	顺康卷	1214
63	陆瑶林	长亭怨慢	长调	诠风雅	和韵	姜夔	顺康卷	1214
64	陆瑶林	长亭怨慢	长调	慨陈迹	和韵	姜夔	顺康卷	1214
65	陆瑶林	长亭怨慢	长调	秋声远	和韵	姜夔	顺康卷	1214
66	陆瑶林	长亭怨慢	长调	韶光逝	和韵	姜夔	顺康卷	1215
67	彭孙贻	长亭怨慢	长调	是何处	和韵	姜夔	顺康卷	1080
68	彭孙贻	眉妩	长调	把湘帘高卷	和韵	姜夔	顺康卷	1088
69	彭孙贻	疏影	长调	月痕如目	和韵	姜夔	顺康卷	1097
70	彭孙贻	暗香	长调	凄凄夜色	和韵	姜夔	顺康卷	1080
71	钱芳标	清波引	中调	送君南浦	和韵	姜夔	顺康卷	7581
72	钱芳标	疏影	长调	归飞属玉	和韵	姜夔	顺康卷	7598
73	钱芳标	扬州慢	长调	凤管惊鸥	和韵	姜夔	顺康卷	7583
74	钱塘	齐天乐	中调	是谁细把秋声作	和韵	姜夔	雍乾卷	5121
75	钱载	清波引	中调	竹绳区浦	和韵	姜夔	雍乾卷	682
76	沈璧琏	暗香	长调	隔窗晓色	和韵	姜夔	雍乾卷	7164

续表

序号	清人	词牌	调式	首句	形式	原唱词人	版本	页码
77	沈璧琏	点绛唇	小令	帆影参差	和韵	姜夔	雍乾卷	7161
78	沈璧琏	疏影	长调	繁花斗玉	和韵	姜夔	雍乾卷	7165
79	沈光裕	暗香	长调	粉墙春色	和韵	姜夔	雍乾卷	8820
80	沈光裕	疏影	长调	编珠属玉	和韵	姜夔	雍乾卷	8831
81	沈起凤	暗香	长调	夜窗寂静	效体	姜夔	雍乾卷	2272
82	沈起凤	疏影	长调	难栖幺凤	和韵	姜夔	雍乾卷	2273
83	沈双承	角招	长调	渐消瘦	和韵	姜夔	雍乾卷	3376
84	沈双承	满江红	长调	几点云丝	效体	姜夔	雍乾卷	3375
85	沈双承	凄凉犯	长调	羁人纵在繁华地	和韵	姜夔	雍乾卷	3377
86	沈双承	秋宵吟	长调	纸窗虚	和韵	姜夔	雍乾卷	3377
87	沈双承	疏影	长调	其人似玉	和韵	姜夔	雍乾卷	3366
88	沈双承	长亭怨慢	长调	看天末	和韵	姜夔	雍乾卷	3367
89	盛兆晋	扬州慢	长调	隋苑杨花	和韵	姜夔	顺康卷	9919
90	史蟠	角招	长调	步苔玉	效体	姜夔	雍乾卷	8472
91	史蟠	琵琶仙	长调	片月西湖	和韵	姜夔	雍乾卷	8462
92	史蟠	扬州慢	长调	角散寒声	效体	姜夔	雍乾卷	8470
93	孙鼎煊	探春慢	长调	一羽流光	和韵	姜夔	雍乾卷	2940
94	孙云鹤	暗香	长调	晚香澹色	和韵	姜夔	雍乾卷	8344
95	唐仲冕	暗香	长调	踏残雪色	和韵	姜夔	雍乾卷	7359
96	唐仲冕	八归	长调	秋曦坐甑	和韵	姜夔	雍乾卷	7336
97	唐仲冕	八归	长调	湖纯慕翰	和韵	姜夔	雍乾卷	7354
98	唐仲冕	翠楼吟	长调	印解花床	和韵	姜夔	雍乾卷	7355
99	唐仲冕	淡黄柳	中调	租来小艇	和韵	姜夔	雍乾卷	7360
100	唐仲冕	法曲献仙音	长调	孤艇如庵	和韵	姜夔	雍乾卷	7353
101	唐仲冕	江梅引	中调	东风作恶记来时	和韵	姜夔	雍乾卷	7353
102	唐仲冕	江梅引	中调	探梅难得正花时	和韵	姜夔	雍乾卷	7361
103	唐仲冕	角招	长调	倚筇瘦	和韵	姜夔	雍乾卷	7356
104	唐仲冕	解连环	长调	玉楼谁倚	和韵	姜夔	雍乾卷	7355

续表

序号	清人	词牌	调式	首句	形式	原唱词人	版本	页码
105	唐仲冕	玲珑四犯	长调	藻镜光莹	和韵	姜夔	雍乾卷	7356
106	唐仲冕	满江红	长调	难得东风	和韵	姜夔	雍乾卷	7352
107	唐仲冕	摸鱼儿	长调	为巾箱	和韵	姜夔	雍乾卷	7357
108	唐仲冕	摸鱼儿	长调	觅狸奴	和韵	姜夔	雍乾卷	7357
109	唐仲冕	蓦山溪	中调	突椒岑蔚	和韵	姜夔	雍乾卷	7352
110	唐仲冕	蓦山溪	中调	芳春消息	和韵	姜夔	雍乾卷	7353
111	唐仲冕	霓裳中序第一	长调	当官屡盼极	和韵	姜夔	雍乾卷	7353
112	唐仲冕	念奴娇	长调	楮生慧业	和韵	姜夔	雍乾卷	7357
113	唐仲冕	念奴娇	长调	构思消渴	和韵	姜夔	雍乾卷	7358
114	唐仲冕	凄凉犯	长调	板扉昼闭	和韵	姜夔	雍乾卷	7355
115	唐仲冕	齐天乐	中调	秋声馆外秋声赋	和韵	姜夔	雍乾卷	7326
116	唐仲冕	齐天乐	中调	子期情感山阳赋	和韵	姜夔	雍乾卷	7352
117	唐仲冕	清波引	中调	雪飞瀛浦	和韵	姜夔	雍乾卷	7354
118	唐仲冕	庆宫春	长调	嗔客归舟	和韵	姜夔	雍乾卷	7351
119	唐仲冕	疏影	长调	春酣冠玉	和韵	姜夔	雍乾卷	7359
120	唐仲冕	探春慢	长调	寒耸吟肩	和韵	姜夔	雍乾卷	7355
121	唐仲冕	喜迁莺慢	长调	绣苑如组	和韵	姜夔	雍乾卷	7360
122	唐仲冕	喜迁莺慢	长调	谢了圭组	和韵	姜夔	雍乾卷	7360
123	唐仲冕	湘月	长调	我家岳麓	和韵	姜夔	雍乾卷	7352
124	唐仲冕	小重山令	小令	吹暖春江乍别时	和韵	姜夔	雍乾卷	7361
125	唐仲冕	杏花天影	小令	种桃曾补仙人浦	和韵	姜夔	雍乾卷	7361
126	唐仲冕	一萼红	长调	数光阴	和韵	姜夔	雍乾卷	7356
127	唐仲冕	玉梅令	中调	融成一片	和韵	姜夔	雍乾卷	7360
128	唐仲冕	长亭怨慢	长调	记妆阁	和韵	姜夔	雍乾卷	7354
129	唐仲冕	徵招	长调	冰笺欲寄潇湘浦	和韵	姜夔	雍乾卷	7356
130	屠宸桢	惜红衣	中调	云绽长天	和韵	姜夔	顺康卷	10672
131	万树	暗香	长调	一枝压石	和韵	姜夔	顺康卷	5574
132	汪森	暗香	长调	野堂春色	和韵	姜夔	顺康卷	9251

续表

序号	清人	词牌	调式	首句	形式	原唱词人	版本	页码
133	汪森	疏影	长调	晴梢破玉	和韵	姜夔	顺康卷	9251
134	王倩	疏影	长调	含脂漱玉	和韵	姜夔	顺康卷	3531
135	王琴	暗香	长调	闰余春色	和韵	姜夔	雍乾卷	8975
136	王琴	疏影	长调	伊谁惜玉	和韵	姜夔	雍乾卷	8976
137	王汝璧	洞仙歌	中调	藐姑伴侣	和韵	姜夔	雍乾卷	2313
138	王汝璧	解连环	长调	曼声谁倚	和韵	姜夔	雍乾卷	2304
139	王汝璧	玲珑四犯	长调	爆竹烟沉	和韵	姜夔	雍乾卷	2313
140	王汝璧	念奴娇	长调	碧天如镜	和韵	姜夔	雍乾卷	2306
141	王汝璧	念奴娇	长调	绝代佳人	和韵	姜夔	雍乾卷	2307
142	王汝璧	念奴娇	长调	飞星一点	和韵	姜夔	雍乾卷	2307
143	王汝璧	凄凉犯	长调	鸾飞桂陌	和韵	姜夔	雍乾卷	2298
144	王汝璧	凄凉犯	长调	鸿楼燕陌	和韵	姜夔	雍乾卷	2298
145	王汝璧	庆宫春	长调	丹崿初收	和韵	姜夔	雍乾卷	2308
146	王汝璧	瑞鹤仙影	长调	玉轮露陌	和韵	姜夔	雍乾卷	2310
147	王汝璧	一萼红	长调	弄轻阴	和韵	姜夔	雍乾卷	2304
148	王汝璧	一萼红	长调	暮云阴	和韵	姜夔	雍乾卷	2305
149	王汝璧	一萼红	长调	小庭阴	和韵	姜夔	雍乾卷	2310
150	王又曾	凄凉犯	长调	夜来帘外	和韵	姜夔	雍乾卷	672
151	吴敬梓	惜红衣	中调	娇女烟飞	和韵	姜夔	雍乾卷	576
152	吴烺	凄凉犯	长调	夕阳帘幕	和韵	姜夔	雍乾卷	1011
153	吴省钦	疏影	长调	半湖寒玉	和韵	姜夔	雍乾卷	1703
154	吴蔚光	法曲献仙音	长调	弧帨围镫	和韵	姜夔	雍乾卷	6100
155	吴锡麒	石湖仙	中调	蒹葭前浦	和韵	姜夔	雍乾卷	6560
156	吴锡麒	西湖月	长调	东塘西浦	和韵	姜夔	雍乾卷	6637
157	吴锡麒	湘月	长调	九龙迢递	和韵	姜夔	雍乾卷	6508
158	先著	暗香	长调	晚波净色	和韵	姜夔	顺康卷	7244
159	先著	疏影	长调	哀泉响玉	和韵	姜夔	顺康卷	7244
160	先著	长亭怨慢	长调	想江上	和韵	姜夔	顺康卷	7244

续表

序号	清人	词牌	调式	首句	形式	原唱词人	版本	页码
161	徐坚	疏影	长调	春寒顿重	和韵	姜夔	雍乾卷	764
162	杨芳灿	疏影	长调	明漪浸玉	和韵	姜夔	雍乾卷	7413
163	姚大祯	长亭怨慢	长调	对秋林	和韵	姜夔	顺康卷补编	2448
164	姚大祯	长亭怨慢	长调	探愁怀	和韵	姜夔	顺康卷补编	2448
165	姚大祯	长亭怨慢	长调	叹英雄	和韵	姜夔	顺康卷补编	2448
166	姚大祯	长亭怨慢	长调	吐珠玑	和韵	姜夔	顺康卷补编	2448
167	姚大祯	长亭怨慢	长调	暮春天	和韵	姜夔	顺康卷补编	2449
168	姚念曾	暗香	长调	苔枝寂寂	效体	姜夔	雍乾卷	2076
169	姚念曾	疏影	长调	临风倚竹	效体	姜夔	雍乾卷	2077
170	叶寻源	疏影	长调	山抽碧玉	和韵	姜夔	顺康卷	10919
171	尤珍	齐天乐	中调	闲居思作惊秋赋	和韵	姜夔	顺康卷	8513
172	余集	疏影	长调	霜虬缀玉	和韵	姜夔	雍乾卷	2102
173	俞旸	疏影	长调	悬珠削玉	和韵	姜夔	顺康卷补编	1284
174	张介	暗香	长调	绣窗曙色	和韵	姜夔	雍乾卷	8076
175	张介	疏影	长调	镂冰琢玉	和韵	姜夔	雍乾卷	8076
176	张梁	暗香	长调	石湖春色	和韵	姜夔	顺康卷	9983
177	张梁	疏影	长调	怀珠抱玉	和韵	姜夔	顺康卷	9983
178	张梁	惜红衣	中调	听雨惊怀	和韵	姜夔	顺康卷	9989
179	张荣	长亭怨慢	长调	记春日	和韵	姜夔	顺康卷	10273
180	张思孝	疏影	长调	千枝凝雪	和韵	姜夔	雍乾卷	6025
181	张屯	暗香	长调	溶溶夜色	和韵	姜夔	雍乾卷	8938
182	张屯	疏影	长调	一枝瘦玉	和韵	姜夔	雍乾卷	8938
183	张奕枢	疏影	长调	年时倚玉	和韵	姜夔	雍乾卷	2966
184	张玉珍	暗香	长调	花中绝色	和韵	姜夔	雍乾卷	7852
185	张玉珍	疏影	长调	玲珑碎玉	和韵	姜夔	雍乾卷	7852

续表

序号	清人	词牌	调式	首句	形式	原唱词人	版本	页码
186	张玉珍	惜红衣	中调	翠簟炎蒸	和韵	姜夔	雍乾卷	7845
187	张玉珍	鹧鸪天	小令	嫩旭窥帘曙色新	和韵	姜夔	雍乾卷	7855
188	张云璈	暗香	长调	昨宵夜色	和韵	姜夔	雍乾卷	6839
189	张云璈	暗香	长调	雪中艳色	和韵	姜夔	雍乾卷	6842
190	张云璈	疏影	长调	窗横瘦玉	和韵	姜夔	雍乾卷	6840
191	张云璈	疏影	长调	无人似玉	和韵	姜夔	雍乾卷	6840
192	张云锦	长亭怨慢	长调	故情歇	和韵	姜夔	雍乾卷	3187
193	张云锦	长亭怨慢	长调	猛回首	和韵	姜夔	雍乾卷	3187
194	赵怀玉	暗香	长调	万枝春色	和韵	姜夔	雍乾卷	6779
195	赵帅	玲珑四犯	长调	细水涧枯	效体	姜夔	雍乾卷	2239
196	赵昱	长亭怨慢	长调	见水柳	和韵	姜夔	顺康卷补编	2247
197	郑沄	暗香	长调	一枝春色	和韵	姜夔	雍乾卷	5338
198	郑沄	解连环	长调	画屏愁倚	和韵	姜夔	雍乾卷	5336
199	郑沄	念奴娇	长调	片云天远	和韵	姜夔	雍乾卷	5332
200	郑沄	清波引	中调	画桥烟浦	和韵	姜夔	雍乾卷	5336
201	郑沄	清波引	中调	绿波南浦	和韵	姜夔	雍乾卷	5353
202	郑沄	疏影	长调	群山照玉	和韵	姜夔	雍乾卷	5339
203	郑沄	杏花天影	小令	几年芳草歌南浦	和韵	姜夔	雍乾卷	5340
204	郑沄	扬州慢	长调	兰榭分山	效体	姜夔	雍乾卷	5352
205	周暄	暗香	长调	隔帘夜色	和韵	姜夔	雍乾卷	5424
206	周斯盛	暗香	长调	一泓冷色	和韵	姜夔	顺康卷	6992
207	周斯盛	疏影	长调	凉云散玉	和韵	姜夔	顺康卷	6991
208	周斯盛	长亭怨慢	长调	莽烟水	和韵	姜夔	顺康卷	6992
209	周筼	疏影	长调	空帘透玉	和韵	姜夔	顺康卷	3486
210	朱黼	瑞鹤仙影	长调	绿波池馆清秋夜	和韵	姜夔	雍乾卷	4636
211	朱彝尊	迈陂塘	长调	问陈仓	效体	姜夔	顺康卷	5295
212	庄棫	暗香	长调	苍寒岫色	和韵	姜夔	雍乾卷	6891
213	庄棫	疏影	长调	森森抱玉	和韵	姜夔	雍乾卷	6892
214	邹祗谟	翠楼吟	长调	画扇歌楼	和韵	姜夔	顺康卷	3013

参 考 文 献

[1] 艾治平. 清词论说[M]. 上海:学林出版社,1999.

[2] 北京图书馆. 西谛书目[M]. 北京:北京图书馆出版社,2004.

[3] 曹明升. 清代宋词学研究[M]. 北京:中华书局,2019.

[4] 陈振孙. 直斋书录解题[M]. 上海:上海古籍出版社,1987.

[5] 陈耀文. 花草粹编[M]. 保定:河北大学出版社,2007.

[6] 陈子龙. 陈子龙诗集[M]. 上海:上海古籍出版社,2006.

[7] 陈维崧. 陈维崧集[M]. 上海:上海古籍出版社,2010.

[8] 陈良运. 中国历代词学论著选[M]. 南昌:百花洲文艺出版社,1998.

[9] 陈水云. 清代前中期词学思想研究[M]. 武汉:武汉大学出版社,1999.

[10] 陈水云. 清代词学发展史论[M]. 北京:学苑出版社,2005.

[11] 程千帆. 全清词:顺康卷[M]. 北京:中华书局,2002.

[12] 邓子勉. 宋金元词籍文献研究[M]. 上海:上海古籍出版社,2008.

[13] 戴逸. 简明清史[M]. 北京:人民出版社,1984.

[14] 丁放,甘松,曹秀兰. 宋元明词选研究[M]. 北京:商务印书馆,2012.

[15] 麦奎尔,温德尔. 大众传播模式论[M]. 祝建华,译. 上海:上海译文出版社,2008.

[16] 傅增湘. 藏园群书经眼录[M]. 北京:中华书局,2009.

[17] 福格. 听雨丛谈[M]. 北京:中华书局,1984.

[18] 方孝岳. 中国文学批评史[M]. 北京:生活·读书·新知三联书店,1986.

[19] 冯乾. 清词序跋汇编[M]. 南京:凤凰出版社,2013.

[20] 顾嗣立. 元诗选[M]. 北京:中华书局,1987.

[21] 郭庆光. 传播学教程[M]. 北京:中国人民大学出版社,1999.

[22] 葛渭君. 词话丛编补编[M]. 北京:中华书局,2013.

[23] 高德步. 中国经济简史[M]. 北京:首都经济贸易大学出版社,2013.

[24]高春花.清代唐宋词选研究[M].北京:人民出版社,2018.

[25]黄丕烈.黄丕烈书目题跋:荛圃藏书题识[M].北京:中华书局,1993.

[26]黄爱平.四库全书纂修研究[M].北京:中国人民大学出版社,1989.

[27]贺新辉.清词鉴赏辞典[M].北京:北京燕山出版社,2006.

[28]何文焕.历代词话[M].2版.北京:中华书局,2004.

[29]黑格尔.美学[M].北京:商务印书馆,1984.

[30]季振宜.季沧苇藏书目[M].北京:中华书局,1985.

[31]蒋景祁.瑶华集[M].北京:中华书局,1982.

[32]金一平.柳洲词派:一个独特的江南文人群体[M].上海:同济大学出版社,2002.

[33]计六奇.明季南略[M].北京:中华书局,1984.

[34]李渔.李渔全集[M].杭州:浙江古籍出版社,1992.

[35]李渔.笠翁一家言[M].杭州:浙江古籍出版社,2010.

[36]李良年.秋锦山房集[M].上海:上海古籍出版社,2011.

[37]李一氓.一氓题跋[M].北京:生活·读书·新知三联书店,1981.

[38]李康化.明清之际江南词学思想研究[M].成都:巴蜀书社,2001.

[39]李睿.清代词选研究[M].合肥:安徽大学出版社,2011.

[40]李丹.顺康之际广陵词坛研究[M].上海:上海古籍出版社,2008.

[41]梁启超.清代学术概论[M].上海:上海古籍出版社,1996.

[42]梁方仲.中国历代户口、田地、田赋统计[M].上海:上海人民出版社,1980.

[43]刘锦藻.皇朝续文献通考[M].上海:商务印书馆,1936.

[44]刘毓盘.词史[M].上海:上海书店,1985.

[45]刘永济.词论[M].上海:上海古籍出版社,1981.

[46]刘尊明,王兆鹏.唐宋词的定量分析[M].北京:北京大学出版社,2012.

[47]龙榆生.词学十讲[M].福州:福建人民出版社,1988.

[48]龙榆生.龙榆生词学论文集[M].上海:上海古籍出版社,2009.

[49]毛晋.宋六十名家词[M].影印本.上海:上海古籍出版社,1989.

[50]毛扆.汲古阁珍藏秘本书目[M].1版.北京:中华书局,1985.

[51] 马兴荣. 词学综论[M]. 济南:齐鲁书社,1989.

[52] 马兴荣,吴熊和,曹济平. 中国词学大辞典[M]. 杭州:浙江教育出版社,1996.

[53] 纳兰性德. 通志堂集[M]. 上海:上海古籍出版社,1995.

[54] 欧阳修. 新五代史[M]. 北京:中华书局,1978.

[55] 皮锡瑞,潘斌. 皮锡瑞儒学论集[M]. 成都:四川大学出版社,2010.

[56] 钱锡生. 唐宋词传播方式研究[M]. 上海:复旦大学出版社,2009.

[57] 钱锡生. 不器斋词学论稿[M]. 苏州:苏州大学出版社,2015.

[58] 戚康福. 中国书坊研究[M]. 北京:商务印书馆,2007.

[59] 饶宗颐. 词集考[M]. 北京:中华书局,1992.

[60] 苏轼. 苏东坡全集[M]. 北京:北京燕山出版社,2009.

[61] 孙克强. 清代词学[M]. 北京:中国社会科学出版社,2004.

[62] 孙克强. 清代词学批评史论[M]. 上海:上海古籍出版社,2008.

[63] 孙克强,杨传庆,裴喆. 清人词话[M]. 天津:南开大学出版社,2012.

[64] 施蛰存. 词籍序跋萃编[M]. 北京:中国社会科学出版社,1994.

[65] 沙先一. 吴中词派研究[M]. 北京:人民文学出版社,2004.

[66] 唐圭璋. 唐宋词简释[M]. 上海:上海古籍出版社,1981.

[67] 唐圭璋. 词学论丛[M]. 上海:上海古籍出版社,1986.

[68] 唐圭璋. 全宋词[M]. 北京:中华书局,1986.

[69] 田玉琪. 词调史研究[M]. 北京:人民出版社,2012.

[70] 谭新红. 宋词传播方式研究[M]. 武汉:武汉大学出版社,2010.

[71] 谭新红. 清词话考述[M]. 武汉:武汉大学出版社,2009.

[72] 魏小虎. 四库全书总目汇订[M]. 上海:上海古籍出版社,2012.

[73] 吴梅. 词学通论[M]. 上海:华东师范大学出版社,1996.

[74] 吴熊和. 唐宋词通论[M]. 2版. 杭州:浙江古籍出版社,1989.

[75] 王士禛. 带经堂诗话[M]. 北京:人民文学出版社,1963.

[76] 王易. 词曲史[M]. 南京:江苏教育出版社,2005.

[77] 王兆鹏. 词学史料学[M]. 北京:中华书局,2004.

[78] 薛居正. 旧五代史[M]. 北京:中华书局,1978.

[79] 夏承焘. 姜白石词编年笺校[M]. 北京:中华书局,1958.

[80]严迪昌.阳羡词派研究[M].济南:齐鲁书社,1993.

[81]朱彝尊,汪森.词综[M].上海:上海古籍出版社,1978.

[82]赵永纪.古代诗话精要[M].天津:天津古籍出版社,1989.

[83]张宏生.清代词学的建构[M].南京:江苏古籍出版社,1999.

[84]张宏生.全清词:顺康卷补编[M].南京:南京大学出版社,2008.

[85]张宏生.全清词:雍乾卷[M].南京:南京大学出版社,2012.

[86]张仲谋.明词史[M].北京:人民文学出版社,2002.

[87]曾昭岷,曹济平,王兆鹏,等.全唐五代词[M].北京:中华书局,1999.

[88]中华书局.清实录[M].北京:中华书局,2008.

[89]宗白华.宗白华全集[M].合肥:安徽教育出版社,1994.

[90]郑天挺.明清史资料[M].天津:天津人民出版社,1981.

[91]曹明升.论梅溪词在雍乾词坛的接受及其经典化过程[J].文学评论,2011(4).

[92]陈昌强.南北宋之争与清代浙西词派的发展演进[J].南京大学学报,2014(4).

[93]郭英德.两宋酬和词述略[J].中国文学研究,1992(2).

[94]顾宝林.明人和宋词刍议[J].中国社会科学院研究生院学报,2012(2).

[95]李芸华.周邦彦词接受史新论[J].厦大中文学报,2015(2).

[96]李睿.论清代的檃括体词[J].中国韵文学刊,2016(3).

[97]刘尊明,范晓燕.宋代词调及用调的统计与分析[J].齐鲁学刊,2012(4).

[98]刘扬忠.东坡词传播与接受简史[J].社会科学战线,2012(10).

[99]谭新红.李清照词的经典化历程[J].长江学术,2006(2).

[100]王兆鹏.中国古代文学传播方式研究的思考[J].文学遗产,2006(2).

后　　记

　　1993 年,初中毕业,受当时大环境影响,加之家庭生活困难,希望能早点毕业挣钱,故而成绩优秀的我选择了读中专。所就读学校为江西省新闻出版学校,专业为平版印刷技术。由于对所学专业不是很感兴趣,当时的就业前景也不太乐观,因而四年中专毕业之后,我没有进印刷厂,而是当了一名乡村小学语文教师,成为一名"孩子王"。跟孩子们在一起还是很快乐的,工作之余和他们一起打乒乓球、跳绳,有时也和同事打篮球,或下象棋。家里还种了几亩田地,"晨兴理荒秽,带月荷锄归"。日子过得清贫、悠闲而平静,但内心深处似乎有些不甘。

　　因为自小喜爱中国古典文学,而且自己从事的又是语文教育,于是就报名参加了南昌大学汉语言文学专业的高等教育自学考试,先后拿到了专科和本科毕业证。再后来,又于 2005 年考上苏州大学中国古代文学专业硕士研究生。我很早就对词非常感兴趣,深爱唐宋词长短不一、参差错落之美。因而,当时毫不犹豫地选择了词作为研究方向,导师是王晓骊老师。

　　王老师是一名女性学者,年纪只比我大六岁,师从著名词学专家杨海明先生。当时杨海明先生还未退休,他和王老师分单、双周轮流给我们十个研究生新生上课。十个研究生中有三个是杨老师的博士生,三个是杨老师的硕士生,三个是王老师的硕士生,还有一个是涂小马老师的硕士生。杨老师是苏州人,普通话中带有苏地方言,语音中偶带入声,但我基本都能听懂。杨老师上课娓娓而谈,旁征博引,很有大师风采。王老师是第一年带硕士,她和我们几个研究生几乎打成一片,毫无架子,有时还把上课地点放在苏州园林中,自掏腰包给我们买门票和茶水。那时候的情景,多年以后我仍难以忘怀。

　　2008 年研究生毕业之后,我先在江苏淮安的一所高中当了一年语文教师。由于高考的客观存在,高中教师的教学压力较大,早操、早晚自习、周末补课、出卷改卷、周测、月考、期中期末考……这完全不是自己想要的生活。于是,2009年,我进入宿迁开放大学工作。这是一所职业院校,职业院校的学生学习积性和主动性都不高,上课不怎么爱听讲,教师上课缺乏成就感,但工作上没太大压力。时间一天天过去,上班下班,惯看花开花谢、云卷云舒,日子逐渐一成不变,而自己已年近不惑了。我总感觉这还不是自己想要的生活。我想去一所高校,成为一名大学老师。是时候做出改变了。

就中文专业而言,在当今的就业形式下,要想成为大学老师,博士学位几乎是必须。于是,我决定考博。对于我的选择,有些人表示不解。因为我当时快四十岁了,毕业时超过四十岁能否找到好工作是个未知数。再加上众所周知的原因,读博压力大,也颇难毕业。他们觉得我这么一把年纪,实在没有必要再折腾自己了,就这样安安稳稳地过完下半辈子也挺好的。但我知道自己内心深处的渴望,还是毅然决然地走自己的路。经过两年努力,2016年,我终于考上苏州大学钱锡生老师的博士,攻读中国古代文学专业,依然主攻唐宋词。钱锡生老师的导师也是杨海明先生。我很高兴,我终于又回到了自己所热爱的唐宋词大家园。

钱老师主要研究领域是唐宋词的传播与接受,他也希望我能从事这方面的课题研究。在得知我确定被苏州大学录取为博士研究生之后,钱老师就第一时间和我取得了联系,商讨我博士期间的研究方向和课题,并叮嘱我读博期间应注意的事项。由于之前的研究主要是关于唐宋词与名胜古迹,所以我有意继续在这方面继续深挖拓耕。但钱老师表示,他已经申请了国家社科基金项目"唐宋词传播接受史",拟研究唐宋词在元、明、清时期的传播与接受。当时,课题组已经在元、明时期取得了进展,有了相应的研究成果,但在清代这个时间段的研究还未开展。他希望我能做这一块的研究,并以此作为自己的博士研究课题。我觉得这是一个很好的选题,当即就答应了下来。现在想来,这是极其明智的,这也是我博士能顺利毕业的一个很重要的原因。由于博士课题的研究方向确定得早,我就少了很多其他博士生在读博期间所要面临的选题困扰与焦虑,我在2016年的暑假就开始了博士课题研究,阅读相关文献,比别的同学早了差不多半年时间。我深知笨鸟先飞的道理,博士难毕业,一定要早动手、早准备。后来在研究的过程中,我发现清代唐宋词的传播与接受这个课题太大,仅靠读博的四年恐难以完成。于是经过和钱老师商量,我把研究范围进一步缩小到清代前中期的顺治、康熙、雍正、乾隆时期。

由于上有老下有小,家庭负担较重,我不敢辞职读博士,这样经济压力较大,故而选择了在职读定向博士研究生。这样,原先的工作就能保留,经济上的压力会小一些。我只是在读博第一年的上学期去苏州大学脱产读书,其他的时间都是边工作,边做博士课题研究。但也正因为如此,经济压力虽是小了,但也更忙了,精神压力也更大了。四年中,我丝毫不敢懈怠,几乎把所有的业余时间都用在了阅读文献和写论文上。

"最是人间留不住,朱颜辞镜花辞树",看着镜中自己日渐斑白的两鬓,回首读博这四年来的点点滴滴,感慨良多。其间有过上天入地仍找不到一条材料出处的痛苦,也有过每天面对着电脑屏幕几个小时却一个字都写不出来的煎熬,既有海量数据搜集、整理、运算的疲惫,更有小论文一次又一次被拒的焦虑。但无论多么难,我始终没有想过放弃,我知道这条路是自己选的,不能后退。对于读博可能会面临的困难和挑战,我是有心理准备的。既然选择了远方,就应该风雨兼程。

读硕士时,我是导师的第一届硕士生,巧合的是,读博士时,我又是导师的第一个博士生。正因为如此,钱老师对我要求很严格,希望我能给师弟师妹们做好表率。他对我的论文指导也非常尽职,从选题到主题立意,从材料的取舍到框架搭建,从问题意识的导向到错别字、标点符号的修改,无不让我受益匪浅。我基础差,学术功底薄,让钱老师费心不少。现在回过头去看读博以前写的论文,正如清代词人陈维崧看自己早年间写的艳词一样"头颈发赤,大悔恨不止"。如果说我在学术研究上有一点点进步的话,钱老师对于我的指导和帮助无疑是巨大的。

2020年6月,我终于如愿以偿,博士毕业了。接下来何去何从?其实我的目标很明确,那就是当高校教师。1997年中专刚毕业,在家赋闲等待分配,那时候,我就在日记本中写下来自己这一辈子要做的50件事。其中有一件就是进入高校当大学老师。虽然这50个人生目标,现在看来有些可能是比较幼稚可笑的。在之后的20多年时间里,我也几乎把这50个人生目标忘记了。可实际上,也许连自己都未意识到,其中的有些目标,我是一直在为之努力的。

由于年纪偏大,加之自己本科不是全日制的,所以即使有博士学位,要找一份合适的高校教职也并不容易。钱老师为了我的工作,也很上心,多方帮我联系和打听,我心中很是感激。2020年上半年,我忙着修改论文、送盲审、预答辩、线上答辩、投简历、找工作、与原单位解约,忙得焦头烂额。几经周折,多方考量,我选择了景德镇学院。学校给我妻子安排了工作,还协助解决了孩子的入学问题。再后来,我在景德镇也买了房,重新安了家,在这边总算安顿了下来。对于今天的这份工作,我很满意。虽然景德镇不如沿海城市经济发达,但离我老家南昌很近。更重要的是,这是一所公办的本科院校,学生们还是能认真听课的,这种被尊重和认可的感觉很好。

记得读硕士期间,王老师有一次在和我们一起闲聊时曾说,作为一个读书人,她可以安守清贫,自得其乐,但她不想孩子也跟着她一起清贫。现在回想起来,深以为然。这些年老婆孩子跟着我,为了我所谓的梦想,"江南江北无常栖",从南昌到苏州又辗转到淮安再到宿迁,又从宿迁搬到景德镇,漂泊颠沛,居无定所。作为家庭的顶梁柱,没有让家人过上安稳富足的生活,感觉亏欠他们太多。还有老母亲已经七十多岁了,一直留在老家由大哥照顾,自己忙于工作和学习,没能在身边尽孝,每念至此,不觉怆然。

我硕士和博士都是在苏大读的,苏大文学院的杨海明、马亚中、马卫中、王福利、赵杏根、周生杰、曾维刚、涂小马、薛玉坤等几位老师都为我的论文提出过宝贵的意见,让我受益匪浅。我读的是定向博士研究生,在苏大校园脱产读博的时间只有一个学期,但在短短的四五个月时间里,有幸认识了一帮志趣相投的"70后""80后""90后"同学,那段快乐的时光我将永远铭记和怀想。这里还要感谢我的同门师兄妹们,由于是在职读博,平常更多的时间还是在宿迁,苏大这边要交材料和办相关手续,很多时候是同学和这些同门师兄妹们代劳。此外,我博士论文中运用了计量统计的方法,其中有部分基础数据是同门帮忙采集的。而我由于在职读博,他们中有的人我甚至连面都未曾见过,颇感惶恐与内疚,有机会一定要向他们当面致谢。

有时也想,如果当时我不参加自学考试,拿大专、本科学历,不考研考博,我的人生会是什么样子。家人偶尔也会抱怨,你这么些年来折腾,日子还不一定比得上人家那些安于现状的同事。我认为,人生就是一段旅程,是一段从摇篮到坟墓的旅程。在这段旅程中,我希望自己能到更多的地方,看更多不同的风景,体味尽可能不一样的生活。人生的价值不能仅仅用物质和金钱来衡量。更重要的是,这些年来,辗转不同的地方求学、谋生,结识了许多新的朋友,增长了见识,丰富了人生阅历,这无疑是一笔宝贵的人生财富。

如今,生活总算安定下来了,漂泊已久的心感觉像找到了停泊的港湾。觉得自己应该好好静下心来做科研了，于是就生发了将博士论文出书的打算。单位领导表示大力支持，钱老师听闻之后也很高兴，欣然为本书作序。江西高校出版社的工作人员也为书籍的出版付出了辛勤的劳动，深表谢意。此次出版，在博士论文的基础上做了适当修改完善补充，增加了附录，但大的框架结构基本没动。

窗外蝉声一片，2021年的盛夏如约而至。我的人生之路却已走过盛夏，开始迈入秋季了。本书的出版，也算是对我前半生的一个交代。我知道，由于自己的水平有限，书中的纰漏之处难免，恳请方家批评指正。

陶友珍

辛丑年盛夏于景德镇